LE SANG DES PIERRES

Né en 1963, Johan Theorin est un écrivain et journaliste suédois. Il a reçu en 2009 le Prix du meilleur roman policier suédois pour son premier roman, *L'Heure trouble*, et en 2010 le prestigieux International Dagger Award pour *L'Écho des morts*.

Paru dans Le Livre de Poche :

L'ÉCHO DES MORTS

L'HEURE TROUBLE

JOHAN THEORIN

Le Sang des pierres

ROMAN TRADUIT DU SUÉDOIS PAR RÉMI CASSAIGNE

ALBIN MICHEL

Titre original :

BLODLÄGE
Publié en 2010 par Wahlström & Widstrand, Stockholm, Suède.

ISBN : 978-2-253-17364-9 – 1re publication LGF

Nuit de Walpurgis

La main gauche grièvement brûlée, des côtes cassées, le regard humide et flou, Peter Mörner était pourtant encore bien conscient. Il sentait l'essence qu'on versait sur lui, si tiède. Dans l'air froid du soir, le liquide semblait presque chaud, il coulait sur ses cheveux, brûlait les plaies sanglantes de son visage.

Il sortait avec un glouglou rythmique du bidon qu'on tenait au-dessus de lui. Puis le glouglou cessa et le bidon vide rebondit sur le calcaire.

Peter était à présent à genoux, trempé, au milieu d'une vaste flaque. Les coups reçus à la tête lui donnaient le vertige, et les vapeurs d'essence n'arrangeaient rien.

En s'aidant de ses bras, il tenta de se relever. Il avait du mal à fixer son regard. La silhouette au-dessus de lui restait une ombre noire contre le ciel nocturne.

Un Troll, se dit Peter. On croirait un Troll des montagnes.

« C'est la nuit de Walpurgis, dit l'ombre. Ce soir, on allume partout des feux. »

Puis il sortit de la poche de sa veste un objet qu'il secoua avec un faible bruit. Une boîte d'allumettes.

Peter allait brûler, pour expier les fautes de son père.

Il releva la tête en se disant qu'il y avait peut-être quelque chose à faire, même s'il était trop tard – il pouvait toujours demander grâce.

Des gouttes d'essence lui entrèrent dans la bouche.

« Je me tairai », chuchota-t-il.

Mais c'était impossible. Il en savait beaucoup trop à présent sur ce que Jerry, Bremer et Markus Lukas avaient fait.

Cependant il savait aussi que tous les noms qu'il s'était efforcé de rassembler ici et là ces dernières semaines n'avaient aucune importance. Ils disparaîtraient bientôt.

De toute façon la silhouette au-dessus de lui ne semblait pas écouter. Elle saisit une allumette. Puis referma la boîte et frotta.

Un crépitement sourd d'où jaillit une belle flamme jaune clair.

Jerry, Bremer, Markus Lukas. Jessika, Régina et toutes les autres...

Peter ferma les yeux en attendant le feu. Les noms continuaient à défiler.

1

Mois de mars au nord d'Öland. Le soleil brillait sur les plaques de neige grisâtre qui fondaient lentement sur les pelouses devant la maison de retraite de Marnäs. Sur le parking, deux drapeaux bleus – le suédois avec sa croix jaune et celui d'Öland avec son cerf doré – flottaient dans le vent glacé. Tous les deux en berne.

Une longue voiture noire vint lentement se garer devant l'entrée. Deux hommes couverts d'épais manteaux en sortirent et allèrent ouvrir le hayon. Ils en tirèrent une civière métallique. Ils déplièrent ses roues et la poussèrent par la rampe jusqu'aux portes vitrées.

Les employés des pompes funèbres.

Le capitaine à la retraite Gerlof Davidsson prenait le café au réfectoire avec ses voisins de couloir quand ils sortirent de l'ascenseur. Il les suivit du regard. Sur la civière, des couvertures jaunes et des sangles pour retenir le corps. Les deux hommes passèrent en silence devant le réfectoire avant de continuer jusqu'au monte-charge qui descendait à la chambre froide.

Le brouhaha qui avait cessé au passage de la civière reprit de plus belle.

Quelques années plus tôt, se souvint Gerlof, tous les résidents de la maison de retraite avaient été consultés pour décider si les corbillards devaient se garer à l'arrière du bâtiment afin de procéder discrètement à la levée des corps par une porte dérobée. La plupart, dont Gerlof, avaient voté contre.

Les vieux pensionnaires voulaient assister au dernier voyage d'un voisin. Prendre congé.

Celui qu'on venait chercher en cette froide matinée s'appelait Torsten Axelsson. Il était mort dans son lit – seul, tard dans la nuit, comme font souvent les mourants. L'équipe du matin l'avait trouvé. On avait appelé un médecin pour confirmer le décès avant de lui passer son plus beau costume sombre. On avait attaché à son poignet un bracelet plastique avec son nom et son numéro de Sécurité sociale. Enfin, on avait noué autour de sa tête une bande de gaze pour maintenir sa mâchoire fermée quand viendrait la rigueur cadavérique.

Torsten savait très exactement ce qui lui arriverait après la mort. Avant sa retraite, il avait été gardien du cimetière et fossoyeur. Un des nombreux cercueils qu'il avait mis en terre était celui du meurtrier Nils Kant, mais Torsten avait le plus souvent creusé la tombe d'habitants ordinaires de l'île.

Il creusait tout au long de l'année, sauf quand il y avait trop de neige et des températures à deux chiffres en dessous de zéro. Creuser était surtout pénible au printemps, avait-il expliqué à Gerlof, car le sol dégèle très lentement sur Öland. Mais la fatigue physique n'était pas ce qu'il y avait de pire, avait ajouté Torsten : il avait énormément de mal à sortir du lit les jours où il savait qu'il devrait creuser la tombe d'un enfant.

C'était à présent son tour d'être mis en terre. Dans une urne – Torsten souhaitait être incinéré.

« Je préfère qu'on me brûle plutôt que mes os finissent dispersés aux quatre coins du cimetière. »

Les choses ne se passaient pas comme ça autrefois, songea Gerlof. Dans sa jeunesse, quand un parent mourait, il n'y avait pas d'employés des pompes funèbres ou de corbillards. On mourait chez soi, dans son lit, et quelqu'un de la famille se chargeait de fabriquer un cercueil.

Cela lui rappela une vieille histoire de famille. Jeunes mariés, le père et la mère de Gerlof s'étaient installés au début du XXe siècle dans une baraque qu'ils avaient retapée à Stenvik. Une nuit, ils furent réveillés par un bruit curieux dans le grenier : comme si quelqu'un fouillait dans les planches inutilisées que son père avait stockées là-haut. Mais quand il monta voir ce qui se passait, il trouva le grenier vide et silencieux.

Une fois redescendu, le remue-ménage recommença de plus belle.

Les parents de Gerlof étaient restés couchés dans le noir à écouter le bruit sinistre sans oser bouger.

Son café bu, Gerlof vit revenir les employés des pompes funèbres avec la civière : un corps y avait été placé, sous une couverture, attaché avec les sangles de cuir. On le poussait rapidement et sans bruit vers la sortie.

Adieu, Torsten, pensa-t-il.

Une fois la porte extérieure refermée, Gerlof recula sa chaise.

« Il est temps de partir », dit-il à ses voisins de table.

Il se leva alors lentement en s'appuyant sur sa canne. Il serra les dents en sentant dans ses jambes la douleur de ses rhumatismes, sortit dans le couloir et se dirigea vers le bureau de la responsable de l'unité.

Gerlof y avait réfléchi plusieurs semaines durant, depuis son dernier anniversaire : à présent, il approchait dangereusement des quatre-vingt-cinq ans. Le temps lui filait entre les doigts – à son âge, une année passait aussi vite qu'une semaine dans sa jeunesse. Aujourd'hui, après la mort de Torsten, il s'était décidé.

Il frappa doucement à la porte du bureau de Boel et attendit qu'elle réponde pour entrer.

Devant l'écran de son ordinateur, Boel était en train de rédiger une sorte de rapport. Gerlof resta debout sur le seuil, sans rien dire. Elle finit par lever les yeux.

« Comment vas-tu, Gerlof ?

— Ça va.

— Qu'est-ce qu'il y a ? Un problème ? »

Il inspira profondément.

« Il faut que je parte d'ici. »

Boel se mit à secouer la tête.

« Gerlof…

— Ma décision est quasiment prise, la coupa-t-il.

— Ah oui ?

— Je vais te raconter une histoire… » Gerlof vit que Boel levait les yeux au ciel d'un air las, mais continua malgré tout : « Mon père et ma mère se sont mariés en 1910. Ils ont alors repris une vieille ferme où personne n'avait habité depuis des années. La première nuit, alors qu'ils étaient au lit, ils ont entendu un bruit étrange au grenier… Comme si quelqu'un fouillait dans les planches que mon père stockait là-haut. Mystère. Le lendemain, un voisin est venu en visite. » Gerlof marqua une pause pour ménager ses effets, puis continua : « Le voisin lui a expliqué que son frère était mort dans sa ferme le soir précédent. Puis il lui a demandé un peu de bois pour construire le cercueil. Mon père l'a alors laissé monter au grenier pour choisir des planches et, depuis la cuisine, mon père et ma mère ont reconnu… le même remue-ménage que pendant la nuit. »

Silence.

« Et donc ? dit Boel.

— C'était prémonitoire. La prémonition d'une mort prochaine.

— Bon, merci pour cette histoire, Gerlof, mais où veux-tu en venir ? »

Il soupira.

« Je veux juste dire que si je reste, le prochain cercueil qu'on fabriquera sera pour moi… J'ai déjà entendu les planches qu'on ramassait. Et le bruit du corbillard. »

Boel sembla abandonner la partie.

« Que veux-tu faire ? Et où comptes-tu t'installer ?

— Chez moi, dit Gerlof. Chez moi, dans ma maison. »

2

« Mourant ? Qui a dit que tu étais mourant, Papa ?

— Moi.

— C'est ridicule ! Tu as encore de nombreuses années devant toi… de nombreux printemps », dit Julia Davidsson, avant d'ajouter : « Et puis tu as réussi à sortir vivant d'une maison de retraite – c'est rare, tu sais ? »

Gerlof ne répondit rien. Il songeait au chariot métallique emportant le corps de Torsten. Il resta silencieux tandis que sa fille roulait vers le village de Stenvik, sur la côte.

Le soleil qui brillait à travers le pare-brise lui donna des envies de papillons, d'oiseaux, de tout ce qui accompagne les beaux jours. Il sentait au fond de lui pointer timidement une nouvelle envie de vivre, succédant à une longue léthargie – et il dut se faire violence pour dire d'un ton sinistre :

« Dieu seul sait combien de temps il me reste, et Il le laisse filer bien trop vite… Mais si je dois mourir, je veux que ce soit au village. »

Julia soupira. Elle se gara sur la route déserte qui traversait Stenvik, et coupa le moteur.

« Tu lis trop de faire-part de décès.

— Ça… C'est ce qui fait vivre les journaux. »

Gerlof pensait faire une sorte de plaisanterie, mais il ne fit pas rire Julia. Elle l'aida à sortir de la voiture, en silence.

Ils se dirigèrent doucement vers le portail de la maison familiale, située dans un petit bois à quelques centaines de mètres de la mer.

Gerlof était parfaitement conscient qu'il y serait seul la plupart du temps mais, au moins, il couperait à toutes les misères de la maison de retraite. Tous ces vieux avec leurs médicaments, leurs tubes d'oxygène, toujours à rabâcher leurs histoires de santé, commençaient à lui taper sur les nerfs. Son ancienne petite amie, Maja Nyman, déclinait et restait le plus clair de son temps alitée.

Il avait fallu presque un mois à Boel et aux autres membres de la direction pour accepter de le laisser retourner à Stenvik, mais ils avaient fini par se dire que Gerlof libérerait une place pour quelqu'un qui *voulait vraiment* vivre à la maison de retraite de Marnäs. Il continuerait bien sûr à avoir besoin d'aide pour le ménage, les soins et les courses, mais des infirmières et des assistantes à domicile s'en chargeraient.

Gerlof avait en tout cas toute sa tête et toutes ses dents – c'était juste ses bras, ses jambes et le reste qui auraient eu besoin d'une rénovation.

C'était la première fois de l'année qu'il revenait dans le village côtier où il avait grandi. Sur le terrain que la famille Davidsson avait possédé et exploité pendant des siècles, dans la maison qu'il avait bâtie avec sa femme Ella cinquante ans plus tôt. Stenvik avait été son port d'attache pendant ses années passées en mer.

La neige avait presque disparu du jardin. Restait une pelouse détrempée qui avait besoin d'un bon coup de râteau.

« L'herbe et les feuilles de l'année dernière, dit Gerlof. Tout ce que l'hiver a caché refait surface. »

Il traversa la pelouse jaune pâle en serrant fort le bras de sa fille mais, une fois devant le petit escalier de pierre, il lâcha prise et monta doucement jusqu'à la porte d'entrée, appuyé sur sa canne en châtaignier.

Gerlof pouvait marcher, mais était bien content que sa fille l'aide – content aussi qu'Ella ne soit plus en vie : il aurait été un fardeau pour elle.

Il sortit la clé de son portefeuille et ouvrit la porte.

Une odeur de renfermé monta vers eux quand il poussa le battant vitré. Air froid et un peu humide, mais pas d'odeur de moisi. Les tuiles du toit devaient avoir tenu le coup. Pas de petites billes noires sur le sol, il s'en assura en franchissant le seuil : les souris et les mulots aimaient se réfugier dans les fondations de la maison pendant l'hiver, mais n'entraient jamais.

Julia était venue passer le week-end sur l'île pour l'aider à déménager et à s'installer. Ménage de printemps, comme elle disait. C'était bien sûr la maison de Gerlof, mais ses deux filles et leurs familles l'utilisaient pour les vacances depuis des années. Cet été, il faudrait se mettre d'accord et se partager la place.

À chaque jour suffit sa peine, se dit-il.

Une fois les affaires de Gerlof rentrées dans la maison, le courant remis et les fenêtres ouvertes pour aérer, ils ressortirent sur la pelouse.

À part les cris de quelques mouettes qui pêchaient en contrebas, sur la plage, le village avait jusqu'alors semblé désert, ce samedi matin, quand soudain on entendit du bruit de l'autre côté de la route. Il se répercutait à travers champs : on aurait dit de grands coups de marteau.

Julia se retourna.

« Il y a quelqu'un, là-bas.

— Oui, dit Gerlof. Il y a un chantier du côté de la carrière. »

Il n'était pas étonné car, l'été précédent, en descendant au village, il avait remarqué que deux grands terrains avaient été débroussaillés et terrassés à la pelleteuse. Il s'était dit qu'on allait encore construire de nouvelles villas destinées à rester vides la plus grande partie de l'année.

« Tu veux aller jeter un coup d'œil ? demanda Julia.

— Pourquoi pas ? »

Il prit le bras de sa fille, et Julia l'accompagna vers le portail.

Quand Gerlof avait construit sa maison au début des années cinquante, il avait une vue sur la mer à l'ouest et apercevait le clocher de Marnäs à l'est – mais à l'époque, il y avait beaucoup de vaches et de moutons qui se chargeaient de faire place nette dans les champs. Maintenant qu'il n'y avait plus de bétail, les arbres avaient repris le dessus. Leurs cimes formaient un toit de plus en plus dense autour de la maison et, en traversant la route, Gerlof ne fit qu'apercevoir le détroit encore couvert de glace.

Stenvik était un vieux village de pêcheurs, et Gerlof se rappelait le temps où ils alignaient leurs barques sur les galets du rivage doucement arrondi, en attendant de partir à la rame relever leurs filets dans le détroit. Mais ils avaient tous disparu, leurs maisons et leurs cabanons transformés en maisons de vacances.

Ils prirent le chemin empierré vers la carrière. Un panneau tout neuf annonçait : CHEMIN D'ERNST.

Gerlof connaissait celui qui avait donné son nom au chemin : son ami tailleur de pierre, le dernier à avoir travaillé à la carrière jusqu'à sa fermeture définitive au début des années soixante. Ernst avait lui aussi disparu – ne restait de lui que ce chemin. Gerlof se demanda si on utiliserait aussi son nom un jour.

Quand la carrière apparut au détour d'un bosquet, Gerlof constata que la petite maison rouge-brun d'Ernst était toujours là, tout au bord de la coupe, inhabitée. Des parents éloignés en avaient hérité à sa mort, mais ils n'étaient presque jamais venus.

« Oh, ils ont aussi construit de ce côté-là ! » dit Julia.

Gerlof quitta des yeux la maison d'Ernst et découvrit les deux villas neuves dont elle parlait. Elles étaient à quelques centaines de mètres l'une de l'autre sur le côté est de la carrière.

« C'est vrai qu'ils dégageaient les terrains l'été dernier, dit Julia. Ils ont dû construire cet automne et cet hiver. »

Gerlof secoua la tête.

« Et ils ne m'ont même pas demandé la permission. »

Julia éclata de rire.

« Mais ça ne te dérange pas : les arbres cachent la vue, non ?

— Oui, mais quand même… C'est une question de savoir-vivre. »

Les villas étaient en bois et pierre, avec de brillantes baies vitrées, des cheminées blanchies à la chaux et des sortes d'ardoises noires sur le toit. L'une avait encore ses échafaudages, où des menuisiers s'affairaient à clouer des panneaux de bois. Devant l'autre, une baignoire blanche attendait dans la cour, encore dans son emballage.

La maison d'Ernst, au nord des nouvelles villas, ressemblait en comparaison à une petite cabane de jardin.

Des villas de luxe, songea Gerlof. Comme si le village en avait besoin. Mais voilà, elles étaient presque achevées.

La carrière désaffectée était toujours là, une plaie dans le sol, large de cinq cents mètres et parsemée de petits tas de gravats déblayés pour chercher en profondeur des pierres intactes.

« Tu veux regarder de plus près ? demanda Julia. On peut aller voir si l'un des propriétaires est là. »

Gerlof secoua la tête.

« Je les connais déjà. Des citadins riches et insouciants.

— Tous ceux qui achètent des maisons ici ne sont pas forcément des citadins, objecta Julia.

— Non, non… Mais riches et insouciants, certainement. »

3

« Tu veux que j'ouvre la fenêtre ? » demanda Peter Mörner.

Nilla hocha la tête sans se retourner.

« Il y a des oiseaux dehors, Papa ?

— Plein », répondit Peter.

Il n'en voyait aucun, mais il y avait peut-être quelques moineaux dans les arbres du parking de l'hôpital.

« Ouvre, alors, dit Nilla. Comme devoir, en bio, je dois noter toutes les espèces d'oiseaux que je vois cette semaine. »

Nilla était en cinquième. Tous ses manuels scolaires s'empilaient sur sa table de chevet. Elle avait disposé ses peluches et ses pierres porte-bonheur à côté de l'oreiller avant de grimper sur le lit accrocher au mur un poster de Nirvana.

Peter alla ouvrir. On entendait bien de faibles chants d'oiseaux – mêlés au vrombissement des moteurs – mais ils n'allaient pas tarder à se taire : c'était presque le soir, le parking se vidait. Médecins et infirmières rentraient chez eux. Sa vieille Saab brune restait garée là-bas, assez décrépite.

« À quoi tu penses ? » demanda Nilla dans son dos.

Peter se retourna.

« Devine.

— Tu penses au printemps.

— Exact, dit Peter, qui ne songeait pourtant qu'à sa vieille voiture. Tu vas voir, tu vas aller de mieux en mieux. »

Lire dans les pensées, la dernière marotte de sa fille. Avant cela, elle s'était pendant plusieurs mois entraînée à écrire aussi bien de la main gauche que de la droite mais, aux vacances de Noël, elle avait vu à la télévision un programme sur la télépathie et avait commencé à expérimenter la transmission de pensées avec son frère jumeau Jesper et son père. Peter avait la mission d'envoyer chaque soir à huit heures une pensée spéciale à sa fille.

Debout à la fenêtre, il regardait le soleil couchant faire miroiter les carrosseries des voitures.

Malgré le froid, c'était le printemps – Peter ne l'avait pas vu arriver. Les oiseaux revenaient de leur séjour autour de la Méditerranée et les paysans commençaient les semailles. Peter songea à son père Jerry qui avait toujours attendu avec impatience le retour du printemps. C'était à cette saison que son travail commençait pour de bon. Ne disait-on pas que le printemps était la saison de la jeunesse et des amours ?

Peter, lui, n'avait jamais beaucoup ressenti l'appel du printemps. Même pas quand Marika et lui s'étaient rencontrés à un séminaire de marketing quinze ans plus tôt et s'étaient mariés un jour ensoleillé de mai. Comme s'il avait déjà su qu'elle finirait tôt ou tard par le quitter.

« Maman a dit quand elle viendrait ? demanda-t-il par-dessus son épaule.

— Mmh, fit Nilla. Entre six et sept. »

Il était bientôt cinq heures.

« Tu veux qu'on reste à l'attendre, Jesper et moi ? »

Nilla secoua la tête.

« Je me débrouille. »

C'était la réponse qu'espérait Peter. Rencontrer Marika ne le dérangeait pas, mais elle risquait d'être accompagnée par son nouveau mari, Georg, avec ses gros revenus et ses cadeaux de luxe. Peter avait tourné la page avec Marika, néanmoins il n'avait toujours pas digéré sa rencontre avec cet homme qui les gâtait, elle et les jumeaux.

Nilla avait été placée dans une chambre individuelle, et semblait bien prise en charge. Un jeune interne était passé une demi-heure auparavant pour expliquer à Nilla et Peter la batterie de tests prévue pour les prochains jours. Nilla avait écouté les yeux baissés, sans poser de questions. Elle regardait parfois le docteur, mais pas Peter.

« À bientôt, Pernilla », avait dit le docteur en partant.

Elle avait devant elle deux journées pénibles où les médecins allaient l'examiner sous toutes les coutures, et Peter ne trouvait rien d'encourageant à dire.

Elle continua à défaire sa valise. Il l'aida. Impossible de rendre vraiment chaleureuse une chambre d'hôpital, c'était toujours trop froid et trop laid, avec tous ces Tuyne, ces boutons d'alarme, mais ils essayèrent. En plus de son oreiller rose, Nilla avait pris son lecteur de CD, ses disques de Nirvana, quelques livres et plus de pantalons et de pulls qu'elle n'en avait réellement besoin.

Elle portait un jean et un pull noir, mais on lui donnerait bientôt la tenue d'hôpital standard : une tunique blanche commode à retrousser pour faciliter les examens.

« Bon, dit Peter. On va y aller, alors, mais Maman va bientôt arriver… Tu veux que j'aille chercher Jesper ?

— Oui, bien sûr. »

Son fils était dans le canapé de la salle d'attente. Quelques livres et des journaux s'empilaient sur une table basse, mais Jesper était penché sur sa Game Boy, comme toujours.

« Jesper ? fit Peter en haussant la voix.

— Quoi ?

— Nilla veut te dire au revoir. »

Jesper mit le jeu sur *pause*.

Il entra seul dans la chambre de sa sœur jumelle et referma la porte derrière lui. Peter se demanda de quoi ils pouvaient bien parler. Jesper était-il plus loquace avec Nilla qu'avec son père ? Discutaient-ils de la maladie de Nilla ? Il ne parlait presque jamais avec Peter.

Petits, âgés de quelques années, les jumeaux communiquaient entre eux au moyen d'une langue qu'ils étaient les seuls à comprendre. Une langue chantante faite presque uniquement de voyelles. Nilla, surtout, avait eu du mal à apprendre à parler suédois, elle préférait la langue secrète qu'elle partageait avec Jesper. Jusqu'à ce que Marika et lui trouvent un orthophoniste pour l'aider, Peter avait souvent eu l'impression d'être le père de deux extraterrestres.

Une porte s'ouvrit au bout du couloir. Le médecin qui avait parlé à Nilla un peu plus tôt la franchit à grandes enjambées et Peter alla à sa rencontre. Peter avait toujours eu beaucoup d'estime pour cette profession – quand sa mère avait refusé de lui dire le métier de son père, Peter avait imaginé que Jerry était docteur à l'étranger. Il y avait cru plusieurs années.

« J'ai une question, dit-il. C'est à propos de Nilla, ma fille. »

Le médecin s'arrêta.

« Ah ? Que voulez-vous savoir ?

— Elle a l'air un peu enflée, dit Peter. C'est normal ?

— Enflée, où ça ?

— Le visage, les joues et autour des yeux. C'est venu en chemin. Ça veut dire quelque chose ?

— Peut-être, dit le docteur. Nous allons lui faire des examens approfondis. Électrocardiogramme, IRM, RMN, radio, tests sanguins... Toute la panoplie. »

Peter hocha la tête, mais Nilla avait déjà subi tant d'examens pour son étrange douleur... Et les résultats semblaient toujours exiger d'autres examens. Il n'y avait plus qu'à prendre son mal en patience.

La porte de sa chambre s'ouvrit, Jesper en sortit. Il se dirigea vers la salle d'attente avec sa Game Boy, mais Peter l'arrêta de la main :

« Laisse ça. On y va. »

Un quart d'heure plus tard, le pont d'Öland franchi, ils se dirigèrent vers le nord de l'île plate, à travers un paysage aux tons bruns et jaunâtres, hésitant entre hiver et printemps. Le soleil couchant éclairait les anémones qui pointaient sur le talus, alors que des congères étincelantes bordaient encore la route. La neige fondue au soleil avait commencé à former de grandes mares sur la lande. De petits ruisseaux en coulaient, se frayant un chemin vers la mer.

Un monde aquatique. Personne d'autre que des troupes de vanneaux et de rouges-gorges.

Peter aimait le vide et les lignes pures de l'île. Quand la circulation se fit moins dense, passé Borgholm, il accéléra.

La Saab vrombit et s'élança à travers le paysage ouvert ponctué de bosquets et de moulins à vent – c'était un peu comme traverser une peinture à l'huile. Un paysage au printemps. Les champs verts et bruns, la formidable coupole de cristal du ciel et, à l'ouest, le détroit. Il était toujours couvert d'une glace bleu sombre, mais elle semblait mince et on devinait des crevasses noires, au loin. Les vagues disloqueraient bientôt le tout.

« C'est beau, non ? » dit Peter.

Jesper, sur le siège passager, leva les yeux de sa Game Boy.

« Quoi donc ?

— Ça… L'île… Tout. »

Jesper regarda par la fenêtre en hochant la tête, mais Peter ne reconnut pas dans les yeux de son fils l'émotion qu'il ressentait, lui, sur l'île. C'était peut-être ça, être jeune, ne pas apprécier la nature pour elle-même ? Peut-être fallait-il avoir un certain âge et connu un grand chagrin pour vraiment s'intéresser à l'âme d'un paysage ?

Ou alors c'était Jesper qui ne tournait pas rond. Peter aurait-il préféré avoir à ses côtés Nilla, en parfaite santé, ravie du voyage ? Et Jesper subissant la batterie d'examens ?

Il chassa l'idée. Plutôt penser au printemps. Le printemps sur l'île.

Peter avait commencé à y venir, enfant, à la fin des années cinquante, avec sa mère Anita. C'était l'été 1958, deux ans après son divorce, elle n'avait pas les moyens de voyager. Jerry était censé lui verser une pension tous les mois, mais il ne le faisait que de temps en temps – Anita lui avait raconté la fois où Jerry était passé avec sa grosse voiture devant leur pavillon, avait jeté une liasse de billets devant la porte avant de repartir aussitôt.

Le manque d'argent imposait des vacances bon marché, pas trop loin de Kalmar. Mais Anita était cousine d'Ernst Adolfsson, un tailleur de pierre qui vivait seul dans une petite maison sur Öland : pour les vacances, elle et son fils étaient invités à prendre le ferry et à rester là autant qu'ils voulaient.

Peter adorait jouer dans la carrière désaffectée en contrebas de la maison d'Ernst. Pour un enfant de neuf ans, c'était un monde enchanté.

Ernst était fils unique et il n'avait pas d'enfants : à sa mort, voilà quelques années, Peter avait hérité de sa maison. Il l'avait remise en état l'été précédent et avait l'intention de venir y habiter à la belle saison – et peut-être à terme toute l'année. Il n'avait pas les moyens d'avoir deux résidences : son appartement de Kalmar était loué jusqu'à fin septembre.

Ses deux enfants viendraient sur Öland aussi souvent qu'ils voudraient, c'était l'idée de Peter. Mais

Nilla avait commencé sa cinquième fatiguée, dissipée. Et cela avait empiré au cours de l'automne. Le médecin scolaire pensait que c'était la puberté, une croissance difficile mais, après le nouvel an, elle avait commencé à se plaindre de douleurs au côté droit. Aucun médecin n'avait jusqu'alors réussi à comprendre ce que c'était.

Les projets pour l'été s'en trouvaient compromis.

« Tu voudras appeler Maman en arrivant ? » demanda Peter.

Son fils ne leva pas le nez de son jeu.

« J'sais pas.

— Tu voudras qu'on descende à la plage ?

— J'sais pas », répéta Jesper.

Il semblait satellisé sur une orbite lointaine – mais de nos jours, c'était ça, avoir treize ans. Au même âge, le plus grand souhait de Peter était que son père vienne le voir et parle avec lui.

Soudain, en voyant un panneau annonçant une station-service, il ralentit.

« Tu veux une glace ? Ou bien ce n'est pas encore la saison ? »

Jesper leva les yeux de son jeu.

« Plutôt des bonbons.

— On va voir ce qu'ils ont », dit Peter en s'engageant sur le parking.

Ils descendirent de l'auto. Malgré le soleil, il faisait un froid glacial. Peter avait pensé qu'il ferait meilleur sur l'île, mais le détroit gelé refroidissait l'atmosphère. Le vent transperçait son blouson vert et un petit tourbillon de sable lui fouetta le visage. Ça crissait entre ses dents.

Jesper resta dans l'auto, tandis que Peter passait devant les pompes pour vite se mettre à couvert de la boutique. Tout semblait éteint. Il frappa plusieurs fois avant d'apercevoir, derrière la vitre, un mot décoloré par le soleil : *Merci pour ce bel été. Réouverture le 1er juin !*

Avril était encore la basse saison sur l'île – elle ne s'était pas encore réveillée de son hibernation, et les boutiques s'adaptaient à la demande. Il pouvait comprendre ça, lui qui avait travaillé quinze ans dans le marketing.

Jesper n'était plus dans la voiture. Il s'était assis sur une caisse en bois portant l'inscription SABLAGE, à côté du parking. Il s'était remis à jouer sur sa Game Boy. Peter se dirigeait vers lui quand il entendit un bruit de moteur, au loin. Venant du nord, un poids lourd blanc s'approchait à grande vitesse.

Il sortit sa clé de voiture et cria à Jesper :

« Désolé, pas de bonbons. C'est fermé. »

Jesper se contenta de hocher la tête, et Peter continua :

« Il y a d'autres boutiques plus au nord. On pourra… »

Il s'arrêta au milieu de sa phrase en entendant soudain un choc sourd suivi de crissements de pneus sur l'asphalte. Des reflets de soleil au sud.

Une Audi avait perdu le contrôle et faisait des embardées au milieu de la route, juste devant le poids lourd.

Peter ne pouvait qu'assister à la scène, impuissant. La voiture avait heurté quelque chose : des traînées rouges sur le capot, le pare-brise couvert de sang.

Le sang de qui ?

Le poids lourd corna. Derrière la vitre souillée, on devinait la silhouette d'un homme penché sur le volant, qui se démenait pour reprendre le contrôle du véhicule.

Peter fit un pas, au moment où la sirène sourde du poids lourd cessa. Il s'était rangé sur la droite, mordant largement sur le bas-côté. Peter vit l'Audi se redresser en une demi-seconde et tourner dans la direction opposée.

Pas de collision : la voiture s'était ruée sur le parking. Roues bloquées, elle dérapa sur les gravillons, encore à grande vitesse. Droit vers la caisse de sable.

« Jesper ! » cria Peter.

Son fils était toujours assis sur la caisse. Il pianotait sur sa Game Boy, absorbé.

Peter se précipita.

« Jesper ! »

Il leva alors la tête et se retourna, bouche ouverte.

L'Audi accélérait. Ses pneus projetaient des gravillons et du sable dans tous les sens. Elle fonçait droit sur Jesper.

4

Vendela Larsson méditait sur le siège passager à la droite de Max au moment de l'accident. Paupières mi-closes, elle regardait défiler comme dans un film les champs, les prés, les murets de pierres. Un paysage familier, et pourtant étranger. Max était venu quelques fois au cours de l'automne et de l'hiver surveiller le chantier de la villa mais, pour Vendela, c'était la première fois depuis des années.

Combien ? Trente ? Trente-cinq ?

Alors qu'elle calculait en silence, elle entendit un choc violent contre la grille du radiateur.

« Putain ! » cria Max. Vendela se réveilla tout à fait.

Un bref raclement et le pare-brise se couvrit soudain de rouge.

La voiture ne filait plus droit. Elle fit des embardées et partit en slalom en bringuebalant dans le crissement des pneus – d'abord vers la gauche, face à un poids lourd qui fit beugler son klaxon, avant de soudain foncer vers la droite. C'était l'entrée d'une station-service, avec une boutique et un parking vide.

Pas tout à fait vide. Il y avait une voiture garée, elle vit des gens. Un homme de grande taille qui courait sur l'asphalte et un garçon assis sur une grande caisse.

« Putain ! » cria à nouveau Max.

Vendela entendit son chien Ally aboyer. Elle ouvrit la bouche, mais aucun son n'en sortit.

Max braqua. Un choc, un grincement, et la voiture s'arrêta net. Vendela fut projetée en avant, mais la ceinture de sécurité la retint.

Le moteur broncha et s'éteignit.

« Bordel… », lâcha Max. Il resta assis, le regard fixe, ses doigts blanchis crispés sur le volant.

Ils ne bougeaient plus. L'avant de l'Audi avait heurté et brisé la caisse remplie de sable.

Et le garçon n'était plus assis dessus.

Où était-il passé ?

Vendela défit sa ceinture et se pencha en avant, le front contre le pare-brise. Elle vit une main se tendre à droite de la voiture.

Le garçon était à terre près de la caisse, les jambes sous la voiture. L'homme était là, penché vers lui, une main sur le capot de l'Audi.

Max tâtonna pour ouvrir sa portière et se précipita dehors, le visage rouge.

« Touche pas à ma voiture ! »

Il était en état de choc, constata Vendela : Max était survolté et ne savait pas ce qu'il faisait. Il avança de deux pas en levant la main vers l'homme.

Deux secondes plus tard, il mordait la poussière à quelques mètres de la voiture. L'homme l'avait plaqué à terre.

« Du calme ! » Penché sur Max, mâchoire serrée, il levait le poing. Il semblait viser sa nuque.

Le cœur. Vendela ouvrit à tâtons sa portière, sortit dans le vent glacé et cria la première chose qui lui passa par la tête :

« Non ! Il a un problème cardiaque ! »

L'homme la regarda. Sa colère se dissipa d'un coup. Il respira, détendit les épaules et se retourna vers Max.

« Vous vous êtes calmé ? » demanda-t-il à voix basse.

Max ne répondit pas. Il se débattait en serrant les dents, mais finit par capituler.

« OK », lâcha-t-il.

Vendela se tenait immobile. Elle vit l'homme lâcher Max et se redresser. Il attrapa doucement le garçon par le haut du corps pour le sortir de sous la voiture.

« Ça va, Jesper ? »

Le garçon répondit quelque chose, trop bas pour que Vendela puisse entendre, mais, Dieu merci, il n'avait pas l'air blessé.

« Tu peux bouger les orteils ? demanda l'homme.

— Oui. »

Le garçon entreprit de se relever. L'homme l'aida et l'accompagna jusqu'à sa voiture. Ils ne se retournèrent pas. Vendela se sentait transparente.

En prenant appui sur le radiateur de l'Audi, Max se releva à son tour. Il cligna des yeux et s'aperçut de la présence de Vendela.

« Laisse, dit-il. Je m'en occupe.

— D'accord. »

Vendela inspira profondément et retourna dans la voiture. Elle s'assit et regarda le sang couler sur le pare-brise : c'était presque beau. Non, il fallait le reconnaître : c'était vraiment beau. Étalé par les essuie-glaces, le sang dessinait des lignes courbes sur la vitre.

On aurait dit deux petits arcs-en-ciel allant du rose pâle au rouge sombre, qui brillaient au soleil.

Une légère brise de mer plaqua des plumes contre la vitre : grises, blanches et brunes.

C'était peut-être un faisan qu'ils avaient heurté, ou un pigeon ramier.

En tout cas, cet oiseau avait surgi devant la voiture et avait éclaté comme un ballon dans la collision. Le corps avait brutalement heurté le radiateur, puis glissé vers le pare-brise dans une explosion de sang avant de disparaître par-dessus le toit. La voiture était maculée.

Elle entendit un grognement impatient sous son siège.

« La ferme, Ally ! » cria Max.

Vendela avala sa salive. Il était déjà assez pénible de se faire rudoyer par Max, mais c'était encore pire quand il s'en prenait à leur chien.

« Ça va aller, Aloysius », dit-elle tout bas.

Elle ouvrit la portière.

« Max, ça va ? »

Il hocha la tête.

« Je vais nettoyer ça », lâcha-t-il.

Il était essoufflé, rouge, mais c'était juste la colère.

L'été dernier, Max avait senti une brusque douleur à la poitrine alors qu'il faisait une conférence à Göteborg sur son dernier livre, *Confiance au maximum*. Il avait dû s'interrompre et sortir de scène. Il avait appelé Vendela, de la panique dans la voix. Il s'était rendu en taxi aux urgences, où on l'avait mis sous oxygène avant de l'examiner.

Un léger infarctus, avait diagnostiqué le médecin, en insistant sur *léger*. Pas d'opération – juste du repos. Et Max avait fait de son mieux pour se reposer cet automne, entre la surveillance des travaux et la préparation de son prochain livre. Ce serait un ouvrage différent. Moins sur la psychologie que sur l'art de bien vivre et bien manger. Les bonnes recettes de Max Larsson. Vendela avait promis de l'aider.

Il y avait des serviettes en papier et de l'eau minérale dans la boîte à gants. Elle ouvrit une bouteille, but quelques gorgées et baissa sa vitre.

« Tiens, Max. »

Il prit la bouteille en silence, sans en boire – il se contenta de verser l'eau sur le pare-brise pour dissoudre le sang qui coula en traînées rouges sur la carrosserie. Il se pencha sur le capot, mâchoires serrées, et se mit à essuyer, obstinément.

Vendela voulait oublier l'oiseau mort. Elle détourna les yeux vers la droite, par la fenêtre propre qui donnait sur la lande. Un monde plat fait d'herbes, de buissons et de pierres. Il lui tardait de s'y replonger. Si Max n'était pas trop contrarié par l'accident, elle pourrait peut-être aller y courir dès ce soir.

La famille de Vendela était originaire de l'île, elle avait grandi dans une ferme des environs de Stenvik, et c'était un peu pour ça qu'elle avait persuadé Max d'y acheter un terrain.

Il aurait préféré une maison de vacances plus proche de Stockholm, il l'avait dit à plusieurs reprises. Mais quand Vendela lui avait montré le site de Stenvik, tout au bord de la mer, et lui avait donné carte blanche pour les plans de la villa, il avait cédé.

Ils avaient donc une villa de rêve près de la mer, dessinée par un architecte. Un palais enchanté de pierre et de verre.

Aloysius continuait à boitiller sur le plancher de l'auto, les pattes raides, changeant sans cesse de position : le voir ainsi inquiet la mettait mal à l'aise.

« Couché, Ally… On va bientôt repartir. »

Le caniche grisâtre cessa de geindre, mais continua à grogner tout bas, blotti contre sa jambe. Ses grands yeux levés vers elle, fixés dans le vague. Aloysius avait treize ans – quatre-vingts à l'échelle humaine. Il n'arrivait plus à plier sa patte avant droite, et sa vue était de plus en plus mauvaise. Leur vétérinaire à Stockholm leur avait expliqué dès l'automne qu'il ne distinguerait bientôt plus que la lumière, et qu'il serait complètement aveugle d'ici quelques années.

Vendela l'avait dévisagé.

« Mais on ne peut vraiment rien faire ?

— Si… Il y a toujours quelque chose à faire avec les vieux chiens. Et ça ne fait pas mal du tout. »

Mais quand le vétérinaire avait commencé à lui expliquer comment on s'y prenait pour euthanasier les chiens, elle avait pris Ally dans ses bras et s'était enfuie.

Il fallut une vingtaine de serviettes en papier pour nettoyer un peu la voiture. Max les imbibait d'eau, essuyait le sang et les jetait directement dans le fossé, l'une après l'autre.

Vendela vit s'empiler les serviettes maculées de rouge. Elles resteraient sûrement là tout le printemps et l'été, et les habitants de l'île pesteraient contre les touristes qui salissent tout. Le peuple de la lande lui aussi verrait ces ordures.

Max jeta la dernière serviette et se pencha en avant – il avait l'air de vérifier qu'il n'avait pas taché de sang sa veste en daim ou son jean. Puis il remonta dans l'auto, sans croiser le regard de Vendela.

« Tout va bien ? » dit-il en s'asseyant.

Elle se contenta de hocher la tête, en songeant :

Bien sûr. Certains jours sont juste un peu plus fous que les autres.

Elle regarda vers l'autre voiture, où étaient assis l'homme et le garçon.

« Tu ne vas pas leur parler ?

— Et pourquoi ? dit Max en démarrant. Personne n'a été blessé. »

Juste l'oiseau, pensa Vendela.

L'auto se dégagea de la caisse de sable en grinçant. Les planches avaient éclaté sur le côté – Vendela vit un mince filet de sable couler sur l'asphalte.

Aloysius cessa de grogner et se recoucha sur le tapis.

« Bon, fit Max en s'ébrouant, comme pour chasser de son esprit ce qui s'était passé. On repart. »

Il enclencha la première et baissa sa vitre pour la nettoyer. Puis il accéléra et sortit de l'aire de repos. Vendela se retourna pour chercher à voir le corps mort de l'oiseau sur le bord de la route. Mais il avait disparu, peut-être tombé dans le fossé.

« Je me demande ce que c'était, dit-elle. Tu as vu quelque chose, Max ? Je n'ai pas eu le temps de distinguer si c'était un faisan, une perdrix ou… »

Il secoua la tête.

« Oublie cet oiseau, Vendela. Pense à la nouvelle maison. »

La route était à présent déserte, et il accéléra. Vendela savait qu'il voulait prendre possession de la maison et se mettre à son livre de recettes. Dans quelques jours, un photographe devait passer pour une séance dans sa cuisine. Vendela se chargerait bien sûr de préparer la nourriture.

L'Audi accéléra. Elle fila bientôt comme avant, comme si l'accident et l'altercation n'avaient jamais eu lieu, mais Aloysius continuait à se serrer en tremblant contre la jambe de Vendela. Il tremblait presque toujours en présence de Max.

Plus jeune, Ally l'aurait suivie dans ses joggings sur la lande, mais il resterait désormais à la maison. Max non plus n'aimait pas les promenades, et encore moins le jogging. Vendela devrait partir seule dans la nature.

Seule ? Peut-être pas tout à fait : sur la lande vivaient les Elfes.

5

« Ça va ? » demanda Peter pour la sixième ou septième fois.

Jesper hocha la tête.

« Rien de cassé ?

— Non… »

Ils s'étaient rassis dans la voiture. À dix mètres de là, l'Audi se dégagea de la caisse de sable en marche arrière. Peter vit que le pare-chocs était cassé, ainsi que le phare droit.

L'Audi fit le tour du parking et s'engagea sur la grand-route. Le chauffeur regardait droit devant lui, mais la femme assise à ses côtés croisa un instant le regard de Peter, avant de détourner les yeux. Son visage fin et tendu lui rappelait quelqu'un. Régina ?

Il regarda à nouveau son fils, en lui passant un bras sur l'épaule. Jesper semblait calme, mais les muscles de sa nuque tremblaient.

« Tu n'as pas mal quelque part ?

— Que des bleus, dit Jesper en lui adressant un bref sourire. J'ai sauté pour éviter la roue, mais ce n'est pas passé loin.

— C'est sûr… Heureusement que tu es rapide. »

Avec un sourire crispé, Peter lâcha doucement l'épaule de son fils.

Il posa les mains sur le volant et soupira. Sa colère était passée mais, quelques minutes auparavant, il avait plaqué à terre un homme, qu'il avait failli frapper. Il aurait voulu casser la figure à quelqu'un, peu importait qui, au fond. À quoi bon ?

Il songea ensuite que Jesper lui avait souri, pour la première fois depuis bien longtemps. Un signe du printemps ?

Il vit l'Audi accélérer sur la grand-route, son capot maculé de taches de sang brillantes. Elle embraya et disparut vers le nord.

Cette grosse voiture évoquait pour Peter les bolides tape-à-l'œil de son père – Jerry alignait les grosses cylindrées directement importées des USA. Au milieu des années soixante-dix, il roulait en Cadillac, et changeait de modèle presque tous les ans. Les gens se retournaient sur son passage : Jerry adorait ça.

« Qu'est-ce que tu lui as fait ? demanda Jesper.

— Comment ça ?

— C'était une prise de judo, non ? »

Peter secoua la tête et démarra. Il avait fait moins de deux ans de judo et n'était parvenu qu'à la ceinture orange, mais Jesper semblait pourtant impressionné.

« Ce n'était pas du judo… Je l'ai juste renversé, une sorte de croche-pied, dit-il. Tu aurais pu toi aussi, si tu avais continué à t'entraîner. »

Jesper resta silencieux.

« Tu ne t'entraînes plus non plus, dit-il au bout d'un moment.

— C'est que je n'ai personne avec qui m'entraîner, dit Peter en quittant le parking. Mais j'ai l'intention de me mettre à courir, à la place. »

Il regarda le paysage plat qui longeait la route. La terre y semblait sans vie, mais la vie grouillait sous la surface.

« Et tu vas courir où, Papa ?

— N'importe où. »

6

« Brûle-les, Gerlof, avait dit Ella Davidsson, alitée, maigre comme un squelette. *Promets de les brûler.* »

Et il avait hoché la tête. Aujourd'hui sa femme était morte, mais ses carnets étaient toujours là. Ce vendredi, il venait de les retrouver.

Le soleil brillait à nouveau sur la Baltique, à une semaine de Pâques. Ne manquait plus qu'un peu de chaleur, et Gerlof pourrait passer ses journées assis dans le jardin. Se reposer, réfléchir et construire des bateaux dans des bouteilles. Des petites pousses vertes pointaient parmi les feuilles mortes. Pas besoin de tondre la pelouse avant mai.

Ce beau soleil au milieu de la journée fit sortir les papillons.

Pour Gerlof, c'était le plus important signe de l'arrivée du printemps. Enfant, déjà, il guettait le premier papillon, se demandant quelle couleur il aurait. À quatre-vingt-trois ans, difficile de se sentir envahi d'un sentiment aussi fort que dans sa jeunesse à l'arrivée des beaux jours, Gerlof attendait pourtant impatiemment tous les ans le premier papillon.

Il était seul dans sa petite maison. Après son déménagement, le train-train quotidien s'était installé, et il se traînait de pièce en pièce, canne dans une main, tasse de café dans l'autre. La chaise roulante attendait silencieusement dans la chambre que se réveille Sjögren, son syndrome rhumatismal. Jusqu'à présent, il arrivait sans problème à descendre les marches du perron.

Voilà une semaine, il avait reçu ses meubles – les rares qu'il avait souhaité garder de la maison de retraite – et tous les petits objets rassemblés pendant ses trente années en mer : bateaux en bouteille, cartes marines, plaques avec les noms de quelques-uns des cotres sur lesquels il avait navigué et quelques belles tresses de cordage brun foncé qui sentaient encore le goudron.

Gerlof vivait entouré de souvenirs.

C'était en ouvrant le placard de la cuisine, à côté du frigo, pour y ranger ses cartes marines et ses carnets de bord qu'il était tombé sur ceux d'Ella.

Ils étaient sur une étagère, attachés ensemble comme un paquet, derrière le coffret à bijoux d'Ella et de vieux livres pour la jeunesse, de Karl May et L.M. Montgomery. Chacun des carnets portait une date inscrite sur la couverture. En les ouvrant, il reconnut l'écriture fleurie de sa femme.

C'était le journal d'Ella – en tout huit carnets.

Gerlof hésita quelques instants. Il songea à sa promesse. Puis prit le premier carnet et alla s'asseoir sur une chaise dans l'herbe, avec un vague sentiment de honte. Il avait quelquefois surpris Ella en train d'écrire son journal, mais elle ne le lui avait jamais montré et n'avait parlé qu'une fois de ses carnets, sur son lit de mort.

Brûle-les, Gerlof.

Il s'assit, étendit une couverture sur ses genoux et posa le carnet sur la table, à côté de lui. Voilà vingt-deux ans qu'elle était morte d'un cancer du foie, à l'automne 1976, mais quand il était là, dans le jardin, il avait parfois l'impression qu'elle n'avait pas du tout disparu, qu'elle était juste dans la cuisine en train de préparer du café.

Ella avait toujours tracé des frontières très claires. Elle n'avait par exemple jamais laissé son mari entrer dans la cuisine et, de son côté, Gerlof n'avait bien sûr jamais insisté. Au début des années soixante, ses filles Lena et Julia, adolescentes, avaient insisté pour qu'il participe aux tâches ménagères, mais il était réticent :

« C'est trop tard pour moi. »

Il était surtout mal à l'aise et avait peur de mal faire. Il n'avait jamais appris à faire la cuisine ou la lessive, juste la vaisselle. Aujourd'hui, les hommes suédois semblaient se débrouiller dans tous les domaines, les temps avaient changé.

Gerlof tourna la tête. Il vit un battement d'ailes dans les herbes folles de l'autre côté de la clôture. Le premier papillon de l'année. Il venait vers lui en volant par à-coups, de-ci, de-là, apparemment sans but.

Il était jaune, un *citron*. Joli signe du printemps.

Gerlof sourit en voyant le papillon clair arriver devant lui sur la pelouse – mais cessa de sourire en en apercevant un autre dans les herbes folles – sombre, presque noir comme le charbon, avec des stries grises et blanches – dont il ne connaissait pas le nom. Une *vanesse* ? Ou un *morio* ? Il volait plus droit et atteignit la pelouse à peu près en même temps que le jaune. Puis ils voletèrent l'un autour de l'autre quelques secondes, en une danse printanière, avant de passer devant Gerlof et de disparaître derrière la maison.

Un jaune, un noir, qu'est-ce que cela signifiait ? Il avait toujours pris le premier papillon comme un signe annonciateur du reste de l'année : clair et plein d'espoir, ou sombre et de mauvais augure. Cette fois-ci, il ne savait pas à quoi s'en tenir. Comme si le drapeau qu'il avait hissé s'était d'abord mis en berne avant d'arriver jusqu'au sommet du mât.

Au moment d'ouvrir le carnet, il entendit le sifflement d'un moteur. Une grosse voiture étincelante arriva sur la route et tourna dans le chemin empierré en direction de la carrière.

Gerlof aperçut un homme au volant, avec une femme assise à côté.

Sûrement les propriétaires d'une des villas qu'on venait de construire à côté, près de la carrière. Des estivants. Ils ne resteraient qu'aux beaux jours, ils n'étaient sûrement pas prêts à sortir dans le froid abattre le dernier arbre de la côte pour se chauffer, comme ses ancêtres avaient dû le faire.

Gerlof cessa de penser à eux. Il plongea le nez dans le carnet et lut :

Aujourd'hui 7 mai 1957.

Cette nuit, Gerlof part pour son premier voyage de l'année chercher de l'essence à Nynäshamn. Il est allé aujourd'hui faire homologuer son cotre à Kalmar, parce qu'il a modifié la trappe de sa cale. Lena et Julia l'ont accompagné.

Journée ensoleillée. Arrivée à la maison vers six heures du soir, aéré. Vague odeur de moisi, mais c'était un bocal de prunes au sirop qui avait fer-

menté et explosé en mille morceaux. Dû essuyer les taches collantes rouges et bleues de sirop moisi. À peine eu le temps de préparer le dîner (boulettes de viande). Gerlof et les enfants arrivent après-demain.

Gerlof comprit qu'il s'agissait d'un journal de vacances. Quand il était en mer, il savait qu'Ella venait souvent ici avec les filles. Plus tard, quand elles avaient été plus grandes et avaient voulu accompagner Gerlof à Stockholm ou rester à Borgholm, elle venait seule. Voilà pourquoi il ne l'avait presque jamais vue écrire son journal.

Il continua sa lecture :

Aujourd'hui 15 mai 1957.

Soleil, avec brise un peu fraîche au nord-est. Les filles parties faire un grand tour à vélo le long de la côte cet après-midi.

Une chose bizarre est arrivée pendant leur absence. J'arrosais les géraniums sur la véranda – et alors j'ai vu un Troll de la carrière.

Qu'est-ce que ça pouvait être d'autre ?

Ça avait en tout cas deux pattes, mais ça courait si vite que j'en suis restée baba. Une ombre, pfuit ! Un craquement dans la pâture, des feuilles froissées dans les fourrés et il avait disparu. Je crois qu'il a ri en me voyant.

« La pâture » était le nom qu'Ella et Gerlof donnaient au pré en friche devant la maison : avant-guerre, des vaches y paissaient.

Mais « un Troll » ? Que voulait-elle dire ?

Soudain, Gerlof entendit à nouveau un bruit de voiture derrière les arbres. Il s'arrêta et le portail grinça. Vite, il cacha les carnets sous la couverture. Il ne savait pas pourquoi. Une sorte de mauvaise conscience.

Un homme trapu d'environ soixante-dix ans entra dans le jardin. C'était son ami John Hagman, vêtu du bleu de travail élimé et de la casquette grise délavée qu'il portait été comme hiver. Il avait été le second de Gerlof, autrefois, sur la Baltique. Il gérait à présent le camping, à l'extrémité sud du village.

Il s'avança sur la pelouse d'un pas lourd et s'arrêta devant lui. Gerlof hocha la tête en lui souriant. John ne lui rendit pas son sourire – ce n'était pas son genre.

« Alors comme ça, il paraît que tu es revenu ?

— Eh oui. Et toi aussi, à ce que je vois. »

John hocha la tête. Il était passé voir Gerlof à la maison de retraite quelques fois au cours de l'hiver, mais avait passé le reste du temps dans le petit appartement de son fils à Borholm. Presque gêné, il lui avait expliqué que le froid et la solitude commençaient à lui peser au village, l'hiver. Il n'y arrivait plus, et Gerlof pouvait le comprendre.

« Il y a d'autres gens, en ce moment ? »

John secoua la tête

« Après le nouvel an, il n'y a plus eu personne. Quelques visites en fin de semaine, c'est tout.

— Et Astrid Linder ?

— Elle a fini par renoncer elle aussi, elle a mis la clé sous la porte... Je crois qu'elle s'est installée sur la Riviera en janvier.

— Tiens donc, dit Gerlof, en se souvenant qu'avant sa retraite Astrid avait été médecin. Elle devait donc avoir un bas de laine. »

Silence. Gerlof ne voyait plus de papillons. Il écouta le faible bruissement du vent dans les arbres et dit :

« Je ne crois pas que je vais faire de vieux os ici, John.

— Ici, au village ?

— Non, je veux dire ici », fit Gerlof en se frappant la poitrine.

Sa sortie n'eut finalement pas l'effet dramatique escompté. John se contenta de hocher la tête :

« Tu es malade ?

— Pas plus que d'habitude, dit Gerlof. Mais très fatigué. Je devrais m'occuper utilement, bricoler, repeindre la maison, comme autrefois… mais je reste là sans rien faire. »

John détourna le regard, comme si cette conversation lui était pénible.

« Commence doucement. Descends sur la plage décaper ta barque. »

Gerlof soupira.

« Elle est pleine de trous.

— On peut la réparer, dit John. Et dans deux ans c'est le nouveau millénaire, les temps nouveaux. Tu veux quand même voir ça, non ?

— Mouais… Il faudrait encore voir ce qu'ils nous réservent, ces temps nouveaux. » Gerlof voulait changer de sujet. Il fit un signe de tête en direction du portail : « Qu'est-ce que tu penses des nouveaux voisins ? De l'autre côté de la route ? »

John se tut.

« Tu ne les connais pas ?

— Si. Mais ils ne sont encore presque jamais venus, je ne sais pas grand-chose.

— Moi non plus. Mais il y a de quoi être curieux, non ?

— Ils sont riches, dit John. De riches continentaux.

— Sûrement, dit Gerlof. N'oublie pas de te rappeler à leur bon souvenir.

— Et pourquoi ?

— Pour qu'ils te confient des petits boulots, avant que tes campeurs arrivent.

— Oui, ce serait bien. »

Gerlof hocha la tête et se pencha un peu en avant.

« Et fais-toi grassement payer.

— Compte sur moi », répondit John, la mine presque réjouie.

7

« Alors comme ça vous êtes venus pour quelques semaines ? demanda le jeune agent immobilier après avoir remis les clés et les derniers documents à Vendela Larsson. Pour profiter du soleil printanier ?

— Espérons que ça va durer », répondit Vendela avec un petit rire nerveux. Fréquent chez elle quand elle parlait à des inconnus. Mais ça lui passerait, on pouvait l'espérer. Ici, sur l'île, beaucoup de choses allaient changer.

« Bien, très bien, dit l'agent immobilier. Ainsi, vous contribuerez à allonger la saison touristique. Vous serez des pionniers : vous montrerez aux gens du continent qu'on peut profiter du calme d'Öland davantage que quelques semaines pendant l'été. »

Vendela hocha la tête.

Profiter du calme ? À condition qu'elle arrive à se détendre, que Max se plaise ici et vienne à bout de son livre de cuisine.

Pour le moment, il était dans le garage, une éponge à la main, en train de laver la voiture à grande eau. La moindre goutte de sang devait disparaître. Depuis leur arrivée, Max n'avait pas dit un mot de ce qui s'était passé sur la route, mais on sentait sur lui une odeur aigre de colère qui ne le quittait pas.

Vendela dut s'occuper seule de l'agent immobilier. Elle se faisait violence pour ne pas grelotter dans le vent glacé. Il faisait froid. Le soleil s'était couché dans le détroit, emportant avec lui toute la chaleur. Elle avait hâte de rentrer.

L'agent immobilier regarda dans le crépuscule la grande villa voisine, puis la maison plus petite quelques centaines de mètres plus au nord.

« Le site est vraiment exceptionnel, dit-il, tout à fait exceptionnel. Avec des voisins juste à la bonne distance, ni trop près, ni trop loin. Et personne entre vous et la plage… Il suffit de contourner la carrière pour le petit plongeon du matin.

— Il faudrait d'abord que la glace fonde, dit Vendela.

— Cela ne saurait tarder. Il est rare qu'elle tienne si longtemps… Mais nous avons eu un rude hiver cette année. Moins quinze, certaines nuits. »

À côté de l'agent immobilier, un homme en bleu de travail qui faisait une tête de moins. C'était le maître d'œuvre. Il hocha la tête vers Vendela.

« Appelez s'il y a quelque chose qui cloche », dit-il.

Ce furent les seuls mots qu'il adressa à Vendela. Les deux hommes s'apprêtèrent à partir.

L'agent immobilier lui donna un dernier conseil en lui serrant la main :

« Cultivez des relations de bon voisinage. C'est la règle d'or du propriétaire.

— Nous n'avons pas encore rencontré nos voisins », répondit Vendela avec un nouveau rire nerveux.

Quand elle rentra, le petit Aloysius sauta péniblement hors de sa corbeille sur ses pattes raides et se mit à aboyer. Il n'avait pas l'air de comprendre que c'était sa maîtresse – son odorat commençait peut-être aussi à lui faire défaut.

« Ce n'est que moi, Ally », fit-elle en lui donnant une petite tape.

Elle s'était sentie exposée dehors, dans le vent, mais ici, à l'intérieur, personne ne pouvait lui faire de mal. Elle aimait les vastes surfaces nettes de la nouvelle maison. Tout était neuf, pas de bric-à-brac caché au grenier ou dans les placards. Pas de cave à vider pour faire de la place.

Elle songea à ce que l'agent immobilier avait dit à propos des voisins, et eut soudain une idée : peut-être Max et elle pourraient-ils inviter les habitants du village à une petite fête, dans le courant de la semaine prochaine, histoire de faire connaissance ? Ce serait aussi pour elle une occasion de s'entraîner à se détendre quand il y avait du monde.

Une fête, oui, c'était une bonne idée.

Mais plus que les voisins, c'était les Elfes qu'elle souhaitait rencontrer. Un soir, son père lui avait raconté : *Il était une fois, il y a très longtemps, un chasseur sur la lande. Le chasseur pensait chasser des lièvres ou des faisans, mais c'est l'amour de sa vie qu'il y a trouvé. Et il en a été à jamais transformé.*

Elle devait avoir six ou sept ans. Vendela n'avait jamais oublié cette histoire. Elle venait d'acheter un carnet pour la noter – ainsi que tout ce qu'elle avait appris sur les Elfes au cours de sa vie.

Cela pourrait faire un livre, être publié et – pourquoi pas ? – apprécié des lecteurs. Les livres de développement personnel qu'écrivait son mari – comment avoir du succès, être un gagnant dans tous les domaines – marchaient bien, elle pouvait bien de son côté en écrire un sur la fréquentation des Elfes. Elle s'installa avec son carnet dans le séjour lumineux qui donnait sur la véranda, au-dessus de la carrière. Max était toujours au garage.

Elle caressait déjà ce projet de livre un an plus tôt, au moment de l'achat du terrain. Elle avait acheté son carnet avant qu'ils ne descendent s'installer sur l'île, sans rien dire à Max. Quand il l'avait vue avec, Vendela avait prétendu que c'était son journal. Il s'était contenté de ce mensonge – pourtant elle n'avait rien à dire sur elle. Max n'avait pas demandé à voir ce qu'elle écrivait, et elle avait continué à prendre ses notes sur les Elfes, quelques pages à chaque fois.

Elle nota donc l'histoire d'Henry, telle qu'elle s'en souvenait :

Le chasseur avait marché longtemps sur la lande mais, ce jour-là, pas d'oiseaux ni de petit gibier. Rien qu'un cerf élancé, au loin, qui semblait l'attendre avant de repartir vers l'horizon.

Le chasseur le suivit parmi les herbes, fusil levé. La poursuite du cerf dura plusieurs heures, sans que le chasseur ne rattrape sa proie. Le soleil se coucha, le soir tomba et le chasseur, lentement, s'approcha du cerf. Il épaula son arme.

Alors, soudain, le soleil brilla à nouveau et il se retrouva sur une lande couverte d'herbe tendre, entouré du murmure de petits ruisseaux. Le cerf avait disparu. À la place, une belle et grande femme vêtue de blanc s'avança vers lui.

Elle lui sourit en lui disant qu'elle était la reine des Elfes, qu'elle l'avait souvent vu sur la lande et en était tombée amoureuse. Et elle l'avait attiré dans son royaume.

Vendela leva les yeux de son carnet et observa le large détroit par la fenêtre. Dans l'obscurité, la glace avait un aspect gris et sale.

En s'approchant de la vitre, elle aperçut les maisons voisines et repensa à la fête qu'elle voulait organiser. Oui, c'était une bonne idée.

Elle se recala au fond de son siège et continua d'écrire :

Quand le chasseur vit la reine des Elfes, il baissa son arme et s'agenouilla devant elle. La reine prit alors une coupe d'argent et se pencha vers l'un des ruisseaux qui murmuraient alentour. Elle la remplit à ras bord, se releva et l'offrit au chasseur : l'eau avait un goût de vin blanc doux. Il se sentait heureux, libre, ne voulait plus retourner parmi les hommes. Et il resta auprès de la reine toute la soirée, toute la nuit, et s'endormit dans ses bras.

Le chasseur se réveilla avec le jour, mais il était revenu dans son lit, chez lui, au bord de la lande, et ne devait jamais plus retrouver l'entrée du royaume des Elfes.

Vendela marqua une pause. Elle entendit un ronronnement sourd et regarda par la fenêtre. Une voiture avançait au pas sur le chemin de gravier. Vendela la reconnut.

C'était la Saab du parking.

La voiture passa lentement et se dirigea vers la vieille maison, au nord-est de la carrière. Derrière le volant, l'homme blond qui avait renversé Max sur l'asphalte. À côté de lui, son fils adolescent.

En le voyant de profil, Vendela comprit à qui cet homme lui faisait penser : Martin – il avait en effet une certaine ressemblance avec Martin, son premier mari.

Peut-être était-ce pour cela que Max s'était mis à ce point en colère ? Vendela avait revu Martin par hasard cinq ans plus tôt, avait déjeuné avec lui – et elle avait été assez bête pour le raconter à Max. Il n'avait toujours pas digéré ce déjeuner.

Bon, en tout cas, elle avait déjà rencontré deux des voisins. Mais voulait-elle vraiment inviter ces deux-là à sa fête ? Il fallait qu'elle en discute avec Max.

Elle se repencha sur son carnet et écrivit un dernier paragraphe, la fin de l'histoire :

Le chasseur vécut dans sa petite maison bien des années encore après cette rencontre sur la lande, mais il ne tomba jamais amoureux et ne se maria jamais, car aucune femme humaine ne pouvait se mesurer avec la reine des Elfes. Il ne devait jamais l'oublier.

« Voilà, c'était une histoire d'Elfes », avait alors dit son père assis au bord du lit. Puis il s'était levé. « Maintenant il faut dormir, Vendela. »

Par la suite, Henry lui avait souvent raconté des histoires de ce genre. Il ne parlait jamais de sa défunte femme, mais la reine des Elfes semblait le fasciner.

Vendela n'avait jamais cessé de repenser à cette légende, aux Elfes. Peu à peu, elle s'était prise à rêver de faire un jour comme le chasseur : partir à leur rencontre.

Vendela et les Elfes

Au printemps, l'année précédant le début de l'école primaire, Henry Fors montre à sa fille Vendela les traces des Elfes et des Trolls.

Ils commencent par les Elfes. Henry emmène Vendela dans le pré derrière leur petite ferme chercher les vaches pour la traite.

Henry possède trois vaches, mais Vendela elle-même voit bien qu'au fond il ne veut pas être un paysan. Jamais de la vie. La ferme, c'est juste pour sa subsistance.

« C'est ici qu'ils dansent », dit-il, alors que les vaches s'approchent d'un pas nonchalant, les pis gonflés.

« Qui ça ?

— Les Elfes et leur reine. Tu te souviens d'elle, non ? »

Vendela hoche la tête. Elle se rappelle l'histoire.

« Ils ont même laissé des traces, dit Henry avec un geste de sa main droite, sèche et crevassée par le travail de la pierre. Tu vois la ronde des Elfes, là ? »

Vendela regarde dans le pré et voit un cercle d'un mètre de rayon où l'herbe est moins verte qu'ailleurs. Comme si on l'avait piétinée. Elle ne pousse dru qu'en son centre. En rassemblant les vaches, Henry fait un large détour pour contourner le cercle marqué dans l'herbe.

« Il ne faut pas marcher là où dansent les Elfes, ça porte malheur », dit-il.

Puis, d'une tape sur le flanc, il fait accélérer les bêtes.

Quelques jours plus tard, Henry emmène sa fille sur la côte, voir la carrière. C'est là qu'il se plaît le plus.

Vendela devrait aller au pré chercher les vaches, mais Henry dit qu'elles peuvent bien rester brouter un peu plus longtemps, pour une fois.

Tout le long du chemin en descendant vers la mer, il chante de sa voix profonde de baryton. Il aime les chansons qui parlent d'Öland :

Je suis parti loin des roses du rivage
Petit mousse d'Öland, j'ai la mer en partage.

Sa voix est pleine de tristesse et de nostalgie. Vendela pense que c'est à cause de sa mère, Kristin, qui n'est plus là.

Morte. Morte depuis plusieurs années. Elle est tombée malade, et les petits bruits de la maison se sont multipliés : chocs dans les murs, froissements, craquements. Puis elle est morte, et tout est redevenu silencieux.

« La malemort l'a emportée », a dit Henry à Vendela quand il est revenu de l'hôpital pour la dernière fois.

C'était un vieux mot utilisé sur Öland quand quelqu'un se laissait dépérir, était las de tout et n'avait plus la force de vivre.

Malemort. Vendela s'est longtemps demandé si c'était héréditaire, jusqu'à ce que sa tante Margit lui dise que Kristin était morte d'une péritonite.

Une fois à la carrière, Henry cesse de chanter. Il s'arrête au bord de la falaise, quelques mètres au-dessus de la cavité creusée dans la colline. L'air y est froid et sec.

« Ici, on a gratté la terre et débité la pierre depuis cinq cents ans. De la pierre pour bâtir des châteaux, des forteresses et des églises. Et pour faire des pierres tombales, bien sûr. »

Debout près de son père, Vendela regarde le paysage gris arraché au rocher, d'où toute vie a été chassée.

« Qu'est-ce que tu vois ?

— De la pierre et des graviers. »

Henry hoche la tête.

« Un peu comme sur la lune, non ? Je me sens comme un cosmonaute, ici, il ne me manque que la fusée… »

Son père rit, il a toujours été très intéressé par l'espace.

« Voilà quelques années seulement, il y avait encore beaucoup de monde ici, dit-il. Mais ils ont abandonné et sont rentrés chez eux, les uns après les autres… »

Vendela regarde vers les autres tailleurs de pierre. Ils ne sont plus que cinq, dispersés au pied de la coupe avec leurs dos fatigués et leurs vêtements saupoudrés de calcaire. Henry leur fait un signe de la main en lançant :

« Salut les gars ! »

Personne ne lui répond. Sans poser leurs outils, ils ont baissé barres à mine et masses pour voir qui arrivait à la carrière.

« Pourquoi ils ne travaillent pas ? » chuchote Vendela.

Henry regarde dans leur direction en secouant la tête, comme s'il n'attendait plus rien d'eux.

« Ils rêvent de partir, dit-il à voix basse. Ils se demandent pourquoi ils n'ont jamais saisi l'occasion d'émigrer en Amérique. »

Puis il la conduit là où il travaille, à l'extrémité sud de la carrière : en empilant des débris de pierre, il s'y est construit un fragile abri contre le vent, blotti contre la falaise.

« Voici ma cahute. »

Il fait entrer Vendela, et ils s'installent sur deux tabourets de pierre. Henry a une thermos de café. Il s'en sert deux tasses.

« Attention là-dessous ! » lance-t-il en vidant le fond du café entre les pierres.

Vendela sait qu'il prévient les Trolls qui vivent sous terre, qu'ils aient le temps de se cacher.

La poussière calcaire lui chatouille le nez. Elle continue à regarder autour d'elle : que de pierre concassée ! Partout, des tas. Elle essaye de voir si personne ne se cache derrière les monticules.

« Qu'est-ce que tu regardes ? demande Henry. Les Trolls ? »

Vendela hoche la tête, mais son père éclate de rire :

« Ne t'inquiète pas, les Trolls se cachent pendant la journée. Ils ne supportent pas le soleil. Ils ne sortent qu'à la nuit tombée. »

Il regarde autour de lui, avant de poursuivre :

« Mais avant l'arrivée des hommes, c'était le royaume des Trolls. Ils vivaient ici, près de la mer. Les Elfes, qui étaient leurs ennemis, vivaient plus loin à l'intérieur des terres. Une seule fois, les Elfes sont descendus chez les Trolls. Ils se sont rencontrés ici, dans la carrière, et le sang a coulé ce jour-là. La terre était toute rouge. »

Il fait un geste vers la falaise, à l'est.

« Le sang est toujours là… Viens voir par ici. »

Il conduit Vendela au pied de la paroi verticale de la coupe. Là, il se penche et lui montre une veine rougeâtre qui court dans la roche claire, juste au-dessus du niveau du sol.

Elle regarde de plus près et voit que cette couche est pleine de caillots rouge sombre.

« La veine sanguine, explique Henry en se redressant. Voilà tout ce qui reste du combat des Trolls et des Elfes… Du sang pétrifié. »

Vendela comprend que la reine des Elfes a dû mener le combat contre les Trolls, mais elle ne veut pas regarder ce sang plus longtemps.

« Ils continuent à se battre, Papa ?

— Non, ils ont dû conclure une trêve. Ils ont peut-être décidé que les Trolls resteraient sous terre, sous la veine sanguine, et les Elfes là-haut, sur la lande : ça leur évite de se rencontrer. »

Vendela lève les yeux jusqu'à la lèvre de la falaise et se dit qu'il faudrait y construire un château, avec de hautes fenêtres et des murs de pierre. Elle aimerait vivre là, à la frontière entre les Trolls et les Elfes.

Puis elle regarde son père.

« Pourquoi ne s'entendaient-ils pas, les Trolls et les Elfes ? Pourquoi se sont-ils battus ? »

Henry se contente de secouer la tête.

« Disons… qu'ils devaient se trouver trop différents. »

8

Peter et Jesper durent rouler plusieurs dizaines de kilomètres pour trouver un magasin d'alimentation ouvert un vendredi soir. Arrivés enfin à Stenvik, ils traversèrent un village de maisons de vacances inhabitées, aux fenêtres sombres.

Peter s'engagea dans le chemin d'Ernst et constata qu'il y avait de la lumière aux fenêtres des deux nouvelles villas. Devant, deux grosses voitures rutilantes. Soudain, il reconnut l'Audi qui avait failli écraser Jesper. Même si tout le sang avait été nettoyé, la carrosserie était toujours abîmée.

Le couple qu'il avait rencontré sur le parking avait donc fait construire ici. Deux des nouveaux voisins.

« Changer de voiture… dit-il, ça serait une bonne idée. Pour nous, mais aussi pour l'environnement. »

Jesper tourna la tête.

« Tu vas acheter une nouvelle voiture, Papa ?

— Plus tard. Pas pour le moment. »

Sa Saab avait des suspensions usées, qui gémissaient et grinçaient dans les nids-de-poule du chemin de gravier. Mais le moteur était en bon état, et pas question d'avoir honte de sa voiture.

Ni de la maison d'Ernst – même si le soir, avec son toit bas et ses petites fenêtres éteintes, elle faisait plutôt penser à une baraque de chantier abandonnée. Exposée au vent et au soleil au-dessus de la carrière depuis presque cinquante ans, elle avait bien besoin d'un ravalement, mais ça attendrait l'été.

La dernière fois que Peter était venu sur l'île jeter un coup d'œil à la maison, c'était début mars, la lande était encore couverte de neige. Il n'y en avait presque plus à présent, même s'il ne faisait pas beaucoup plus chaud – en tout cas à la nuit tombée.

« Tu te rappelles l'oncle Ernst ? demanda-t-il à Jesper en se garant sur l'aire de gravier devant la maison. Tu te souviens quand on venait lui rendre visite ?

— Un peu.

— Qu'est-ce que tu te rappelles de lui ?

— Il taillait la pierre… Des sortes de sculptures. »

Peter hocha la tête en indiquant dans l'obscurité un petit hangar au sud de la maison.

« Elles sont toujours dans son atelier… Une partie d'entre elles. On pourra aller les voir. »

Ernst lui manquait, peut-être parce qu'il était tout le contraire de Jerry. Ernst se levait tôt chaque matin pour aller manier la masse et la barre à mine à la carrière. Il travaillait dur – le choc sonore de l'acier contre la pierre était un des premiers souvenirs d'enfance de Peter – mais il trouvait toujours du temps pour sa cousine Anita et son fils quand ils venaient lui rendre visite.

BIENVENUE, pouvait-on lire sur son vieux paillasson.

Derrière la porte, l'air avait un faible relent de savon et de goudron : les odeurs laissées par l'ancien propriétaire n'avaient pas tout à fait disparu. La lampe allumée, l'intérieur de la maison était comme Peter l'avait laissé l'hiver précédent : papier peint à fleurs, tapis constellés de taches de café brunes et parquets polis par l'usure.

Dans la pièce principale trônait un coffre de marin qu'Ernst avait décoré : sur le devant, il avait sculpté un chevalier avec sa monture en train de chasser un Troll ricanant vers sa grotte dans la montagne, tandis qu'au second plan une princesse était en larmes sur un rocher.

Ce coffre resterait là mais, dès qu'il aurait les moyens, Peter changerait le reste du mobilier.

« On va aérer, dit-il à Jesper, histoire de faire un peu entrer le printemps. »

La fenêtre entrouverte, le vent s'engouffra dans la pièce en sifflant.

Parfait. Peter s'efforça de se réjouir de cette maison dont il avait hérité, de ce qu'elle était, de ses possibilités.

« On a la plage à deux cents mètres, de l'autre côté de la carrière, dit-il à Jesper, tandis qu'ils déposaient leurs valises dans le hall exigu. On va beaucoup se baigner cet été, toi, moi et Nilla. On va s'amuser.

— Je n'ai pas de maillot, dit Jesper.

— On en achètera un. »

Les jumeaux avaient chacun une petite chambre à gauche de la cuisine. Jesper alla s'installer dans la sienne en traînant son sac à dos.

Peter s'attarda dans la petite pièce, derrière la cuisine, qui donnait sur la partie nord de la carrière et le détroit couvert de glace. Ce serait son bureau pour l'été.

S'il vivait encore dans vingt ou trente ans, il aurait toujours cette maison, il en était certain. Et ses enfants pourraient y venir autant qu'ils voudraient.

Une sonnerie retentit alors que Peter défaisait sa valise dans la chambre à coucher. C'était le vieux téléphone – pendant quelques secondes, il ne se souvint plus où il était. Mais ça semblait venir de la cuisine.

Le téléphone était sur le plan de travail, à côté de la cuisinière. En bakélite noire, avec un cadran. Peter décrocha :

« Mörner. »

Il s'attendait à entendre Marika, ou la voix ferme d'un médecin appelant pour lui donner des nouvelles de Nilla, mais rien. La ligne grésillait, une mauvaise liaison avec le continent.

Quelqu'un finit par tousser à l'autre bout du fil, puis une voix basse et sans force – la voix d'un vieillard :

« Pelle ?

— Oui ?

— Pelle… »

Peter avait tardé à répondre. Comme sa mère était morte, il n'y avait plus qu'une personne au monde pour l'appeler Pelle – et il avait reconnu la voix rauque de son père Jerry. Les cigarettes et les nuits blanches l'avaient usée. Et le printemps précédent, après le caillot au cerveau, sa voix était devenue empâtée et confuse. Jerry se rappelait toujours les noms – et les numéros de téléphone : il appelait Peter au moins une fois par semaine – mais il avait perdu beaucoup de son vocabulaire.

Peter avait demandé le transfert d'appels de son appartement de Kalmar vers la maison d'Öland, malgré le risque que Jerry appelle.

« Comment ça va, Jerry ? » finit-il par demander.

Son père hésita, Peter l'entendit inspirer une bouffée de cigarette. Puis il toussa à nouveau et baissa encore la voix :

« Bremer », lâcha-t-il.

Peter reconnaissait ce nom. Hans Bremer était le collaborateur de Jerry, son homme à tout faire. Peter ne l'avait jamais rencontré mais, très clairement, son père entretenait avec lui une meilleure relation qu'il n'en avait jamais eu avec son fils.

« Je ne peux pas te parler aujourd'hui, dit Peter. Mes enfants sont ici. »

Son père se tut. Il cherchait ses mots, mais Peter ne lui laissa pas le temps.

« On se parlera une autre fois, poursuivit-il. À plus tard. »

Il raccrocha calmement, sans attendre de réponse, et retourna dans sa chambre.

Deux minutes plus tard, nouvelle sonnerie stridente du téléphone.

Il n'était pas étonné. Qu'est-ce qui lui avait pris de demander le transfert d'appels ?

En décrochant, il entendit la même voix rauque :

« Pelle ? Pelle ? »

Peter ferma les yeux, las.

« Qu'est-ce qu'il y a, Jerry ? Tu peux me dire pourquoi tu appelles ?

— Markus Lukas.

— Qui ça ? »

Jerry se racla la gorge et ajouta quelque chose comme « le salaud », mais Peter n'était pas sûr. Jerry semblait avoir une cigarette à la bouche.

« De quoi tu parles, Jerry ? »

Pas de réponse. Peter se tourna pour regarder la carrière par la fenêtre. C'était complètement désert.

« Aider Bremer, dit soudain son père.

— Et pourquoi ?

— Contre Markus Lukas. »

Puis silence à l'autre bout du fil. Peter regarda par la fenêtre, vers le détroit et, au-delà, cette fine bande sombre, le continent. *Markus Lukas* ? Il avait l'impression d'avoir déjà entendu ce nom, autrefois.

« Où es-tu, Jerry ?

— Kristianstad. »

Jerry habitait Kristianstad depuis une quinzaine d'années, dans un trois pièces enfumé près de la gare.

« Très bien, dit Peter. Restes-y.

— Non.

— Et pourquoi ? »

Son père se tut.

« Et où veux-tu aller, alors ? continua Peter.

— Ryd. »

Peter savait que Ryd était une bourgade perdue au milieu des forêts de sapins du Småland – Jerry avait là-bas une propriété, Peter l'y avait déposé une fois, voilà quelques années.

« Et comment tu vas y arriver, sans voiture ?

— Bus. »

Hans Bremer était l'homme de confiance de Jerry depuis plus de quinze ans. Avant son attaque, quand son père faisait encore des phrases entières, il en avait dit beaucoup de bien à Peter : *Bremer s'occupe de tout, il aime son travail. Bremer va régler le problème.*

« Bon, dit Peter. Vas-y quelques jours, alors. Tu pourras toujours me rappeler une fois rentré.

— Oui. »

Jerry se remit à tousser et raccrocha. Peter reposa le combiné et resta debout près de la fenêtre.

Les enfants ne devraient jamais se sentir seuls avec leurs parents, mais c'était justement l'effet que son père lui faisait. Peter se sentait seul au monde, sans famille ni amis. Son père les avait tous fait fuir. Même le premier amour de Peter, Régina, si souriante, Jerry l'avait détruit.

Peter soupira lentement, toujours dans la cuisine. Sortir courir sur les sentiers le long de la plage, voilà ce qu'il lui aurait fallu, mais il faisait trop sombre.

Peter avait toujours connu Jerry en ébullition, tourmenté par la manie de la persécution. Habité aussi d'une sourde joie de vivre qui, elle, avait entièrement disparu après son attaque. Autrefois, Peter s'était fait à l'idée que son père avait besoin de ces conflits réels ou imaginaires pour mettre du piment dans sa vie et redonner de l'énergie à l'entrepreneur qu'il était – mais la voix qu'il avait entendue aujourd'hui au téléphone était confuse et sans force.

D'aussi loin que Peter s'en souvienne, son père avait toujours imaginé que les gens en avaient après lui : le plus souvent, c'était l'État suédois et ses percepteurs, mais parfois aussi sa banque, un concurrent ou quelque ancien employé.

Peter ne pouvait pas grand-chose pour son père. Bien sûr, il aurait eu besoin qu'on veille sur lui mais, pour le moment, la priorité de Peter était plus d'être le père de Nilla que le fils de Jerry.

Et Jesper, aussi. Il ne fallait pas oublier Jesper.

La chambre de son fils était fermée mais, en bon père, il alla voir comment il allait. Il frappa à la porte et passa la tête.

« Coucou.

— Salut Papa », dit Jesper à voix basse.

Il était assis sur son lit avec sa Game Boy, alors que ce n'était plus l'heure de jouer.

Peter décida de passer outre. Il lui parla d'une idée qui lui était venue en regardant par la fenêtre : aménager un raccourci vers la plage.

« On s'y met demain ? Histoire de se faire les muscles en construisant quelque chose d'utile ? »

Jesper réfléchit. Puis il hocha la tête.

Ils dormirent jusqu'à neuf heures le lendemain matin, et mirent l'escalier en chantier après le petit déjeuner.

Ernst n'avait autrefois qu'une échelle en bois branlante pour descendre à la carrière, et Peter voulait quelque chose de plus solide. Un escalier que ses enfants et lui pourraient emprunter pour aller à la plage les beaux jours d'été.

Au sud du terrain pierreux, la falaise ne faisait que quelques mètres : c'est là que Peter décida de construire l'escalier.

Un par un, Jesper et lui jetèrent quelques-uns des outils d'Ernst sur le fond caillouteux de la carrière : barres à mine, pelles et pioches. Puis ils firent descendre la vieille brouette en bas de la falaise, enfilèrent des gants et descendirent à leur tour.

Il faisait froid au pied de la coupe, c'était désert. Pas beaucoup de végétation non plus, juste un peu d'herbe et de rares buissons qui s'agrippaient dans les fissures et le gravier. Au sommet de quelques tas de pierres, des mouettes se moquaient les unes des autres, bec grand ouvert.

À hauteur de genou courait un curieux trait de grumeaux rouge sombre dans le calcaire clair. Peter s'en souvenait : dans son enfance, Ernst l'avait appelé *veine sanguine*, sans expliquer pourquoi. Bien sûr il ne s'agissait pas vraiment de sang.

« Qu'est-ce qu'on fait, Papa ? dit Jesper en regardant autour de lui.

— Eh bien… D'abord ramasser du gravier. »

Peter indiqua les monticules, un peu plus loin.

« Mais on peut en piquer, comme ça ?

— On ne *vole* pas, répondit Peter, en s'apercevant qu'il ignorait à qui pouvait bien appartenir la carrière. On *utilise*. Personne ne fait rien avec ces gravats. »

Maintenant, il fallait s'y mettre. Doucement pour commencer – il devait penser à son dos.

Pendant plus d'une heure, ils firent des allées et venues avec la brouette entre les tas de gravats au milieu de la carrière et la falaise sous leur terrain. Peu à peu, ils remblayèrent une rampe en pente raide adossée au rocher.

À onze heures, Peter était bien lancé. Il avait découvert à une cinquantaine de mètres de là un gros tas de pierres plates.

« On commence avec ça ? »

Ils entreprirent de charger la brouette.

Il attrapa par un bout le bloc du dessus et plaça Jesper de l'autre côté. La surface de la pierre était sèche et lisse.

« Soulève toujours avec les jambes, Jesper, pas le dos. »

Ils soulevèrent en même temps, et empilèrent ainsi trois blocs dans la brouette à chaque voyage. Peter évitait les plus gros, mais les moyens pesaient déjà leur poids.

Les pierres déchargées au pied de la falaise et disposées en forme d'escalier, Peter était hors d'haleine – c'était un travail très pénible : comment Ernst avait-il pu faire ça tous les jours, toutes ces années ?

Vers midi, ils avaient fini le bas du nouvel escalier – Peter avait mal au dos, à la nuque, aux bras. La peau de ses mains était crevassée, il avait des ampoules. Et l'escalier n'arrivait même pas à mi-hauteur.

Il sourit, l'air las.

« Il ne reste plus qu'à finir.

— Il nous faudrait une grue », dit Jesper.

Peter secoua la tête.

« Ce serait de la triche. »

Ils se hissèrent au sommet de la falaise et regagnèrent la maison d'Ernst.

Leur maison, songea Peter, en se demandant quel nom lui donner. *Casa Grande* ?

Non. *Casa Mörner*, ça suffirait.

Des vents violents se mirent à souffler sur l'île dans la soirée et, la nuit tombée, la bourrasque fit rage au-dessus de la maison.

Le téléphone de l'hôpital était resté occupé toute la soirée mais, vers huit heures, Peter avait envoyé une pensée à Nilla, comme elle le lui avait demandé.

Amour, avait-il pensé, et il lui avait adressé cette pensée jointe au souvenir d'un coucher de soleil sur le détroit de Kalmar.

Il ne reçut aucune réponse de sa fille, sa tête resta vide. Il ne croyait pas à la télépathie, mais ça ne coûtait rien d'essayer.

Peter alla se coucher et s'endormit, bercé par le sifflement du vent. Il se mit à rêver : il avait trouvé une poupée de bois clair dans une carrière. Il l'avait mise dans un sac en toile pour la ramener à la maison. La poupée était fâchée, et comme le sac était déchiré, il prenait du scotch pour le rafistoler et empêcher qu'elle sorte les doigts. La poupée se débattait dans le sac, Peter scotchait, et scotchait encore – tandis qu'il entendait son père se moquer de lui.

Non, ce n'était pas le rire de Jerry, c'était un grondement sourd qui faisait trembler le sol.

Peter cessa de lutter avec le sac. Il alla regarder par la fenêtre vers la carrière et découvrit quelque chose d'incroyable : un volcan avait commencé à se former dans le détroit entre l'île et le continent. L'eau était en ébullition, l'air plein de fumée grise et un cratère de cent mètres de large s'élevait vers le ciel, de plus en plus haut.

La lave s'écoulait, commençait à remplir la carrière.

Alors il se réveilla, éperdu, désorienté, tâtonnant en vain dans son lit à la recherche de la poupée.

La tempête faisait rage au-dessus de la maison, mais le grondement avait cessé. Peter finit par se rendormir.

Le lendemain matin, grand soleil, mais le vent apportait un curieux bruissement. Vers sept heures et demie, ce dimanche-là, Peter vit en se levant que quelque chose avait changé : le détroit n'était plus grisâtre, mais bleu foncé.

Il comprit alors ce qui s'était passé : le grondement qui l'avait réveillé pendant la nuit était celui de la glace brisée par le vent. Il ne restait plus que des plaques isolées qui dérivaient à la surface – et une bande sale de glace en bouillie flottant parmi les rochers du rivage. Le bruissement était le ressac des vagues libérées.

La glace avait cédé dans le détroit – des centaines de tonnes de glace s'étaient disloquées, voilà le grondement que Peter avait entendu.

Impressionnant.

Mais son rêve était bizarre, désagréable. Il préférait ne pas y songer.

9

Tandis que Max réfléchissait de son côté à son livre de cuisine, Vendela faisait le tour de la villa toute neuve avec une seule idée en tête : ne pas manger. Elle s'était fixé deux objectifs sur l'île : courir et jeûner. Ce n'était pas pour maigrir – sa balance indiquait cinquante-deux kilos – mais plutôt une façon de purifier son corps et de se rapprocher de la nature. Le premier matin dans la nouvelle maison, elle ne prit donc qu'un verre d'eau au petit déjeuner, seule avec Aloysius dans la cuisine flambant neuve.

Elle continuait à creuser son idée de fête des voisins. Elle avait décidé d'inviter tous ceux qu'elle pourrait trouver au village. Ce serait le mercredi des Cendres – en général les gens étaient libres, ce soir-là, non ? Pour être sûre, elle alla en parler avec son mari.

Max était dans son bureau – dans un de ses bureaux.

Il était déjà descendu une semaine plus tôt rien que pour déménager ses affaires. Max avait besoin de trois tables de travail pour écrire ses livres – une pour réfléchir, une pour écrire et une pour mettre au propre –, pour avoir assez de place, il occupait deux pièces voisines.

Il avait aussi un rameur, quelques haltères et une corde à sauter. Pas de tapis de course.

Vendela le trouva à sa table à penser, qui était complètement vide. Elle lui parla de son idée de fête. Il l'écouta, puis désigna du menton la maison plus au nord :

« Eux aussi ? »

Elle savait de qui il voulait parler – le garçon que Max avait failli renverser et son père.

« Tu veux que je… », dit Vendela.

Il secoua la tête :

« Non, invite-les aussi. Tu as besoin d'aide ?

— Ça ira, je m'occupe de la cuisine, mais tu accueilleras les invités. »

Max soupira.

« Je veux bien leur faire la causette, mais qu'ils ne comptent pas sur mes bons conseils.

— Non, bien sûr.

— Les gens n'arrêtent pas de me demander de les aider à résoudre toutes sortes de problèmes… Ici, j'ai besoin d'avoir la paix. »

Max ferma les yeux, et Vendela quitta la pièce.

Elle allait bientôt sortir se promener, mais commença par aller à la salle de bains.

Elle n'avait pas encore défait son nécessaire de toilette. Elle le posa sur le couvercle des W-C et entreprit de ranger l'armoire à pharmacie.

Les cachets antiallergiques, avec leurs noms latins, sur l'étagère du bas. Elle en avait plusieurs boîtes mais, ce matin, son nez et ses yeux allaient assez bien.

Puis elle rangea le flacon de gélules anxiolytiques et les plaquettes de Vistaril qu'elle prenait depuis quelques années en début de soirée et parfois aussi tôt le matin.

Mais c'était à Stockholm. Ici, sur l'île, elle ferait plus attention. Aujourd'hui, elle ne prendrait que deux cachets. Du Folangir, c'était nouveau, arrivé du Danemark par la poste la semaine précédente : une sorte de coupe-faim qui calmait aussi l'inquiétude – mais servait en même temps de complément alimentaire. C'était aux extraits de souci et plein de vitamines, selon l'emballage.

Elle les avala avec de l'eau.

Et voilà. Fin prête pour la promenade.

Ces nouveaux cachets étaient plus forts que d'habitude : elle ressentit un léger vertige en descendant le perron. Le soleil brillait et les vents frais du printemps sifflaient autour de la maison, mais elle était indifférente à la chaleur comme au froid. Tout s'équilibrait pour elle. Tout était agréable.

Le ciel sur Öland était immense, pas une seule montagne pour empêcher le soleil d'inonder l'île. Voilà pourquoi les Elfes se plaisaient tant par ici.

Vendela traversa l'étroit chemin. Le paysage était tellement silencieux ! Pas de voitures, pas d'éclats de voix. Rien d'autre que le gazouillis des oiseaux et le ressac paisible de la mer libre de glace.

De l'autre côté du chemin empierré, un autre plus étroit, un sentier. Deux traces de roues avec une bande d'herbe au milieu, ça pouvait aller n'importe où. Elle s'y engagea et se lança à petites foulées, les yeux fermés pendant quelques secondes.

Quand elle les rouvrit, elle vit un portail fermé dans un vieux muret. Derrière, un petit jardin où quelqu'un était assis sur la pelouse jaune pâle. Un homme sur une chaise longue.

En s'approchant, Vendela vit qu'il était très âgé, ridé, chauve, une couronne blanche à l'arrière du crâne. Il avait une grosse écharpe nouée sous le menton, une couverture remontée jusqu'au cou et un mince carnet sur les genoux. Yeux clos, menton appuyé sur la poitrine, il avait l'air insouciant et satisfait de celui qui se repose après une vie bien remplie.

Il aurait pu être son père – mais Henry ne tenait pas en place, il ne se serait jamais installé comme ça dans le jardin.

Vendela croyait l'homme endormi, mais il leva les yeux vers elle quand elle s'approcha du portail.

« Je dérange ? fit-elle de loin.

— Pas plus que quelqu'un d'autre », dit l'homme en cachant son carnet sous la couverture.

Il avait une voix grave mais puissante, la voix de quelqu'un habitué à fixer le cap. Un peu comme Max.

Les cachets donnaient du courage à Vendela. Elle poussa le portail et entra.

« Vous voyez, je m'occupe en regardant les papillons, dit l'homme quand elle arriva près de lui. Et je réfléchis un peu, aussi. »

Ce n'était pas une plaisanterie, mais Vendela se mit pourtant à rire – ce qu'elle regretta aussitôt.

« Je m'appelle Vendela, s'empressa-t-elle de dire. Vendela Larsson.

— Et moi Davidsson. Mon prénom, c'est Gerlof. »

Un prénom inhabituel, Vendela ne pensait pas l'avoir jamais entendu.

« Gerlof… c'est allemand ?

— Je crois que c'est hollandais à l'origine. Un patronyme très ancien.

— Et vous vivez ici toute l'année, Gerlof ?

— Maintenant, oui. Je resterai sans doute là jusqu'à ce qu'on m'emmène les pieds devant. »

Vendela rit à nouveau.

« Alors nous serons voisins. » Elle fit un geste, en essayant d'empêcher sa main de trembler. « Nous venons d'emménager là-bas, près de la carrière, mon mari Max et moi. Nous habitons là.

— Ah oui ? fit Gerlof. Mais seulement aux beaux jours, alors. Pas toute l'année. »

Ce n'était pas une question.

« Non, pas toute l'année… Seulement le printemps et l'été. »

Elle allait ajouter *Dieu merci*, mais se retint au dernier moment. C'était impoli d'insister sur le fait qu'il faisait trop froid et que l'île était trop déserte pour y passer l'hiver – elle avait déjà donné quand elle était petite.

Le silence se fit. Pas de papillons en vue, mais les oiseaux continuaient à chanter dans les buissons. Vendela cligna des yeux en se demandant si leur gazouillis nerveux était un signal d'alarme.

« Et vous vous plaisez, ici ? » demanda Gerlof.

Vendela leva les yeux en hochant énergiquement la tête.

« Absolument, c'est si… » Elle cherchait le mot juste : « … si près de la plage. »

Comme le vieil homme n'ajoutait rien, Vendela prit son élan et continua :

« Nous songeons à inviter à dîner les habitants du village. Nous avions pensé mercredi prochain vers sept heures… Nous aimerions vous avoir parmi nous. »

Gerlof baissa les yeux vers ses jambes.

« Je viendrai si j'arrive à me bouger… Ça dépend de la forme du jour.

— Bien ; au plaisir, alors. »

Vendela lâcha encore un rire nerveux et retourna vers le portail. Elle avait faim, à présent, et ces nouveaux cachets la faisaient somnoler. Mais elle aimait cette sensation de planer au-dessus de l'herbe, comme un Elfe dans le vent et le soleil clair.

« Max ? Tu es là ? »

Vendela était de retour. Sa voix se répercutait sur le sol de pierre. Pas de réponse, mais sa rencontre avec Gerlof l'avait tellement enthousiasmée qu'elle continua à crier à travers la maison :

« J'ai rencontré quelqu'un. Un vieil habitant du village… Formidable ! Il habite une petite maison de l'autre côté du chemin. Je l'ai invité à la fête ! »

Après quelques secondes de silence, Max ouvrit la porte de sa pièce à penser. Il regarda sa femme quelques secondes, puis demanda :

« Qu'est-ce que tu as pris ? »

Vendela le regarda à son tour en raidissant le dos.

« Rien… Deux cachets coupe-faim, c'est tout.

— Pas d'euphorisants, aujourd'hui ?

— Mais non ! C'est le printemps, j'ai le droit d'être gaie, non ? »

Elle aurait voulu tourner les talons et s'en aller, mais resta en secouant la tête. Elle s'efforçait de rester debout sans vaciller, malgré le léger tangage des dalles sous ses pieds.

« Vendela, tu étais censée diminuer les doses. C'est ce que tu avais dit.

— Je sais. Je vais faire du jogging !

— C'est ça, dit Max. Ça vaut mieux que les cachets.

— Je suis gaie, c'est tout, dit Vendela avec le plus grand sérieux, rien à voir avec un quelconque médicament. Je suis gaie parce qu'il y a du printemps dans l'air, parce que je viens de rencontrer un ancien du village, très sympathique…

— Oui, tu t'extasies toujours sur les vieux croûtons. » Max se frotta les yeux et lâcha, en retournant dans sa pièce à penser : « Maintenant, j'ai du travail. »

10

Odeur de calcaire et de varech, de mer et de terre. Vent sur la plage, miroitement du soleil sur le détroit, hiver et printemps mêlés dans l'air au-dessus de l'île.

Dimanche matin. Sur la terrasse, un balai à la main, Peter aurait voulu que le soleil printanier réchauffe son corps sous toutes les coutures. Ernst avait construit deux terrasses, de part et d'autre de la maison, une au sud-est, l'autre au nord-ouest : malin, car on pouvait ainsi se dorer au soleil du matin au soir ou rester à l'ombre toute la journée.

Il se redressa et contempla la côte rocheuse. Il savait que ce spectacle aurait dû le réjouir davantage. Il aurait voulu goûter sereinement la paix de cet instant, mais il était trop inquiet pour Nilla. Inquiet de ce que les médecins allaient trouver.

Il n'y avait pas grand-chose à faire, à part travailler en attendant.

La vieille terrasse en pierres calcaires irrégulières était solidement bâtie, malgré les mauvaises herbes qui poussaient entre les dalles. Après en avoir balayé toutes les feuilles mortes, Peter s'approcha du bord pour regarder vers la carrière, en contrebas. Pas un chat. Contre la falaise, l'escalier s'arrêtait toujours à mi-hauteur.

Il tourna alors les yeux vers les deux villas, au sud, en songeant aux nouveaux voisins et à leur argent.

Ça laissait rêveur. À vue de nez, chaque terrain, avec la maison, avait dû coûter deux bons millions. Peut-être même trois, avec tous les frais. Au fond, tout ce qu'il savait de ses nouveaux voisins, c'était qu'ils brassaient de grosses sommes.

Le moment était venu de sortir les meubles de jardin. Ils étaient en rotin : ils donnaient à la véranda un air de plantation perdue dans la jungle.

Le téléphone sonna dans la cuisine alors qu'il sortait la première chaise.

« Jesper ? cria-t-il vers l'intérieur de la maison. Tu peux répondre ? »

Personne ne décrocha. Il ne savait pas où était son fils.

Le téléphone sonna à nouveau. Après le quatrième signal, il posa la chaise et gagna la cuisine.

« Peter Mörner.

— Allô ? fit une voix pâteuse. Pelle ? »

C'était encore son père, évidemment. Peter ferma les yeux en songeant que Jerry aurait eu les moyens de construire une de ces villas de millionnaire au bord de la carrière. En tout cas voilà dix ou quinze ans. Mais Peter n'avait jamais profité de cet argent et, à présent, après son attaque, la situation de Jerry était très incertaine. Il n'était plus capable de travailler.

« D'où appelles-tu, Jerry ? Où es-tu ? »

Grésillement dans le téléphone, puis :

« Ryd.

— OK, alors tu es arrivé. Tu voulais aller au studio, non ?

— Voir Bremer.

— Je comprends. Mais tu es arrivé chez Bremer, maintenant. »

Il entendit Jerry hésiter à nouveau, et continua :

« Tu n'as pas vu Bremer ? Il ne devait pas venir te chercher ?

— Pas ici. »

Peter se demanda si Jerry était ivre, ou juste confus.

« Rentre chez toi, Jerry, dit-il d'une voix ferme. Va à la gare, saute dans le premier bus pour Kristianstad.

— Peux pas.

— Si, Jerry. Vas-y. Maintenant. »

Nouveau silence.

« Me chercher, Pelle ? »

Peter hésita.

« Non. Impossible. »

Silence dans le téléphone.

« Pelle… Pelle ? »

Peter serra plus fort le combiné.

« Je n'ai pas le temps, Jerry. Jesper est avec moi, et Nilla va bientôt arriver… Je dois d'abord m'occuper d'eux. »

Mais son père avait déjà raccroché.

Peter savait où se trouvait Ryd. Deux heures de route – il fallait bien ça depuis Öland. Trop long. Mais cette conversation avec Jerry l'avait inquiété.

Ne le perds pas de vue, lui avait un jour dit sa mère.

Anita n'avait jamais appelé son ex-mari par son prénom. Et c'était Peter qui avait dû garder le contact avec Jerry et la tenir au courant de ses faits et gestes, année après année. Ses voyages, les femmes qu'il rencontrait. Il s'en serait bien passé.

Il avait promis à Anita de ne pas perdre de vue Jerry. Mais à certaines conditions : l'une d'elles était de toujours voir son père seul à seul.

Peter prit sa décision : il descendrait à Ryd.

Jesper resterait à la maison. Lui et Nilla n'avaient rencontré leur grand-père qu'à de rares occasions, jamais plus de quelques heures chaque fois – et c'était bien comme ça.

Ne pas laisser ses enfants fréquenter Jerry était une de ses meilleures décisions.

11

Vendela comprit assez vite que sa curiosité pour les autres habitants de Stenvik n'était pas réciproque.

Partie en tournée pour inviter les voisins à sa fête, elle commença par essayer de trouver des maisons habitées dans le reste du village. Rien à faire. Elle suivit le chemin côtier qui suivait la baie profondément échancrée, sans voir personne. Il n'y avait que des maisons inhabitées, aux volets clos – et quand elles n'avaient pas de volets, personne ne venait lui ouvrir. Elle eut parfois l'impression *qu'il y avait quelqu'un*, qui ne voulait pas se montrer.

Ce ne fut qu'une fois au sud du village, comme elle frappait à la porte de la petite maison près de la boutique, qu'on lui ouvrit enfin. Un petit homme aux cheveux blancs et aux mains couvertes de suie, comme s'il était en train de s'occuper d'une cheminée ou d'un moteur de bateau. Vendela évita de la lui serrer. Après elle, il se présenta :

« Hagman, John Hagman. »

Quand elle lui parla de sa fête, il se contenta de hocher la tête.

« Très bien. Donc c'est vous qui habitez près de la carrière ?

— Tout à fait, nous…

— Vous avez besoin d'un coup de main, pour le jardinage ? Je bêche, je désherbe, je tamise, tout, quoi.

— Parfait, dit Vendela avec un rire nerveux. Nous pourrions bien avoir besoin de vous. »

Hagman hocha la tête et referma sa porte.

Vendela regarda alentour en songeant que ce type ferait mieux de commencer par s'occuper de son propre jardin. Il était en friche.

Elle retourna vers le nord, vers la carrière, avec un léger pincement au cœur : son armoire à pharmacie commençait un peu à lui manquer. Mais elle ne l'ouvrirait pas aujourd'hui.

Elle obliqua vers la villa des voisins. Elle était à peu près aussi grande que la leur, mais avec des murs de bois clair et de hautes fenêtres étroites. Leur jardin semblait en meilleure voie : de la terre avait été répandue et tassée à l'emplacement de la future pelouse, où on avait même déjà semé du gazon.

Les propriétaires étaient là. Une jeune femme en survêtement bleu vint ouvrir à Vendela. Cheveux blonds taillés court, elle salua poliment mais, comme John Hagman, elle ne semblait pas particulièrement apprécier la visite.

Elle s'appelait Kurdin. Marie Kurdin.

« Je dérange ? dit Vendela avec un rire nerveux.

— Non, mais j'avais un mur en train.

— Vous tapissez ?

— Je peins. »

Tandis que Vendela lui expliquait ce qui l'amenait, elle avait l'air de penser à autre chose, peut-être à sa couleur en train de sécher.

« D'accord, dit-elle à voix basse, d'un ton neutre. Nous pouvons venir, Christer, le petit Paul et moi. Nous apporterons un peu de vin.

— Très bien, à plus tard, alors. »

En tournant les talons, Vendela se sentit nulle. Rien de raté ni de gênant dans cette conversation, non, mais elle avait espéré se sentir davantage la bienvenue. Dans des moments pareils, la lande lui manquait plus que jamais – sortir, y aller, un point c'est tout. Jusqu'à la pierre des Elfes, malgré tout ce qui s'y était passé.

Elle se fit pourtant violence et alla sonner à la dernière maison au bord de la carrière. La petite, au nord. La Saab était garée devant. Vendela se demanda s'il fallait vraiment. Elle finit pourtant par se décider.

La porte s'ouvrit aussitôt. C'était l'homme qui avait plaqué Max à terre. Il avait l'air plus gentil aujourd'hui.

« Bonjour, dit Vendela.

— Salut », dit l'homme.

Elle tendit la main et se présenta. L'homme se nommait Peter, Peter Mörner. Elle rit nerveusement.

« Il faut que je vous dise, pour ce qui s'est passé sur ce parking, mon mari s'est un peu…

— Oublions ça, dit Peter Mörner. Tout le monde était un peu sur les nerfs. »

Après un silence, Vendela reprit :

« Je fais juste un petit tour pour dire bonjour. » Elle rit à nouveau. « Il faut bien que quelqu'un commence. »

Peter se contenta de hocher la tête.

« Alors j'ai eu une idée, dit Vendela. Je pensais que nous pourrions faire une fête, avec tous les voisins.

— Une fête ? OK… Et quand ?

— Mercredi soir, dit Vendela. Ça irait, pour vous et votre femme ?

— Très bien, mais je n'ai pas de femme. Juste deux enfants.

— Ah bon… Et vous êtes là mercredi ? »

Peter hocha la tête.

« Je dois retourner sur le continent, mais pour la journée seulement. Mon fils Jesper reste ici. Il faut apporter quelque chose ? »

Vendela secoua la tête.

« Non, c'est nous qui invitons. Mais vous pouvez amener quelque chose à boire. »

Peter Mörner hocha la tête, sans avoir l'air très enthousiasmé par cette fête.

Il avait beau dire, peut-être n'avait-il pas oublié la bagarre avec Max. Ou bien il avait d'autres soucis.

À son retour, Vendela trouva Aloysius couché dans sa corbeille. Elle lui caressa le dos au passage et gagna le séjour pour continuer à écrire dans son carnet.

Max était dehors, derrière la maison, en costume de tweed campagnard. Un photographe de Kalmar était venu quelques jours s'occuper des illustrations du livre de recettes – qui aurait pour titre : *Cuisine au maximum* – et Vendela avait dû aider son mari à se coiffer et se maquiller.

Avant qu'elle n'ait eu le temps de commencer à écrire, la porte extérieure s'ouvrit d'un coup et le jeune photographe fit irruption dans le hall. L'air survolté, il fila vers sa sacoche, à la cuisine, jetant à peine un coup d'œil à Vendela.

« Il me faut un grand-angle !

— Et pourquoi ?

— Max a tué une vipère ! »

Elle le regarda disparaître à la cuisine et resta quelques secondes dans le fauteuil avant de se lever. Dans son dos, Aloysius se leva aussi et se mit à geindre dans sa corbeille, mais elle n'avait pas le temps de s'occuper de lui pour le moment.

Elle sortit dans le froid.

Le soleil brillait sur la terre battue. Au bout du terrain, près du vieux muret, Max observait quelque chose sur la lame d'une pelle.

Vendela s'approcha doucement. C'était un serpent avec des stries noires obliques – une vipère. Elle ne voyait pas la tête : le corps s'était tordu en un gros nœud informe et semblait lutter pour se lover encore davantage.

« Elle était là, au soleil, et moi je devais poser près du mur, une pelle à la main, dit Max en la voyant arriver. Elle a essayé de se glisser sous les pierres, mais je l'ai eue.

— Max, dit Vendela à voix basse, tu ne sais pas que les vipères sont pacifiques ?

— Ah oui ? » Il lui sourit. « Non, je ne savais pas. Elle non plus, d'ailleurs… Qu'est-ce que tu crois ? »

Vendela se contenta de secouer la tête.

« Elle est vivante, dit-elle. Regarde, elle bouge.

— Un réflexe, dit Max. Je lui ai écrasé la tête d'un coup de pelle. Le corps n'a pas encore compris. »

Elle ne répondit rien, mais pensa à son père, qui l'avait mise en garde quand elle était petite : ne jamais tuer de vipères, elles ont des pouvoirs magiques. Surtout les noires – tuer une vipère noire présage une mort violente.

Au moins, celle que Max avait tuée était grise.

« Il faut l'enterrer, dit-elle.

— Mais non, dit Max. Je la balance. Les mouettes s'en occuperont. »

Il se dirigea vers la carrière, la pelle à bout de bras.

« Juste une photo ! »

C'était le photographe, qui avait trouvé le bon objectif. Il se mit à mitrailler tandis que Max prenait la pose de bonne grâce, grand sourire, pelle brandie.

« Super ! » cria le photographe.

Max partit avec la vipère sur le devant de la maison. Au bord de la carrière, il secoua la pelle et le serpent voltigea comme un vieux pneu de vélo.

« Et voilà ! »

La vipère avait atterri au fond de la carrière, mais Vendela la vit continuer à se tordre dans la poussière calcaire. Cela lui fit penser à son père, qui revenait toujours de la carrière les vêtements et la casquette saupoudrés de blanc.

Le photographe s'approcha du bord de la falaise pour prendre les dernières images du serpent. Vendela se tourna vers lui.

« C'est pour le livre de cuisine ?

— Bien sûr, dit-il. Si elles sont bien.

— Je pense que non. Les serpents ne se mangent pas. »

Vendela décida de ne jamais descendre dans la carrière. Pas de tout le printemps. Son univers, c'était la lande.

Elle rentra au chaud. Son carnet était resté sur le fauteuil. Elle l'ouvrit et se mit à écrire :

Nous autres humains avons peur de tant de choses et considérons souvent la nature comme hostile. Un serpent dans l'herbe nous donne des sueurs froides, nous effraie, nous fait penser au serpent du jardin d'Éden, croire que nous sommes tentés, que notre monde est menacé, et ainsi de suite.

Les Elfes, eux, considèrent les reptiles et toutes les autres créatures comme liés les uns aux autres au sein de la nature : ni bons, ni mauvais, ils donnent juste le sentiment que nous faisons tous partie d'un grand tout.

N'ayons donc pas peur de la nature, c'est notre demeure.

12

Gerlof avait deux visites par jour : les assistantes à domicile. Même s'il y avait parfois des remplaçantes, c'était le plus souvent Agnès qui lui déposait son repas à onze heures et demie, puis sa collègue Madeleine qui passait vers huit heures du soir évaluer ses chances de passer la nuit. Gerlof pensait en tout cas que c'était le but.

Il trouvait leurs visites assez agréables, même si elles étaient stressées et se trompaient parfois de nom en s'adressant à lui – mais c'était sûrement difficile de s'y retrouver avec tous les petits vieux qu'elles voyaient dans leur tournée quotidienne. Leurs visites étaient toujours courtes. Parfois elles avaient le temps de rester bavarder un peu, parfois elles étaient si pressées qu'elles le saluaient à peine : elles posaient juste le repas dans la cuisine et disparaissaient.

Une troisième visite, plus irrégulière, était celle du docteur Wahlberg, Carina Wahlberg. Elle se glissait dans le jardin, grande cape noire sur sa blouse blanche. Si Gerlof était à l'intérieur, elle frappait à sa porte d'une poigne autoritaire.

Parfois elle venait le jeudi, parfois le mardi, et parfois même le dimanche. Gerlof ne s'y retrouvait pas, mais appréciait les visites du docteur Wahlberg. Elle vérifiait ses réserves de médicaments, prenait sa tension et emportait parfois un échantillon d'urine.

« Alors, qu'est-ce que ça fait d'avoir plus de quatre-vingts ans, Gerlof ?

— Qu'est-ce que ça fait ? C'est l'immobilité complète, je ne bouge pas d'ici. J'aurais dû aller à l'église aujourd'hui… mais je n'ai pas pu décoller.

— Mais comment on se sent, physiquement ?

— Vous pouvez vous en rendre compte par vous-même. » Gerlof désigna sa tête. « Bouchez-vous les oreilles avec du coton, enfilez une paire de chaussures mal ressemelées et une paire de gants en caoutchouc… et tartinez de la vaseline sur vos lunettes. Voilà ce que ça fait d'avoir quatre-vingts ans.

— Comme ça je suis prévenue, dit le docteur, avant de poursuivre : Au fait, vous vous souvenez de Wilhelm Petersson ? En entendant que je devais passer ici, il m'a demandé de vous transmettre son bonjour.

— Le pêcheur ? » Gerlof hocha la tête. Il se souvenait de Willy, de Tallerum. « Wilhelm a sauté sur une mine pendant la guerre. Il était à l'arrière d'un chalutier quand l'étrave a touché une mine. Il s'est retrouvé à la mer, après un vol plané de trente mètres. Willy est le seul du bateau à s'en être tiré… Comment il va, aujourd'hui ?

— Bien, mais il commence à être un peu sourd.

— Ça doit être son vol plané. »

Gerlof ne voulait pas se remettre à penser à tous ces champs de mines qui cernaient Öland pendant la Seconde Guerre mondiale, mais voilà qu'il y songeait à nouveau. Elles avaient coulé tant de bateaux… Il avait guidé des navires de commerce entre les mines pendant les années de guerre et, la nuit, il faisait toujours le même cauchemar : il en touchait une. Certaines étaient toujours au fond, rouillées et couvertes d'algues…

Le docteur avait demandé quelque chose.

« Pardon ? dit Gerlof.

— Je disais : et vous, vous entendez bien ?

— Ça va, se hâta de répondre Gerlof. J'entends correctement, en général. J'ai parfois des sifflements dans les oreilles, mais ça doit être le vent.

— On pourra contrôler ça, dit Wahlberg. Vous parliez de coton dans les oreilles… Il vous faudrait peut-être un sonotone ?

— Je préférerais éviter, dit Gerlof, qui ne voulait pas avoir à s'occuper d'un nouvel appareil.

— Et sinon, alors, comment ça va ?

— Ça va. »

Gerlof ne voulait pas en dire davantage – s'il confiait ses inquiétudes au docteur, il risquait peut-être d'être replacé d'office en maison de retraite. Il se contenta d'ajouter :

« Bien sûr, ça fait drôle de ne plus avoir d'avenir.

— Plus d'avenir ? »

Gerlof hocha la tête.

« Si j'étais plus jeune, j'achèterais sûrement un bateau, mais à mon âge, on ne peut plus trop faire de projets. »

Le docteur Wahlberg sembla un peu préoccupée et, comme elle ouvrait la bouche, il la coupa :

« Mais ça ne fait rien. Au contraire, je me sens libre.

— Vous avez beaucoup de souvenirs, n'est-ce pas ? dit le docteur en souriant.

— Tout à fait, dit Gerlof sans lui rendre son sourire. Ils me tiennent compagnie. »

Le docteur parti, Gerlof resta quelques minutes sans bouger sur sa chaise. Puis il alla chercher un des carnets d'Ella dans le placard de la cuisine.

Les souvenirs me tiennent compagnie, avait-il dit au docteur Wahlberg – c'était juste un façon élégante de dire qu'il lisait en douce le journal de sa femme.

Il en avait honte, mais n'arrivait pas à arrêter. Si Ella avait vraiment eu des choses à cacher, n'aurait-elle pas dû brûler elle-même ces carnets avant que le cancer ne l'emporte ? Elle les avait laissés en héritage à Gerlof, en somme.

Il tourna une page et lut :

Aujourd'hui 3 juin 1957.

C'était jour de marché à Marnäs, beaucoup de monde et très beau temps. Et malheureusement aussi les premières guêpes de l'année.

Gerlof est descendu à Borgholm hier soir charger 30 tonnes de calcaire pour Stockholm. Demain, il va prendre la mer sur son cotre et comme les filles sont en vacances, elles l'accompagnent.

C'est vide sans Gerlof et les filles. Quand elles étaient petites, tous les étés, on allait en vélo ensemble au marché, mais les voilà grandes et aujourd'hui je me sens un peu esseulée. Je n'ose pas pleurer, parce que ça me rend malade, mais quand je me dis que Gerlof va être sur la Baltique jusqu'en novembre, c'est un crève-cœur.

Mais je ne suis pas complètement seule, puisque j'ai quand même ce petit galopin, mon petit Troll.

Il se carapate derrière les murets et se glisse entre les genévriers pour avoir un peu de lait et des gâteaux. Mais seulement quand je suis seule et au milieu de la journée, quand il n'y a pas grand monde dans les rues du village.

Il sent peut-être que c'est le moment le plus sûr pour se montrer.

13

Le soleil se montra enfin alors que Peter quittait Öland pour aller s'occuper de son père. Ce dimanche matin, il l'avait à plusieurs reprises appelé sur son fixe et son mobile, sans obtenir de réponse. Ce silence attisait son inquiétude.

En fin de matinée, à table, Peter avait exposé la situation à Jesper :

« Je crois que ton grand-père a besoin d'un peu d'aide… Il n'avait pas l'air dans son assiette au téléphone : il faut que je descende le voir pour m'assurer que tout va bien.

— Et tu rentres quand ? dit Jesper.

— Ce soir. Peut-être tard, mais je serai là. »

Juste avant de partir, il transféra la ligne de la maison vers son portable, pour que Jesper n'ait pas à répondre si Jerry rappelait.

Assis devant la télévision, son fils jouait à un jeu vidéo, mais il lui fit un signe de la main au moment où il sortait. Que Peter lui rendit.

Pas d'inquiétude pour Jesper : il y avait des boulettes de viande au congélateur et il ne risquait pas de se faire renverser par une voiture du côté de la carrière. En quittant Stenvik, cap au sud, Peter se le répétait pour s'en persuader : il n'était pas un père irresponsable, il n'était *pas* inquiet.

Le soleil brillait, le printemps était là. On pouvait rouler pied au plancher, il y avait peu de voitures sur la route.

Il passa au niveau de Borgholm vers une heure et, trente minutes plus tard, il franchissait le pont vers le continent. En voyant une croix rouge sur un panneau au niveau de Kalmar, il essaya de ne pas penser à Nilla sur son lit d'hôpital. Il irait la voir au retour.

Après Nybro, la forêt se referma autour de la route, ponctuée seulement par quelques champs et des lacs. Les sapins lui firent penser une fois de plus à Régina, à une excursion en voiture, un beau jour de printemps.

Retrouver son père ne lui inspirait aucune joie. Deux heures jusqu'à Ryd, puis environ deux encore pour le ramener chez lui à Kristianstad. Au plus quatre ou cinq heures en compagnie de Jerry – c'était déjà plus que suffisant.

Après avoir roulé deux heures à travers la forêt, il arriva à Ryd. Le soleil s'était voilé. On se serait soudain cru en automne.

Ryd n'était pas bien grand, les trottoirs étaient vides. Peter s'arrêta devant la gare routière et chercha des yeux Jerry, en vain. Il était peut-être déjà reparti en bus vers le sud – ou alors il errait quelque part, perdu dans la nature.

Il sortit son portable et composa encore une fois le numéro de son père.

Trois sonneries, puis quelqu'un décrocha.

Pas un mot. Rien qu'un grésillement suivi de deux chocs sourds.

Puis le silence.

Peter regarda le téléphone. Il entra alors dans un kiosque à journaux pour demander si on avait vu son père.

« Un homme âgé ? » demanda la fille à la caisse.

Peter hocha la tête.

« Soixante-treize ans. Large d'épaules, mais voûté, assez délabré.

— Il y avait un type qui attendait, là-devant, il y a quelques heures… Il est resté un bon moment.

— Et vous avez vu par où il est parti ?

— Non.

— Il a pris un bus ?

— Pas vu.

— Quelqu'un est passé le prendre ?

— Peut-être… Il a juste disparu. »

Peter abandonna. Il regagna sa voiture et décida de pousser jusqu'à la villa de Jerry.

Jusqu'au studio. C'était à quelques kilomètres à l'ouest de Ryd, près d'un village, Strihult. Jerry avait acheté et aménagé la propriété quand ses affaires avaient commencé à être florissantes, au milieu des années soixante-dix. Toutes ces années, Jerry avait chaque semaine fait la navette depuis Kristianstad pour y tourner ses films, d'abord avec divers collaborateurs, puis avec Hans Bremer.

Peter était venu une fois, il y avait conduit Jerry voilà trois ou quatre ans. À l'époque, son père était encore en bonne forme et devait se rendre à Ryd pour monter un film – un des derniers réalisés en compagnie de Bremer. Peter retournait alors chez lui, à Kalmar, et s'était contenté de déposer son père devant la villa. Il avait refusé d'y entrer.

Strihult n'était qu'un hameau, avec une petite station-service et une épicerie. Peter traversa le village sans voir personne.

Après, la route devenait plus étroite, la forêt plus dense – au bout d'environ un kilomètre, il vit un panneau en forme de flèche blanche qui indiquait sur la droite MORNER ART AB. C'était le nom de la société de Jerry.

Alors qu'il approchait du but, il se cramponna à son volant. Même si Jerry l'appelait au moins une fois par semaine, ils ne s'étaient pas vus depuis décembre, quand Peter était passé le voir quelques heures chez lui. Jerry fêtait Noël tout seul, sans compagnie féminine.

Après cinq cents mètres sans une seule maison surgissait une haie serrée de cyprès. Il était arrivé.

ATTENTION, CHIEN MÉCHANT ! prévenait un panneau rouge près du portail, alors que Jerry n'avait jamais eu de chien.

Peter entra, suivit l'allée qui contournait un garage adossé à la grande villa en bois, puis se gara sur une vaste esplanade déserte. Il coupa le moteur, ouvrit sa portière et regarda la bâtisse. Elle était imposante, deux étages en L. Jerry, Bremer et leurs acteurs y dormaient lors des tournages : il supposa que l'aile la plus petite servait d'habitation et la plus grande de studio.

Il ne se sentait pas le bienvenu ici, mais était pourtant bien décidé à aller frapper à la porte. À défaut de son père, Hans Bremer y était peut-être.

Peter ne l'avait jamais rencontré, mais il fallait qu'ils parlent – de l'avenir. Jerry était trop malade pour diriger une société, il était temps de démanteler Morner Art et de vendre la villa. Bremer devrait chercher du travail ailleurs – il l'avait sûrement déjà compris.

Un large escalier en ciment conduisait à la porte d'entrée. De part et d'autre, des rangées de fenêtres lisses aux stores tirés.

Peter descendit de voiture et regarda sa montre. Quatre heures vingt. Encore au moins deux heures avant le coucher du soleil, mais le ciel était couvert et les grands sapins qui entouraient la propriété filtraient la lumière du jour.

En faisant crisser le gravier sous ses pieds, il s'approcha du perron.

La porte d'entrée était massive, en chêne ou acajou – et ce ne fut qu'une fois sur la dernière marche qu'il vit qu'elle était entrebâillée, de dix centimètres environ, sur un vestibule d'un noir d'encre.

Il tira la lourde porte et jeta un œil à l'intérieur.

« Il y a quelqu'un ? »

Tout était silencieux là-dedans. À tâtons, il trouva un interrupteur, mais il n'allumait rien.

Un rapide coup d'œil en arrière pour s'assurer que l'esplanade était toujours déserte, puis il franchit le seuil.

Deux silhouettes l'attendaient à gauche dans l'entrée. Peter se figea – avant de comprendre que c'était deux imperméables noirs pendus à un portemanteau.

À terre s'alignaient des pantoufles et des bottes en caoutchouc, un parapluie. Dans un coin sombre, un tigre sculpté en ébène d'au moins un mètre de haut semblait prêt à bondir.

Peter s'avança de quelques pas. Quatre portes donnaient dans le vestibule, toutes fermées.

Il ne savait pas pourquoi, il s'attendait à trouver un air vicié, aigre et moisi, mais il n'y avait que de vagues relents de cigarette et d'alcool. Avait-on fait la fête dans la villa ?

Quelque chose sur la moquette de l'entrée – un téléphone portable. Peter le ramassa et vit qu'il était éteint.

Était-ce celui de Jerry ? Il ressemblait en tout cas à celui qu'il avait vu entre les mains de son père, avec de grosses touches commodes pour les doigts qui tremblent. Il mit le téléphone dans sa poche et appela :

« Hé, ho ! Jerry ? »

Pas de réponse. Il avait pourtant la sensation qu'il y avait quelqu'un dans la maison, quelqu'un qui marchait à pas de loup pour ne pas qu'on l'entende.

Il se dirigea vers la gauche et enfonça doucement le pêne de la porte.

Derrière, la grande cuisine de la villa. Une pièce allongée avec plusieurs fenêtres qui laissaient entrer une lumière grise sur une table imposante, plusieurs plans de travail et deux larges fourneaux. On aurait dit la cuisine d'un restaurant. Des bouteilles de vin vides et une pile d'assiettes sales au bord de l'évier.

Peter se retourna : il lui semblait avoir entendu quelque chose. Un appel, venant de l'intérieur ?

Il se figea sur le seuil de la cuisine et sursauta en entendant soudain une sonnerie. Un téléphone. Ça venait à la fois d'un combiné au mur de la cuisine et d'un autre endroit dans la maison.

Quelqu'un peut répondre ? aurait voulu crier Peter, mais il garda le silence.

Trois sonneries, quatre, cinq.

Personne ne répondait mais, quand il se décida à tendre la main vers le combiné, elles cessèrent.

Il recula lentement hors de la cuisine. Une fois revenu dans l'entrée, il se retourna. Toujours cette odeur d'alcool, peut-être plus forte à présent, et le tigre noir qui l'épiait toujours, tapis dans l'ombre. Il lui passa devant et essaya la porte de l'autre côté du hall.

Derrière, il faisait sombre comme dans un four. En franchissant le seuil, Peter remarqua que les fenêtres étaient obturées à la bande adhésive, mais on devinait pourtant une longue pièce couverte de lino, avec des cloisons mobiles et des projecteurs au plafond. C'était le lieu de travail de Jerry et Bremer.

Il aperçut un interrupteur près de la porte et appuya dessus, en vain : le courant avait dû sauter dans toute la maison. Ou quelqu'un l'avait coupé.

À quoi bon continuer à tâtonner dans le noir ? Il allait faire demi-tour quand il entendit un faible bruit.

Un soupir, ou un gémissement ? Oui, quelqu'un gémissait un peu plus loin dans la pièce. Et ça ressemblait à un homme.

Peter s'avança dans le noir. Il heurta quelque chose de grand et dur, un large canapé en cuir, qu'il contourna doucement.

L'odeur d'alcool était plus forte par ici – mais était-ce de l'alcool ?

Il vit alors quelque chose bouger de l'autre côté du canapé, quelques mètres plus loin, et avança d'un pas. Une ombre, des bras, une tête levée.

« Pelle ? »

Une voix faible et rauque que Peter reconnut.

« Jerry, dit-il. Qu'est-ce qui s'est passé ? »

La silhouette bougea. Couchée à terre, elle tendait la tête vers lui. Lentement, comme si elle avait du mal à bouger. Peter se pencha vers elle, vers une tête couverte de mèches grises et un corps couvert d'un imperméable chiffonné.

« J'ai eu du mal à te retrouver, Jerry. Comment ça va ? »

Peter vit les yeux jaunâtres de son père briller dans le noir. Ils clignèrent en le regardant, mais Jerry ne semblait pas étonné de voir son fils.

« Bremer ? » dit-il en toussant.

Peter secoua la tête. Il parlait bas, comme si on les épiait.

« Je ne sais pas où est Bremer… Il est ici ? »

Il crut voir son père hocher la tête.

« Tu peux te lever ? »

Il tendit les mains vers Jerry, mais sentit quelque chose de froid et lourd sur sa poitrine. Un support métallique, peut-être un pied de projecteur, lui était tombé dessus. Peter le dégagea – et entendit alors au plafond un choc puissant qui lui fit lever la tête.

Il y avait quelqu'un à l'étage.

« Lève-toi, dit-il à voix basse à Jerry, en poussant le pied de projecteur. Comme ça… Allez ! »

Il parvint à le faire s'agenouiller, puis se lever. Jerry poussa un gémissement en faisant mine de tendre la main vers un objet resté un peu plus loin sur le sol.

C'était sa vieille serviette en cuir. Peter le laissa la prendre.

« Allez, viens », dit-il.

Le corps de son père était trapu, alourdi par les longs dîners et l'excès de vin. Jerry avançait lentement, soutenu par son fils.

« Pelle », fit à nouveau Jerry.

Peter sentait sur son père une odeur de sueur, de nicotine et de linge sale. C'était curieux d'être aussi près de lui. Petit, il n'avait pas connu cette sensation. Pas de gentilles tapes de Jerry, pas de câlins.

Comme il avait réussi à lui faire parcourir la moitié du chemin qui les séparait de la porte, il entendit un craquement bref dans le noir. Puis quelque chose crépita.

Peter tourna la tête. Par-dessus son épaule, il aperçut au fond de la pièce une lueur, une petite flamme qui s'élevait au ras du sol.

Elle grandit rapidement et le feu s'étendit au ras du sol en éclairant un appareil bizarre placé contre le mur du fond. Comme une batterie de voiture munie de fils, à côté d'une boîte en plastique.

Ce n'était pas des relents d'alcool, comprit Peter. C'était de l'essence. La boîte était en fait un gros bidon vert où quelqu'un avait percé des petits trous sur les côtés. L'essence formait une mare tout autour.

Il regarda fixement le feu, qui rampait vers le bidon. Il comprit le danger.

« Il faut sortir ! »

Il tira Jerry à travers la pièce.

Ils franchirent le seuil et Peter eut juste le temps de fermer la porte derrière eux. À ce moment précis, on entendit à l'intérieur de la pièce une explosion sourde et l'appel d'air de l'essence qui s'enflamme. La porte trembla.

Jerry leva la tête, et Peter vit que son père avait une bosse rouge au front.

« Pelle ?

— Viens, Jerry. »

Il traversa le hall en titubant, son père sous le bras. On entendait un crépitement sourd derrière la porte, à mesure que le feu se répandait dans la pièce.

Ébloui par la lumière du jour, Peter sortit de la villa, aida son père à descendre les escaliers et se dirigea vers la Saab.

Là, il lâcha Jerry, sortit son portable et composa un numéro. Une voix de femme répondit après deux sonneries.

« Police secours, j'écoute. »

Peter se racla la gorge.

« C'est pour signaler… un incendie.

— Où ? »

Peter regarda autour de lui.

« Dans une villa des environs de Ryd, l'incendie est criminel… Ça brûle au rez-de-chaussée.

— Quelle adresse ? »

Cette femme avait une voix très calme – Peter essaya lui aussi de se calmer et de réfléchir.

« Je ne sais pas le nom, c'est près de Strihult, à l'ouest de Ryd, avec un panneau qui indique Morner Art…

— Tout le monde est dehors ?

— Quoi ?

— Est-ce que tout le monde a quitté la villa ?

— Je ne sais pas… Je viens juste d'arriver.

— Votre nom ? »

Peter hésita. Que répondre ? Un nom inventé ?

« Allô ? fit la femme. Vous êtes toujours là ? »

Il n'avait rien à cacher. Jerry peut-être, mais lui non.

« Je m'appelle Peter Mörner », dit-il, avant de donner son adresse et son numéro sur Öland.

Puis il raccrocha.

Jerry s'appuya contre la voiture. Dans la lumière grise, Peter vit que son père portait son éternel imperméable brun fripé, qui se défaisait aux coutures et avait perdu plusieurs boutons.

Jerry soupira puis serra les dents.

« Mal », dit-il.

Peter se tourna vers lui.

« Tu as mal ? »

Jerry hocha la tête. Puis il ouvrit son imperméable et Peter vit soudain sa chemise trempée et déchirée au ventre.

« Qu'est-ce que tu as fait, tu as abîmé… »

Peter se tut quand il eut soulevé la chemise de son père.

Quelques centimètres au-dessus du nombril, la bedaine de Jerry était lacérée d'une longue plaie sanglante. Le sang avait commencé à sécher, dans la pénombre du crépuscule il semblait presque noir.

Peter rabattit la chemise.

« Qui t'a fait ça, Jerry ? »

Jerry regarda son ventre ensanglanté, comme s'il venait lui-même de le découvrir.

« Bremer, dit-il.

— Bremer ? fit Peter. Tu t'es battu avec Hans Bremer ? Et pourquoi ça ? »

Les questions trop rapides faisaient se refermer comme une huître le cerveau de son père. Il dévisagea son fils en clignant des yeux, sans répondre.

Peter tourna les yeux vers la villa, de l'autre côté de l'esplanade de gravier. La porte d'entrée était toujours ouverte, et il lui sembla voir s'en échapper un lourd nuage de fumée.

« Et où est Bremer ? Toujours à l'intérieur ? »

Jerry resta muet. Il s'assit péniblement sur le siège passager de la Saab.

« Attends ici », lui dit Peter avant de fermer la portière.

Il retraversa l'esplanade de gravier jusqu'à la villa. Grimpa le perron, entra dans le hall. Ce n'était pas sans risque : on entendait à présent le feu ronfler et crépiter derrière la porte du studio. L'air de la maison semblait plus chaud, comme un four en train de monter à cent degrés. Le temps était compté.

Et il lui fallait une arme, puisqu'un couteau était en circulation dans la maison. Il choisit un parapluie replié.

La pointe du parapluie brandie, il poussa l'une des portes du milieu, et vit un escalier raide s'enfoncer sous terre.

La cave. C'était noir comme un four, il ne voulait pas y descendre.

Derrière la quatrième et dernière porte, un autre escalier. Il montait à l'étage.

Peter commença à gravir les marches. Elles étaient couvertes d'une moquette blanche qui étouffait le bruit de ses pas.

L'escalier menait à un couloir. Il traversait tout l'étage et était bordé de part et d'autre d'une nouvelle série de portes closes, comme dans un hôtel.

Il s'avança dans le couloir, tenant le parapluie comme une épée.

« Bremer ? cria-t-il. C'est Peter Mörner ! »

L'odeur d'essence ou d'alcool à brûler était aussi puissante à l'étage et, soudain, il entendit un crépitement sourd. Il ne voyait pas de flammes, mais comprit que ça brûlait quelque part ici aussi. Une brume de fumée grise flottait dans le couloir, elle s'épaississait à vue d'œil et lui asséchait la gorge.

Mais où était donc le feu ?

Vite, Peter ouvrit la porte la plus proche : un cagibi. La suivante : une petite chambre aux murs nus, avec un lit fait.

La troisième chambre sur la gauche était fermée, mais des bouffées de fumée s'échappaient par une mince fente au ras du sol.

« Bremer ? Il y a quelqu'un ? Hans Bremer ? »

Pas de réponse. Ou entendit-il quelque chose ? Un gémissement ?

Peter n'avait jamais enfoncé de porte – il ne l'avait vu faire qu'au cinéma. Était-ce facile ? Il recula de deux pas – le couloir étroit ne permettait pas de prendre davantage d'élan. Puis se jeta sur la porte.

Elle trembla, mais le sapin massif ne céda pas.

Il regarda autour de lui. Sur la porte de l'autre côté du couloir, une clé. Il alla la prendre, pour l'essayer sur la porte close. Elle tourna dans la serrure.

La porte pivota sur des gonds bien huilés. Derrière, des volutes de fumée blanche – aspirées par l'appel d'air du couloir, droit sur Peter.

Il ferma ses yeux, qu'il sentit s'emplir de larmes. La fumée était épaisse, un vrai brouillard d'automne, mais il entra pourtant, et sentit soudain une odeur particulière derrière celle de la fumée. L'odeur de chair brûlée.

Peter se trouvait dans une chambre petite et obscure. Il ferma à nouveau les yeux et tâtonna en vain pour trouver un interrupteur, avant de devoir se baisser pour pouvoir respirer un air un peu plus frais.

Il s'avança alors de quelques pas. À droite, il vit des flammes lécher le papier peint. Un lit défait où s'entassaient des couvertures, lui aussi la proie des flammes. Encore un pas, mais la chaleur le força à s'arrêter.

Il cligna des yeux dans la fumée en essayant d'y voir clair. Y avait-il un corps en train de brûler sous les couvertures ? Peter crut voir des bras étendus, des jambes vêtues d'un pantalon, une tête carbonisée…

Ses yeux se mirent à pleurer de plus belle, ses poumons le brûlaient. C'est alors qu'il entendit les cris derrière lui.

Aucun mot, juste un cri prolongé. Comme une voix de femme, terrorisée.

Peter lâcha son parapluie et fit demi-tour, à moitié aveuglé. Il ressortit dans le couloir. Le cri venait de l'étage – mais étouffé, comme à travers un mur.

Les portes étaient toujours closes dans le couloir mais, tout au bout, il vit quelque chose de nouveau : une nappe de flammes claires avait mordu la moquette. Il comprit que le feu était partout à l'étage. Il était cerné.

« Il y a quelqu'un ? »

Un autre cri de femme lui répondit, plus étouffé.

Il resta figé, indécis, avant d'avancer jusqu'aux portes suivantes. Fermées. Il tambourina.

Une rangée de portes, mais pas de réponse.

« Il y a quelqu'un ? Où êtes-vous ? »

Il aurait voulu enfoncer les portes, trouver cette femme. Mais la fumée s'épaississait rapidement autour de lui, et l'obscurité se fit dans le couloir. Le feu avançait des deux côtés, craquant et crépitant, dans une atmosphère de sauna. Peter comprit que tout le rez-de-chaussée était à présent en flammes, il ne pouvait plus redescendre par l'escalier.

Il lui semblait que les murs se resserraient autour de lui, l'air lui manquait.

Le temps aussi.

Forcé de reculer, il tâtonna dans la fumée et se retrouva soudain dans la chambre au lit en flammes. Là, en se retournant, il sentit un courant d'air frais sur son visage : l'unique fenêtre était entrouverte, et laissait passer de la lumière. Rideaux écartés, une chaise dessous.

On pouvait gagner la fenêtre en se serrant sur la gauche, là où l'air était un peu plus frais. Mais les flammes du lit rampaient sur le sol, la fumée s'épaississait.

Il n'arrivait plus à respirer, il fallait sortir de là, vite.

Peter fit trois pas vers l'ouverture. Grimpa sur la chaise et regarda dehors : des champs, une épaisse forêt de sapins.

Et deux ou trois mètres sous lui le toit goudronné du garage.

La fraîcheur du soir passa sur son torse et son visage, tandis que la chaleur de l'incendie le chassait de la pièce.

C'était comme être dos à la porte d'un four. Il ne pouvait pas rester là et finit par se lancer dans le vide.

Il atterrit lourdement sur le toit du garage. Le bois trembla sous lui, mais résista.

De là, il sauta dans la cour. Trois mètres – vertige d'une chute brève, le gravier gris qui s'approchait – et il tomba sur ses pieds. Ses genoux plièrent.

Il toussa, se releva et emplit ses poumons d'air frais. Il était à présent à l'arrière de la villa, et aperçut devant lui une clôture basse. Derrière, jusqu'à l'orée de l'épaisse forêt, un champ désert couvert de pousses d'herbe jaunes.

Au bout d'un chemin forestier qui s'enfonçait parmi les sapins, à peut-être deux cents mètres, quelqu'un regardait la villa. Un homme en noir – mais Peter n'en vit pas davantage : déjà la silhouette tournait les talons et disparut dans la forêt.

Le feu grondait et crépitait au-dessus de lui, mais il lui sembla entendre un moteur. Le bruit d'une voiture qui démarrait, accélérait, pour bientôt se perdre parmi les sapins.

14

Quand les vitres de la villa de Jerry commencèrent à éclater sous l'effet de la chaleur et à pleuvoir comme des tessons de verre, un malaise s'empara soudain de Peter, alors qu'il était en sécurité, de l'autre côté de l'esplanade de gravier. Il inspirait avidement l'air frais dans ses poumons desséchés par la chaleur, frottait ses yeux irrités en s'efforçant de tenir debout.

Des nuages de fumée noire s'échappaient des fenêtres béantes et s'enroulaient comme un épais linceul autour de la villa. Personne ne pouvait avoir survécu là-dedans.

Un voile semblait le séparer du reste du monde. Au loin, il entendit des sirènes étouffées. Qu'avait-il vu, au juste, de ses yeux larmoyants ? Un corps dans un lit, quelqu'un qui prenait la fuite dans la forêt ? Plus il essayait de se souvenir, plus les images devenaient floues.

Les sirènes approchaient. Dans la lueur bleue des gyrophares, deux camions de pompiers se garèrent devant la villa. Des hommes en tenue de protection noire en sautèrent.

Peter recula. Il heurta quelque chose de dur, se

retourna et vit que c'était sa propre Saab. Des flocons de cendre grisâtre commençaient à se poser sur le toit.

Un lit en feu, un corps dans la fumée. Et les cris de peur d'une femme.

Il regarda autour de lui.

Jerry ? Où était Jerry ?

Ah oui, resté dans la voiture.

Peter tourna à nouveau les yeux vers la villa. Des flammes sortaient à présent des fenêtres aux deux niveaux.

Les pompiers s'activèrent autour des camions, déroulèrent de gros tuyaux qu'ils commencèrent à rabouter. L'un d'eux, en blouson rouge, s'approcha de Peter à grandes enjambées et se pencha tout près de son visage pour crier, à travers le fracas de l'incendie :

« Votre nom ?

— Peter Mörner.

— Êtes-vous le propriétaire, Peter ? »

Il secoua la tête. Il inspira profondément et essaya de parler, mais sa gorge était complètement desséchée.

« Vous n'êtes pas bien ?

— Si, mais…

— Une ambulance va bientôt arriver ! cria le pompier. Savez-vous d'où est parti le feu ? »

Peter avala sa salive.

« De partout », chuchota-t-il. Puis il inspira davantage d'air et tenta de donner une réponse plus précise : « Ça brûlait en haut et en bas… et je pense qu'il y a encore quelqu'un. Peut-être plusieurs personnes.

— Quoi ?

— Je crois que j'ai vu quelqu'un dans la villa. Et j'ai entendu des cris. »

Il avait haussé la voix, ça allait mieux à présent. Le pompier cligna des yeux et le regarda.

« Et où, Peter ?

— À l'étage, dans une des chambres. Ça brûlait là-dedans, alors je…

— OK. On va aller voir. Est-ce qu'il y a des bonbonnes de gaz dans la villa ? »

Peter secoua la tête.

« Crois pas. C'était un… studio de cinéma.

— Avec des produits dangereux ?

— Non, pas que je sache. »

Le pompier hocha la tête et retourna vers les camions. Peter vit trois de ses collègues enfiler des combinaisons d'intervention avec des bouteilles dans le dos. Pour plonger dans la fumée.

Deux autres ouvrirent les vannes du camion-citerne et dirigèrent les jets d'eau vers les fenêtres brisées.

Le groupe d'intervention se dirigea lentement vers le perron. À ce moment, une voiture rouge portant l'inscription DIRECTION DES SECOURS entra sur l'esplanade de gravier. Un homme en blouson jaune en sortit, une radio à la main. Il l'alluma, et commença un compte rendu de la situation.

Peter toussa en inspirant autant d'air qu'il pouvait. Puis il regagna sa voiture et ouvrit la portière. Son père était tassé sur le siège passager, sa serviette sur les genoux.

Peter sortit le portable qu'il avait trouvé dans le hall :

« C'est le tien ? »

Jerry leva les yeux et hocha la tête. Peter le lui donna.

« Comment ça va, maintenant ? »

Jerry toussa pour toute réponse. Peter le voyait distinctement pour la première fois : il était pitoyable. Las et grisâtre dans son imperméable chiffonné. Quand il était petit et que son père venait les voir, lui et Anita, Jerry avait des cheveux sombres plaqués en arrière. Il portait toujours de luxueux manteaux de fourrure l'hiver et des costumes italiens l'été. Jerry gagnait alors beaucoup d'argent et aimait le montrer.

Lorsque Peter avait quinze ans, son père avait du jour au lendemain changé de nom : Gerhard Mörner était devenu Jerry Morner, sans doute pour faire plus international.

« Tu pues, dit soudain Jerry. Tu pues, Pelle.

— Toi aussi, Jerry… On pue la fumée. »

Peter tourna les yeux vers la villa en flammes. Le groupe d'intervention arrivait en haut des marches. Le premier ouvrit grand la porte et franchit le seuil, droit dans l'épaisse fumée, où il disparut.

Les deux autres attendirent sur le perron.

Trente secondes – et le premier réapparut soudain en secouant la tête. Il leva la main. *En arrière !*

Ils redescendirent les marches.

Peter comprit qu'il n'y avait plus aucun espoir de retrouver quelqu'un de vivant à l'intérieur.

« Partir, Pelle ? » dit Jerry dans son dos.

La proposition était tentante. Démarrer et rentrer vers Öland – mais c'était bien sûr impossible.

« Non, dit-il. On doit attendre ici. »

On entendit au loin une autre sirène. Une ambulance vint se garer entre les camions de pompiers et la Saab. Une fois la sirène éteinte, deux infirmiers en sortirent. Les bras croisés, ils regardèrent l'incendie. Il n'y avait pas grand-chose d'autre à faire.

« Viens avec moi », dit Peter en aidant son père à sortir de la voiture.

Ils s'approchèrent de l'ambulance et il désigna Jerry :

« Mon père est blessé au ventre, et il a reçu un coup à la tête… Pouvez-vous vous occuper de lui ? »

Les infirmiers hochèrent la tête, sans poser de questions. Ils firent entrer Jerry par l'arrière de l'ambulance pour le soigner.

Peter, lui, se sentait un peu mieux. Il fallait juste qu'il respire beaucoup d'air frais. Il laissa Jerry, traversa l'esplanade de gravier et s'approcha de la clôture, sur le côté de la villa.

Il avait tant regardé la maison en feu qu'il n'avait pas vu le soleil se coucher. Il faisait à présent presque nuit et, en s'avançant dans le champ, il vit qu'il était sept heures moins dix à sa montre.

Il songea à Jerry, qui avait toujours porté deux montres quand il travaillait : une en acier inoxydable et une en or.

Les grands sapins s'élevaient devant lui. Peter partit à la recherche d'une ouverture parmi les arbres, qu'il trouva au bout de quelques minutes.

C'était un chemin forestier, désert, mais pas en friche. Une bande d'herbe séparait deux larges traces de roues.

Il se baissa. Le sol était ferme, couvert de gravillons, avec pourtant par endroits des taches de terre humide : dans la pénombre, Peter crut voir des traces de pneus fraîches.

Il se releva et regarda ce chemin forestier qui serpentait parmi les arbres avant de disparaître dans un virage. Où menait-il ? Peut-être sur une route secondaire au nord de Ryd.

Parfait pour fuir.

Dix minutes plus tard, il était de retour devant la maison. Il resta à l'écart des pompiers, mais s'approcha de l'ambulance.

Les infirmiers avaient nettoyé la blessure de Jerry. Le sang enlevé, on voyait une longue coupure rouge en travers du ventre pâle.

« Ça ressemble à un coup de couteau, dit l'un des infirmiers en posant un long pansement. Assez superficiel. Je pense que la lame a glissé.

— Glissé ?

— Glissé sur la peau… Il a eu de la chance, ça guérira tout seul en une semaine. Après, vous pourrez aller faire retirer le pansement dans un dispensaire, ou l'ôter vous-même. »

Peter aida Jerry à regagner la voiture. Ils s'installèrent côte à côte à l'avant, les yeux tournés vers la maison en flammes.

Le silence s'installa, jusqu'à ce que Peter le rompe :

« Il y avait un corps dans un lit à l'étage, dit-il en ajoutant : Je crois en tout cas que c'était un corps, mais je n'y voyais presque rien à cause de la fumée… et je crois avoir entendu des cris. »

Il soupira, se cala en arrière au fond de son siège en songeant à la fenêtre ouverte. Qui l'avait ouverte ?

Son père marmonna quelque chose à côté de lui.

« Quoi ? dit Peter. Qu'est-ce que tu disais ?

— Markus Lukas », répéta Jerry.

Peter reconnut le nom.

« Markus Lukas ? dit-il. Il y avait quelqu'un dans la villa qui s'appelait comme ça ? »

Le cerveau de son père sembla à nouveau se verrouiller.

Peter fit une nouvelle tentative :

« De quoi avez-vous parlé, Bremer et toi ? demanda-t-il. Qu'est-ce qu'il a dit quand il t'a appelé pour demander à te rencontrer ici ?

— Me souviens pas, dit Jerry.

— Mais pourquoi vous êtes-vous battus ? »

Jerry se contenta de tousser en se penchant en arrière. Peter soupira, posa les mains sur le volant de la Saab en levant les yeux vers le ciel gris sombre.

« Il va bientôt falloir que je rentre, dit-il. Nilla, ma fille, est à… »

Alors il se tut, car une Volvo blanche venait d'entrer dans la cour. Elle roula au pas, contourna les camions des pompiers puis se dirigea vers la voiture de Peter. Le véhicule garé pare-chocs contre pare-chocs, un homme et une femme en sortirent. Ils étaient en civil, mais Peter devina de qui il s'agissait.

L'homme se dirigea vers l'ambulance. La femme s'approcha de la voiture de Peter. Il ouvrit la portière.

« Bonjour.

— À vous aussi », dit la femme en montrant sa carte de police. Elle venait de la permanence du commissariat de Växjö. « C'est vous qui avez donné l'alarme ?

— C'est moi », dit Peter.

La policière lui demanda ses papiers. Il les lui tendit.

« Et vous, qui êtes-vous ? » dit-elle en regardant Jerry, qui la dévisagea à son tour l'air buté.

Peter savait que son père n'avait jamais aimé les policiers. Les policiers et les contraventions.

« C'est mon père… Jerry Morner. C'est le propriétaire.

— Ah oui ? fit la policière en jetant un coup d'œil vers l'incendie. Alors j'espère que vous êtes assuré. Vous l'êtes, Jerry ? »

Aucune réponse.

« Mon père a eu un AVC, expliqua Peter. Il a du mal à parler. »

La policière hocha la tête, mais nota tout de même le nom de Jerry.

« Donc, vous étiez là au début de l'incendie ?

— Plus ou moins, dit Peter. Jerry était là… Je suis arrivé juste après.

— Pouvez-vous dire ce que vous avez vu ? »

Rien à cacher, songea à nouveau Peter. Alors il raconta comment il était entré dans la maison, avait trouvé Jerry et le bidon d'essence, aidé son père à sortir avant de retourner dans la villa.

La policière sortit son carnet et commença à noter sa déposition.

« Donc vous avez vu quelqu'un à l'étage ? Et entendu appeler à l'aide ?

— Je crois.

— Avez-vous vu quelqu'un d'autre dans la maison ou les environs ? »

Peter se tut en réfléchissant à ce qu'il avait vu. Une silhouette en fuite parmi les sapins ? Les traces d'une voiture ?

« Je n'ai vu personne distinctement… Mais quelqu'un a frappé mon père et lui a donné un coup de couteau.

— Ah oui ?

— Bremer, dit une voix derrière Peter.

— Bremer ? dit la policière. Qui est-ce ?

— C'est l'assistant de mon père, Hans Bremer, dit Peter. C'est peut-être lui qui est resté dans la maison. »

Ils se tournèrent tous les trois vers le feu qui résistait encore aux lances des pompiers. Des étincelles montaient vers le ciel, la chaleur se répandait sur toute l'esplanade.

« D'accord, dit la policière en regardant autour d'elle. Mon collègue et moi allons commencer à clore le périmètre.

— Donc pour vous c'est une scène de crime ?

— Peut-être bien. »

La policière tourna les talons.

« On peut y aller ? fit Peter dans son dos. On ne peut plus faire grand-chose, non ? »

La policière secoua la tête.

« On n'en a pas pour longtemps ici, dit-elle pardessus son épaule. Après vous nous suivrez en voiture jusqu'à Växjö.

— Mais pourquoi ?

— Juste pour prendre vos dépositions au commissariat. Ce ne sera pas long. »

Peter soupira. Il leva les yeux vers le ciel de plus en plus noir puis regarda sa montre. Il était huit heures moins le quart.

Il se sentit très las. Il avait prévu de ramener Jerry chez lui à Kristianstad, mais alors il n'aurait pas le temps de rentrer sur Öland avant la nuit. Et Jesper devrait dormir seul à la maison.

Il se retourna.

« Jerry, je ne pourrai pas te déposer chez toi ce soir. Tu vas venir avec moi sur Öland. »

Son père le regarda.

« Öland ? »

Il semblait interloqué. Peter hésitait. Il s'était pourtant bien juré de ne jamais laisser Jerry fréquenter Nilla et Jesper.

« Oui… Tu es mon père, non ? Tu fais partie de la famille.

— Famille ? »

Jerry semblait ne pas comprendre ce mot.

« Ma famille, dit Peter. Tu peux venir fêter Pâques avec Nilla, Jesper et moi dans notre maison de vacances… à une condition. »

Jerry attendait, et Peter continua :

« Que tu ne dises rien.

— Rien ? »

Peter hocha la tête. Demander à quelqu'un qui était incapable de prononcer une phrase complète de se taire avait bien sûr quelque chose de comique, mais il était très sérieux :

« Tu ne dois rien dire à tes petits-enfants, Jerry… Ne va pas leur raconter ce que vous fabriquiez ici, Bremer et toi. »

15

Vêtue d'un bonnet blanc et d'un survêtement rouge coupe-vent, Vendela se pencha vers la corbeille du chien pour l'embrasser entre les oreilles. Puis elle gagna la porte d'entrée.

« Je vais courir ! cria-t-elle à la cantonade. À dans une heure ! »

Pas de réponse de Max, juste un grognement d'Aloysius. Il était inquiet, peut-être sentait-il qu'il y aurait bientôt une fête à la maison. Depuis qu'il avait perdu la vue, Ally était toujours stressé par les voix inconnues.

Il y aurait apparemment une dizaine de personnes à la fête entre voisins mercredi : elle et Max, le couple Kurdin et leur bébé, Peter Mörner et ses deux enfants adolescents, et enfin le petit vieux de l'autre côté de la route, Gerlof Davidsson, avec son ami John. Cela restait donc raisonnable, même s'il fallait quand même prévoir de quoi. Demain, elle descendrait à Borgholm acheter tout ce qu'il fallait, sans oublier la pâtée du chien.

Après, il n'y aurait plus qu'à tout préparer pour mercredi, toute seule. Mais elle ne voulait pas y penser pour le moment, elle allait courir.

Vendela faisait du jogging depuis dix ans. Elle avait commencé après son mariage – Max, lui, ne courait pas et ne la comprenait pas. Tout l'hiver, elle s'était maintenue en forme en courant sur un tapis, mais la nature, l'exercice en plein air lui manquaient.

Elle se pencha pour quelques minutes d'étirements sur le perron, avant de partir en courant vers le nord, décrivant un large demi-cercle au bord de la carrière.

Elle vit une curieuse porte au nord de l'excavation – deux épais buissons de noisetiers poussaient à deux mètres l'un de l'autre, et elle passa au milieu. Les noisetiers ont toujours eu quelque chose de spécial : on utilise leur bois pour les baguettes magiques et les baguettes de sourciers.

Il lui sembla entrer dans un autre monde. Son but était, après presque quarante ans, de retrouver son enfance et sa famille – à condition de trouver le chemin. L'île avait tant changé depuis. On avait construit des maisons, goudronné des chemins, des prés et des champs étaient retournés en friches.

Elle accéléra et s'élança sur la route côtière, au-dessus de la plage. C'était la fin de l'après-midi, le soleil était aussi bas qu'en octobre – mais avec le printemps son éclat était plus vif. Il allait bien vite faire fondre les dernières traces de neige accrochées dans l'herbe et les fossés.

Le paysage minéral se taisait autour de Vendela. Le seul mouvement était le sien, le va-et-vient de ses bras et de ses jambes. Peu à peu, elle trouva le rythme de sa course et put se détendre. Quand la route côtière se divisa, elle prit sur la droite, vers les terres.

L'air qu'elle inspirait était vif et frais. Son allergie la laissait tranquille.

Il lui fallut vingt minutes pour courir jusqu'au lieu où son enfance avait commencé et fini. Presque tout droit, sans se perdre. Elle suivit d'abord la large route goudronnée, puis un chemin de gravier plus étroit qu'il lui sembla reconnaître, passa devant un bosquet où les frênes avaient poussé beaucoup plus haut et dru depuis qu'elle avait quitté l'île.

Au milieu du bosquet, un chemin de gravier court et étroit où elle s'engagea. Elle avait chaud, elle était en sueur sous son survêtement, tout excitée.

Après une cinquantaine de mètres, le chemin s'arrêtait devant la ferme. Elle respira profondément en essayant de reprendre ses esprits.

La ferme était un peu à l'écart, au bord de la lande, à deux kilomètres au nord-est de Stenvik. Un portail neuf peint en blanc fermait le chemin dallé qui entrait dans la ferme. Elle ne vit personne à l'intérieur et le poussa.

Le soleil avait décliné à l'ouest et, devant elle, le jardin était plongé dans l'ombre. Mais ses rayons touchaient toujours la maison d'habitation, dont les fenêtres lui renvoyaient des reflets brillants.

Vendela avait craint de trouver la ferme inhabitée et à l'abandon, avec des vitres cassées et des portes sorties de leurs gonds, mais la maison était bien entretenue, fraîchement repeinte en jaune. Ceux qui avaient racheté la propriété avaient du temps et de l'argent.

Au pied de la maison s'étendait une pelouse mais, à gauche, le sol était un peu surélevé, laissant deviner un rectangle. Quarante ans auparavant, c'était l'emplacement d'une petite grange, disparue depuis. L'herbe et la mousse avaient colonisé et recouvert les fondations du bâtiment.

Par acquit de conscience, elle gravit le perron pour frapper à la porte, mais personne ne vint ouvrir. La ferme était devenue une résidence secondaire comme tant d'autres, avec sa pelouse mal taillée et ses stores baissés. Elle restait probablement inoccupée de l'automne au printemps.

Vendela songea à la famille qui allait bientôt arriver et se dépêcherait de faire disparaître toute trace de l'hiver. Dès le premier soir, ils ratisseraient les feuilles mortes et tondraient la pelouse. Des gens jeunes et insouciants, peut-être avec des enfants… Sentiraient-ils l'écho du malheur qui avait habité cette maison ?

Elle tourna les yeux vers les broussailles en contrebas du jardin, où elle aperçut un vieux hangar. Il était dans l'ombre, et faisait tache à côté de cette maison de vacances idyllique et bien soignée : déglingué, sans peinture, vaguement penché, comme en train de s'enfoncer dans le sol.

Elle traversa le jardin. Il restait çà et là des plaques de neige et le sol était gorgé d'eau, marécageux.

Le hangar semblait à l'abandon – Vendela se souvint tout à coup que son père l'utilisait comme cabane à outils. Ceux qu'il ne laissait pas chaque soir à la carrière, il les enfermait là.

Elle s'approcha et tira sur la porte branlante. Elle s'ouvrit en grinçant sur ses gonds fatigués, mais aucune puanteur repoussante ne l'attendait à l'intérieur. Juste une légère odeur d'humus.

C'était sombre là-dedans, sombre et encombré. Vieux outils et valises s'entassaient pêle-mêle. Dans le coin le plus proche de la porte, une mince baguette de châtaignier écorcé. Vendela la reconnut aussitôt. Elle hésita avant de la saisir.

Le bâton à vaches.

C'était le sien. Son père Henry le lui avait donné pour garder les vaches.

Le bâton était poli, il avait beaucoup servi.

Vendela et les Elfes

Les mouches bourdonnent, lentes et engourdies sur le sentier, réveillées par le soleil printanier. Le vent bruisse dans les feuillages, et Vendela lève son bâton pour frapper tour à tour les trois vaches, encore et encore.

« Allez, bougez-vous ! »

Elle marche pieds nus sur le sentier, en robe blanche, et cogne de toutes ses forces sur les vaches. Trois coups chacune. Elle vise et fait claquer le bâton en travers du flanc, un peu au-dessus de la hanche. Ça fait *smack !* à cet endroit. Plus vers le ventre, le bruit est plus sourd, *smock !*

Les coups retentissent en séries rythmiques sur le sentier qui va du pré à la ferme, où elle habite avec Henry et l'Invalide.

« Allez, allez, allez ! »

La cloche de la vache de tête sonne en cadence, pendue à son collier. Frapper donne chaud et fatigue, Vendela n'a que neuf ans et le bâton est bien lourd. Elle sue. Sa robe lui colle aux aisselles, ses cheveux lui tombent sur les yeux, les insectes tournent autour d'elle et des vaches. Elle se mouche dans l'herbe fraîche et lève à nouveau son bâton.

« Allez, quoi ! »

À huit ans, Vendela s'est vu confier la responsabilité de conduire les vaches entre la ferme et le pré. C'est un vrai travail, mais il n'a jamais été question que son père la paye pour ça – Henry n'a même pas d'argent pour l'électricité, alors que la ligne arrive à la ferme depuis plusieurs années.

Sa seule récompense est d'avoir eu le droit de baptiser les vaches : Rosa, Rosa et Rosa.

Ce qui a fait éclater de rire son père.

« On pourrait aussi bien leur donner un numéro ! »

Pour lui, le nom d'une vache ne veut rien dire – il les a marquées d'une entaille bien claire à l'oreille, pour que ceux qui les trouveraient sur la lande sachent qu'elles lui appartiennent. Il a pourtant dû trouver l'idée amusante, car les noms sont restés :

Rosa, Rosa et Rosa.

Vendela, elle, ne s'amuse pas. Peu importe comment elles s'appellent, elle ne voit aucune différence entre elles. Pour elle, ce ne sont que trois choses brunes à convoyer entre l'étable et le pré. Une tâche quotidienne dès le retour des beaux jours, en avril. Conformément à la tradition, Henry distribue alors à chacune de ses bêtes un hareng trempé dans le goudron comme premier repas hors de l'étable. Puis il les lâche sur les pâtures de printemps et laisse sa fille s'en occuper.

Son bâton à vache est joli, lisse, fin et souple. Henry l'a entièrement écorcé avant de le lui donner.

Tu conduiras les vaches avec ça, lui a-t-il dit. *Marche derrière et taquine-leur les flancs de temps en temps pour qu'elles aillent droit.*

Les vaches étaient grandes comme des rochers et, au début, Vendela les tapotait doucement lorsqu'elle les conduisait entre la ferme et le pré. Les premiers jours, elle avait peur de prendre un coup de corne, mais les vaches ne réagissaient même pas. Comme si elle n'existait pas. Alors elle y est allée de plus en plus fort et, après seulement un mois, elle a commencé à les taper franchement avec son bâton.

Et elle a fini par cogner.

Elle a pris l'habitude d'asséner à la vache la plus proche le coup de bâton le plus fort possible. Rosa, Rosa et Rosa ont une peau brune et blanche dure comme du cuir, si épaisse, et pourtant elle veut frapper jusqu'au sang et surtout *faire peur* aux vaches. Mais les trois Rosa continuent à lambiner en dodelinant de la tête devant le bâton de Vendela qui cingle l'air. Les coups les font parfois bondir sur le sentier. La cloche s'emballe alors, avant de reprendre bien vite son rythme nonchalant.

Cette nonchalance, ces têtes qui pendent, ces yeux bruns indifférents – pour Vendela, c'est une lutte quotidienne. Rosa, Rosa et Rosa essayent de lui montrer qu'elle compte pour du beurre, mais elles se trompent.

L'été dernier, Henry lui a également confié la responsabilité du poulailler. Elle avait aussi l'intention de frapper les poules et les poulets, ou du moins de leur donner des coups de pied quand ils étaient sur son chemin.

« Du vent ! »

Mais le coq a vu rouge. Il s'est mis à brailler en battant des ailes et l'a chassée à coups de bec hors du poulailler jusqu'au milieu de la cour.

Elle a pleuré, crié à l'aide, mais a dû se débrouiller seule. Henry était descendu à la carrière, l'Invalide enfermé dans sa chambre et sa mère Kristin n'était bien sûr plus là.

Henry ne parle plus de sa femme depuis sa mort, et Vendela s'en souvient à peine : pas une expression du visage, pas même un parfum.

Tout ce qui reste est une dalle au cimetière de Marnäs, une photographie ovale pendue dans la cuisine et un écrin rempli de bijoux dans la chambre d'Henry.

Vendela ressent aussi une douleur physique – mais c'est sans doute une courbature à force d'avoir levé son bâton.

Depuis la mort de sa femme, Henry a toujours l'air ailleurs. Le matin, il chante dans l'escalier en descendant à la carrière, le soir il reste souvent à contempler les étoiles.

Il s'en remet à Vendela pour le gros du travail de la ferme. Elle doit faire le ménage et nettoyer ses vêtements pour qu'ils ne sentent pas la bouse quand elle va à l'école. Elle doit transporter la nourriture entre la glacière et la cuisine, car ils n'ont pas les moyens d'avoir un frigidaire, et pas non plus l'électricité. Elle doit s'occuper de la culture des pommes de terre, des pois et des betteraves. Et elle doit traire et conduire les trois Rosa sur le sentier.

Là, entre la prairie et l'étable, elle passe et repasse derrière avec son bâton. Avant et après l'école à Stenvik. Mais d'abord, elle doit faire autre chose encore : monter nourrir l'Invalide.

Cette corvéc est la pire.

Vendela ne se souvient pas bien quand l'Invalide est arrivé à la maison, juste que c'était tard un soir d'automne quand elle avait six ou sept ans et qu'Henry avait encore les moyens d'avoir sa voiture. Il avait passé l'après-midi à faire les cent pas dans la cuisine puis était parti, sans dire où il allait. Vendela était alors allée se coucher dans sa petite chambre derrière la cuisine.

Plusieurs heures plus tard, elle a entendu la voiture revenir. Elle s'est avancée dans le noir jusqu'au perron. Les portières avant se sont ouvertes, l'une, puis l'autre. Depuis son lit, Vendela a entendu son père aider quelqu'un à sortir de la voiture, gravir le perron ses bottes aux pieds, pousser la porte et monter d'un pas pesant à l'étage, quelque chose de lourd dans les bras.

Il est resté un bon moment là-haut, et Vendela l'entendait parler tout bas à quelqu'un. Et elle a entendu un rire.

Puis il est redescendu jusqu'à la voiture. Il s'est débattu avec quelque chose d'encombrant qu'il a fini par extraire du coffre et traîner dans la cuisine. Ça grinçait comme une machine lourde.

Vendela est sortie de son lit, a entrebâillé sa porte pour jeter un coup d'œil.

Elle a vu son père pousser un fauteuil roulant sur le tapis de la cuisine, une couverture sous le bras. Sur le fauteuil, une radio à transistors.

Henry a pris l'escalier en hissant derrière lui le fauteuil et la radio. Après quelques marches, il s'est arrêté pour souffler et son regard a croisé celui de Vendela.

Il avait l'air pris sur le fait, honteux et a murmuré quelque chose. Vendela s'est approchée d'un pas.

« Qu'est-ce que tu dis, Papa ? »

Son père l'a regardée en soupirant.

« Ça n'allait pas à l'asile. Ils les attachent avec des sangles en cuir. »

C'est la seule explication qu'il lui a donnée. Et il ne lui a pas dit qui c'était.

Vendela n'ose pas non plus demander. Peu importe car, par la suite, Henry n'appelle plus ce nouvel occupant de l'étage que *l'Invalide*. Le plus souvent, il ne prononce même pas le mot, il se contente d'un signe vers le plafond en roulant les yeux. Mais le premier soir, comme Vendela entend un rire étouffé à l'étage et lève un regard effrayé vers le plafond, il lui demande, par-dessus la table de la cuisine :

« Tu veux monter… dire bonjour ? »

Vendela se dépêche de faire non de la tête.

Les nouvelles corvées deviennent vite des routines, rien de notable. Vendela doit s'occuper de l'Invalide, exactement comme elle doit s'occuper des vaches, à la différence que l'Invalide ne se montre jamais. À l'étage, sa porte est toujours close, mais on entend au travers la musique et les informations à la radio du matin au soir. Elle se demande parfois s'il a fermé sa porte à clé, mais elle n'ose jamais tendre la main pour vérifier.

Tout ce qu'elle fait avant de partir à l'école tous les matins, c'est de monter doucement l'escalier sombre avec le plateau qu'elle place sur le guéridon, près de la porte.

Frappe toujours quand tu as apporté à manger, lui a dit Henry.

Vendela frappe à la porte, mais n'attend jamais de réponse. Elle se dépêche de redescendre.

Là-haut, la porte met du temps à s'ouvrir. Souvent, Vendela a le temps d'enfiler ses chaussures avant d'entendre les gonds grincer doucement. Alors, parfois, elle reste immobile dans l'entrée en retenant son souffle : elle entend la porte s'entrouvrir là-haut, puis une respiration lourde quand l'Invalide sort de sa chambre. Un tintement de vaisselle quand le plateau est soulevé.

À ce moment, Vendela a toujours peur que quelque chose cloche là-haut, qu'il renverse le plateau, que le fracas des assiettes cassées la force à remonter l'aider.

Jamais de vaisselle cassée mais, les premiers mois, Vendela a chaque jour plus peur de trouver la porte de l'étage ouverte quand elle rentre à la maison. Grande ouverte.

Cependant, cela n'arrive pas : chaque soir, une fois les vaches rentrées, elle trouve le plateau vide posé sur le guéridon. Souvent aussi un pot de chambre, qu'elle doit vider.

Dans la chambre, derrière la porte, on entend un rire étouffé.

Henry a peu d'amis et la ferme ne reçoit qu'une visite régulière : tous les ans, deux jours avant Noël, tante Margit et oncle Sven viennent de Kalmar avec leur grosse voiture, le coffre plein de victuailles et de cadeaux. Vendela et Henry ont rangé et récuré la cuisine, mis une nappe propre sur la table, mais ce n'est pas beaucoup plus propre pour autant.

Henry sert le café et s'essaie à bavarder, puis avec sa sœur monte à l'étage voir l'Invalide. Tante Margit porte quelques petits paquets.

Restée assise à la table de la cuisine, Vendela les entend ouvrir la porte de la chambre et la refermer derrière eux. La voix de tante Margit est plus aigre et criarde que jamais quand elle s'adresse à l'Invalide pour lui souhaiter joyeux Noël.

On n'entend pas de réponse.

Une seule fois, Vendela trouve la porte ouverte, quelques mois après l'installation de l'Invalide. Ou plutôt entrebâillée. Elle ralentit en arrivant de l'escalier, s'arrête et tend le cou pour jeter un coup d'œil. Il fait sombre dans la chambre, mais elle sent une odeur de renfermé et voit une pièce exiguë avec un lit et une petite table. Et une vieille couverture par terre.

Quelqu'un est assis sur la couverture. Une petite personne ratatinée avec des cheveux gris ou blancs mal peignés qui rebiquent dans tous les sens.

La créature est assise en silence, dos voûté.

Vendela croit que l'Invalide dort mais, soudain, l'ombre se redresse, se tourne vers elle, bouche bée. Et se met à pouffer.

Elle passe vite son chemin, comme si l'Invalide n'existait pas. Elle se dépêche de descendre l'escalier et de sortir sur l'herbe de la cour.

Elle comprend pourquoi l'Invalide s'enferme – on ne peut bien sûr pas se montrer quand on est si vieux, si malade.

Mais pourtant ? Vivre toute l'année dans une pièce sans jamais prendre l'air ? Elle n'arrive pas à imaginer.

Et l'hiver passe, c'est mars, la neige fond sur la lande. Pendant quelques semaines se forment de grandes flaques dans l'herbe jaune, les mares de printemps : après l'école, les vaches rentrées, Vendela part parfois en exploration. Elle voit le ciel immense se refléter dans l'eau et se sent libre, très loin de la ferme.

Un après-midi ensoleillé, sur la lande, elle aperçoit soudain à l'horizon une forme étrange parmi les genévriers. Un bloc de pierre.

Le bloc forme comme un autel penché, à deux ou trois kilomètres de la ferme. Il est grand, on le voit de loin. Les genévriers poussent en cercle autour, mais semblent garder leurs distances.

Elle ne s'en approche pas, car elle ne s'est jamais aventurée si loin sur la lande et craint de se perdre parmi les mares. Elle fait demi-tour et rentre en courant.

Le printemps passe, l'année scolaire finit sans qu'elle retourne voir la pierre solitaire. Un soir d'été, pourtant, elle en parle à son père et lui demande s'il l'a vue lui aussi.

« La pierre des Elfes ? »

Henry est à la table de la cuisine, en train de polir un socle de lampe. Il l'a taillé dans le calcaire et, à force de le frotter à la toile émeri, il le fait briller comme du marbre.

« Sur le chemin de Marnäs ? C'est celle-là dont tu parles ? »

Vendela hoche la tête.

La pierre des Elfes. Maintenant elle sait comment l'appeler.

« Elle date de l'ère glaciaire, dit Henry. Elle a toujours été là. Et de tout temps les gens y ont déposé des offrandes.

— À qui ?

— Aux Elfes, dit Henry. On l'appelle aussi le Moulin des Elfes. Autrefois, les gens croyaient que les creux de cette pierre avaient été formés quand les Elfes y faisaient leur farine. Aujourd'hui, on va y faire des vœux… on dépose une offrande pour les Elfes et on souhaite quelque chose.

— Quel genre de souhait ?

— N'importe quoi. Si on a perdu quelque chose, on peut demander aux Elfes de le retrouver… » Henry regarda par la fenêtre vers la grange. « … ou on souhaite avoir un peu plus de chance dans la vie.

— Tu l'as déjà fait, toi, Papa ?

— Quoi donc ?

— Tu as déjà fait une offrande aux Elfes ? »

Henry secoue la tête et se remet à polir le calcaire. « On ne doit pas souhaiter des choses qu'on ne mérite pas. »

16

Vendela soupesa le bâton. Était-ce vraiment le même ? Il semblait un peu plus court que quand elle était petite, mais sa taille mettait toujours mal à l'aise. Elle avait l'impression d'entendre le tintement sourd de cloches de vaches, au loin.

Allez, allez, allez !

Quarante ans après, elle se rappelait bien le bruit cinglant du bâton, mais plus pourquoi elle frappait si fort les vaches. Était-elle sadique, enfant ?

Elle remit le bâton dans le hangar, retraversa le jardin désert et s'engagea dans le bois voisin de la maison.

Un sentier étroit menait jusqu'à la lisière. Elle était arrivée à la prairie où les vaches paissaient tout l'été, mais ce n'était plus un pré, le terrain était envahi de broussailles épineuses. Pas une bouse de vache dans l'herbe. Aucune bête n'avait brouté là depuis des décennies.

Rosa, Rosa et Rosa, songea-t-elle, en se remettant à courir.

Au-delà du muret, de l'autre côté de la prairie, commençait la lande. Quand elle était petite, il n'y poussait presque rien, alors qu'elle était aujourd'hui parsemée de bouleaux nains et de buissons d'aubépine ébouriffés. Malgré ces obstacles, elle s'efforça de courir en ligne droite sur le terrain plat.

Les Elfes se déplacent en suivant les lignes d'énergie du paysage. Ils vont droit devant eux, et construire sa maison sur leur chemin porte malheur.

Une fois la ferme hors de vue, elle mit le cap sur un buisson qu'elle apercevait au loin et continua à courir, plus vite. Il n'y avait plus que deux heures de soleil, tout au plus, et elle ne voulait pas se retrouver sur la lande à la nuit tombée.

Dix minutes plus tard, elle était loin de tout – les distances lui semblaient plus courtes que dans son enfance.

À quelques centaines de mètres, elle aperçut une concentration de hauts genévriers, et ralentit sa course. Ses jambes tremblaient. Elle inspira profondément l'air frais et se concentra. Alors elle se faufila dans les broussailles et s'arrêta dans la petite clairière formée au milieu. Là, le visiteur était complètement hors de vue.

Le bloc de pierre était toujours là, au cœur des buissons.

Il était rugueux, anguleux, exactement comme dans son souvenir.

Il faut juste être au bon endroit au bon moment, songea-t-elle.

Elle s'approcha lentement de la formation rocheuse oblongue, solidement fichée dans le sol.

Le Moulin des Elfes, où ils faisaient leur farine au crépuscule. La porte de leur royaume.

Le bloc semblait un peu plus petit aujourd'hui, peut-être s'était-il enfoncé dans le sol, en trente ans.

Mais c'était plus probablement Vendela qui avait grandi.

Il y avait quelque chose dans les creux.

Non, juste de l'argent. Des vieilles pièces.

De bronze, ou d'or ? Elle n'osa pas les ramasser pour regarder de plus près, mais elle savait à présent que d'autres habitants de l'île croyaient aussi comme elle au pouvoir des Elfes.

Elle se tint à quelques mètres de la pierre et tendit l'oreille. Le vent sifflait et, au loin, on entendait la vague rumeur de la circulation sur la grand-route.

Mais pas d'herbe foulée. Aucun bruit de pas.

Vendela s'avança et posa sa main sur la pierre. Elle était toujours aussi invariablement fraîche que dans son souvenir, même en plein soleil.

Elle s'étendit derrière la pierre des Elfes, à l'abri du vent. Là, le sol était frais mais sec. Elle ferma les yeux. Près d'elle, le gros bloc de pierre dégageait une sensation de masse, de calme rassurant.

Personne ne savait où elle était. Ici, le reste du monde n'avait plus d'importance.

Le paysage s'était soudain tu – autour de la pierre, pas une branche des genévriers ne bougeait. Vendela ouvrit lentement les yeux, avec l'impression que la lande alentour était figée, couverte de son herbe jaune de printemps, pâle et délavée comme une vieille photographie. Si elle regardait sa montre, à présent, elle savait que les aiguilles seraient arrêtées.

Le royaume des Elfes.

Elle entendit soudain un froissement dans l'herbe de l'autre côté des buissons, comme si quelqu'un marchait là-bas d'un pas de papillon. Elle se leva doucement, mais ne vit personne.

Pourtant, elle sentait qu'on l'épiait à travers les buissons.

Ses vêtements de sport étaient humides, elle frissonna. Toute son énergie avait disparu, une soudaine inquiétude l'avait chassée. Elle aurait voulu s'approcher des épais fourrés, regarder derrière, peut-être appeler pour savoir s'il y avait quelqu'un, mais elle resta plantée près de la pierre.

Ils me guettent, songea-t-elle. *Les Elfes... ou les Trolls ?*

Elle n'osa pas aller voir. Ses jambes bougèrent dans la direction opposée. Elle recula et fit le tour de la pierre des Elfes pour l'avoir entre elle et le faible bruit.

Alors, tout redevint silencieux. Le froissement avait cessé.

Le vent se remit à souffler. Vendela soupira. Elle se sentait raide, avait froid, mais il lui restait une chose à faire. Elle fouilla dans ses poches et déposa une pièce de dix couronnes flambant neuve dans un creux de la pierre resté vide.

Il était dangereux de faire des vœux ici – elle le savait mieux que personne. Mais elle avait besoin d'aide.

Un seul souhait, rien d'autre.

Faites qu'Aloysius retrouve la vue, songea-t-elle. *Donnez-lui encore quelques années en bonne santé... C'est tout ce que je demande.*

Elle lâcha la pièce et s'écarta vite du bloc de pierre.

En retraversant les genévriers pour quitter la clairière, elle sentit le temps se remettre en branle. Sa montre repartit et ce fut le soir. À l'ouest, le soleil avait perdu son éclat et descendait vers l'horizon, sa lumière miroitait en reflets rouges dans les mares alentour.

17

« Pelle ? fit Jerry, mal réveillé. Pelle ? »

Son père s'était endormi dans la voiture à la sortie de Växjö, après l'interrogatoire de police. Il avait dormi profondément en marmonnant des mots inaudibles dans son sommeil, avant de se réveiller alors qu'ils roulaient dans les rues désertes de Kalmar. Peter s'était garé près de l'entrée de l'hôpital.

« Pelle ?

— Ne t'inquiète pas, Jerry. Nous sommes à Kalmar. »

Il ouvrit sa portière. L'air du soir entra dans l'habitacle et rafraîchit ses poumons. Il toussa et se tourna vers son père.

« Reste ici… Je monte juste voir Nilla. Ma fille, tu te souviens d'elle, Jerry ? »

En voyant son père regarder le panneau hôpital, il poursuivit :

« Elle est juste en observation. Je reviens vite. »

Il était dix heures et demie, toutes les fenêtres de l'hôpital luisaient sous le ciel nocturne. Les jambes de Peter étaient engourdies – il avait passé une bonne partie de la journée assis au volant de sa voiture.

L'entrée n'était pas encore fermée : la porte vitrée s'ouvrit sans bruit sur son passage. Il prit l'ascenseur jusqu'au département de Nilla sans croiser personne.

Le couloir lui aussi était désert, la porte du département fermée. Il sonna et une infirmière de garde le fit entrer. Elle ne lui sourit pas, mais c'était peut-être juste la fatigue. Cela ne voulait pas dire que Nilla allait plus mal.

La porte de sa chambre était entrebâillée, et deux voix en sortaient. Nilla parlait avec sa mère.

Peter toussa encore une fois. Il avait espéré ne pas voir Marika. Il savait bien sûr que son ex-femme venait tous les soirs voir Nilla mais, avec un peu de chance, elle aurait pu s'être absentée. Il songea quelques secondes à faire demi-tour, avant d'ouvrir la porte.

Nilla était assise sur son lit, le dos calé par un oreiller. On lui avait fait enfiler une tunique blanche et elle avait une perfusion au bras. Elle était comme il l'avait laissée, peut-être juste un peu plus pâle.

Marika était assise à son chevet. La télévision suspendue dans un coin était allumée : on y voyait un homme et une femme qui se criaient dessus dans une cuisine avec de grands gestes, mais le son était baissé.

« Bonjour tout le monde », dit Peter en souriant à la mère et à la fille.

La conversation s'était interrompue à son arrivée. Marika semblait en train de plaisanter avec sa fille, car celle-ci lui souriait – mais son sourire se fana à la vue de Peter. Comme un masque tombé sur son visage. Elle semblait à présent très lasse.

« Salut, Papa. » Puis elle le renifla, étonnée. « Mais tu sens la fumée !

— Ah oui ? »

Peter leur adressa un sourire crispé en s'efforçant de ne plus tousser. Il ne savait pas quoi dire.

« Qu'est-ce qui s'est passé, Peter ? dit Marika. Tu es blessé ?

— Non, ne t'inquiète pas… Un incendie en Småland. Je l'ai vu depuis la voiture, alors j'ai appelé les pompiers. Ils sont venus et l'ont éteint.

— La maison était vide ? demanda Nilla.

— Personne n'habitait là, dit Peter, en se dépêchant d'ajouter : Et vous, comment ça va ?

— On attend la visite du soir, dit Nilla. Et on regarde la télé.

— Bien. »

Marika se leva.

« Je vais y aller, comme ça vous pourrez parler.

— Ce n'est pas la peine, dit Peter, je voulais juste…

— Si. J'y vais. »

Elle passa devant lui en baissant les yeux et sortit dans le couloir.

Le père et la fille se regardèrent, et Peter réalisa qu'il aurait dû apporter quelque chose d'autre que des vêtements empestant la fumée. Du chocolat, peut-être, ou un CD.

« Maman a été là tout le temps ?

— Elle est là dans la journée, mais elle ne dort pas ici. » Elle le regarda. « Je vais bientôt rentrer à la maison, hein ? »

Peter hocha la tête.

« Je viens te chercher mercredi. Comme ça on fêtera Pâques sur Öland, avec plein d'œufs. Des œufs durs et des œufs en chocolat. »

Nilla semblait contente.

« Des œufs en chocolat, chouette ! »

Peter s'approcha pour la serrer dans ses bras, en frottant sa joue contre son front. Il était frais.

« À bientôt. »

En sortant, il se rendit compte combien son sourire avait été figé, presque crispé.

Il referma doucement la porte. Marika était un peu plus loin dans le couloir. Il alla vers elle et s'arrêta à trois pas. Elle croisa les bras.

« Elle a l'air d'aller bien », dit-il.

Marika hocha la tête.

« Jesper est resté sur Öland ?

— Oui. »

Peter n'avait pas l'intention de lui raconter les événements de la journée, qu'il était allé aider son père et qu'il le ramenait avec lui. Surtout ça, car Marika n'aimait pas son ex-beau-père.

« Je reviens mercredi, se contenta-t-il de dire. À quelle heure le médecin est-il censé passer ?

— Je ne sais pas… Avant déjeuner, je crois.

— Je viendrai dans ces eaux-là.

— Georg aussi sera là, dit Marika à voix basse. Ça ira ?

— Bien sûr, dit Peter, en ajoutant un mensonge : Pas de problème, j'aime bien Georg. »

En revenant au parking, Peter trouva Jerry descendu de voiture. Sa serviette sous le bras, il avait une cigarette dans la main droite. Comment pouvait-il fumer un soir pareil ?

« Ne l'allume pas, dit Peter. On y va. »

Il ouvrit la portière et s'installa au volant. Jerry ne put que ranger la cigarette et s'asseoir près de lui. Il toussa.

Jerry ne respirait pas, il sifflait. Après l'incendie, c'était pire que jamais, mais il avait toujours toussé et sifflé. Ses poumons fatigués par l'abus de cigarettes faisaient de plus en plus un bruit de ballon qui se dégonfle.

Son père s'était négligé toute sa vie, songea Peter en s'éloignant de l'hôpital. Mais c'était Nilla qui était tombée malade.

Peter se gara devant sa maison vers onze heures et demie le lundi soir. La Casa Mörner était presque plongée dans le noir complet – Jesper n'avait laissé que quelques lampes dans le hall et la cuisine.

« Chez toi ? dit Jerry en regardant autour de lui.

— Mais oui, c'est chez moi, maintenant, dit Peter en se tournant vers la maison. C'est ici qu'on passait les étés, Anita et moi, quand tu l'as quittée. Pendant plusieurs années, Maman n'a pas eu les moyens de vraiment partir en vacances. Tu le sais bien, non ? »

Jerry secoua la tête, mais ses yeux s'étaient rétrécis. Peter savait en tout cas qu'il avait reconnu le nom de son ex-femme.

Il coupa le moteur et soupira en silence. Il se sentait très las, mais il fallait faire face à une dernière rencontre. Il porta la vieille serviette de Jerry jusqu'à la maison. Son père le suivit d'un pas lent.

« Il y a quelqu'un ? appela Peter une fois dans l'entrée. Jesper ? »

La porte de sa chambre était ouverte. Son fils était assis sur son lit, absorbé par sa Game Boy.

« Quoi ?

— Éteins ton jeu, maintenant. Viens dire bonjour à ton grand-père. »

Peter renifla. L'odeur de fumée avait-elle disparu de ses vêtements ?

Jesper ne semblait pas la sentir. Il se contenta de se lever et de sortir de sa chambre d'un pas lent. Peter comprit son hésitation, car Jerry n'avait pas vu ses petits-enfants depuis au moins dix ans. Il n'avait jamais exprimé l'envie de les voir, et Peter n'avait pas fait d'efforts particuliers pour qu'ils se rencontrent.

« Salut Grand-père », dit Jesper à voix basse, en tendant la main.

Jerry parut un peu hésiter, puis il la serra.

« Jesper », dit-il à voix basse.

Il lâcha la main de son petit-fils et regarda autour de lui.

« Tu veux boire quelque chose ? » dit Peter.

Jerry hocha vite la tête, et Peter alla à la cuisine lui verser un verre de lait.

Après avoir installé Jerry dans un fauteuil devant la télévision, il sortit respirer un dernier bol d'air pur.

Il s'approcha du bord de la carrière emplie d'ombres – et s'arrêta net.

À la lueur de la demi-lune suspendue au-dessus du détroit, l'escalier qu'il avait construit avec Jesper semblait abîmé. Les dalles du haut avaient disparu.

Il retourna chercher une lampe de poche.

Oui, il avait vu juste – les larges blocs de pierre s'étaient écroulés. Certains s'étaient heurtés et brisés dans leur chute.

L'escalier semblait pourtant stable, hier. Qui donc l'avait détruit ?

18

Cher lecteur,

Dans ce manuel, je vais parler de mes rencontres avec les Elfes sur Öland, et de la manière d'entrer en contact avec eux. Car la chose est plus facile qu'on ne le croit. Les Elfes suivent des chemins immémoriaux qui sillonnent le paysage, généralement en ligne droite. Ces chemins sont souvent connus des anciens dans la région. Il suffit donc d'aller frapper aux portes et de demander !

Vendela était descendue à Borgholm ce lundi. Elle avait fait tous ses achats pour le dîner de mercredi. Dans la soirée, elle s'offrit une pause et en profita pour écrire la préface de son livre.

Max parti faire une conférence à Kalmar, Vendela s'était calée dans un fauteuil du séjour. Elle avait à présent trouvé un titre pour son livre : *Mes rencontres avec les Elfes.*

Elle avait beaucoup de choses à raconter, et pas seulement à propos de son enfance. Vers trente ans, elle s'était rendue en Islande, où la croyance dans les Elfes est encore bien vivante. Elle avait rencontré des personnes âgées qui en avaient vu, et même suivi un groupe de touristes sur le Snaefjellsjökull, le glacier au nord de Reykjavik où apparemment les Elfes se montrent de temps en temps. Un soir, par grand froid, elle avait attendu longtemps dans une grotte près du glacier, sans les voir.

Il ne faut pas avoir peur des Elfes, écrivit-elle à la ligne. *Il n'y a en eux rien de mauvais. Ils ne souhaitent pas toujours nous rencontrer, mais ne nous veulent aucun mal. Tant que nous les respectons, eux et la nature où ils évoluent, ils ne nous font rien. Au contraire, ils nous aident parfois à retrouver ce qu'on a perdu – ou à nous retrouver nous-mêmes.*

Voilà cinq ans, elle avait vu dans la revue *Le Chercheur* une annonce proposant un stage de communication avec les Elfes, sur l'île de Gotland. En cachette, Vendela s'y était inscrite et s'était envolée pour Visby un beau vendredi de mai. (À Max, elle avait dit qu'il s'agissait d'apprendre la poterie au tour.)

Le guide spécialiste des Elfes avait la trentaine, de longs cheveux bruns noués en queue-de-cheval. Il s'appelait Adam Luft et possédait une petite ferme au sud-ouest de Visby, dans un paysage plat et boisé où se rencontraient plusieurs chemins d'Elfes. Adam ne coupait pas l'herbe autour de sa maison, car il fallait conserver la nature aussi intacte que possible.

« Les chemins passent souvent entre noisetiers et genévriers, disait-il. C'est là qu'on trouve les portes de leur monde. »

Adam pouvait rester des heures assis en tailleur à parler des Elfes. Il était tout particulièrement intéressé par leur vie privée, laquelle selon lui était libre et sans préjugés. Vendela n'en était pas si sûre et, quand parfois il parlait des relations sexuelles entre Elfes et humains, elle se doutait bien qu'il s'agissait surtout des fantasmes d'Adam – mais lorsqu'il changeait de chapitre, il disait souvent des choses sensées. Comme par exemple :

« Il est essentiel de penser hors des sentiers battus. La première fois que les Européens ont vu des touffes blanches de coton, au Moyen Âge, ils n'avaient aucune idée de ce que c'était, ni d'où cela venait. Ils ont supposé que le coton venait de petits moutons volants qui nichaient dans les arbres. »

Adam avait ici marqué une pause, pour permettre à ses stagiaires de rire tout leur soûl.

« Alors, quand les scientifiques d'aujourd'hui entendent parler de gens qui ont rencontré les Elfes, poursuivait-il en levant les mains, que vont-ils penser ? Comment vont-ils l'interpréter ? Les chercheurs, comme presque tout le monde, sont désemparés face à l'inexplicable. »

Vendela leva les yeux de son livre. Elle tendit l'oreille en quête d'un bruit de voiture – qui aurait annoncé le retour de Max – mais n'entendit rien. Elle continua d'écrire :

De tout temps, les gens ont rencontré les Elfes. En Islande, leur existence va tellement de soi qu'on tient compte de leur environnement lors de la construction des routes. En Grande-Bretagne, beaucoup de gens ont eu des contacts rapprochés avec les Elfes. Par exemple la jeune Annie Jeffries en Cornouailles qui, à force de sortir de son village chanter pour les Elfes, avait fini par être enlevée par eux au milieu du XVII*e siècle. Elle était revenue quelques jours plus tard dans le monde des hommes pleine de connaissances, habile à soigner les malades et prédire l'avenir.*

Tout cela, elle l'avait appris d'Adam Luft. Pour Vendela, ce stage chez lui avait été une révélation. Le petit groupe faisait des marches dans le paysage printanier, s'asseyait en cercle et chantait pour les Elfes au coucher du soleil. Après quelque temps, plusieurs des participants avaient commencé à les voir. La benjamine, une jeune fille de Stockholm qui, à vingt ans, exerçait déjà la profession de médium, voyait des Elfes si souvent et avec une telle netteté qu'elle les reconnaissait et leur donnait de jolis noms, comme Galadriel ou Dunsanny.

Vendela était un peu jalouse, car elle n'en avait pas vu un seul, ce stage était pourtant extraordinaire. Sur Gotland, le paysage semblait aussi paisible et hors du temps qu'en Islande. Elle était rentrée avec une foi retrouvée, et un fort désir de rencontrer les Elfes sur son île natale, Öland.

Et elle était aujourd'hui dans cette grande maison devant ce début de livre. Elle reprit :

Quant à moi, j'ai eu la chance de grandir sur Öland, une île que les Elfes ont toujours aimé fréquenter. Peut-être sont-ils attirés par la lande et tous les genévriers qui y poussent.

Les Elfes aiment beaucoup les genévriers. Par chance, là où je vivais, ils poussent nombreux, en épais buissons, ce qui leur plaît tout particulièrement.

Vendela savait qu'elle retournerait à la pierre des Elfes, de l'autre côté de la lande. Elle s'y sentait presque obligée, mais ne voulait pas en parler à Max. En dix ans, elle n'avait mentionné le royaume des Elfes qu'une fois, et il avait éclaté de rire en demandant s'il y avait des vols charters pour s'y rendre.

Elle continua d'écrire :

Mais si nous connaissons les lieux qu'affectionnent les Elfes, pourquoi ne les y voyons-nous pas toujours ? La réponse est simple : les Elfes n'évoluent pas dans notre monde, mais dans le leur. Et la porte entre les deux mondes n'est ouverte qu'un court instant, le moment venu. Les Elfes ont-ils eux-mêmes le pouvoir de créer ces portes entre les différentes dimensions, ou se contentent-ils d'utiliser celles qui existent, nous l'ignorons, mais toujours est-il que c'est au crépuscule et à l'aube, au printemps et en été, qu'il est le plus facile de les rencontrer.

Quand le soleil se couche et que le vent tombe, les frontières entre les deux mondes sont plus floues. Les possibles se multiplient : alors, celui qui laisse chez lui son inquiétude et son stress pour sortir dans la nature pourra sentir les règles de l'espace et du temps changer et s'ouvrir des portes vers d'autres mondes. Ainsi, celui dont les sens sont en éveil pourra rencontrer les Elfes.

C'était en tout cas ce qu'elle espérait. Vendela ne savait pas avec certitude quand il était le plus facile de rencontrer les Elfes mais, dans un manuel, il était essentiel de paraître sûr de son fait. Max le lui avait appris.

Il était pourtant difficile d'avoir des certitudes. Les questions se bousculaient dans sa tête. Parfois, elle pensait que seuls les enfants pouvaient entrer en contact avec les Elfes, telles ces fillettes anglaises qui avaient réussi à les photographier à Cottingley. Dans ce cas, c'était trop tard pour elle, il n'y avait plus aucun espoir.

Mais Adam Luft disait aussi qu'il était plus facile de les rencontrer quand on y croyait mais qu'on n'espérait plus. Alors, on était prêt. Et on ne pouvait que les apercevoir du coin de l'œil. Les Elfes, selon Adam, n'aimaient pas être regardés en face – ils ne supportaient pas nos regards trop intenses.

Vendela poursuivit :

Les Elfes sont des créatures légères comme la plume, avec des ailes un peu irisées, qui se déplacent comme si elles glissaient au-dessus du sol. On peut cependant trouver à terre des traces brillantes de leur passage, si on regarde bien.

Ce qui caractérise surtout les Elfes, c'est leur dévouement. Si un Elfe entre en contact avec toi, cher lecteur, il te suivra toute ta vie, même si tu ne le vois pas. Peut-être ne feras-tu que l'entendre, un léger froissement dans l'herbe, derrière toi.

Vendela arrêta d'écrire et leva les yeux de la page pour regarder par les grandes baies vitrées en direction de la carrière plongée dans le noir. En se souvenant des bruits dans les buissons sur la lande, elle se mit à nouveau à penser aux Trolls – égoïstes, grossiers et brutaux.

Elle ne voulait pas y penser, surtout quand elle était seule.

19

Le mardi avant Pâques, Gerlof eut deux nouveaux visiteurs – un père et son fils qui n'avaient pas l'air de s'aimer.

Après avoir réchauffé et mangé son déjeuner, il s'assit au soleil dans le jardin pour lire son journal et écouter les oiseaux, en attendant tranquillement que vienne le soir.

Il aperçut alors un homme aux cheveux gris vêtu d'un imperméable chiffonné, qui marchait sur le chemin, une cigarette au coin des lèvres. Un homme encore jeune, en tout cas comparé à Gerlof – il avait dans les soixante-dix ans, mais n'était pas en pleine forme.

L'homme semblait perdu. Il resta d'abord une minute planté devant le portail à fumer, puis l'ouvrit et entra. Il s'arrêta ensuite à nouveau au milieu de la pelouse en regardant autour de lui, comme s'il ne se souvenait pas où il était ni comment il était arrivé là. Son bras gauche pendait : il semblait paralysé.

Gerlof resta assis sans rien dire. Il n'était pas trop d'humeur à recevoir d'autres visites que celles des auxiliaires de vie.

L'homme finit par s'approcher. Il continua à promener autour de lui son regard fixe de cette façon bizarre, avant de tousser bruyamment et d'écraser sa cigarette dans l'herbe. Il tourna alors les yeux droit sur Gerlof et dit :

« Jerry Morner. »

Il avait une voix rauque avec un accent de Scanie rocailleux. La voix d'un homme d'expérience, qui avait vécu.

« Ah ? fit Gerlof, c'est votre nom ? »

L'homme avança de deux pas et s'assit lourdement sur le fauteuil des visiteurs.

« Jerry, dit-il.

— Alors nos noms se ressemblent. Je m'appelle Gerlof. »

Jerry sortit une autre cigarette, mais se contenta de la tenir à la main en la regardant, sans l'allumer. Gerlof vit que l'homme portait curieusement deux montres au poignet gauche, une en or et une en acier. Une seule était à l'heure suédoise.

« Tout va bien ? » demanda Gerlof.

L'homme le regarda bouche bée, comme si la question était bien trop compliquée.

« Jerry, répéta-t-il alors.

— Je comprends. »

Gerlof vit que l'homme paraissait perdu, au propre et figuré, et ne posa plus d'autres questions. Le silence se fit dans le jardin, mais Jerry semblait se plaire sur son fauteuil.

« Que faites-vous dans la vie ? » demanda Gerlof.

Devant l'abscnce de réponse, il poursuivit :

« Moi-même, je suis retraité. J'ai fait mon temps.

— Jerry et Bremer », dit Jerry.

Gerlof n'était pas plus avancé, mais l'homme sourit d'un air satisfait en allumant sa cigarette avec un briquet décoré d'un drapeau américain.

« Jerry et Bremer ? » dit Gerlof.

L'homme toussa à nouveau, sans rien répondre.

« Pelle, lâcha-t-il.

— Pelle ? »

Jerry hocha la tête.

« Ah bon… », fit Gerlof.

Silence.

« Jerry ! »

Le cri venait de l'autre côté du chemin. Un homme plus jeune se tenait là, c'était le propriétaire d'une de ces villas près de la carrière.

Était-ce son fils ? Il ouvrit le portail et entra.

« Jerry… Je t'ai cherché partout ! »

Jerry resta un moment immobile devant Gerlof, comme s'il ne reconnaissait pas l'homme qui s'adressait à lui. Puis il se redressa.

« Pelle, dit-il encore une fois.

— Il faut dire où tu vas, Jerry.

— Bremer », dit Jerry en se levant. Il semblait inquiet. « Bremer et Markus Lukas… »

Il entreprit de se traîner vers le portail. L'homme plus jeune s'attarda et adressa un signe de tête à Gerlof, qui comprit alors qu'il l'avait déjà rencontré, voilà des années.

« Vous devez être un parent d'Ernst Adolfsson, dit-il. Peter… ?

— Peter Mörner.

— Mais oui, ça me revient ! Vous veniez parfois chez Ernst, quand vous étiez petit.

— Avec ma mère, oui, dit l'homme. Nous avons assez souvent séjourné chez lui. Vous étiez amis ?

— Et comment ! Je m'appelle Gerlof. » Il fit un petit signe de tête en direction de Jerry : « C'est votre père ?

— Jerry ? Oui, c'est ça.

— Il n'est pas très causant.

— Non, il a une sorte de dysphasie. Il a eu une attaque cérébrale l'an dernier.

— Je vois. Et pourquoi porte-t-il deux montres ?

— Ah, ça… dit Peter en détournant les yeux. Il y en a une à l'heure américaine… Jerry a toujours bien aimé les USA.

— Et qui sont Bremer et Markus Lukas ?

— Il en a parlé ? » Peter regarda vers son père et poursuivit : « Hans Bremer, c'était son associé. Markus Lukas, je ne sais pas bien… » Il se tut et sortit une carte de visite de son portefeuille. « Je crois qu'il faut que je le ramène à la maison… Voici mon numéro de portable, si jamais vous le voyez revenir. »

Il fit quelques pas, mais s'arrêta en entendant Gerlof :

« Alors comme ça vous allez habiter ici ? »

Peter hocha la tête.

« Moi, en tout cas… et mes enfants. J'ai hérité de la maison d'Ernst l'an dernier.

— Bien. Prenez-en soin. »

Peter hocha à nouveau la tête et rattrapa son père, qui s'était arrêté près du portail.

« Allez, viens, Jerry. »

Gerlof les vit disparaître derrière le muret. Un père et un fils décidément un peu las l'un de l'autre.

Les gens étaient drôles, avec leurs enfants. Proches, mais avec des relations souvent tendues.

Le vieil homme avait rappelé à Gerlof quelques-uns des pensionnaires les plus séniles de la maison de retraite, qui avaient autant de mal à converser autour du café, comme s'ils étaient complètement ivres. Ils vivaient surtout dans leurs souvenirs, et ne faisaient que de brèves visites dans le monde réel. Mais de temps en temps, ils lâchaient des choses inattendues. Des pensées, des histoires et parfois des confessions impudiques.

Deux montres coûteuses au poignet…

Il se demandait bien comment Jerry Morner avait gagné tout cet argent.

20

Petit, Peter aimait regarder le soleil se coucher dans le détroit de Kalmar. Aussi, ce mardi soir, il alla un moment à la fenêtre. Jerry installé devant la télévision, il devait téléphoner à Nilla pour convenir de l'heure où il viendrait la chercher – mais d'abord, il voulait profiter du coucher de soleil.

Il était huit heures à peine passées. Le soleil ne chauffait plus depuis un bon moment, mais il continuait à éblouir, en suspens au-dessus de l'eau à l'ouest, jaune vif. Une fois à moitié caché derrière l'horizon, il finit par perdre son éclat et teinta les nuages épars au-dessus du continent d'un rouge sang très sombre.

Puis, soudain, disparut. Le ciel à l'ouest luisait toujours d'une lueur d'incendie, mais la nuit se répandit rapidement sur la plage et la carrière. Peter se pencha par la fenêtre et observa les ombres épaisses, en contrebas. Il songea à l'escalier détruit. C'était peut-être le fruit de son imagination – mais il lui sembla voir des ombres ramper et se glisser le long des tas de gravats.

La police ne s'était pas manifestée depuis leur audition, et Peter n'avait pas non plus appelé. Mercredi matin, il se rendit à Kalmar pour chercher Nilla. Dans la cafétéria de l'hôpital, il trouva un journal du soir daté de la veille. Il le feuilleta rapidement et tomba sur un bref article :

UN HOMME PORTÉ DISPARU
APRÈS L'INCENDIE D'UNE VILLA

Un homme est porté disparu après un violent incendie qui s'est déclaré dimanche soir dans une grande villa près du village de Ryd, à 60 km au sud de Växjö.

À l'arrivée sur place des secours, vers 18 h, le bâtiment en bois était entièrement la proie des flammes : les pompiers, qui se sont efforcés d'empêcher le feu de se propager, sont restés à pied d'œuvre jusqu'à minuit.

L'incendie a entièrement détruit la villa et, à l'heure où nous mettons sous presse, on ne sait pas avec certitude s'il a fait des victimes. Le propriétaire, qui a réussi à échapper aux flammes, a été entendu par la police, mais s'est montré incapable de donner la moindre explication sur les circonstances du sinistre.

Un témoin a déclaré avoir vu au moins une personne à l'intérieur de la maison en feu. Un employé du propriétaire qui utilisait la maison à la fois comme logement et comme bureau est toujours porté disparu, et la police craint qu'il ait pu périr dans l'incendie.

Les techniciens de la police vont dès que possible inspecter les décombres pour confirmer l'éventuelle présence de victimes et tenter de déterminer les causes de l'incendie.

Peter referma le journal. « Le propriétaire », c'était son père, et « l'employé porté disparu » devait être Hans Bremer. Quand les journaux apprendraient que le propriétaire était Jerry Morner, les articles seraient peut-être un peu plus longs.

Les questions restaient pour le moment sans réponses – pour le moment.

Il gagna l'ascenseur de l'hôpital.

Nilla avait enfilé ses vêtements et l'attendait dans le foyer du département. Elle s'était brossé les cheveux et lui sourit, mais elle semblait plus maigre que jamais. En se penchant pour l'embrasser, il trouva ses épaules étroites et osseuses.

« Tout s'est bien passé ? »

Elle hocha la tête.

« Ils disent qu'ils ont fini. Maman était là ce matin pour parler avec le docteur, avant de partir.

— Je l'appellerai… On part pour Öland ? Jesper t'attend, et Jerry est là, lui aussi.

— Jerry ?

— Oui… Ton grand-père. »

Nilla cligna des yeux.

« Et pourquoi ?

— Il va fêter Pâques avec nous. »

Nilla hocha la tête, sans poser d'autres questions.

« Mais je dois prendre ce truc-là, dit-elle. On aura la place ? »

Un fauteuil roulant replié attendait un peu plus loin dans le couloir.

Peter le regarda. Le fauteuil le fit frissonner – pourquoi Nilla en avait-elle besoin juste maintenant ? Il aurait voulu demander, mais aucun docteur n'était en vue.

« Bien sûr, dit-il. On va bien trouver une place dans le coffre. »

Ils arrivèrent à la carrière à peine une heure plus tard.

« Tu te rappelles la maison ? » dit Peter en s'engageant sur le gravier de la cour.

Nilla hocha la tête.

« L'été dernier, tu disais que tu allais la repeindre… Tu t'y es mis ?

— Je n'ai pas eu le temps.

— Et les réparations ?

— Oui, quand je pourrai, se dépêcha de répondre Peter. On va aussi construire un escalier de pierre. Mais ce soir, on va faire la fête.

— Quel genre de fête ?

— Une fête entre voisins. »

Peter descendit rapidement de la voiture pour éviter d'autres questions. Puis il aida Nilla à atteindre la porte d'entrée.

« Je peux marcher toute seule, dit-elle, en tenant pourtant fermement son bras quand ils entrèrent dans le hall puis se dirigèrent vers une petite pièce.

— Voilà ta chambre. Le ménage a été fait et elle vient d'être aérée. »

Nilla s'assit doucement sur le lit, tandis que Peter retournait chercher son sac et son fauteuil roulant.

Jesper était assis devant l'ordinateur dans sa chambre, mais Peter ne voyait Jerry nulle part.

Il sortit au soleil sur la terrasse. Son père était là, affalé dans un des fauteuils, un chapeau sur le front, les yeux fermés. Sa serviette attendait comme un vieux chien brun à ses pieds.

« Salut, Jerry ! » Peter s'assit devant lui et lui posa le journal sur les genoux. « Lis ça. »

Mais Jerry ne regarda pas le journal. Il fixait quelque chose par-dessus l'épaule de Peter.

Peter se tourna et vit Nilla dans l'embrasure de la porte. Lasse, bras ballants, elle adressa pourtant un sourire à Jerry.

« Salut Grand-père, comment ça va ? »

Jerry se contenta de hocher la tête. Il leva lentement une main dans sa direction et se racla la gorge.

« Salut », lâcha-t-il.

Peter retenait son souffle. Son premier réflexe était de protéger d'une façon ou d'une autre sa fille contre Jerry, mais il n'y avait pas vraiment de raison.

« Grand-père ne parle pas beaucoup, dit-il à Nilla. J'arrive tout de suite… On va déjeuner. »

Nilla hocha la tête et rentra doucement.

Peter se pencha en montrant l'article du journal.

« Écoute, Jerry. Apparemment, Hans Bremer était dans la maison. D'après la police, il est toujours porté disparu. »

Son père l'écouta sans réagir.

« Bremer », se contenta-t-il de dire.

Il releva alors sa chemise pour montrer le long pansement qui lui barrait le ventre. Peter n'avait pas envie de regarder, il se contenta de secouer la tête.

« Jerry, pourquoi Bremer voulait-il te faire du mal ? »

Jerry luttait pour trouver ses mots. Il finit par en sortir un :

« Peur. »

Peter se contenta de hocher la tête. Il ne voulait pas laisser son père tout seul, mais se demanda si c'était une bonne idée de l'emmener chez les voisins.

21

C'était l'heure de faire la fête. Certains avaient des conflits de voisinage, mais les familles autour de la carrière se réunissaient pour une fête entre voisins – grâce à Vendela Larsson. Elle n'attendait pas qu'on l'en remercie mais, sans elle, rien ne se serait fait.

Vers six heures, elle sortit sur la grande véranda dresser la longue table avec des assiettes et des verres à vin. Au loin, au-dessus du détroit de Kalmar, le soleil baissait, jaune et rouge comme un feu qui s'éteint. Dans deux heures, il aurait disparu. Vendela savait que la soirée serait fraîche sur la véranda, et décida de sortir des grosses couvertures pour tout le monde. Et puis on pourrait toujours allumer le chauffage à infrarouges.

Max était sorti de son bureau après sa journée de travail, en peignoir de bain, en route pour le sauna. Pieds nus, il traversa d'un pas rapide le sol de pierre du séjour, mais s'arrêta à la porte de la véranda.

« Ça s'est bien passé ? demanda-t-elle.

— Pas mal, dit Max, le début est presque fini… Je te le montrerai bientôt.

— Volontiers, dit Vendela, qui avait elle-même écrit une ébauche d'introduction qu'elle lui avait donnée le soir précédent.

— Après, il y aura surtout des recettes et des photos, dit Max. On va bientôt en voir le bout. »

Il était toujours plus serein quand il avait pu passer plusieurs heures tranquille à sa table de travail, et surtout quand il allait ensuite au sauna.

« Pas trop chaud, Max, lui cria-t-elle. Pense à ton cœur ! »

Vendela, elle, avait plutôt passé la journée dans la cuisine. Diverses tourtes à la viande ou au fromage étaient au chaud dans le four.

À six heures et demie, tout était prêt. Sorti du sauna, Max s'était changé. Elle parvint à lui faire porter dehors toutes les chaises disponibles et allumer des lumignons sur la table. Puis elle l'envoya de l'autre côté du chemin chercher le vieux capitaine à la retraite.

Il revint un quart d'heure plus tard avec Gerlof Davidsson en fauteuil roulant. Gerlof avait mis son smoking – qui était lustré et semblait avoir au moins cinquante ans. À côté de lui, John Hagman, en costume noir avec des renforts bruns aux coudes.

Max poussa le fauteuil dans l'allée, mais quand Vendela ouvrit la porte, Gerlof se releva lentement et franchit le seuil en se tenant bien droit. Debout, Vendela remarqua qu'il avait une bonne tête de plus que Max.

« J'arrive à marcher. De temps en temps », dit Gerlof. Puis il donna un petit paquet à Vendela. « Tenez, je l'ai ficelé moi-même ce matin.

— Oh, merci ! »

Elle ouvrit le paquet et sentit une forte odeur de goudron. Il contenait un bout de cordage brun habilement tressé, formant comme un petit tapis.

« C'est un nœud d'Odin, dit Gerlof. Un porte-bonheur pour la maison. »

L'odeur du goudron fit un peu tourner la tête à Vendela, comme si elle avait pris de puissants cachets – mais elle sourit à Gerlof.

Les autres voisins furent assez ponctuels. Le joli couple Kurdin arriva en premier, à sept heures une, avec leur bébé endormi dans sa poussette. Christer Kurdin sourit à Vendela en la complimentant sur sa maison – il avait l'air plus aimable que son épouse, hautaine et glaciale dans sa longue robe de lin gris foncé. Marie Kurdin n'adressa qu'un bref hochement de tête à la maîtresse de maison avant d'avancer sur le sol de pierre, menton levé.

La famille Mörner arriva cinq minutes plus tard : le père, Peter, et ses deux adolescents. La fille, Nilla, se tenait au bras de son frère Jesper. Pâle et menue, elle marchait à petits pas. Vendela lui sourit, un peu inquiète pourtant. Était-elle anorexique ?

Quand Peter Mörner tendit la main à Max, Vendela vit son mari se figer. Ils ne s'étaient pas revus depuis l'incident du parking le vendredi précédent.

Aucun des deux hommes ne sourit.

« Tout va comme vous voulez ? dit Peter.

— Pas de problème », dit Max avec une brève poignée de main. Il adressa ensuite un signe de tête à son fils, pour lui montrer qu'il n'allait pas le manger.

Avec les Mörner, il y avait une quatrième personne que Vendela n'avait encore jamais vue, un homme d'un certain âge au dos voûté, cheveux gris plaqués en arrière. Il trébucha en franchissant le seuil et Peter lui attrapa vite le bras. Il se tourna vers ses hôtes :

« Voici mon père, Jerry Morner. »

Jerry avait des yeux fatigués et fixes qu'il laissa traîner le long du corps de Vendela en lui serrant la main – il ne dit pas un mot et ne semblait pas vraiment là. Il tenait une vieille serviette sous son autre bras.

Il entra ensuite en traînant les pieds sur le sol tout propre, sans enlever ses chaussures ni son imperméable. Vendela serra les dents sans rien dire. Elle courut à la cuisine chercher les dernières tourtes.

Max alla devant la baie vitrée proposer whisky, dry martini ou jus de fruits.

La conversation se mit en branle lentement mais sûrement – c'était les hommes qui parlaient, surtout Max et Christer Kurdin, qui comparaient leurs nouvelles maisons. Chacun voulait avoir la pire, Vendela entendait leurs voix s'entremêler :

« Oui, j'ai vu que vous aviez beaucoup de verre, mais nos murs de pierre seront sûrement plus frais en plein été…

— Des sous-sols ? Oui, ça augmente la surface…

— Les plaques de laminé, c'est dépassé, c'est le design à la papa…

— Les proportions harmonieuses sont importantes, pas seulement l'agencement des pièces… »

Après dix ou quinze minutes, Vendela avait sorti les derniers plats de la cuisine, et Max conduisit tous les invités vers la véranda. À l'ouest, le soleil flottait juste au-dessus de la ligne noire du continent, comme une peinture rouge et jaune. La mer était lisse, bleu sombre.

Max alluma le chauffage infrarouge, et les tubes métalliques pendus autour de la véranda se mirent à rougeoyer. L'air frais du soir devint presque estival.

« Tout le monde est arrivé ? demanda-t-il en regardant autour de lui.

— Je crois », dit Vendela.

Max hocha la tête, fit tinter son verre et éleva la voix :

« Alors asseyez-vous ! Choisissez vos places ! »

Le brouhaha s'estompa, chacun alla s'asseoir. Max souriait à tout le monde.

Vendela vit qu'il avait à présent endossé son rôle de maître de cérémonie. De meneur de revue. Il était dans son élément – c'était son assurance au centre de l'arène qui l'avait jadis séduite.

« Soyez tous les bienvenus. » Max leva son verre et poursuivit : « Ma chère épouse et moi-même avons passé la journée aux fourneaux, et beaucoup des recettes viennent de mon livre de cuisine à paraître bientôt… Alors j'espère que vous aimerez ! »

22

Gerlof avait décidé de garder ses distances vis-à-vis de ses nouveaux voisins mais, après deux whiskys, il commençait à trouver très agréable leur véranda de bois.

Ils avaient sorti un fauteuil de cuir pour l'installer en bout de table, comme un patriarche. La petite maîtresse de maison Vendela Larsson lui avait couvert les jambes d'un plaid et il n'avait pas besoin de tendre la main pour se servir – tout le monde lui remplissait sans arrêt son verre et son assiette. Il était confortablement calé au fond de son siège, près de John, sur cette sympathique véranda au plancher fraîchement huilé.

Deux grands verres de whisky, c'était à vrai dire un de trop, et il espérait que quelqu'un se proposerait de le ramener chez lui en fauteuil roulant – et si possible pas trop tard. Il était huit heures et demie et, l'alcool aidant, il commençait à s'assoupir, mais personne ne semblait pressé de finir de manger. On n'en était même pas encore au dessert.

« Alors comme ça, Gerlof… avec John vous avez travaillé à la carrière ? dit Peter Mörner en montrant de la tête la cavité sombre.

— Seulement l'été, quand on était petits, dit Gerlof.

— Avant de prendre la mer, dit John.

— Vous étiez tailleurs de pierre ? » demanda leur hôte, Max Larsson.

Gerlof secoua la tête.

« Non, nous étions trop minots.

— Ah oui ? C'est un travail difficile ? »

Gerlof se tut. Il se demanda si ces familles du continent comprenaient vraiment que la carrière était un ancien lieu de travail – et pas seulement une sorte de décor construit pour leur plaisir devant la plage, avec ici et là de charmants monticules et quelques mares d'eau de pluie où se baigner.

Ces gens ne pourraient jamais comprendre les efforts qu'avait exigés ce combat contre la montagne : jour après jour détacher la pierre calcaire avec comme seuls outils des pics, des masses et des ciseaux. Son ami Ernst lui avait dit un jour qu'en quarante ans, il avait détaché plus de cinquante mille mètres de dalles pour les escaliers, les chemins et les trottoirs tout autour de la Baltique.

Et les pierres tombales, aussi. Il y avait toujours eu une demande de dalles pour les cimetières, même dans les périodes difficiles.

« Non, nous ne sommes pas devenus ouvriers à la carrière. » Gerlof regarda John. « Mais nous étions des coursiers dégourdis, tu te souviens ? On allait chercher les outils, on nettoyait la cahute, ce genre de choses.

— La cahute ? dit Peter.

— On appelait comme ça le cabanon où les ouvriers se reposaient. »

Gerlof réalisa alors que John et lui étaient peut-être les derniers au village à se rappeler ce mot. C'est que les tailleurs de pierre avaient tous disparu.

Gerlof but une gorgée de whisky et poursuivit :

« Autrefois, les gens croyaient que les Trolls habitaient au fond de la carrière, mais moi, c'est une créature d'un tout autre genre que j'y ai rencontrée quand j'étais petit… »

Il vit les épaules de John s'affaisser – il l'avait très souvent entendu raconter cette histoire. Gerlof continua pourtant :

« Quand j'avais huit ou neuf ans, j'ai trouvé une grue, là-bas, un soir, quand tous les tailleurs de pierre étaient rentrés chez eux. C'était une jeune, posée sur le gravier. Je ne sais pas d'où elle sortait, mais elle était trop petite pour voler, et pas trace de ses parents. Peut-être qu'un renard les avait attrapés… J'ai ramené la petite grue à la maison, je lui ai fait un nid de paille sous l'auvent et l'ai nourrie avec des vieilles pommes de terre. Elle a grandi et je l'ai relâchée – mais elle refusait de s'en aller. Elle s'était attachée à moi. » Gerlof sourit tout seul. « Cette petite grue m'a suivi tout cet été-là comme un chien monté sur deux échasses. Et si j'essayais de la semer, elle se mettait à voler en cercles au-dessus du village jusqu'à me retrouver… J'ai donc passé tout l'été avec la grue comme animal de compagnie, jusqu'à ce que vienne l'automne et qu'elle parte vers le sud avec toutes les autres. »

L'histoire fit sourire tous les convives.

« Et quand vous avez pris la mer, dit Peter, c'était à plein temps ?

— Non, en hiver, les cotres gelaient dans le port, alors nous avions quartier libre, dit Gerlof. En décembre, on descendait à terre et on se reposait bien tranquillement quelques mois, tant que la mer était blanche. On en profitait pour faire des petites réparations sur son cotre, on inspectait le moteur, on réparait les voiles. Le reste du temps, on attendait le printemps avec les autres marins. »

Il se tourna vers la cavité de la carrière déserte et poursuivit :

« Mais ici, on continuait à abattre la pierre tout l'hiver, bien sûr, elle s'empilait sur le port. Des milliers de tonnes. Puis arrivait le soleil au printemps, la glace fondait dans le détroit, et le moment était venu de repartir en mer.

— Voguer avec les vents printaniers, dit Marie Kurdin. Ça devait être une impression formidable. »

Gerlof secoua la tête.

« Ce n'était pas si romantique que ça.

— Il y avait beaucoup d'accidents ? demanda Peter. Des écueils, ce genre de choses ?

— Pas pour nous, dit John. Nous ne nous sommes jamais échoués.

— Non, pas une fois en trente ans, dit Gerlof. Un de nos cotres a coulé suite à un incendie, mais échoué, jamais… C'était un travail pénible d'être en mer. Pénible et solitaire. J'essayais parfois d'embarquer ma femme et mes filles pendant les vacances, mais le plus souvent nous étions seuls à bord, John et moi, jour après jour. La famille restait à la maison. »

Il détourna la tête vers la carrière en songeant à sa femme.

Bien entendu, il ne croyait pas aux Trolls. Mais qui était donc ce visiteur qui venait voir Ella quand il était en mer ?

23

Vendela avait bu quelques verres de vin et commençait enfin à se détendre à sa propre fête, quand elle entendit soudain une voix s'élever à un bout de la table. Max. L'alcool aidant, il était encore plus péremptoire que d'habitude :

« Non, je ne paie pas d'impôts en Suède. Ma société n'est pas domiciliée ici, ce serait trop cher… Et puis je ne crois pas au modèle fiscal suédois. Il ne sert qu'à tirer les gens vers le bas. »

Max sourit à la cantonade, et Vendela se sentit obligée d'atténuer un peu ses propos :

« Mais si, tu paies des impôts ici, Max. »

Il la regarda et son sourire disparut.

« Quand je suis obligé, oui. Mais le moins possible. »

Puis il leva son verre, comme si tous les convives étaient du même bord, quand une voix aussi forte se fit entendre à l'autre bout de la table :

« Moi, je suis content de payer mes impôts. »

C'était Christer Kurdin.

« Ah oui ? dit Max. Et comment gagnez-vous votre argent ?

— Sécurité internet », lâcha Kurdin.

Lui aussi avait bu. Une bouteille de bordeaux blanc presque vide était posée près de son assiette, et c'est avec des yeux un peu embués qu'il se tourna vers Max.

« Vous me fatiguez tellement…

— Pardon ? fit Max.

— Oui, toute cette évasion fiscale… J'en ai assez de toute cette fraude. »

Max posa son verre.

« Je ne suis pas un fraud…

— Vous roulez bien sur les routes, en Suède ? l'interrompit Christer Kurdin.

— Comment ça ?

— Vous avez bien dû prendre le pont pour venir sur Öland ? »

Max fronça les sourcils.

« Et qu'est-ce que ça a à voir ?

— Mais enfin, ce sont nos impôts qui ont financé ce pont, dit Christer. Et les routes. Et tout ce que nous utilisons collectivement. Les écoles. Les hôpitaux. Les retraites…

— La retraite ? dit Max. Les retraites sont une vaste plaisanterie dans ce pays. Les services de santé aussi.

— Les services de santé ne sont pas une plaisanterie, dit quelqu'un plus loin à la table. Ils font un travail formidable. »

Vendela vit que c'était Peter Mörner.

« Tout à fait, notre argent est bien utilisé », dit Christer. Il se tourna vers Max et continua : « Si tout va si mal en Suède, pourquoi rester y vivre ? »

Max dévisagea en silence son voisin, comme s'il songeait à quel genre de personnes il allait avoir affaire en venant s'installer sur cette île.

« Pour l'été, ça vaut le coup, dit-il en vidant son verre.

— Qui veut encore du vin ? » demanda Vendela.

Personne ne lui répondit, mais elle but elle-même une gorgée en écoutant le bruit des conversations. Si on fermait les yeux c'était presque une musique, une cantate à plusieurs voix autour de la table.

Un instant, elle crut sentir une odeur bizarre arriver de la lande, une odeur de brûlé, du caoutchouc ou du soufre, mais elle se faisait sûrement des idées. Il faisait nuit à présent. Tout était plongé dans l'obscurité. La véranda était le seul endroit éclairé des environs.

Ce soir-là, au-dessus de la carrière, on se serait cru au bord d'un cratère noir comme un four. Un volcan endormi.

Soudain, on entendit une forte voix masculine à l'autre bout de la table :

« Et parmi les nouveaux venus, il y en a qui connaissent le nord d'Öland ? Qui ont déjà vécu ici ? »

C'était à nouveau leur jeune voisin, Kurdin. Il tenait son verre levé en dévisageant tour à tour les convives, comme si c'était une question malveillante. Mais bien sûr que non, c'était juste de la curiosité.

« Vendela est d'ici », dit sèchement Max.

Toutes les conversations ne se tarirent pas autour de la table, mais plusieurs visages se tournèrent vers elle. Elle ne put qu'opiner du chef.

« J'habitais ici quand j'étais petite.

— Ici, au village ?

— Un peu au nord-est… Dans une petite ferme.

— Comme c'est mignon. Avec des vaches, des oies et des chats ?

— Juste des poules… et quelques vaches, dit Vendela. Je m'en occupais.

— Comme c'est mignon, répéta Marie Kurdin. Aujourd'hui, les enfants devraient pouvoir s'occuper des animaux à la campagne. »

Vendela opina du chef. Elle ne voulait pas penser aux trois Rosa. Une telle frustration, une telle envie de partir. D'où cela venait-il ?

Rosa, Rosa et Rosa étaient mortes depuis longtemps. Tous ceux qu'elle avait connus sur cette île étaient morts.

Elle but encore une gorgée de vin.

Gerlof Davidsson était assis immobile en face d'elle, un peu de côté. Il souriait et semblait passer un bon moment. Vendela se pencha vers lui et lui glissa :

« Mon père était tailleur de pierre ici, il s'appelait Henry. L'avez-vous connu, Gerlof ? »

Il la regarda gentiment, mais il n'avait pas l'air d'avoir entendu. Elle répéta, plus fort :

« Avez-vous connu Henry Fors, Gerlof ? »

Il avait entendu, à présent. Mais à ce nom, il arrêta de sourire.

« Oui, Henry Fors, je connais… Un des derniers à travailler à la carrière. Très doué pour polir la pierre. Vous étiez parents ?

— C'était mon père. »

Gerlof prit un air sombre, ou peut-être triste.

« Je vois. Désolé pour… »

Vendela comprit de quoi il voulait parler et baissa les yeux.

« C'était il y a longtemps.

— Je voyais Henry passer en vélo le matin, dit Gerlof. Il chantait à tue-tête, on l'entendait parfois sur toute la lande. »

Vendela hocha la tête :

« Il chantait aussi à la maison.

— Henry a été veuf très tôt, n'est-ce pas ? »

Elle hocha à nouveau la tête.

« Maman est morte quelques années après ma naissance. Je ne me souviens pas d'elle… mais je crois qu'elle a manqué à Papa toute sa vie.

— Vous avez eu l'occasion de l'accompagner à la carrière ?

— Une fois, seulement. C'était un endroit dangereux, disait-il. Les femmes et les enfants ne devaient pas y descendre, ça portait malheur.

— Ils étaient un peu superstitieux, dit Gerlof. Ils voyaient des signes dans la roche, croyaient aux fantômes et aux Trolls. Les Trolls, tout particulièrement, faisaient beaucoup de misères aux tailleurs de pierre. Ils volaient leurs masses et leurs outils et les cachaient dans la montagne, ou les faisaient disparaître… C'était bien entendu plus facile d'accuser des créatures fantastiques que les collègues.

— Ils se volaient mutuellement, vous voulez dire ?

— Non, dit Gerlof en lui souriant. C'était sûrement les Trolls.

— Trolls », dit une voix près d'eux.

C'était l'autre vieux de l'assemblée, le père de Peter Mörner.

Vendela ne se rappelait plus son nom. Billy, Barry ou Jerry ? Il avait passé la soirée perdu dans ses pensées, une cigarette entre ses doigts jaunis, mais voilà qu'il levait la tête en regardant autour de lui d'un air inquiet.

« Markus Lukas, dit-il. Markus Lukas est malade. »

24

Il était dix heures et demie. Dans l'ombre de la véranda des voisins, Peter écoutait la respiration sifflante de son père. Il semblait plus mal que d'habitude ce soir – comme quelqu'un qui n'a plus très longtemps à vivre, mais veut en profiter jusqu'au bout.

Jerry donnait l'impression de s'amuser à cette fête de voisinage. Parfois il s'absorbait en lui-même, regardant fixement son bras paralysé. Puis il sursautait et levait son verre. Parfois il avait l'air d'avoir peur, parfois il souriait tout seul. Il paraissait avoir oublié que son associé Hans Bremer était porté disparu et que leur studio de cinéma – et de fait toute la société Morner Art – était partie en fumée trois jours plus tôt.

On avait entendu la toux rauque de son père toute la soirée, mais plus il buvait, plus il était souriant. Peter avait compté quatre ou cinq verres de vin depuis le début du dîner : il était ivre, mais pas de quoi troubler la paix familiale. Jerry s'était déjà mis dans cet état par le passé, le plus souvent au restaurant.

Il faisait à présent nuit noire autour de la véranda, des nuages épais couvraient le ciel nocturne. Peter sentit une légère caresse sur sa joue et comprit qu'une pluie fine s'était mise à tomber.

Il serait bientôt l'heure de rentrer chacun chez soi.

Nilla dormait déjà à la maison. Peter tourna la tête, et n'aperçut là-bas qu'une lumière isolée dans le séjour. Il l'avait raccompagnée en fauteuil roulant après environ une heure – elle lui avait chuchoté qu'elle n'avait plus la force de rester assise. Avait-elle touché à la nourriture ? Il n'en était pas sûr.

Jesper était resté une heure de plus, avant de rentrer à son tour – se coucher tôt, pouvait-on espérer.

Peter n'allait pas tarder à rentrer avec Jerry. Il avait fait la connaissance de ses voisins, ils avaient l'air de gens bien, de confiance, mais il n'avait pas envie de devenir particulièrement ami avec eux. Il suffisait de comparer sa bicoque et leurs villas toutes neuves pour voir combien ils étaient différents.

Soudain une question traversa la table :

« Et vous, Jerry, que faites-vous dans la vie ? »

C'était Max Larsson.

Jerry posa son verre de vin et secoua la tête. Il ne trouva qu'un mot :

« Vacances.

— D'accord, mais qu'est-ce que vous faites, sinon ? »

Jerry se tourna vers son fils, l'air désemparé. Peter se pencha en avant.

« Jerry est retraité… Il a dirigé une société pendant longtemps, mais elle a décliné ces dernières années. »

Max hocha la tête, sans pour autant renoncer.

« Et quelle genre de société ? Jerry Morner… Plus j'y réfléchis, plus ce nom me dit quelque chose.

— Les médias, se hâta de répondre Peter. Jerry travaillait dans les médias. Moi aussi, d'ailleurs.

— Ah oui ? fit Max, qui sembla soudain plus intéressé. Et vous faites de la télévision ?

— Non… Je m'occupe de marketing.

— Je vois, dit Max, l'air un peu déçu.

— Je fais aussi pas mal de jogging, dit Peter en regardant les convives, mais c'est plutôt un hobby. Quelqu'un d'autre court-il, parmi vous ?

— Moi, dit une voix dans le noir. Depuis des années. »

C'était la maîtresse de maison, Vendela. Elle avait de grands yeux très beaux.

« Bien », dit Peter en lui souriant.

Il s'apprêtait à prendre congé, à remercier et quitter cette énorme maison – mais, à ce moment, Jerry se redressa et regarda Max Larsson. Son regard était soudain clair et concentré, comme s'il venait de se rappeler qui il était.

« Films ! » dit-il.

Max tourna la tête.

« Pardon ?

— Films et revues.

— Ah oui ? »

Max rit, un peu indécis, comme si Jerry le faisait marcher – Mais Jerry avait l'air irrité de ne pas être pris au sérieux. Il haussa le ton et continua :

« Moi, Bremer et Markus Lukas… Films et revues. Nanas ! »

Silence autour de la table. Ce dernier mot avait fait tourner toutes les têtes vers Jerry. Seul Peter ne voulait pas lever les yeux.

Jerry, quant à lui, semblait ravi d'attirer ainsi l'attention, presque fier, et, sans trembler, il tendit par-dessus la table un index auquel Peter savait qu'il ne pourrait pas échapper.

« Demandez à Pelle ! »

Peter regarda droit devant lui en essayant d'avoir l'air de ne pas entendre, comme si Jerry ne valait pas la peine qu'on l'écoute. Il finit par regarder son père, mais c'était trop tard.

Jerry avait déjà ramassé sa vieille serviette – il avait refusé de la laisser à la maison. Il se dépêchait à présent de l'ouvrir pour en tirer quelque chose. Une revue en couleurs, vit Peter, sur papier glacé.

Son père la jeta au milieu de la table en souriant fièrement.

La couverture portait un gros titre en rouge : *BABYLONE*. En dessous, une femme nue s'étirait sur un canapé, souriante, les jambes écartées.

Peter se leva. Il lui sembla que le journal était resté une éternité en évidence sur la table avant qu'il n'arrive à l'escamoter. Tout le monde avait bien sûr eu le temps de voir de quoi il s'agissait – il vit Vendela Larsson se pencher en avant pour examiner l'image avec de grands yeux.

En même temps, il entendit la voix de son père lancer à la cantonade, sous la véranda :

« Nanas ! Nanas à poil ! »

25

Le lendemain de la fête chez les voisins, Peter aurait voulu ne pas se lever, mais il fallait bien. Il était neuf heures moins le quart. Il resta couché et regarda le plafond en clignant des yeux.

C'était jeudi saint. Le week-end de Pâques approchait – ou avait-il même commencé ? Mais comment le fêter, dans l'état actuel des choses ?

Il fallait le fêter tant bien que mal, comme il l'avait promis à Nilla. Avec des œufs – de poule et en chocolat.

Puis Peter se rappela que son père était à la maison, et ce qui s'était passé la veille.

Le rire rauque de Jerry. Le sourire crispé de Vendela Larsson.

Et la revue porno au milieu de la table.

Tout était silencieux dans la maison, mais ses tempes tambourinaient et sa tête résonnait de voix et de cris. Il avait bu trop de vin rouge, il n'avait pas l'habitude. Après que Jerry avait sorti sa revue, Peter avait encore vidé trois ou quatre verres avant que père et fils ne remercient et ne rentrent chez eux.

« Markus Lukas », avait plusieurs fois répété Jerry.

Ce nom et le souvenir du sourire de Vendela lui firent penser à Régina, qu'il avait rencontrée un jour de printemps chaud et ensoleillé bien des années auparavant.

Elle avait elle aussi un petit sourire nerveux, de grands yeux bleus encadrés par de courts cheveux bruns et des pommettes hautes couvertes de taches de rousseur.

Régina avait-elle été son premier grand amour ? Peter l'avait en tout cas trouvée bien plus intéressante que toutes les filles de son école. Plus âgée, plus affranchie. Un jour ils étaient restés plusieurs heures assis côte à côte à l'arrière d'une voiture alors qu'il avait treize ans.

Une promenade en voiture au printemps avec une jolie fille, quoi de plus simple ? – pas pour Peter.

Régina était occupée à se maquiller sur la banquette arrière de la Cadillac à bord de laquelle Jerry, en compagnie d'un ami, était venu le chercher chez sa mère, Anita. Pour une fois, Jerry était à l'heure. Ils devaient passer le week-end de Pâques ensemble, père et fils.

Quel âge avait donc Régina ? Plusieurs années de plus que Peter, peut-être seize ou dix-sept ans. Quand il s'était assis à côté d'elle sur la banquette de cuir, elle avait ri en lui donnant une petite tape sur la tête, comme s'il n'était qu'un petit garçon.

C'était la faute de Jerry : à peine s'était-il assis dans la voiture qu'il avait appelé Peter « mon gosse ».

« Régina, avait dit Jerry en soufflant une bouffée de cigare et en tournant ses grandes lunettes noires vers le siège arrière pour effleurer la joue de la jeune fille du revers de la main, voici mon gosse… Pelle. »

Peter aurait voulu lui aussi toucher la joue de cette fille comme son père, sans crainte.

« Je m'appelle Peter. »

Régina avait ri en lui passant ses fins doigts blancs dans les cheveux.

« Et quel âge as-tu, Peter ?

— Quinze ans », avait-il menti.

Il s'était senti adulte dans la voiture de Jerry, de plus en plus courageux, il avait osé sourire à Régina. Il n'avait jamais vu une aussi jolie fille. Son petit sourire était si beau : il était de plus en plus amoureux. Il la regardait à la dérobée, ses jambes bronzées qui disparaissaient sous une jupe très courte, ses mains fines qui sortaient des manches de son blouson en cuir. Ses doigts voletaient comme de vifs papillons tandis qu'elle bavardait avec Jerry et l'homme qui conduisait. Peter ne le voyait que de dos. Il avait de larges épaules et d'épais cheveux noirs – c'était sûrement un ami de Jerry. Son père avait beaucoup d'amis.

Et ils étaient partis. Peter près de Régina se sentait grandir – il ne s'était pas retourné pour voir si Anita lui faisait un signe de la main ou si elle était rentrée. Il avait déjà oublié sa maman, il était avec Régina et ils se souriaient.

La voiture sentait le cigare, comme toujours avec Jerry.

Ils étaient partis à la campagne et, après coup, Peter n'avait pas eu la moindre idée d'où ils étaient allés – à part qu'ils avaient roulé, et encore roulé, avant d'arriver à un chemin de terre entouré d'épais sapins. Une forêt au sud de la Suède.

« Ça ira, ici ? avait demandé l'homme qui conduisait.

— Très bien, avait dit Jerry en toussant. Ce sera parfait, Markus Lukas. »

La voiture s'était garée au milieu des sapins.

« Pelle, avait dit Jerry une fois dehors, Régina, Markus Lukas et moi allons maintenant faire un petit tour en forêt. » Il avait alors fermement attrapé les épaules de Peter en prenant un air sérieux : « Mais toi, tu restes à la voiture avec un boulot très important : tu vas monter la garde, et tu seras payé pour ça. C'est ce qu'il y a de plus important dans un boulot : être *payé.* »

Peter avait opiné du chef. C'était son premier boulot.

« Et si quelqu'un arrive ? »

Jerry avait allumé un autre cigare. Il était allé ouvrir le coffre, avec un sourire :

« Dis que c'est un exercice militaire. Dis que ça tire dur là-bas, que personne ne doit approcher. »

Peter avait hoché la tête. Jerry et Markus Lukas, les épaules chargées de plusieurs sacs de toile, s'étaient éloignés dans les bois en compagnie de Régina. Son père lui avait fait un signe de la main.

« À tout à l'heure. Après, on va faire un pique-nique ! »

Peter s'était tout à coup retrouvé seul près de la voiture. Le soleil printanier brillait sur la laque rouge de la carrosserie, des mouches bourdonnaient dans l'herbe.

Il avait fait quelques pas sur le chemin avant de regarder autour de lui. Personne en vue, pas un bruit. En tendant l'oreille, il lui avait semblé entendre au loin le rire de Régina, une seule fois. Ou était-ce un cri ?

Le temps s'écoulait de plus en plus lentement. La forêt alentour était sombre et épaisse. Il avait cru entendre Régina crier, plusieurs fois.

Il avait fini par quitter la voiture, à la suite de Jerry et des autres, sans bien savoir par où ils étaient partis.

Un petit sentier serpentait entre les sapins. Il montait en pente raide, passait entre des rochers couverts de mousse avant de redescendre. Il avait hâté l'allure, marché encore quelques dizaines de pas – et soudain entendu des voix d'hommes, les cris de Régina. Elle criait au fond des bois, des cris aigus et prolongés.

Peter s'était mis à courir.

Les sapins avaient laissé place à une clairière ensoleillée.

« Lâchez-la ! » avait-il crié.

Le soleil éclairait le centre de la clairière comme un projecteur. Régina était couchée là sur une couverture, dans l'herbe. Elle portait à présent une longue perruque blonde. Bronzée, mais avec des seins de craie.

L'homme qui conduisait la voiture, Markus Lukas, était nu lui aussi. Il était couché sur elle.

Et Jerry, debout à côté, un gros appareil photo à la main, n'avait pas non plus de vêtements. Il n'arrêtait pas de photographier, ça faisait *clic, clic, clic*.

Régina avait sursauté en entendant le cri de Peter, elle l'avait regardé avant de vite détourner les yeux.

Jerry avait baissé son appareil et tourné la tête, furieux :

« Pelle, putain, qu'est-ce que tu fous ? avait-il beuglé. Retourne garder le chemin – fais ton boulot ! »

Peter avait tourné les talons et fui à travers la forêt.

Vingt minutes plus tard, son père et les deux autres étaient revenus à la voiture, rhabillés. Régina avait ôté sa perruque.

Jerry s'était moqué de son fils tout le trajet du retour :

« Et il croyait qu'on allait la tuer ! » Il s'était tourné vers la banquette arrière : « Régina, il croyait qu'on allait t'assassiner dans la forêt ! Et il était prêt à te sauver la vie ! »

Peter ne riait pas.

Il regardait Régina, mais elle évitait son regard.

Régina et Markus Lukas.

Peter se souvenait encore de ces deux noms. Ce matin, sa tête était pleine de vieux souvenirs, si lourde. Il la souleva et regarda par la fenêtre de sa chambre en direction des deux nouvelles villas. Rien ne bougeait là-bas, mais la maison des Larsson semblait vide. Pas trace de la fête de la veille.

Elle avait vite pris fin après l'esclandre de Jerry. Les Kurdin étaient rentrés avec leur bébé, Gerlof Davidsson et John Hagman s'étaient aussi levés, et Vendela avait commencé à débarrasser la table. C'était peut-être juste une impression, mais on aurait dit que les voisins voulaient être débarrassés au plus vite de sa présence et de celle de Jerry.

Peter savait à peu près ce qui l'attendait. Les voisins n'avaient rien dit hier soir quand il était reparti avec Jerry après les avoir remerciés, mais les questions n'allaient pas tarder.

La curiosité, toujours la curiosité. Et les sourires entendus chaque fois qu'une nouvelle connaissance apprenait qu'il était le fils du sulfureux Jerry Morner :

— *Et toi, Peter, tu as fait des films pornos ?*

— *Non.*

— *Pas un seul ?*

— *Je n'ai jamais rien eu à voir avec les activités de Jerry.*

— *Jamais ?*

— *Non, jamais.*

Adulte, il avait pris le pli, il savait bien se montrer distancié, assurer qu'il n'était pas comme son père. Mais pourquoi avoir gardé le contact avec Jerry ? Et pourquoi avait-il été assez stupide pour l'emmener avec lui sur Öland ?

Peter aurait voulu rester au lit, mais il se leva pourtant. Il aurait aimé un soleil moins éclatant ce matin-là. Il ne voulait plus repenser à Régina.

Ni penser aux voisins.

Personne d'autre ne semblait réveillé dans la maison. Les chambres des jumeaux étaient fermées et, en gagnant la cuisine, il entendit les longues respirations de son père dans la chambre d'amis. Un mélange familier de ronflements et de sifflements.

C'était comme ça chaque fois que Peter avait rendu visite à Jerry dans le petit appartement qu'il louait à Malmö au milieu des années soixante, avant que les gros sous ne commencent à affluer vraiment.

Ce bruit était particulièrement distinct quand il avait des femmes à la maison. Peter était alors sur son matelas devant la télévision, à écouter les sifflements de Jerry dans la chambre voisine, mélangés aux gémissements réguliers des femmes, à leurs cris irréguliers, leurs crises de larmes. Il n'arrivait jamais à s'endormir les soirs où Jerry photographiait ou tournait ses films, mais il n'osait pas aller frapper à sa porte et déranger son père. Il se serait fait gronder, comme ce jour-là, en forêt.

Cette chambre était alors le lieu de travail de Jerry l'hiver, quand il faisait trop froid pour tourner en extérieur. C'était là qu'il photographiait et filmait, et qu'il avait aussi son bureau. Il avait acheté un matelas à eau qui occupait la moitié de la pièce, sous lequel il cachait les fonds de la société dans une grosse enveloppe. Le lit était à la fois son bureau et son terrain de jeu. Il avait tout près deux téléphones, une machine à calculer, un bar et un projecteur pour visionner des films sur le mur blanc.

C'était le bon temps, songea Peter. *Mais c'est fini, maintenant*.

Il alla frapper à la porte de la chambre d'amis.

« Jerry ? »

Les ronflements cessèrent, remplacés par des quintes de toux.

« Réveille-toi, Jerry. On va prendre le petit déjeuner. »

Peter tourna les talons, et vit un téléphone portable noir sur la table du hall. Celui de Jerry. Il était allumé et il y avait eu un appel vers sept heures du matin, alors que tout le monde dormait, bien sûr.

Il saisit le portable pour voir s'il reconnaissait le nom, mais sur l'écran ne s'affichait que la mention NUMÉRO INCONNU.

Jerry sortit d'un pas traînant sur la terrasse un quart d'heure plus tard, dans une robe de chambre blanche qu'il avait empruntée à Peter. Les jumeaux dormaient toujours, mais c'était aussi bien – Nilla, surtout, avait besoin de repos. Et puis Peter voulait parler à son père sans oreilles indiscrètes.

Ils se saluèrent d'un hochement de tête dans le soleil matinal.

« Pelle ? fit Jerry en regardant le verre vide devant lui.

— Non, pas d'alcool aujourd'hui, dit Peter. Jus de pomme. »

Comme son père s'asseyait, Peter aperçut à la dérobée le pansement blanc sur son ventre. Il l'aida à étaler du beurre sur une tranche de pain grillé, que Jerry entreprit de manger à grandes bouchées.

Peter le regarda.

« Tu aurais dû te tenir plus tranquille, hier soir, Jerry. »

Jerry cligna des yeux.

« Il ne fallait pas raconter à mes voisins le métier que tu faisais. Il ne fallait pas leur montrer la revue. »

Jerry haussa les épaules.

Peter savait que son père n'avait jamais eu honte. Ce n'était pas son genre, il prenait les choses comme elles venaient. Il avait adoré son métier et s'était amusé toute sa vie.

Peter se pencha au-dessus de la table.

« Jerry, tu te souviens d'une fille qui s'appelait Régina ?

— Régina ?

— Régina, qui a travaillé avec toi au milieu des années soixante… Elle avait une perruque blonde. »

Jerry désigna son propre crâne dégarni en secouant la tête.

« Oui, je sais que tu transformais toutes les filles en blondes… mais est-ce que tu te souviens de Régina ? »

Jerry détourna les yeux, comme s'il réfléchissait.

« Qu'est-ce qu'elle est devenue ? dit Peter. Tu t'en souviens ? »

Jerry se tut.

« Une mémère », dit-il alors en se mettant à tousser.

Peter attendit qu'il ait fini puis lui montra son téléphone et l'appel qu'il avait manqué.

« Jerry, on te cherche. »

26

Au matin du jeudi saint, Vendela se réveilla la bouche sèche et le nez bouché. Elle se faisait sans doute des idées – mais en ouvrant les persiennes ce matin-là, l'air lui sembla jaune de pollens virevoltants.

Aloysius dormait au pied du lit, Max enroulé dans sa couette de l'autre côté. Son visage était détourné, mais elle l'entendait qui ronflait lourdement, bouche ouverte. C'était le vin, bien sûr. Il avait vidé un verre après l'autre la veille, malgré toutes ces recommandations : penser à son cœur et modérer sa consommation d'alcool.

Il se lèverait patraque : elle le laissa donc dormir encore un peu.

C'était aujourd'hui la dernière visite du photographe pour le livre, ce qui voulait dire qu'il fallait qu'elle cuisine et fasse du pain avant la séance de la matinée.

Elle écarta le coin de sa couette, se moucha aussi doucement qu'elle put dans un kleenex et se leva.

Quand Max émergea une heure plus tard dans une triste robe de chambre, elle avait pris ses cachets antiallergiques et attendait qu'ils fassent effet. Elle avait mis à lever deux sortes de pains de campagne et mélangeait beurre fondu et farine de seigle pour une troisième. Ally avait mangé ses croquettes au poulet et s'était couché sous la table de la cuisine.

« Bonjour ! dit-elle à Max.

— Mmh. »

Il se servit une tasse de café et la regarda faire.

« Tu as commencé trop tôt avec les pains, dit-il. Il faut qu'ils aient l'air de sortir du four, qu'ils fument quand je les coupe.

— Je sais. Le problème, c'est qu'ils refroidissent très vite, dit Vendela en s'essuyant le front. Mais ceux-là doivent juste servir de décoration, à l'arrière-plan… J'en referai quelques autres quand le photographe sera là.

— OK. Tu as pris ton petit déjeuner ? »

Elle opina vivement du chef.

« Une banane, trois tranches de pain avec du fromage et un yaourt. »

C'était un mensonge, elle n'avait pris qu'une tasse de thé au citron.

« Continue comme ça », dit Max.

Il partit s'enfermer dans la salle de bains.

Vendela tourna les yeux vers la porte. Elle mourait d'envie de sortir sur la lande pour voir si la pièce avait disparu. Elle prit le beurre qui restait et, à l'aide de deux cuillères, commença à en faire des petites boules.

Leur couleur jaune d'or était du meilleur effet sur la photo, mais le beurre n'éveillait en elle que de mauvais souvenirs. Petite, elle avait dû en faire elle-même, à la main – Henry avait fabriqué des fouets en branches de bouleau et enseigné à sa fille comment battre la crème pour obtenir du beurre. Il fallait huit litres de crème pour obtenir une motte de beurre, une vraie corvée. Vendela en avait des ampoules aux mains.

Quand tu as le don du beurre, c'est plus facile, lui avait dit Henry : *alors, les Elfes t'aideront à faire le beurre le reste de ta vie. Mais pour recevoir ce don, il faut enlever tous ses vêtements une nuit de pleine lune, puis aller avec sa baratte sur un tas de fumier pour y faire le beurre. Alors le beurre sera pour toujours assuré à la ferme.*

Vendela plaça les boules de beurre dans un plat au réfrigérateur. Elle soupçonnait que tout ce rituel autour du don du beurre avait été imaginé à l'origine par un vieux fermier qui voulait se rincer l'œil. Elle avait toujours gardé ses vêtements pour faire le beurre.

Une heure plus tard, le jeune photographe arriva de Kalmar. Il fut accueilli sur le pas de la porte par un Max tout sourire, vêtu de la tenue campagnarde brun et bleu que Vendela lui avait choisie. Les deux hommes disparurent dans la cuisine discuter composition et angles de vue, tandis que Vendela sortait au soleil jusqu'à la route chercher le journal. Les boîtes aux lettres des maisons de vacances s'alignaient en rang d'oignons, pour faciliter le travail du facteur.

En s'approchant, elle vit un homme de grande taille en blouson vert qui marchait, un journal sous le bras. C'était Peter Mörner.

Vendela se redressa et se mit mécaniquement à sourire. À la fête, la veille, il y avait eu un moment de stupéfaction quand Jerry Morner avait sorti sa revue, mais c'était vite passé.

C'était alors qu'elle l'avait reconnu, elle l'avait déjà vu dans des interviews et des reportages télé. Dans les années soixante-dix, Jerry Morner faisait partie de la jet-set, on le voyait dans les boîtes de nuit et les restaurants de luxe. Il avait été un de ces réalisateurs de films pornos qui avaient diffusé dans le monde une image sulfureuse de la Suède, et ainsi fait croire aux Américains et aux Européens que la Suède était un pays de rêve où les femmes étaient en permanence folles de sexe.

Avant, quand Vendela était jeune, la pornographie était interdite et ne pouvait faire l'objet d'un commerce. Puis elle avait été autorisée, mais restait quelque chose de sale. Aujourd'hui, il n'y avait plus de normes morales – un jour, les journaux dénonçaient les turpitudes de l'industrie du sexe, pour le lendemain se répandre en conseils sur les meilleurs films érotiques.

Elle salua Peter Mörner au passage, mais il s'arrêta, et elle ne put que l'imiter.

« Merci pour hier soir, commença-t-il.

— De rien », se dépêcha de répondre Vendela. Elle ajouta : « Comme ça on se connaît un peu mieux entre voisins.

— Oui… c'est ça. »

Après un silence, Peter continua :

« Au sujet de ce dont mon père a parlé… »

Vendela eut un rire nerveux.

« En tout cas il a été franc.

— Oui, et d'ailleurs ses activités n'ont jamais rien eu de malhonnête, se dépêcha de répondre Peter, en ajoutant : Mais il a arrêté tout ça, maintenant.

— Ah bon. »

Ils se turent. Vendela voulait demander à Peter comment il pouvait en être si sûr quand la fenêtre de la cuisine s'ouvrit.

« Vendela, nous sommes prêts ! »

C'était Max.

« On va mitrailler le pain, tu viens ?

— Une seconde ! » lui cria-t-elle.

Max leur jeta un coup d'œil avec un bref hochement de tête, sans rien dire, avant de refermer la fenêtre.

Vendela se sentit jugée par son mari, comme s'il lui décernait une mauvaise note de conduite, alors qu'elle n'avait fait que bavarder avec un voisin.

Dans un brusque mouvement de défi, elle se tourna vers Peter.

« Alors comme ça vous courez, vous aussi ? »

Il hocha la tête.

« Parfois. J'aimerais bien le faire plus souvent.

— On pourrait peut-être courir ensemble un de ces soirs ? »

Peter la regarda, un peu sur ses gardes.

« D'accord, dit-il. Si vous voulez.

— Très bien. »

Vendela prit congé et retourna vers sa villa. Parfait. Là, elle s'était montrée sociable, tout à fait normale. Et puis elle avait trouvé un compagnon de jogging.

Elle n'irait bien sûr pas courir avec Peter Mörner jusqu'à la pierre des Elfes. Cet endroit n'appartenait qu'à elle.

Vendela et les Elfes

Vendela revoit la pierre des Elfes quand elle quitte la petite école de Stenvik pour aller à l'école communale, à Marnäs, de l'autre côté de l'île, à presque quatre kilomètres.

C'est une longue marche, six jours par semaine, en tout cas pour une fillette de neuf ans, mais Henry Fors ne l'accompagne pas une seule fois.

Tout ce qu'il fait, c'est conduire sa fille au bout du pré où les vaches ruminent sous le ciel immense. Il pointe alors le doigt vers l'est, vers l'horizon pelé de la lande.

« Vise la pierre des Elfes et, de là, tu verras le clocher de Marnäs, se contente-t-il de dire. L'école est de l'autre côté de l'église. C'est le chemin le plus court… mais s'il y a trop de neige en hiver, il faudra passer par la grand-route. »

Il lui donne un petit sac avec des tartines pour la récréation. Puis il se dirige vers la carrière, en chantonnant une mélodie.

Vendela part dans la direction opposée. Elle marche vers l'est, en ligne droite sur l'herbe brunie au soleil. L'été est fini, mais les traces de sa sécheresse demeurent, fleurs et feuilles sèches crissent sous ses chaussures tandis qu'elle oblique vers le clocher. Elle a une peur bleue des vipères mais, au cours de toutes ses allées et venues sur le trajet de l'école, elle ne rencontre que des gentils animaux sur la lande : des lièvres, des renards et des chevreuils.

Elle revoit la pierre des Elfes dès le premier jour. Elle est toujours plantée dans l'herbe, solitaire et immuable. Vendela passe devant et vise le clocher de Marnäs.

L'école commence à huit heures et demie. La classe est accueillie par le directeur Eriksson, debout devant le tableau noir, sévère, et l'institutrice, madame Jansson, les cheveux en chignon, l'air plus sévère encore. Elle fait l'appel en lisant chaque nom d'une voix dure. Puis elle s'assoit à l'harmonium pour le psaume du matin, après quoi la classe commence.

À une heure et demie, quand le premier jour se termine, Vendela trouve que ça s'est bien passé. Au début, elle s'est sentie un peu seule et impressionnée par madame Jansson, puis elle s'est dit que la classe était comme un troupeau de vaches, et que tous les autres avaient aussi peur qu'elle : du coup, elle s'est sentie mieux. En plus il y avait couture après la récréation et jeux chantés toutes les heures. Ne reste plus qu'à se faire des camarades, et elle se plaira à l'école communale.

En rentrant, elle s'arrête devant la longue pierre plate. Puis s'en approche.

En tendant le cou, elle voit qu'il y a des petits creux sur le dessus de la pierre, au moins une douzaine. Ils ont l'air d'avoir été creusés et polis, comme des petits bols de pierre.

Elle regarde alentour, personne en vue. Elle songe à ce que Henry lui a dit des offrandes aux Elfes, elle aimerait rester là mais finit par quitter la pierre pour rentrer à la maison, retrouver les vaches.

Par la suite, presque tous les jours, Vendela ne manque pas de s'arrêter à la pierre des Elfes sur le chemin de l'école pour voir si les gens ont déposé une offrande. Elle ne voit jamais personne à proximité, mais trouve parfois des petits cadeaux dans les creux, des pièces, des aiguilles ou des bijoux.

Il règne une atmosphère étrange autour de la pierre, tout y est tellement silencieux. Mais quand Vendela ne pense plus à rien et ferme les yeux si fort que la lumière à travers ses paupières devient bleu sombre, elle a une vision : des êtres minces et pâles la regardent de l'autre côté de la pierre. Plus elle ferme les yeux, plus ils sont nets, surtout une grande et belle femme aux yeux sombres. Vendela sait que c'est la reine des Elfes, celle qui était tombée amoureuse d'un chasseur.

La reine ne parle pas, elle se contente de regarder fixement Vendela. Elle a l'air triste, comme si son bien-aimé lui manquait. Vendela ferme les yeux, et croit entendre au loin un son de clochettes, l'herbe sous ses pieds semble disparaître pour laisser place à un sol ferme et lisse. De l'eau jaillit de sources fraîches.

Le royaume des Elfes.

Mais quand elle ouvre les yeux, tout a disparu.

Elle rentre à la ferme et regarde malgré elle la fenêtre du milieu, à l'étage.

La chambre de l'Invalide. Comme d'habitude, la vitre vide reflète le ciel.

Vendela entre, traverse la cuisine et va directement dans la chambre d'Henry, où s'amoncellent linge sale, factures des grossistes et courrier administratif. Elle n'a pas d'argent à offrir, mais dans l'armoire brun sombre de son père est rangé le coffret à bijoux de sa mère.

Henry ne rentrera pas de la carrière avant plusieurs heures, et l'Invalide ne peut bien sûr pas non plus la déranger. Elle s'agenouille devant l'armoire et l'ouvre.

Le coffret est sur l'étagère du bas, tout blanc. À l'intérieur, sur du velours vert, des broches, des colliers, des boucles d'oreilles et des épingles à cheveux. Il y a beaucoup de bijoux, entre vingt et trente. De vieux bijoux de famille et d'autres achetés après-guerre – tout ce que sa mère et sa famille avaient rassemblé et laissé en héritage.

Entre le pouce et l'index, Vendela attrape doucement une broche en argent où est sertie une pierre rouge et polie. Même ici, dans la pénombre, la pierre semble briller toute seule, presque comme un rubis.

Un rubis de Paris, songe Vendela.

Elle tend l'oreille, tout est silencieux dans la maison. Elle prend alors la broche et la glisse dans la poche de son tablier.

De retour de l'école, le lendemain, elle sort la broche de la poche intérieure de son manteau en passant devant la pierre des Elfes. Elle la regarde, puis inspecte les creux vides.

C'est drôle, mais elle ne trouve pas quoi souhaiter. Pas aujourd'hui. Elle va avoir dix ans, et devrait déborder de vœux à formuler concernant son avenir, mais sa tête est vide.

Faire un voyage à Paris ?

Il faut être modeste. Elle finit par souhaiter aller sur le continent, à Kalmar, où elle n'a pas été depuis presque deux ans.

Elle pose la broche dans un des creux et rentre en courant.

Vient samedi. Pour une fois, l'école est fermée, car on installe de nouveaux poêles dans les salles de classe.

« Dépêche-toi avec les vaches, aujourd'hui, lui dit son père à table. Comme ça tu auras le temps de te changer.

— Pourquoi ?

— On va prendre le train pour Kalmar, et rester la nuit chez ta tante. »

Un hasard ? Non, les Elfes.

Mais Vendela n'aurait pas dû continuer à faire des vœux.

27

Peter devait appeler la police pour avoir des nouvelles de l'incendie mais, pour nourrir sa famille, il fallait aussi qu'il travaille. Aussi, après le petit déjeuner, son père installé sur la terrasse, il s'enferma dans la cuisine près du téléphone, avec une liste de numéros et un questionnaire. Il posa un doigt sur la liste et composa le numéro.

Trois sonneries, puis une voix d'homme décrocha en disant son nom. Cela correspondait à la liste. Peter se redressa et inspira profondément pour prendre une voix énergique :

« Bonjour, je m'appelle Peter Mörner, de l'institut de sondage Intereko… Avez-vous le temps de répondre à quelques questions, il y en a pour trois petites minutes. »

(En fait plutôt dix.)

« C'est pour quoi ? dit l'homme.

— Je voudrais juste vous poser des questions au sujet d'une marque de savon. Utilisez-vous du savon, chez vous ? »

L'homme rit.

« Oui…

— Très bien, dit Peter. Dans ce cas je vais vous dire un nom de savon, et vous me direz quand vous l'avez vu pour la dernière fois… »

Peter prononça alors le nom, en articulant bien.

« Oui, je le reconnais, dit l'homme, il y a des publicités en ville.

— Bien, dit Peter, et pouvez-vous en deux ou trois mots décrire ce que vous avez ressenti en voyant ces publicités ? »

Il était lancé. Marika avait semblé amusée l'année précédente – Peter l'avait même trouvée moqueuse – quand il lui avait dit qu'il était devenu sondeur par téléphone. Quand ils s'étaient rencontrés, ils travaillaient tous deux dans un service marketing, mais Marika était devenue directrice commerciale alors que Peter avait arrêté les frais et sauté du train en marche après leur divorce. Cette décision avait mûri en particulier à cause de Jerry. Son père était si avide d'argent et de succès qu'il se refusait à le suivre dans cette voie.

En revanche, il pouvait librement exercer ce métier de sondeur partout où il y avait le téléphone. Il s'agissait de savoir l'image qu'avait un produit, de cerner les rêves et les attentes des gens à propos d'un produit donné pour adapter les ventes et les campagnes publicitaires futures.

À dix heures, il avait appelé vingt-cinq numéros sur sa liste et obtenu quatorze réponses. Quand il raccrocha après son dernier appel, le téléphone sonna.

Peter décrocha.

« Mörner. »

Pas de voix dans l'écouteur, rien qu'un écho bizarre. On entendait comme des cris en bruit de fond, à quelques mètres du téléphone, mais la voix était métallique. Enregistrée.

« Allô ? » fit Peter.

Pas de réponse. Les cris continuaient.

Un faux numéro – peut-être un autre sondeur. Peter raccrocha.

Il continua à appeler les numéros de sa liste mais, sur le coup de onze heures, il fit une pause pour aller chercher le journal de Kalmar, *Le Baromètre*, dans la boîte aux lettres. C'était censé être un journal du matin, mais il était distribué très tard à Stenvik.

Il retourna à la maison en survolant les titres – et s'arrêta net sur l'allée de gravier.

DEUX MORTS RETROUVÉS DANS UNE MAISON RAVAGÉE PAR UN INCENDIE

Les corps calcinés d'une femme d'une trentaine d'années et d'un homme d'environ soixante ans ont été retrouvés mercredi dans une villa près de Ryd, au sud de Växjö.

La propriété avait été totalement détruite par un incendie dans la nuit de dimanche à lundi, et un homme employé sur place était porté disparu. La police pense avoir retrouvé son corps dans les décombres. On a également trouvé une autre personne dans une autre partie de la maison, une femme plus jeune encore non identifiée.

La cause de l'incendie n'est pas encore clairement connue, mais d'après des auditions de témoins, la police suspecte une origine criminelle. Une enquête préliminaire pour incendie criminel a été ouverte.

Peter replia le journal et regagna la maison. À présent il savait qu'il avait vraiment entendu une femme crier dans la villa en feu, et que la police ne tarderait pas à se manifester. Il alla donc dans la cuisine devancer leur appel.

Il composa le numéro du commissariat de Växjö et demanda la policière qui l'avait auditionné après l'incendie de Ryd. Elle était en congé, mais on lui passa un inspecteur, Lars Marklund. Le policier vérifia les numéros de Sécurité sociale de Peter et Jerry avant de dire quoi que ce soit, mais il n'était de toute façon pas très bavard.

« Il s'agit d'un incendie criminel qui a fait deux morts, et une enquête préliminaire est en cours. C'est tout ce que je peux dire.

— D'après le journal, une des victimes est une femme, dit Peter. Savez-vous qui c'est ?

— Et *vous* ? dit le policier.

— Non », se hâta de répondre Peter.

Le policier se taisait, aussi il continua :

« Soupçonnez-vous quelqu'un ?

— Je ne ferai aucun commentaire.

— Puis-je vous aider en quelque façon ?

— Certainement, dit le policier. Parlez-nous des locaux.

— Les locaux… Vous voulez dire la villa ?

— Oui… Nos techniciens se demandent à quoi servait réellement la propriété. Il y avait plusieurs petites chambres à l'étage, des parties de la maison étaient aménagées en école, d'autres comme un restaurant ou un bar, ou encore une espèce de cellule de prison…

— C'était un studio de cinéma, dit Peter. Les chambres étaient pour les acteurs. D'autres pièces étaient équipées pour tourner différentes scènes. Je n'y ai jamais été moi-même, mais j'ai entendu mon père dire qu'ils avaient tous les décors possibles.

— Ah bon, donc on y tournait des films, dit le policier. Des films connus ? »

Peter soupira en silence, avant de répondre.

« Non. Ils faisaient les films directement en vidéo, vite tournés.

— Des policiers ?

— Non. Ils faisaient des films… érotiques. »

À la chaîne, pensa-t-il. Hans Bremer était un réalisateur rapide, Jerry lui avait dit qu'il lui arrivait de tourner un long métrage en deux jours seulement.

« Érotiques… Vous voulez dire des pornos ?

— C'est ça. Ils venaient avec des modèles féminins et masculins et tournaient des films pornos. »

Marklund marqua une pause.

« Je vois. Bon, ce n'est pas forcément illégal, tant qu'il n'y a pas de mineurs impliqués. C'était le cas ?

— Non », se dépêcha de répondre Peter, même s'il n'en était pas persuadé. Quel âge avait Régina, en fait ?

« Et vous étiez donc vous aussi… de la partie ?

— Pas du tout. Mais mon père m'en a beaucoup parlé.

— A-t-il dit quelque chose sur le motif qui aurait poussé son associé à mettre le feu à leur studio ? demanda le policier. Ou avez-vous vous-même une idée ? »

Cette question révélait le raisonnement de la police. Ils croyaient donc que Bremer était à l'origine de l'incendie.

« Non, dit Peter. Mais je crois que la société n'allait plus très bien ces dernières années. Mon père est tombé malade, et la concurrence étrangère a sans doute augmenté… Tout particulièrement dans ce secteur. Mais pas de quoi se suicider, n'est-ce pas ?

— On ne sait jamais », dit le policier.

Peter songea un instant à lui parler de cette silhouette aperçue à l'orée du bois, mais il se tut. Il l'avait déjà évoquée lors de son audition, ça suffisait.

Il regarda par la fenêtre vers la terrasse, où Jerry dormait dans un transat.

« Allez-vous encore interroger mon père ?

— Pas avant Pâques, dit Marklund. Mais nous vous ferons signe. »

Peter raccrocha. Voilà, c'était fait.

Si Jerry ne paraissait plus trop en état de travailler, il n'avait de toute façon plus le choix – son outil de travail avait disparu. Après Pâques, Peter le ramènerait chez lui, où il pourrait se reposer. Regarder la télévision et toucher sa pension. S'il en avait une.

Peter sortit sur la terrasse.

« Je viens de parler avec la police, Jerry. Ils ont trouvé deux morts dans ta villa… Hans Bremer et une femme. Tu as vu une femme, là-bas ? »

Jerry leva les yeux vers lui depuis sa chaise longue et secoua la tête. Peter s'assit en face de lui.

« La police a l'air de croire que c'est Bremer qui a mis le feu à la villa, dit-il. Et c'est ce qui semble le plus logique, non ? »

Mais Jerry continuait à secouer la tête. Il n'arriva à former qu'un seul mot :

« Non.

— Si, Jerry. Ils pensent qu'il a voulu détruire le studio. »

Son père semblait avoir renoncé à parler. Il se pencha vers sa serviette et en ouvrit les attaches usées. Il fouilla parmi les nombreux papiers qu'elle contenait et finit par en extraire une revue. C'était le même vieux numéro de *Babylone* qu'il avait sorti en plein dîner, la veille.

« Je ne veux pas regarder ça », lâcha Peter.

Jerry se mit pourtant à feuilleter la revue, comme s'il cherchait quelque chose. Il trouva et brandit une page sous le nez de Peter.

« Markus Lukas », dit-il.

Peter soupira. Il ne voulait pas voir ça. Mais il se pencha quand même.

C'était une scène de sexe entre un homme de taille imposante et une jeune femme blonde – les mêmes images que son père avait publiées numéro après numéro pendant des années.

La femme était couchée sous l'homme, mais son visage était tourné vers le photographe, et le couple semblait tout faire pour se toucher le moins possible. Tout signe d'amour ou de tendresse était banni.

« Markus Lukas », répéta Jerry en montrant l'homme.

« D'accord… Markus Lukas. C'est le nom de ce modèle ? »

Jerry hocha la tête.

Peter voyait le dos nu d'un homme musclé et large d'épaules entre trente et quarante ans. Il avait d'épais cheveux noirs bouclés – on le voyait sur la seule photo où apparaissait un peu l'arrière de sa tête mais la plupart des autres ne le montraient qu'en dessous de la ceinture.

Il songea à l'homme qui conduisait la voiture ce jour de printemps où il s'était retrouvé avec Régina sur la banquette arrière. Jerry l'avait appelé « Markus Lukas ». Était-ce le même que dans la revue ? Peut-être.

« On ne voit pas son visage », dit Peter.

Jerry hocha la tête, en montrant à nouveau l'homme. Il faisait des efforts avec sa bouche paralysée.

« L'est … âché. »

« Il est fâché ? » tenta Peter.

Jerry hocha la tête.

« Fâché contre qui ? Contre toi et Bremer ? »

Jerry détourna les yeux.

« Trompé, lâcha-t-il.

— Ça ne m'étonne pas… Bremer et toi l'avez trompé, une histoire d'argent ? »

Jerry secoua la tête, mais ne dit plus rien.

Peter prit la revue sur la table et la feuilleta rapidement : page après page, des photos de filles, entières ou découpées en gros plans, mais les hommes avec qui elles couchaient n'apparaissaient que partiellement sur les images. L'objectif se focalisait sur les femmes, les hommes restaient complètement anonymes.

« Il n'y a aucune photo du visage de ce Markus Lukas ? »

Jerry secoua la tête.

Peter soupira, mais ça ne l'étonnait pas. Pas besoin de montrer le visage des hommes – seule comptait une toute petite partie de leur anatomie.

« Et qu'est-il devenu, ce Markus Lukas ? Sais-tu où il habite ? »

Jerry secoua la tête.

« Mais il a raccroché ? »

Jerry se tut. Peter pensa comprendre pourquoi – d'une certaine façon, Jerry lui aussi avait quitté l'industrie du sexe. À son corps défendant.

« Et il ne s'appelait pas Markus Lukas, n'est-ce pas ? reprit Peter. C'était forcément un nom d'emprunt, comme tous ces noms que vous donniez aux filles ? »

Jerry hocha la tête.

« Et comment s'appelait-il, alors ? »

Brève secousse de la tête.

« Contrat, dit Jerry.

— D'accord, il avait un contrat d'embauche, dit Peter. On doit donc y trouver son vrai nom ? »

Jerry hocha la tête avec un geste vers le détroit, le continent.

« Maison, dit-il.

— Très bien, tu l'as chez toi », dit Peter.

Il regarda les photos de la revue, cet homme nu.

« Fâché », dit Jerry.

Peter feuilleta une dernière fois la revue et se souvint : un an après sa rencontre avec Régina, il avait compris pourquoi son père emmenait des filles en forêt pour les photographier – c'était pour faire de l'argent avec une revue qu'il publiait, *Babylone*. À l'époque, Peter était allé en vélo à l'autre bout de Kalmar pour en acheter en douce un exemplaire dans un kiosque.

Le titre *BABYLONE* s'étalait en lettres rouge sombre sur la couverture, avec en dessous une fille souriante qui ressemblait à Régina.

Il avait glissé la revue sous son T-shirt puis, à la maison, l'avait cachée sous son matelas. Tard le soir, une fois Anita endormie, il avait feuilleté la revue à la lueur d'une lampe de poche.

Il avait vu ces filles nues, page après page, des filles souriantes dont la peau blanche resplendissait au soleil ou sous les projecteurs. Elles étaient toutes blondes, mais plusieurs semblaient porter des perruques.

Sur une des images, il avait découvert un léger voile de fumée de cigarette qui arrivait sur la gauche – il savait que Jerry était là, en train de fumer à un mètre à peine. Peter croyait l'entendre tousser et encourager le modèle à se cambrer pour qu'on en voie le plus possible :

« Allez, du nerf, t'es timide, ou quoi ? »

La fille ressemblait un peu à Régina, et Peter savait qu'il aurait dû s'échauffer en la regardant, mais c'était impossible. Il ne voyait que la fumée de cigarette.

Peter frissonna dans la brise printanière. Il était revenu au bord de la carrière.

« Donc la seule certitude que nous avons sur Markus Lukas, dit-il en refermant la revue, … c'est qu'il a de gros muscles. »

Il saisit la revue entre le pouce et l'index et la rendit à son père, sans la regarder.

« Cache ça, maintenant… ou jette-le. Je vais réveiller les jumeaux. »

28

Ce n'est que vers six heures ce jeudi soir que Vendela put se changer pour sortir courir sur la lande. Elle songeait à la pierre des Elfes et à la pièce qu'elle avait déposée dans un des creux mais, comme la fois précédente, elle fit d'abord un crochet par la ferme de son enfance.

Son allergie passa un peu quand elle se mit à courir et, après quelques centaines de mètres, elle trouva un rythme agréable. Elle mit un quart d'heure à atteindre la vieille ferme.

Elle entra sur le terrain et s'arrêta.

Une voiture rouge était garée dans l'herbe devant la maison. Une grosse Volvo avec une galerie. Le coffre et deux portières étaient ouverts, comme les portes de la ferme.

Les propriétaires étaient apparemment venus fêter Pâques. Vendela ne put pourtant pas s'empêcher de s'approcher de la porte ouverte de la véranda vitrée.

Soudain, une femme sortit et aperçut Vendela. Elle avait peut-être dix ans de moins qu'elle et semblait effrayée.

« Bonjour, bonjour, fit Vendela, avec un rire nerveux. Je voulais juste m'arrêter un moment pour me reposer, je suis sortie faire mon jogging, et…

— Oui ?

— … et c'est ici que j'ai grandi. Ma famille possédait cette ferme.

— Alors comme ça vous avez vécu ici ? » La femme avait à présent l'air plus aimable. « Mais entrez donc voir, si vous voulez. Ça a dû pas mal changer. »

Vendela hocha la tête et franchit le seuil de la véranda, traversa le hall et entra dans la cuisine. Elle reconnut les pièces, mais elles semblaient avoir rétréci. La cuisine avait été repeinte et rénovée avec des plans de travail et des faïences à la mode. Les odeurs aussi étaient différentes. Il n'y avait plus celles de son père avec son linge sale.

De la cuisine, un escalier conduisait à l'étage.

« Je peux monter jeter un coup d'œil ?

— Bien sûr, mais il n'y a pas grand-chose à voir. »

Vendela s'engagea dans l'escalier. La femme la suivit.

« Il nous a presque fallu quatre ans avant d'avoir le courage de nous y mettre, dit-elle avec un rire las. Mais à la fin c'est devenu joli, là-haut aussi. »

Vendela hocha la tête en silence, sans sourire. Elle ne trouvait pas de mots, c'était une épreuve pour elle. Elle gravit les dernières marches et se retrouva sur le parquet de l'étage. Il était clair et lisse – quand elle était petite, il était brun de crasse et couvert de poussière.

Et à gauche c'était là, cette porte neuve. Elle donnait sur une petite chambre. À côté, il y avait autrefois un guéridon où Vendela posait toujours à manger sur un plateau avant de partir à l'école.

Aujourd'hui, la porte était entrouverte. Elle vit des Lego et des jouets par terre, et entendit le rire clair d'un petit garçon.

Elle se retourna.

« Vous allez rester longtemps ?

— Non, seulement pour Pâques. Nous rentrons lundi.

— Je reste ici jusqu'à la mi-mai, dit Vendela, en s'efforçant de ne pas montrer son émotion. Si vous voulez, je peux surveiller un peu la maison. De toute façon, c'est sur mon chemin quand je vais courir…

— Vraiment ? dit la femme. Ce serait très gentil, il y a eu tellement de cambriolages sur l'île… »

Vendela regarda la maison.

« Vous vous plaisez, ici ?

— Et comment ! Beaucoup, dit la femme. C'est tellement chou, ici. »

Vendela était un peu sceptique. La ferme se trouvait sur le chemin des Elfes – elle l'avait compris, à présent. Vivre ici ne pouvait que porter malheur.

Des plaques de neige se cachaient toujours sous les broussailles les plus épaisses. Les mares de fonte se multipliaient sur la lande, mais fumaient au soleil. En mai, elles auraient disparu.

Vendela se repérait mieux et, après un quart d'heure de course, elle était revenue à la grande pierre. Elle vit aussitôt que les Elfes étaient passés par là.

Les vieilles monnaies étaient toujours au fond des creux, mais la pièce de dix couronnes qu'elle avait sacrifiée pour Aloysius avait disparu.

Elle n'était pas étonnée, elle s'émerveillait juste qu'après toutes ces années les Elfes continuent à se rassembler autour de cette pierre.

Elle s'assit dans l'herbe, adossée à la face est de la pierre, et reprit son souffle. Elle avait douté, mais elle en avait la certitude à présent : c'était ici – tous les autres endroits qu'elle avait connus ou qu'elle avait eu envie de voir disparaissaient derrière l'horizon. Ici, près de la pierre, personne n'exigeait rien d'elle, ici, il n'y avait plus cette Vendela Larsson que Max et le reste du monde tenaient à l'œil.

Elle ferma les yeux, mais continuait à voir. Son regard intérieur s'étendit de la lande vers la mer, jusqu'à la carrière, jusqu'à chez elle. Là-bas, son mari Max devant l'un de ses bureaux rédigeait l'avant-dernier chapitre de son livre *Cuisine au maximum*. Il y dépeignait un quotidien où il se chargeait de presque toute la cuisine à la maison, car « la plus grande joie est de partager son bonheur avec quelqu'un ». Ainsi, pour voir un visage gai le matin, Max avait-il l'habitude de réveiller sa femme, « ma V. chérie », comme il l'appelait dans le livre, « avec un petit déjeuner au lit servi sur un plateau débordant de pain frais, de fruits et de jus amoureusement pressés ».

Vendela savait qu'à l'instant où il écrivait, Max était convaincu de dire la vérité, alors que c'était presque toujours elle qui préparait le petit déjeuner. Exceptionnellement, pour de grandes occasions, il lui avait porté le petit déjeuner au lit ou avait préparé le dîner, et elle avait alors espéré qu'en lui faisant assez de compliments il se mettrait à l'aider davantage à la cuisine. Mais Max ne s'en était jamais occupé au quotidien.

Tout cela n'avait plus d'importance, ici, sur la lande.

Elle vit alors la maison voisine au nord, cette vieille maison bâtie par un collègue d'Henry, et la famille qui y vivait aujourd'hui. Peter Mörner assis sur la terrasse avec son vieux père. Ses enfants étaient là aussi. Tout semblait paisible, mais Vendela savait les apparences trompeuses.

Peter était une âme tourmentée. Sortir courir sur la lande lui ferait du bien.

Elle cessa de regarder au loin et revint à l'endroit où elle se trouvait, cette pierre dans cette petite clairière entre les genévriers. Un instant, tout fut lisse et lumineux mais soudain, surgit l'image d'un homme de grande taille vêtu de blanc. Il était immobile et soutenait son regard. Il lui souriait.

Le roi des Elfes ? Non, Vendela sentit que c'était un de leurs messagers, un serviteur venu lui montrer qu'ils avaient remarqué sa présence. Cet homme était d'un rang inférieur, et ressemblait d'ailleurs un peu à Max.

Il resta là, présent dans son esprit, toujours souriant, comme pour lui signifier : *C'est toi qui dois faire le premier pas, pas moi.*

Mais Vendela n'était pas prête à franchir le seuil, pas encore.

Elle ouvrit les yeux et regarda alentour. La clairière était vide, mais elle entendit un froissement au loin dans les buissons.

Elle frissonnait à présent, comme toujours lorsqu'elle quittait le monde des Elfes. Elle se releva et prit trois pièces dans sa poche. Elle les aligna sur le dessus de la pierre, chacune dans un creux.

Une pièce pour Max et elle, une pour la santé d'Aloysius et une pour les voisins autour de la carrière. Peter Mörner et les autres.

Elle tourna les talons et se remit à courir sur la lande à grandes enjambées entre les miroirs luisants des mares. Le soleil du soir l'éclairait à l'ouest comme la chaude lueur d'un phare qui la guidait vers la côte.

Il n'était que sept heures quand elle arriva à la maison. Le temps s'était suspendu, comme toujours au royaume des Elfes.

29

Gerlof était assis dans son jardin. C'était vendredi saint, jour où Jésus était mort sur la croix : petit, on l'avait forcé à le célébrer en cessant toute activité. Il ne fallait pas jouer, pas écouter la radio, pas parler fort et, surtout, pas question de rire. En fait, tout ce qu'on pouvait faire, c'était rester assis sans bouger sur une chaise. Comme il le faisait à présent, sur ses vieux jours, sauf qu'aujourd'hui il trouvait ça reposant.

Il attendait que ses enfants et petits-enfants arrivent de la côte ouest. Il avait des choses à faire – des clients qui attendaient ses bateaux en bouteilles, et qui payaient bien. Mais c'était un jour férié, après tout, et puis il n'arrêtait pas de penser aux vieux carnets d'Ella.

Il n'aurait jamais dû commencer à les lire.

Il finit par se lever et alla chercher dans le placard le carnet de 1957. Il se rassit dans sa chaise longue, l'ouvrit au milieu et continua sa lecture.

Aujourd'hui 16 juin 1957, écrivait Ella de son écriture appliquée.

Nous avons eu de l'orage cette nuit, les filles et moi nous nous sommes levées pour regarder les éclairs. Ils sont tombés à trois reprises dans le détroit, en faisant crépiter l'eau. Gerlof ne s'est pas réveillé, mais il doit être habitué au tonnerre et aux grains en mer.

Hier, il est allé en vélo à Långvik acheter un nouveau filet qu'il a jeté en mer à son retour. Ce matin, il s'est levé à cinq heures pour le remonter, avec vingt-cinq flétans et six perches. Aujourd'hui nous avons donc mangé du poisson au four, un régal.

Ce matin, Lena et Julia ont vu un petit chevreuil traverser le chemin et partir vers la forêt.

Aujourd'hui, le pauvre veuf Henry Fors de la ferme au nord du village a vendu ses deux derniers veaux, le camion de l'abattoir est venu de Kalmar les chercher vers deux heures, et il ne lui reste donc plus que ses trois vaches, dont s'occupe sa fille Vendela. C'est bien triste, mais Fors a besoin de cet argent.

Ça, songea Gerlof, Ella avait raison pour le père de Vendela Larsson, il n'avait jamais eu beaucoup d'argent. Quelques vaches maigres sur des prés tout aussi maigres, plus le travail dans la petite carrière du village, qui ne soutenait plus la concurrence des grandes exploitations. Ce n'était pas facile.

Il tourna la page :

Aujourd'hui 27 juin 1957.

Voilà un petit moment que je n'ai rien écrit, le temps passe si vite et j'ai tant à faire que les jours filent tout seuls. Et il faut aussi trouver l'envie d'écrire.

Il fait beau et chaud, c'est l'été à présent.

Gerlof est allé à Kalmar faire homologuer son cotre, il est parti hier avec les filles, qui sont en vacances. Mais je me plais toute seule au village. Bien sûr, à Borgholm il y a le cercle de couture, mais ça ne me manque pas trop. On y passe surtout son temps à dire du mal des absents et, si ça se trouve, c'est mon tour en ce moment.

Il y a plein de faisans mâles dans le village et autour le soir, ce sont sûrement les poules dans les fermes qui les attirent. Mais les propriétaires des poulaillers ont la ferme intention de les empêcher de fricoter !

Le petit galopin de la pâture s'est glissé jusqu'à la maison aujourd'hui, et je lui ai donné des biscuits d'avoine et de la limonade. Il est plein de vie et n'arrête pas de bouger, mais ne dit pas grand-chose, en tout cas pas qui il est ni d'où il vient.

Il a besoin de prendre un bain. Et ses cheveux sont si longs et emmêlés, je n'ai jamais vu ça.

Gerlof entendit soudain un bruit de moteur qui le fit presque sursauter. Une voiture approchait sur la route du village. Elle ralentit et entra sur son terrain.

Vite, il referma le carnet et le cacha sous sa couverture. Il était bien tranquille sur sa chaise longue quand la Volvo entra, avec ses deux filles à bord. Les portières s'ouvrirent.

« Bonjour Grand-père ! On est là !

— Bienvenue ! cria Gerlof en agitant la main. Joyeuses Pâques ! »

Tout le monde descendit. Lena et sa fille cadette, puis Julia et ses deux beaux-fils, avec valises et sacs à dos.

La famille était rassemblée, adieu la tranquillité. Les jeunes embrassèrent rapidement leur grand-père et filèrent dans la maison. Là, ils allumèrent la télévision, ou la radio – en tout cas en montant le volume à fond, car du rock déferla par la fenêtre.

Assis dans le jardin, Gerlof songea aux vendredis saints de son enfance.

« Comment ça va, Papa ? Tout se passe bien, ici ? »

C'était Julia. Elle vint l'embrasser sur la joue.

« Ici, c'est calme, dit Gerlof. Dans tout le village, d'ailleurs… mais les gens de la carrière sont arrivés.

— Ils sont sympathiques ?

— Assez sympathiques. » Il songea à la revue que Jerry Morner avait brusquement jetée sur la table : « Et assez originaux.

— Il faudra aller les voir ?

— Non, j'étais invité à une fête mercredi dernier. Ça suffira.

— Donc il n'y aura que nous pour fêter Pâques ? »

Gerlof hocha la tête. Il avait bien sa petite-nièce Tilda, qui vivait à Marnäs, mais elle avait trouvé quelqu'un cet automne et était accaparée par sa nouvelle vie. « Et sinon, que fais-tu de tes journées ?

— Je reste ici à réfléchir.

— À quoi ?

— Rien. »

Julia lui tendit les mains.

« Tu veux te lever ? »

Gerlof sourit et secoua vite la tête. Il n'avait pas envie de se lever pour le moment.

« Je suis bien dans mon fauteuil. »

Tôt ou tard, il faudrait qu'il parle à ses filles des carnets d'Ella, qu'il leur demande ce qu'elles savaient de son petit visiteur.

30

Le dîner de Pâques se passait bien chez les Mörner, jusqu'à ce que Nilla s'effondre à table en crachant du sang.

Peter s'était voilé la face et n'avait pas voulu comprendre combien elle était malade. Mais il aurait dû se douter de quelque chose car, dès le petit déjeuner du samedi, Nilla avait eu l'air fatiguée. Elle l'avait aidé à éplucher des légumes dans la matinée, mais ça n'avançait pas et elle s'arrêtait parfois en regardant fixement la planche à découper.

« Tu es fatiguée ?

— Un peu… Je n'ai pas très bien dormi cette nuit.

— Tu veux aller te recoucher ?

— Non, ça va.

— Tu pourrais sortir un peu aujourd'hui, aller te promener en bord de mer. Essaye d'emmener Jesper avec toi.

— Mmh », avait dit Nilla en continuant à couper la salade à gestes lents.

Peter la surveillait du coin de l'œil en essayant de se détendre.

Il avait réparé la base de l'escalier de pierre dans la journée de mardi et depuis, matin et soir il allait vérifier si ça tenait encore. C'est ce qu'il fit au matin du samedi de Pâques : les pierres étaient toujours en place. Il reprendrait bientôt la construction, pour que les marches arrivent jusqu'au bord de la falaise.

Les mares d'eau commençaient à sécher au fond de la carrière. Cet été, quand les graviers seraient tout à fait secs, Jesper pourrait descendre s'y amuser, jouer au foot, par exemple.

Nilla aussi, bien sûr.

Il tourna le dos à la carrière, fit le tour de la maison et s'arrêta devant l'atelier d'Ernst. C'était une boîte rectangulaire en bois de deux mètres de haut, dont certaines planches usées par le vent portaient encore des traces de peinture rouge. Deux petites fenêtres poussiéreuses s'ouvraient sur le côté, autour d'une porte goudronnée.

Une grosse chaîne bloquait la porte mais le crochet n'était fixé que par un gros clou rouillé. Peter l'arracha et ouvrit.

L'air était sec à cause de la poussière calcaire qui couvrait le sol. Il était entré là trois étés plus tôt, quand les membres de la famille d'Ernst étaient venus pour prendre ce qu'ils voulaient dans l'atelier. Les objets en pierre achevés et bien polis avaient alors disparu : les cadrans solaires, les mangeoires à oiseaux et les pieds de lampe. Restaient les sculptures inachevées, ou celles dont on ne savait pas vraiment ce qu'elles représentaient.

Elles s'entassaient tout au fond. Des blocs de pierre travaillés en corps gonflés, sans tête, ou des têtes aux orbites profondes et à la bouche béante. Certaines sculptures n'avaient même pas figure humaine.

Peter n'entra pas dans l'atelier pour les regarder de près. Il referma la porte et alla chercher le journal.

« Alors comme ça votre père est le fameux Jerry Morner ? dit Max. Je ne le connaissais pas, mais je me souvenais de son nom. »

Peter n'avait pas reparlé à Max Larsson depuis la fête entre voisins, mais ils venaient de se rencontrer devant les boîtes aux lettres.

« Ah oui ? »

Peter fit mine de s'éloigner, le journal à la main, mais Max ne comprit pas le message. Il continua de lui sourire d'un air entendu, entre voisins, et poursuivit :

« Oh oui. Jerry Morner, c'était une sorte de célébrité dans les années soixante-dix, il donnait des interviews et on le voyait à la télé dans des débats sur le porno qui viraient à la foire d'empoigne… Et au régiment on les lisait, ces revues qu'il éditait. » Il adressa un clin d'œil à Peter. « Enfin, façon de parler, il y avait surtout des photos, hein ?

— C'est vrai, fit Peter.

— Il y en avait une qui s'appelait *Babylone*, dit Max, mais l'autre ? Sodome ?

— Gomorrhe.

— C'est ça : *Babylone* et *Gomorrhe*. Des revues de qualité… Mais il fallait toujours les demander aux buralistes, elles n'étaient jamais en rayon. » Il toussa et ajouta : « Je ne lis plus ça aujourd'hui, bien sûr. Elles sont toujours en vente ?

— Non, elles ont disparu.

— Les films vidéo ont dû avoir le dessus, et puis il y a aussi internet, dit Max. Les temps changent. »

Peter resta muet.

« Et comment trouvait-il ses modèles ? » continua Max.

Peter secoua la tête.

« Je ne m'en suis jamais mêlé.

— On se demande vraiment quel genre de filles sont prêtes à ça, continua Max.

— Aucune idée », dit Peter – mais il revit alors le sourire de Régina.

« C'est qu'on voyait très clairement leur visage… et il y en avait de vraiment jolies, certaines en tout cas. »

Peter haussa les épaules. Il avait été aimable, mais ça commençait à bien faire, ces petites confidences entre voisins. Il se mit à marcher vers la carrière.

« Et puis elles devaient être bien payées, dit Max dans son dos. Une expérience enrichissante, quoi. »

Peter s'arrêta et fit volte-face. Il avait décidé de faire le test des enfants. Il l'avait déjà fait plusieurs fois.

« Vous avez des enfants ? demanda-t-il.

— Des enfants ? » Max sembla interloqué, puis répondit : « Oui, trois… d'un précédent mariage.

— Des filles ? »

Larsson hocha la tête.

« Une. Elle s'appelle Annika.

— Max, dit Peter en baissant la voix, que diriez-vous en apprenant que votre fille Annika a travaillé pour mon père ?

— Mais ce n'est pas vrai, se hâta de dire Max.

— Qu'est-ce que vous en savez ? Elle vous en parlerait, d'après vous ? »

Son voisin se tut. Peter laissa durer ce silence, puis se remit à marcher. Il s'était déjà éloigné de plusieurs mètres quand Max se tourna vers lui en éructant :

« Sale porc ! »

Peter continua sans se retourner. Il était habitué à ce genre de réactions chaque fois qu'il voulait faire comprendre que les modèles de Jerry étaient aussi des personnes.

Mais il avait encore une fois brisé l'harmonie entre voisins autour de la carrière.

Sale porc.

L'invective trottait dans la tête de Peter tandis qu'il préparait le dîner de Pâques.

Jerry, Peter, Nilla et Jesper : trois générations allaient fêter Pâques ensemble. Il faisait trop froid pour manger sur la terrasse, aussi dressa-t-il la table dans la salle à manger, devant le coffre en bois d'Ernst. Les assiettes disposées, il en détailla le bas-relief sculpté en se demandant pourquoi le Troll qui fuyait dans sa caverne souriait et pourquoi la princesse pleurait sur son rocher. Le chevalier était-il arrivé trop tard pour défendre sa vertu ?

« Pelle ? » fit une voix dans son dos.

Son père venait d'entrer dans la pièce.

« On va bientôt manger, Jerry. Tu peux t'asseoir… Des œufs de Pâques, tu aimes ça, non ? »

Jerry hocha la tête et s'assit.

« Tu peux en manger tant que tu veux », dit Peter en continuant de mettre le couvert.

Avant d'aller chercher les enfants, il se retourna pour ajouter :

« Mais pas de revue sur la table, ce soir. »

Jerry se tut pendant le dîner. Les jumeaux ne furent pas beaucoup plus bavards. Chacun mangeait ses œufs, perdu dans ses pensées.

« Alors, vous êtes sortis, aujourd'hui ? » demanda Peter.

Nilla hocha lentement la tête. Lasse et pâle, elle répondit d'une voix faible :

« On est descendus à la carrière. Et Jesper a trouvé un squelette. »

Mais Jesper secoua la tête.

« C'était juste un petit os… Un bout de doigt, je crois.

— Un doigt ? dit Peter en se tournant vers lui. Un doigt humain ?

— Je crois bien.

— Et vous avez trouvé ça où ?

— Sous un tas de pierres. Je l'ai rapporté dans ma chambre.

— Ça vient sûrement d'un animal, on regardera après, dit Peter en pelant son œuf. Mais en principe il faut éviter de ramasser les os qu'on trouve par terre, ils peuvent contenir des bactéries et… »

Jesper n'avait pas l'air d'écouter. Il regardait au-delà de Peter d'un air effrayé.

« Papa ! Nilla ! »

Peter se tourna vers la droite : Nilla avait lâché son œuf et se penchait vers la table. Sa tête pendait, elle était en train de s'effondrer sur le côté.

La nappe était constellée de taches de sang. Elle toussa en en crachant encore davantage.

Peter se précipita.

« Nilla ! »

Il la rattrapa de justesse. Elle le regarda, la paupière tombante.

« Quoi, qu'est-ce que… fit-elle, comme si elle parlait en dormant. Est-ce que je… ? »

Puis elle se tut et s'effondra. Peter la retint.

« Ne t'inquiète pas, dit-il à voix basse. Ne t'inquiète pas. »

Il y avait pourtant de quoi – le visage de sa fille était soudain devenu rouge de fièvre. Le sang battait dans ses veines, et soudain Peter sentit son corps mince se relâcher complètement. Elle avait perdu connaissance.

Tout s'était figé autour de la table. Jerry, son œuf à la main, fixait d'un œil vide les gouttes sur la nappe. Jesper s'était levé et regardait sa sœur avec de grands yeux.

Peter transporta Nilla sur le canapé. Quand il l'eut couchée sur le côté, elle toussa et ouvrit les yeux.

« J'ai froid », dit-elle à voix basse.

Peter se souvint qu'à Kalmar, le docteur avait prévenu que le nouveau médicament que prenait Nilla pouvait favoriser diverses infections. Il se tourna vers Jesper.

« Nilla va s'en sortir, dit-il. Mais il faut que je la ramène à l'hôpital… Tu peux rester ici avec Grand-père ? »

Jesper hocha la tête.

« Et téléphoner à Maman ? »

L'hôpital était vide et silencieux en ce jour de Pâques, mais les urgences étaient bien sûr ouvertes. On emporta Nilla sur une civière. Peter n'eut plus qu'à aller attendre à l'étage où elle était hospitalisée.

Il s'assit dans le couloir, il en avait l'habitude. Il attendit, attendit encore.

Après presque une heure, la porte du couloir s'ouvrit et Marika entra, accompagnée de son nouveau mari Georg. Georg était bronzé et portait un costume sombre, comme les deux fois que Peter l'avait rencontré.

« Le docteur va venir », dit Marika à Peter.

Il ne reconnut pas le médecin de garde. Il s'appelait Stenhammar, un homme plus jeune que celui qui s'était occupé de Nilla jusqu'ici, mais avec un regard tout aussi grave quand il les fit asseoir dans son bureau.

« Bon. J'ai une bonne et une mauvaise nouvelle. »

Comme personne ne disait rien, le docteur poursuivit :

« La bonne, c'est que nous avons réussi à faire tomber la fièvre. Pernilla va bientôt sortir des soins intensifs.

— Je pourrai la ramener à la maison ce soir, alors ? » dit Marika – alors que c'était le week-end de Peter.

Stenhammar secoua la tête.

« C'est la mauvaise nouvelle. Pernilla ne peut plus rentrer… Elle doit maintenant rester ici.

— Mais combien de temps ? »

Le médecin se tut quelques secondes. Puis il se lança dans un docte exposé sur les examens approfondis que Nilla avait subis, les résultats des analyses et ce qu'ils avaient trouvé. Il parlait, parlait, en utilisant des mots à rallonge.

« Épithélio… Comment dites-vous ?

— On abrège en EBC, dit Stenhammar. C'est une forme rare, très inhabituelle de cancer qui affecte les muqueuses. Je comprends que pour vous cela ne change rien, mais en tant que médecin…

— Quelles conséquences pour Nilla ? » le coupa Marika.

Le docteur se remit à parler. Quand il eut fini, Peter n'avait retenu que deux mots : *tumeur maligne*.

« … aussi le mieux est qu'elle reste hospitalisée jusqu'à l'intervention », conclut Stenhammar en laissant retomber ses mains sur son bureau.

L'intervention. Peter sentit le sol se dérober sous lui.

« Donc vous allez l'opérer ? »

Le docteur hocha la tête.

« Nous sommes obligés, les rayons seuls ne suffisent pas… Nous nous dirigeons vers un engagement du pronostic vital. »

Peter ne demanda pas ce que signifiaient ces derniers mots, mais ils ne présageaient rien de bon.

« Et quand ? demanda à voix basse Marika.

— Le plus tôt possible, pendant qu'il est encore temps. » Le médecin fit une pause. « Et ce ne sera pas une opération facile, malheureusement.

— Quelles sont ses chances ? » demanda Peter.

Question horrible, il aurait voulu la retirer. Mais Stenhammar se contenta de secouer la tête.

« On ne fait pas de paris, chez nous. »

Ils ressortirent dans le couloir, silencieux. Georg alla chercher des cafés. Peter ne trouvait rien à dire à son ex-femme, mais Marika regarda soudain autour d'elle.

« Mais où est Jesper ?

— Resté à la maison.

— Seul ?

— Non, mon père est avec lui.

— Jerry ? »

Marika avait haussé la voix dans le couloir désert. Peter baissa la sienne :

« Gerhard, oui. Il est chez nous depuis quelques jours…

— Et pourquoi ?

— Il est malade, dit Peter. Il a fait une…

— Mais Jerry l'a toujours été, non ?

— … et il avait besoin d'aide, continua Peter. Mais je vais bientôt le reconduire chez lui.

— Ne l'amène pas ici, en tout cas, lâcha Marika. Je ne veux pas risquer de recroiser ce vieux cochon.

— Vieux cochon ? Peut-être… dit Peter à voix basse,… mais autant que je me souvienne, tu étais très curieuse de Jerry et de ses activités quand nous nous sommes rencontrés. Tu trouvais ça intéressant, disais-tu.

— *Toi* aussi, je te trouvais intéressant, dit Marika. Mais ça m'est passé, comme le reste.

— Très bien, dit Peter. Un problème de moins.

— Moi, je n'ai pas de problème avec toi, Peter. C'est toi qui en as un avec moi. »

Il respira profondément.

« Je vais dire au revoir à Nilla. »

Marika resta dans le couloir tandis qu'il entrait un moment voir Nilla avant de retourner sur Öland. Tout était calme dans la chambre. Elle était au lit, couverte d'un drap blanc, avec bien sûr à nouveau une perfusion dans le bras. Il se pencha et pressa sa joue contre la sienne.

« Salut.

— Salut… »

Elle était pâle, à présent une respiration rapide secouait sa poitrine.

« Comment tu te sens ? Ça va, tes poumons ?

— Comme ça…

— Tu as l'air bien. »

Elle secoua la tête.

« Je ne retrouve plus ma pierre noire, Papa.

— Quelle pierre ?

— Le morceau de lave d'Islande… La pierre porte-bonheur que Maman avait achetée. Elle était dans ma chambre. Je pensais l'avoir mise dans ma poche, mais elle n'y est plus. »

Peter se souvint : c'était une pierre lisse noire comme du charbon, que Nilla lui avait montrée. Elle tenait bien dans la paume de la main.

« Elle est sûrement à la maison quelque part, dit-il. Je vais la dénicher. »

Revenu à la maison une demi-heure plus tard, il trouva la table débarrassée. Jerry et Jesper avaient enlevé la nappe tachée. Mais la vaisselle sale était empilée dans l'évier et Peter dut s'en charger.

Dans le séjour, son père et son fils étaient assis devant une série comique américaine. Jerry semblait captivé par l'écran, mais Jesper tourna la tête vers son père.

« Ça s'est bien passé, Papa ? »

Peter hocha la tête en se frottant les yeux.

« Oui… Nilla doit rester à Kalmar ce soir, mais elle va mieux, à présent. »

Jesper hocha la tête et continua à regarder le film.

Plus tard, songea Peter. *Je lui parlerai de la tumeur plus tard.*

Il tourna les talons.

« Qu'est-ce que tu vas faire ? demanda Jesper dans son dos.

— Chercher une pierre, répondit Peter à voix basse, une pierre porte-bonheur. »

Il se ravisa et se retourna.

« Au fait, qu'est-ce que tu avais trouvé, Jesper ? Un bout d'os ?

— Mmh. C'est dans ma chambre, sur l'étagère. »

Peter entra dans la chambre de son fils. Il essaya de ne pas faire attention au désordre ambiant, mais alla au moins ouvrir la fenêtre pour aérer un peu. Puis il regarda sur l'étagère.

Le bout d'os posé là entre les livres et les jeux de Jesper était petit, à peine quatre ou cinq centimètres. Il était grisâtre, rêche sous le doigt, comme s'il était devenu sec et friable après des années à l'air libre.

Et Peter vit que Jesper et Nilla avaient raison : l'os ressemblait bien à un doigt coupé.

31

Comme leurs parents étaient morts et qu'ils n'avaient pas eu d'enfants ensemble, Max et Vendela s'apprêtaient à fêter Pâques seuls dans leur nouvelle résidence secondaire. Rien de grave, pensait Vendela. Ce n'est pas une fête si importante.

Carolina, la grande fille qu'elle avait eue avec Martin, avait téléphoné de Dubaï pour souhaiter joyeuses Pâques, mais ne rentrerait pas en Suède avant la Saint-Jean. Max avait eu trois enfants avec sa première femme, mais sa fille s'était fâchée avec lui après des remarques sur sa mère deux ans plus tôt. Elle avait ensuite gagné à sa cause ses deux frères, qui avaient à leur tour coupé les ponts avec leur père.

En tant que belle-mère, Vendela se savait bien sûr tout particulièrement haïe par les enfants de Max. Depuis toujours.

Elle avait ramassé quelques branches de bouleau dans l'ancienne ferme pour décorer la maison – malgré l'allergie qu'elles lui causaient. Cela suffirait pour créer une ambiance pascale.

Puis le dîner. Vendela en avait assez de faire la cuisine – le congélateur et le frigidaire étaient pleins des restes de la fête avec les voisins – mais elle prépara pourtant quelque chose qui ressemblait à un dîner de Pâques : quelques œufs, du hareng avec des pommes de terre, du vin. Un bordeaux, dont elle avait déjà ouvert la bouteille pour se servir un verre.

Les portes du bureau de Max étaient fermées, il avait passé la journée à sa table de réflexion et ne voulait pas être dérangé. Il se préparait en vue d'une tournée de conférences qu'il devait faire après Pâques autour de ses livres, et son éditeur venait d'envoyer les épreuves des cent premières pages de *Cuisine au maximum*. La veille, ils avaient expédié les dernières recettes à la maquette – on voyait le bout du projet. Tôt ou tard, Max viendrait sûrement lui demander de corriger les épreuves.

La hotte ronronnait, les œufs et les pommes de terre cuisaient. Son carnet posé sur le plan de travail, Vendela notait des réflexions éparses tout en s'occupant de la cuisine.

Elle songea aux enfants de Max qui n'avaient même pas téléphoné pour lui souhaiter joyeuses Pâques. Elle posa alors son verre et écrivit :

Dans le monde des Elfes, il n'y a pas de disputes ni de conflits, les Elfes vivent en totale harmonie. Comment est-ce possible ?

Cela vient de leur largeur de vues. Les Elfes ont le don précieux de pouvoir voir de tous les points de vue en même temps, à la différence des hommes avec leurs œillères : ainsi ne sont-ils jamais en désaccord. Ils savent la place qu'ils occupent dans le monde et se consacrent à des choses bien plus importantes que les disputes.

Pourtant, les Elfes s'étaient bien battus avec les Trolls, et le sang avait coulé. Ne devrait-elle pas le mentionner ?

Un minuteur se mit à siffler derrière elle, les œufs étaient cuits. Elle ôta du feu la casserole bouillante et versa de l'eau froide dedans.

Il y avait douze œufs, blancs et durs, mais Vendela n'en mangerait pas. Depuis qu'elle était sur l'île, elle avait triomphé de la faim et si elle en avait fait cuire tant, c'était juste pour que Max ne puisse pas savoir si elle en avait mangé ou non.

Elle revint à son carnet :

Les Elfes sont bien sûr plus âme que corps, ils ont compris qu'un trop grand culte du corps ne vaut rien de bon. L'âme contient l'amour universel, le corps le désir et, quand le désir prend le dessus, s'engage un combat entre l'âme et le corps, que l'âme perd le plus souvent.

Nous autres humains, nous perdons facilement le contrôle de notre corps, car nous en attendons trop de conquêtes, mais les Elfes, jamais. Nous sommes engagés dans un cercle vicieux dont nous ne pouvons sortir, tandis que les Elfes font la ronde dans les prés.

Vendela vit du coin de l'œil un petit mouvement, qui la fit s'arrêter d'écrire. Elle tourna la tête.

« Bonjour Ally ! »

C'était Aloysius qui venait d'entrer dans la cuisine – sans se cogner le nez au cadre de la porte, comme cela lui arrivait souvent. Il se dirigea doucement vers elle sur le lino, lentement mais tout droit.

« Comment ça va ? dit Vendela en lui souriant. Joyeuses Pâques, mon bonhomme ! »

Le caniche s'assit lentement avec ses pattes avant raides étendues de côté.

« Tu auras un bonbon ce soir, tu es content, hein ? »

Le chien se lécha le nez en regardant Vendela.

Incroyable, mais Aloysius semblait vraiment la *regarder*. Son regard était net, il voyait que c'était elle. Elle fit un pas rapide de côté, et constata qu'il suivait des yeux ses mouvements.

Vendela lâcha son stylo et tourna les talons. Elle se précipita vers le bureau de Max, sans se soucier de la porte fermée.

« Max, il voit mieux ! cria-t-elle en tambourinant à la porte. La vue d'Ally s'est améliorée, Max, viens voir ! »

32

Ses petits-enfants avaient passé la journée à décorer des œufs durs. Il y avait des œufs jaunes à rayures bleues et des rouges à pois verts – mais la plupart avaient tant de couches de peinture qu'ils étaient devenus tout noirs.

Gerlof en mangea deux avec beaucoup de sel et d'œufs de lump, mais il préférait le hareng mariné avec des pommes de terre et du pain Wasa. Il but aussi quelques verres d'eau-de-vie aromatisée avec de l'absinthe cueillie sur la plage, tout en remarquant qu'il était le seul à table à boire de l'alcool. Très bien. (Il lui était arrivé par le passé de s'inquiéter pour Julia, sa cadette, mais elle n'avait que du lait dans son verre ce soir-là.)

L'eau-de-vie et les œufs aidant, Gerlof se sentit si bien qu'il commença à raconter combien la vie était dure, sur l'île, autrefois.

« Et le *frichti*, vous savez ce que c'était ? »

Ses petits-enfants secouèrent la tête.

« C'était un plat spécial qu'on mangeait tous les samedis, dit Gerlof. La recette était très simple… On mélangeait tous les restes de la semaine dans un saladier en bois, on salait bien, on faisait cuire dans une marmite et on mangeait ça. Toute la famille ! »

Julia secoua la tête.

« Tu n'as jamais mangé de frichti, Papa. Vous n'étiez pas si pauvres. »

Il la regarda en fronçant les sourcils.

« Je parle de mon grand-père. Lui, il mangeait le frichti quand il était petit. Mais quand j'étais petit, moi, ce n'était pas reluisant… Il n'y avait pas l'eau du robinet, à l'époque, alors il fallait aller avec un seau à la pompe, au fond du jardin.

— Je me rappelle cette pompe, dit Lena, elle existait encore dans les années soixante… Mais je trouvais que l'eau du puits avait meilleur goût que l'eau du robinet.

— Oui, dit Gerlof, mais elle était parfois complètement brunâtre, et il fallait pomper jusqu'à ce qu'elle redevienne claire. Et on n'avait pas de toilettes, rien qu'une chiotte dans le jardin, avec un grand seau qu'il fallait vider dans un puisard quand il était plein. Si on ne faisait pas attention, on s'éclaboussait les jambes, et si on avait le malheur de trébucher, gare… »

Lena posa bruyamment sa fourchette dans son assiette.

« On est à table…

— Oui, oui, dit Gerlof en faisant un clin d'œil à ses petits-enfants. Mais au printemps, c'était le contraire, on avait beaucoup trop d'eau. Il pouvait se former de vrais lacs sur la lande… Je me souviens qu'on allait parfois s'y baigner. Une fois, avec mon frère Ragnar, on avait trouvé une vieille bassine en tôle qu'on avait gréée avec un drap et mise à l'eau sur les terres inondées, au printemps. » Il s'esclaffa. « Elle est partie si vite qu'on a fini par chavirer. C'était mon premier naufrage.

— Et il y avait des voitures ? demanda un des petits-enfants.

— Oui, dit Gerlof, d'aussi loin que je m'en souvienne, il y avait des voitures. Elles sont arrivées très tôt sur l'île, bien avant l'électricité. Il y avait des autos par ici avant la Première Guerre mondiale, mais certaines fermes n'ont eu l'électricité que dans les années quarante. Et certains refusaient, car ce n'était pas donné. On a continué aussi longtemps qu'on a pu à utiliser les lampes à pétrole.

— Comme ça vous n'aviez pas de coupures de courant, dit Julia.

— Oui, mais en revanche tout le monde était terrorisé par la foudre. Les gens se réfugiaient les uns chez les autres, ou restaient enfermés dans leurs voitures jusqu'à ce que l'orage soit fini… L'électricité faisait peur. »

Une fois les œufs presque tous mangés, les jeunes sortirent de table. Gerlof resta au calme avec ses filles. Il voulait leur dire quelque chose. Comme un aveu.

« Au fait, j'ai commencé à lire le journal de votre mère.

— Il était au grenier, non ? dit Julia.

— Non, au fond d'un placard. Ça vous intéresse de le lire, vous aussi ?

— Je ne préfère pas », dit Julia.

Lena secoua la tête.

« J'ai vu ces carnets, mais je n'y ai jamais touché… Je trouvais ça trop intime. Elle ne voulait pas les brûler ? Il me semble qu'elle…

— Les brûler ? Je ne l'ai jamais entendue dire ça », la coupa Gerlof. Il ne voulait pas avoir encore plus mauvaise conscience, aussi continua-t-il en prenant sa meilleure voix de capitaine : « Moi, en tout cas, je les lis. Ce n'est pas interdit par la loi, que je sache ? »

Silence autour de la table. Il prit dans le plat le dernier œuf, peint en noir, et commença à ôter la coquille en ajoutant à voix basse :

« Elle voyait des gens bizarres autour de la maison, vous le saviez ? Elle en parle dans ses carnets. »

Ses filles le regardèrent.

« Tu veux dire qu'elle voyait des petits lutins ? dit Julia. C'est Grand-mère qui en voyait.

— Non, pas des lutins. Ella parle d'un "galopin" qui passait la voir ici quand elle était seule. J'ai d'abord pensé qu'elle avait un soupirant au village qui venait lui faire la cour quand j'étais parti en mer…

— Aucun risque, dit Julia.

— Je ne crois pas non plus. » Gerlof regarda d'un air pensif par la fenêtre l'herbe et les buissons qui bordaient le terrain. « Mais je me demande ce qu'elle a bien pu voir. Elle ne m'en a jamais parlé. Et à vous ? »

Julia secoua la tête. Elle creusa le jaune de son dernier œuf dur, en disant :

« Maman était un peu secrète… Elle savait bien se taire.

— C'était peut-être un Troll de la carrière, dit Lena en souriant. Ernst en parlait souvent. »

Gerlof ne sourit pas.

« Il n'y a pas de Trolls là-bas. »

Il entreprit de se lever de table. Ses filles se précipitèrent, mais il ne voulait pas qu'on l'aide :

« Ça ira, merci. Je pense que je ne vais pas tarder à aller me coucher. Vous n'oubliez pas la messe de Pâques, demain ?

— On t'emmènera à l'église, dit Lena.

— Très bien. »

Gerlof avait toujours sa propre chambre dans la maison. Il s'y enferma et mit son pyjama, bien qu'il ne soit que neuf heures. Il savait qu'il s'endormirait profondément, même si tous les autres veillaient devant la télévision. Il entendait leurs rires et leurs voix derrière la porte mais ferma les yeux.

L'agitation de ses petits-enfants du matin au soir l'épuisait. Qu'est-ce que ça serait aux vacances d'été ! Il fallait bien profiter de sa tranquillité ce printemps, tant qu'elle durait.

33

« Ally ? cria Max. Ally, regarde-moi ! »

Max était dans un fauteuil du séjour, penché en avant. Sur les genoux de Vendela, à l'autre bout de la pièce, le petit caniche tourna le nez vers la voix.

« Aloysius ? Tu me vois ? »

Vendela lui chuchota à l'oreille :

« Ally, tu vois ton maître ? »

Le chien gémit faiblement, le nez au vent, mais il regardait un peu partout dans la pièce.

Max soupira.

« Il ne me voit pas, Vendela. Son ouïe et son odorat fonctionnent bien, mais il a perdu la vue. »

Vendela caressa le dos d'Ally.

« Mais si, il voit beaucoup mieux… Il ne se cogne plus contre les meubles comme avant. » Elle lui gratta le cou. « Et là, il me regarde. Hein, que tu me regardes, mon bonhomme ? »

Ally tendit le nez et lui lécha le cou.

Max secoua la tête.

« Les yeux ne guérissent pas comme ça, je n'en ai jamais entendu parler. Je ne pense pas qu'on puisse du jour au lendemain recouvrer la vue…

— Mais si, dit Vendela. *Ici*, c'est possible. Sur Öland.

— Ah oui ? »

Vendela reposa le caniche sur le sol de pierre.

« C'est sain, ici. L'eau, la terre… Il y a beaucoup de calcaire dans le sol.

— C'est ça », dit Max en se levant. Il se dirigea vers le hall.

« Il faut que j'aille enlever les pneus cloutés. Tu pourrais me faire des pâtes froides pour mon casse-croûte ? »

Vendela alla à la cuisine mettre de l'eau à chauffer. Dans quelques heures, elle se retrouverait seule à la maison. Et il fallait l'avouer, ce moment lui tardait.

Le week-end de Pâques s'était pourtant bien passé. Ils avaient bien mangé, Vendela avait aidé Max à corriger les épreuves de son livre de cuisine. Le soir du dimanche, il s'était préparé à quitter l'île pour une tournée de cinq jours au sud de la Suède, jusqu'au vendredi. Il devait faire une série de conférences sur ses précédents livres de développement personnel et, bien sûr, faire autant de publicité que possible pour sa *Cuisine au maximum*, à paraître bientôt.

« L'attente, disait-il toujours. Il faut créer une attente. »

Il tournait en rond, tantôt enthousiaste, tantôt irrité, comme toujours quand il allait rencontrer ses lecteurs – Vendela l'avait remarqué. Tant de problèmes pouvaient surgir : que personne ne vienne l'écouter, que son micro ne marche pas, que l'organisateur ait oublié de commander ses livres ou de lui réserver une chambre d'hôtel. Il était toujours beaucoup plus détendu au retour.

Au début, Vendela l'avait accompagné. Ils partageaient alors de charmants dîners en tête à tête dans des hôtels tout autour du pays mais, par un accord tacite, elle restait désormais à la maison.

Les pâtes mises à cuire, elle revint dans le séjour, où elle s'arrêta net.

Une flaque laiteuse s'étalait sur la pierre noire. Vendela comprit ce qui s'était passé et courut à la cuisine chercher de l'essuie-tout avant que Max ne voie la flaque, mais trop tard.

Elle l'entendit crier :

« Vendela ! »

Elle arriva, en prenant l'air interloqué.

« Qu'est-ce qu'il y a, chéri ?

— Tu as vu ce qu'il a fait par terre ? Ton chien ? »

Voilà que c'était *son* chien, à présent.

« Oui, j'ai vu. » Elle s'empressa, l'essuie-tout à la main. « C'est juste un petit reflux gastrique. »

Elle se pencha. Max se planta près d'elle en la regardant s'activer.

« Ce n'est pas la première fois.

— Non. Il mange de l'herbe, de temps en temps, c'est peut-être ça. Mais il va mieux, ces dernières semaines. »

Max tourna les talons sans rien dire. Vendela finit d'essuyer le sol et se releva.

« Voilà, nettoyé ! »

La porte d'entrée claqua, Max était sorti. Ally s'était réfugié sous la table de la cuisine, les pattes sur le nez, comme s'il avait honte. Elle se pencha vers lui.

« Ne recommence pas, mon bonhomme. »

Max avait apprécié la compagnie d'Ally tant qu'il pouvait l'emmener se promener, ou lui lancer des branches ou des balles que le chien rapportait. Mais maintenant qu'il n'était plus très en forme, le chien ne valait visiblement plus rien pour lui.

Elle irait déposer une pièce à la pierre des Elfes dès ce soir. Elle y resterait et ferait un vœu – pas seulement pour qu'Aloysius guérisse, mais aussi pour que Max aime son chien tel quel, jeune ou vieux. Mignon ou laid, en forme ou malade. C'était quand même leur Ally.

« Ce n'est pas encore cuit pour toi, mon bonhomme, dit-elle en égouttant les pâtes. On va *lui* montrer. »

Vendela et les Elfes

En octobre 1957 se produit un événement qui rend la vie de Vendela encore plus pénible dans la ferme familiale. La passion d'Henry Fors pour l'astronomie se transforme en véritable folie.

Il n'est pas le seul, cet automne-là.

Tout commence un samedi soir, tard, alors qu'il écoute les informations à la radio. Il entend soudain quelque chose d'incroyable – l'Union soviétique a envoyé dans l'espace une fusée avec une lune artificielle. Elle tourne désormais en orbite autour de la Terre. La lune s'appelle Spoutnik, c'est une sphère métallique de moins d'un mètre de diamètre.

Henry Fors est dans la cuisine, collé à sa radio.

« Spoutnik, dit-il. Ça alors… »

Il sort sur le perron, penche la tête en arrière et observe le ciel. Il reste un long moment, puis rentre soudain.

« Je l'ai vu ! » crie-t-il à Vendela.

Et il l'entraîne avec lui parmi les ombres du jardin. Dans le froid, ils regardent le ciel nocturne. Les étoiles scintillent, Henry scrute l'immensité et lève soudain un doigt vers l'ouest.

« Là-haut ! »

Vendela regarde le ciel noir au-dessus de l'île. Elle voit les étoiles qui scintillent vaguement comme des cristaux de glace répandus dans tout ce noir, mais Henry insiste en prétendant en voir une qui bouge :

« Là ! Tu ne vois pas ? »

Vendela écarquille les yeux plusieurs minutes, mais finit par abandonner. Elle se tourne alors vers la maison.

Là, à l'étage, une vague lueur à la fenêtre du milieu. Elle entrevoit une ombre derrière la vitre, et Vendela comprend que l'Invalide a avancé son fauteuil roulant pour regarder lui aussi le ciel étoilé.

Un mois plus tard est envoyé un autre satellite soviétique, Spoutnik 2, plus gros et plus lourd, avec à bord une petite chienne baptisée Laïka. Mais pauvre Laïka – elle n'a pas assez à manger, et aucune chance de survivre au retour sur terre : elle s'abîme en mer avec le satellite.

« Mais elle a supporté la pression et l'apesanteur ! dit Henry. Donc des hommes le pourront aussi, un jour. »

Il a l'air plein d'espoir. Vendela, elle, pense surtout à Laïka, seule dans les immenses ténèbres. À l'étable, au moins, les vaches sont trois.

Plus tard durant l'hiver, les Américains parviennent à lancer leur propre satellite, Explorer, qu'on ne voit pas depuis le nord de l'Europe. Mais Henry n'a pas besoin de la voir pour comprendre qu'une compétition a commencé, une course sans merci qu'il suit passionnément à la radio et dans les journaux. Peu après, il revient de Borgholm avec un ouvrage de vulgarisation,

Satellites et voyages dans l'espace, qui devient son livre de chevet.

« Les Russes vont bientôt envoyer une fusée sur la Lune, explique-t-il à Vendela. Il ne faut que cent cinquante-sept heures pour y arriver. Moins de temps que pour aller en bateau en Amérique. »

Puis il va dans sa chambre. Quand elle glisse la tête pour souhaiter bonne nuit, elle le trouve assis sur son lit avec un papier et un crayon, en train de tracer des cercles.

« Qu'est-ce que tu dessines ? »

Henry lève la tête.

« Des orbites. »

Il a dans les yeux une lueur qu'elle ne lui a jamais vue : Vendela comprend qu'il va désormais encore moins s'occuper de la ferme.

Avec l'arrivée des tempêtes d'hiver, la neige forme sur la lande des vagues gelées d'un mètre de haut. Vendela ne peut plus passer : pendant plusieurs mois, elle fait un long détour pour aller à l'école.

Fin mars, le soleil revient et son père lui paie une paire de souliers chez Paulsson, le vieux cordonnier du village. Ils sont de mauvaise qualité, prennent l'eau, mais elle peut maintenant repasser par la lande, entre les congères qui fondent.

Elle peut retourner à la pierre des Elfes.

Ce printemps, Vendela prend un à un les bijoux de sa mère et, sur le chemin de l'école, en fait offrande aux Elfes. Son père ne semble pas remarquer ces vols, il est trop occupé à scruter les étoiles et calculer les orbites des lunes artificielles. La ferme va à vau-l'eau mais il ne s'en fait pas. Il a l'air d'avoir oublié l'existence de l'Invalide.

Vendela dépose les bijoux dans les creux de la pierre, et ils disparaissent. Ils restent parfois quelques jours mais, tôt ou tard, plus rien. Elle ne les revoit plus.

Quand elle fait des vœux, les Elfes les exaucent presque toujours, parfois de façon inattendue.

Elle souhaite avoir une meilleure amie à l'école, quelqu'un qui ne serait qu'à elle et ne ferait pas attention à l'odeur de vache qui s'accroche à ses vêtements.

Deux jours plus tard, Dagmar Gran propose à Vendela de venir chez elle après l'école. La famille de Dagmar est riche, ils ont une grosse ferme près de l'église, avec plusieurs tracteurs et plus de quarante vaches – si nombreuses qu'on ne leur donne que des numéros. Vendela ne peut pas, il faut qu'elle s'occupe de Rosa, Rosa et Rosa, mais dit qu'elle pourra peut-être venir un peu plus tard. Dagmar dit que c'est d'accord.

La semaine suivante, Vendela demande aux Elfes autre chose que de l'anguille bouillie à dîner – Henry a trouvé sur la côte est des anguilles bon marché qu'il cuisine tous les soirs depuis dix jours.

« Il y aura du poulet ce soir, lui annonce le soir même Henry dans la cuisine. Je viens de lui couper le cou. »

Maintenant que Dagmar est sa meilleure amie, elle voudrait s'asseoir sur un banc libre près d'elle, mais madame Jansson dit que c'est elle qui décide des places des élèves, et Vendela doit s'asseoir près de la fenêtre, à côté de Thorsten Hellman qui a besoin de quelqu'un de calme près de lui.

Aussi, le lendemain, Vendela dépose une fine chaîne en or dans l'un des creux de la pierre. Puis elle souhaite avoir une nouvelle maîtresse à l'école communale, quelqu'un de plus gentil que madame Jansson.

Trois jours plus tard, madame Jansson prend froid et doit s'aliter. Son rhume se transforme en une pneumonie qui manque de la tuer : elle doit aller dans un sanatorium sur le continent. Une jeune remplaçante arrive de Kalmar, mademoiselle Ernstam.

Elle fait cueillir aux élèves des fleurs printanières au bord des chemins, qu'ils vont offrir au mari de madame Jansson, le concierge de l'école. Vendela le salue sans oser lever les yeux. À mi-voix, elle souhaite le prompt rétablissement de la maîtresse.

En rentrant, ce jour-là, elle évite la pierre des Elfes.

34

Le ventre de Jerry Morner était gros et blanc, sans le moindre muscle. Il avait gonflé d'année en année à force de vin, de fromage, de grogs et de cognacs. Depuis une semaine, il était en plus couvert d'un long pansement, que Peter enleva le matin de Pâques. D'un seul coup.

Le propriétaire du ventre grimaça sur sa chaise de cuisine, sans bouger.

« Et voilà, dit Peter en pliant le pansement. Ça va mieux ? »

Jerry grimaça à nouveau, mais la plaie semblait guérie. Elle s'était refermée. Restait un long trait rose.

« Tu te souviens qui t'a fait ça ? »

Jerry se tut, avant de répondre :

« Bremer.

— C'est Bremer ? C'est lui qui t'a donné un coup de couteau et qui t'a frappé ? »

Jerry hocha la tête.

« Bremer.

— D'accord. Mais vous étiez amis, non ? Est-ce que tu sais pourquoi il a fait ça ? »

Jerry secoua la tête. Il s'en tenait à sa version des

faits – ce qui la rendait peut-être plus crédible, mais pas moins étrange. Pourquoi Bremer aurait-il agressé son collègue à coups de couteau, avant de s'enfermer avec une femme dans la maison et d'y mettre le feu ?

Peter ne pouvait qu'espérer que l'enquête de la police dans les décombres du studio apporterait bientôt des réponses à toutes ces questions.

D'autres mystères le préoccupaient. Il avait passé la soirée à chercher la pierre volcanique de Nilla, continué ce matin – mais elle n'était tout simplement pas dans la maison. Ni dans la voiture. Il évitait son père qui, dès qu'il le voyait, l'appelait de sa voix rauque :

« Pelle ? Pelle ! »

Une fois le pansement enlevé, Peter se redressa.

« Jerry, maintenant que tu es guéri, je pensais te ramener chez toi. Je vais te conduire à Kristianstad ce soir. Qu'est-ce que tu en dis ?

Silence.

« Alors on fait comme ça. Repose-toi ici en attendant, Jerry, on va bientôt manger. »

Une heure après déjeuner, il fila courir, histoire de se vider la tête et de ne plus avoir son père sur le dos.

Un temps frais et dégagé en ce dimanche de Pâques, avec un ciel légèrement voilé au-dessus du continent. Il courut vers le nord le long de la côte et, quand apparut l'île de la Vierge-Bleue, coupole noire au milieu du détroit, il s'arrêta et s'absorba dans la contemplation du paysage. Les rochers, le soleil, la mer. Pendant quelques instants, il oublia tout le reste. Puis il fit demi-tour et repartit en courant.

Presque rentré, il aperçut un autre coureur en survêtement rouge et bonnet blanc. Il ou elle arrivait de l'est, sur le chemin qui serpentait vers l'intérieur des terres. Une mince silhouette qui s'approchait à grandes enjambées.

Vendela Larsson.

Peter s'arrêta à quelques centaines de mètres de la carrière pour l'attendre. Il lui sourit.

« Salut ! Alors, combien ? »

Étrange : elle lui sembla un peu troublée en arrivant, comme prise sur le fait.

« Combien ? Vous voulez dire combien j'ai couru ? » Elle parut réfléchir. « Je n'ai pas vraiment compté… je suis allée faire mon tour habituel sur la lande.

— Je vois. Moi, je reste d'habitude le long de la côte. Deux kilomètres vers le nord et retour. »

Elle sourit.

« Je vais courir presque tous les soirs. On a parlé d'y aller ensemble, l'autre jour… Demain, peut-être ?

— D'accord », dit Peter.

Ils se turent. Peter repartit alors à petites foulées vers chez lui. Vendela le suivit.

« Comment vont vos enfants ? » dit-elle.

Peter la regarda du coin de l'œil. De quoi était-elle au courant ? Savait-elle que Nilla était gravement malade ? Il n'avait pas le courage de se mettre à lui en parler maintenant.

« Il y a des hauts et des bas. Jesper va bien, mais sa sœur Nilla a… elle a perdu sa pierre porte-bonheur.

— Ah bon ? Et elle est triste ? Je l'ai trouvée un peu pâle à la fête, comme si elle avait…

— Un peu, la coupa Peter. Elle est un peu triste. »

Vendela regarda vers la maison.

« Elle l'a perdue à l'intérieur ?

— C'est ce qu'elle croit. »

Vendela s'arrêta soudain au milieu du chemin et ferma les yeux quelques secondes. Peter était interloqué.

« Ça va ? »

Elle rouvrit les yeux et hocha la tête. En se remettant à courir vers chez elle, elle lui jeta par-dessus l'épaule, comme une évidence :

« Je crois que vous allez retrouver la pierre. Elle doit être dans sa chambre. »

Et c'était le cas.

En rentrant, Peter alla voir dans la petite chambre où Nilla avait dormi, et elle était là, sur le lit. Une petite pierre ronde en lave polie, bien visible sur le dessus-de-lit blanc.

Il avait pourtant regardé. Il avait pourtant cherché partout ce porte-bonheur.

35

« Cette fille, à la fête », dit Jerry.

Debout devant la maison, il tendait un doigt tremblant vers le sud.

« Quoi ? dit Peter.

— L'ai filmée.

— De quoi tu parles ?

— Elle ! »

Il continuait à montrer du doigt. Peter regarda vers la villa des voisins, où on apercevait deux silhouettes dans l'allée.

« Tu veux dire Marie Kurdin ? Tu l'as vue à la fête ? »

Jerry hocha la tête.

« Elle a tourné dans tes films ? »

Jerry hocha encore la tête.

« Salope. »

Peter serra les dents. Il avait déjà entendu Jerry utiliser ce mot.

« Ne parle pas comme ça.

— Mais bonne », dit lentement Jerry. Le mot semblait lui plaire. « Bo-onne salope.

— Arrête ça, maintenant. Ça ne m'intéresse pas. »

Il tourna pourtant les yeux vers la villa voisine.

Marie Kurdin était dehors. Elle chargeait la voiture familiale avec une dizaine de valises, une table à langer et des sacs de jouets. Le week-end de Pâques terminé, les Kurdin quittaient leur résidence secondaire.

Quel âge pouvait-elle avoir ? Trente ans, peut-être. Une jeune maman grande et mince. Elle maniait les bagages avec des gestes décidés, et cria quelque chose d'inaudible à son mari encore dans la maison. Non, impossible, Marie Kurdin ne pouvait pas avoir tourné avec Jerry ? Soudain des images involontaires : Marie Kurdin couchée comme les autres sous Markus Lukas, avec Jerry à côté en train de fumer…

Non. Peter secoua la tête et se tourna vers son père.

« Tu te fais des idées. »

Avant de partir, Peter alla remercier Vendela Larsson pour le porte-bonheur de Nilla – et demander à sa voisine comme elle avait su où chercher la pierre.

Il frappa à la porte, mais personne n'ouvrit. Il écrivit alors un mot rapide :

Un grand merci pour la pierre !
Peter.

Il le plia et le glissa sous la porte.

Ils étaient trois cette fois dans la voiture. Jesper lui aussi quittait l'île – il devait rentrer chez sa mère et retourner à l'école. Finies, les vacances de Pâques.

Marika vivait dans une villa au nord de Kalmar. Peter déposa Jesper, sans s'arrêter : il ne voulait pas qu'elle rencontre Jerry.

« Tu ne vas pas te perdre ? » demanda-t-il une fois Jesper descendu de voiture.

Jesper hocha la tête sans sourire à la plaisanterie, mais se pencha pour l'embrasser rapidement.

« Travaille bien à l'école, dit Peter. Et bonjour à Maman. »

Une fois Jesper entré dans la maison, il se tourna vers Jerry :

« Tu as vu ça, Jerry ? Il y a des papas qu'on embrasse. »

Comme Jerry ne relevait pas, il continua :

« Bon, maintenant, je te ramène à la maison.

— Maison », dit Jerry.

Deux heures plus tard, ils arrivaient au centre de Kristianstad. Jerry s'était assoupi. Il dormait penché en arrière, le visage tourné vers le plafond de l'auto, bouche ouverte entre ses joues grêlées. Comme il ronflait plus fort que le bruit du moteur, Peter mit la radio, qui passait une vieille chanson folklorique :

Dans une salle d'hôpital
Où s'alignent les lits blancs
Une fillette maigre et pâle
Languit en crachant du sang...

Il se dépêcha d'éteindre le poste.

Peter était désorienté, mais il finit par trouver la bonne rue et se gara le long du trottoir, à dix mètres de chez Jerry. Le porche de l'immeuble était fermé.

Quand il éteignit le moteur, Jerry se réveilla en sursaut. Il cligna des yeux et regarda autour de lui, l'air perdu.

« Pelle ?

— Voilà, tu es chez toi, dit Peter.

— Kristianstad ? »

Jerry toussa en balayant la rue du regard. Il secoua lentement la tête.

« Non. »

Il avait à nouveau changé d'avis. Peter soupira.

« Mais si, tu seras bien ici, en sécurité. »

Jerry secoua à nouveau la tête. Il leva un doigt tremblant et montra quelque chose.

« Où ça ? »

Peter regardait toujours le porche de l'immeuble. Puis il ouvrit la portière.

« Attends ici, dit-il en descendant de voiture. Je vais jeter un œil… Puis je reviens te chercher. Tu as la clé ? »

Jerry chercha à tâtons dans son imperméable et la lui donna.

« Prince », dit-il.

C'était sa marque de cigarettes, il voulait fumer mais, pour toute réponse, Peter lui claqua la portière au nez.

Il se dirigea lentement vers le porche. L'appartement de Jerry était situé dans un quartier central, mais qui n'était pas parmi les plus beaux de Kristianstad. L'immeuble de pierre 1900 avait bien besoin d'un ravalement. Quatre étages plus haut, sous le toit de tôle, des têtes sculptées le regardaient. On aurait dit des hiboux difformes.

Peter entra dans la pénombre.

Il songea à la villa de Jerry, une semaine plus tôt. À la fumée et aux flammes qui montaient du rez-de-chaussée. À Bremer sur son lit en feu et à cette fille qui criait à l'aide.

Ici, au moins, pas d'odeur de fumée. La cage d'escalier était sonore. Les marches de pierre s'enroulaient en colimaçon autour d'un ascenseur cylindrique qui semblait avoir quatre-vingts ans. Bien trop exigu. On devait s'y sentir comme un animal en cage.

Peter préféra monter à pied les trois étages jusqu'à l'appartement de Jerry.

Il dépassa deux paliers aux portes closes et s'arrêta juste avant le troisième.

La porte de Jerry était entrouverte.

Peter crut d'abord s'être trompé mais, après avoir recompté les étages, il sut qu'il était au bon endroit.

Il apercevait le vestibule derrière la porte, sombre et silencieux. Personne ne bougeait là-dedans.

Il resta figé sur le palier, un demi-étage en contrebas. Il tendit à nouveau l'oreille. Pas d'autre bruit que celui de quelques voitures isolées qui passaient dans la rue.

Peter repensa à la porte de la villa.

Encore une porte ouverte… Pourquoi ? Ce n'était pas normal. *En sécurité*, venait-il juste de dire à Jerry. Il n'en était plus si sûr.

Tu as peur ?

Oui, il avait peur. Un peu.

Peter respira profondément, songea à son entraînement de judo en essayant d'équilibrer tout son corps, en partant des pieds. Lentement, il gravit les dernières marches. Il eut soudain l'impression que quelqu'un l'attendait derrière la porte en retenant son souffle. Malgré ses mouvements lents et les battements silencieux de son cœur, on l'avait entendu arriver.

À pas de loup, il s'approcha.

Il monta les trois dernières marches d'un pas décidé, un, deux, trois – et ouvrit d'un coup la porte de l'appartement.

Un relent de tabac froid lui sauta au visage – sûrement une odeur laissée par Jerry.

Il faisait sombre dans le vestibule. Peter tendit la main et alluma la lumière.

Il risqua un œil.

À première vue, tout semblait comme d'habitude. Comme d'habitude ? Il n'était pas monté chez Jerry depuis plus de trois ans, et encore à peine une demi-heure. Il y avait toujours quantité de vêtements pendus là, des blousons moka et des vestes jaunes et, par terre, des chaussures vernies noires que Jerry n'avait probablement pas utilisées depuis des années.

Peter franchit le seuil, fit deux pas et tendit l'oreille. Rien.

Un tapis persan s'étalait dans le vaste séjour. À côté, une grosse valise ouverte.

Vide. Il y avait aussi des sacs marocains en toile à carreaux, des sacs plastiques et des attachés-cases élimés dispersés sur le sol – comme si on les avait ouverts pour les fouiller, en vidant tout autour les vêtements et les papiers qu'ils contenaient.

Peter avait vraiment peur à présent. Il s'avança pourtant de deux pas.

Personne, pas un bruit.

Il s'attendait à davantage de désordre. La poussière s'accumulait dans les coins, une vieille peau d'orange pourrissait sur la table en verre, mais les peintures à l'huile de Jerry étaient toujours au mur. Peter lui avait offert quelques livres ces dernières années, qu'il retrouva intacts, bien alignés sur une étagère. Son père n'avait jamais pris le temps de lire.

À gauche de l'entrée, la commode laquée en revanche, copie d'après Haupt, n'était pas intacte. Peter s'en souvenait de quand il était petit, avec ses trois tiroirs toujours fermés – à présent grands ouverts.

Forcés. On avait défoncé les serrures avec un tournevis ou un ciseau à bois. Les documents que Jerry conservait dedans avaient été jetés à terre.

La chambre était de l'autre côté du séjour. Là, les persiennes étaient tirées, il faisait noir et il régnait le même silence que dans le reste de l'appartement. Le tableau d'une femme nue aux énormes seins ronds était accroché au-dessus du lit au matelas à eau de Jerry.

Peter avança de trois pas vers la porte de la chambre et tendit à nouveau l'oreille. Le lit était défait, drap et couverture en tas. Mais personne n'y était couché.

L'appartement était vide.

Il tourna les talons et redescendit doucement l'escalier.

Dans la rue passaient des bus et des voitures, un couple âgé marchait sur le trottoir en se tenant par le bras. La vie ordinaire suivait son cours. Peter essaya de se calmer. Il retourna à sa voiture et ouvrit la portière de Jerry. Son père le regarda.

« Prince, Pelle ? »

Peter secoua la tête. Debout près de la voiture, il ne quittait pas des yeux le porche de l'immeuble, qui restait fermé.

« Jerry, quand tu es sorti de chez toi pour aller à Ryd, la semaine dernière, tu as bien fermé la porte ? »

Jerry toussa en hochant la tête.

« Fermé à clé, sûr et certain ? »

Jerry hocha la tête de plus belle, mais Peter savait qu'il lui arrivait d'oublier des choses. Depuis son attaque, ce qu'il avait fait la veille était comme effacé.

« J'ai trouvé la porte ouverte et une commode forcée… Je crois que tu as été cambriolé. À moins que tu aies mis toi-même tout ce désordre ? »

Jerry resta sans rien dire, tête baissée. Il fallait que Peter prenne une décision.

« Bon… On va monter voir si quelque chose a été volé. Puis il faudra aller porter plainte au commissariat. »

Il se pencha pour aider son père à sortir de la voiture.

« Jerry, est-ce que quelqu'un d'autre avait la clé de ton appartement ? »

Jerry posa un pied mal assuré sur le trottoir et sembla réfléchir avant de répondre par un seul mot :

« Bremer. »

36

Peter alla signaler le cambriolage à la police, même si Jerry était incapable de dire si on avait ou non volé quelque chose dans la commode.

« Jerry, qu'est-ce qui manque ? avait-il plusieurs fois demandé. Qu'est-ce qu'ils ont pris ? »

Mais Jerry restait bras ballants à regarder avec de grands yeux les piles de documents, comme s'il ne se souvenait plus de quoi il s'agissait. Peter avait feuilleté les papiers – surtout de vieilles quittances de loyer et des relevés bancaires.

Mais où était passé le reste ? Il devait bien y avoir les contrats de travail de tous les modèles employés par Jerry et Bremer, toutes ces années ? Où les jeunes femmes assuraient être majeures et consentantes ?

Comme il n'en trouvait aucun, il regarda son père.

« Tu te rappelles ce que tu gardais à la maison, Jerry ? Quelque chose d'important ?

— Papiers.

— Des papiers importants ?

— Docu… »

Mais Jerry s'interrompit. Le mot était trop compliqué.

— Des documents ? De Morner Art ?

— Morner Art ? »

Jerry semblait avoir oublié jusqu'au nom de sa société.

Au téléphone, Peter ne put donner à la police que de vagues indications sur le cambriolage. Sa plainte fut enregistrée, sans que personne ne se déplace pour la moindre investigation.

« C'est un jour férié, dit le policier à Peter. Nous traitons les urgences en priorité. Mais vous avez bien fait de nous signaler ce cambriolage, nous allons ouvrir l'œil. »

Vers neuf heures, Peter appela Nilla à l'hôpital pour lui dire bonne nuit.

« Comment tu te sens ?

— Comme ça. » Sa voix était faible, mais audible. « Un peu mieux qu'hier… J'ai eu une perfusion et plein de piqûres.

— Très bien. » Peter se hâta d'ajouter : « Au fait, j'ai retrouvé ta pierre porte-bonheur.

— C'est vrai ? Elle était où ?

— Sur ton lit, abrégea Peter. Je te la donnerai la prochaine fois… Et sinon, quoi de neuf ?

— Bof… Juste quelques nouvelles têtes dans le département, dit Nilla. Un garçon est arrivé. Il s'appelle Emil. »

Comme sa voix semblait s'égayer un peu en disant ce nom, Peter demanda :

« Il a ton âge ?

— Presque. Quinze ans.

— Bien, dit Peter. Demande-lui s'il veut jouer aux petits chevaux. »

Nilla eut un rire bref et changea de sujet :

« Tu as reçu l'image mentale que je t'ai envoyée ce soir ? À huit heures ?

— Je crois… En tout cas j'ai plein d'images dans la tête.

— À quoi j'ai pensé, alors ? Qu'est-ce que tu as vu ? »

Peter regarda le ciel au-dessus de la ville et tenta :

« Des nuages ?

— *Non.*

— Un coucher de soleil ?

— Non.

— Tu as pensé à tes copains ?

— Mais non, à des chauves-souris.

— Des chauves-souris ? Et pourquoi ?

— Elles viennent autour de l'hôpital, le soir. On dirait des lambeaux de tissu noir qui volent dans tous les sens.

— Tu ne regardes plus les oiseaux ?

— Si, pendant la journée. Mais le soir, quand je n'arrive pas à m'endormir, je regarde les chauves-souris. »

Peter lui promit de passer le lendemain, et ils se dirent au revoir.

Il était tard pour se mettre en route, et personne ne l'attendait sur Öland. Il resta donc chez Jerry pour la nuit.

Avant d'aller se coucher, il verrouilla la serrure de sécurité.

Passer la nuit dans cet appartement pour la première fois lui faisait une drôle d'impression, mais il reconnut le grand canapé de cuir où il avait dormi adolescent, quand Jerry habitait Malmö. En s'y couchant, les souvenirs affluèrent.

Sa mère l'avait souvent mis en garde quand il se rendait chez Jerry :

« S'il est avec une femme, tu n'es pas forcé de passer la nuit là-bas, tu peux rentrer à la maison… ou je peux venir te chercher. Tu n'es pas forcé de supporter ça.

— Mais non, Maman. »

Mais des femmes, son père en avait, bien entendu. Parfois plusieurs en même temps. Peter s'était souvent demandé s'il n'avait pas des demi-frères et sœurs dispersés au sud de la Suède. Cela ne l'aurait pas étonné.

La porte de la chambre avait beau rester fermée, depuis son canapé il entendait les ébats de son père avec ces femmes. Il était adolescent à l'époque, et un peu moins innocent que lors de sa rencontre avec Régina. Il savait ce que Jerry faisait, mais ces nuits n'en étaient pas moins pénibles.

Ce n'est pas grave, pensait-il alors. *L'amour n'a pas d'importance.*

Et à présent ? Il songea à Nilla et Jesper. Un bref instant, il vit les grands yeux de Vendela Larsson devant lui dans le noir.

Puis il s'endormit.

Quand il se réveilla, c'était le lundi de Pâques.

La cuisine de Jerry n'avait rien de glamour. La table était maculée de taches de graisse brunes. Des tasses et des assiettes sales s'empilaient dans l'évier. Pour le petit déjeuner, à part le café, que des biscottes. Et les cigarettes de Jerry.

Peter remplit la tasse de son père et dit :

« Je vais bientôt y aller, Jerry. Il faut que j'aille retrouver Jesper et Nilla. »

Jerry leva les yeux.

« Mais toi, tu restes ici. Tu vas te débrouiller, non ? »

Il manquait de conviction. Peter regarda autour de lui dans la cuisine crasseuse, sans parvenir à décider quoi faire de son père.

Rentre, songea-t-il en regardant son reflet dans la vitre. *Il t'aurait laissé tomber si tu avais été vieux et malade.*

Mais c'était impossible. Pas seulement à cause de la vieille promesse faite à Anita, ni parce que Jerry se laissait aller sans manger ni se soigner correctement – il y avait aussi cette clé supplémentaire qui se promenait dans la nature. Cet incendie criminel et ce cambriolage.

Si Jerry devait continuer à habiter ici, il fallait que Peter persuade la police de surveiller son appartement, sans quoi il n'y serait pas en sécurité.

Si Hans Bremer avait une clé, et si quelqu'un la lui avait volée pour s'introduire ici pendant le week-end de Pâques – cette personne pouvait revenir à tout moment.

Peter avait fini par rentrer avec Jerry. Il lui avait préparé une valise de vêtements propres, avait soigneusement verrouillé l'appartement, puis le père et le fils étaient montés dans la voiture, direction la Baltique.

En chemin, ils s'étaient arrêtés à Kalmar. Peter était monté voir sa fille dans sa chambre d'hôpital, mais l'avait trouvée endormie. Son sommeil semblait profond et paisible. Il était resté un moment à son chevet. Devant son visage blême, il se sentait déchiré : une partie de lui aurait voulu rester là à la veiller jour et nuit, une autre s'en aller et ne plus jamais revenir. Il aimait sa fille, mais la voir couchée là sur ce lit d'hôpital était insoutenable.

Peter et Jerry repartirent vers Öland et arrivèrent à la carrière vers quinze heures, ce lundi de Pâques. Plus d'enfants à surveiller. Presque plus de voisins non plus. Peter constata que la villa des Kurdin était inhabitée.

Les Larsson, eux, semblaient toujours là. Il se rappela la promesse faite à Vendela d'aller courir ensemble ce soir-là, et constata qu'il attendait ce moment avec impatience.

En aidant Jerry à entrer dans la maison, Peter lui demanda :

« Et votre société, à Bremer et toi, Morner Art… Qu'est-ce qu'elle va devenir à présent ?

— Bremer », dit Jerry en secouant la tête.

Peter crut comprendre.

« Oui, Bremer a disparu… alors maintenant tu vas mettre la clé sous la porte, hein, Jerry, une bonne fois pour toutes ? »

Son père hocha la tête.

« Qu'est-ce que voulait Markus Lukas, quand il t'a contacté ? Que tu arrêtes de faire des films ? »

Jerry le regarda, interloqué, sans répondre.

« Je peux t'aider à démanteler Morner Art, dit Peter. M'occuper des démarches… Contacter le registre des sociétés, ta banque et tous les autres. »

Jerry se taisait toujours, mais Peter crut voir son père hocher légèrement le menton. Il espéra alors qu'il pourrait bientôt tourner la page – pour de bon.

Plus de revues, plus de films.

Plus de virées dans les bois.

37

Max parti pour sa petite tournée de conférences, Vendela se retrouvait pour la première fois complètement seule dans la villa qui, soudain, lui semblait encore plus grande qu'avant. Trop grande – le séjour, haut de plafond, avec ses poutres épaisses, lui rappelait la grange de son père. Ses pas solitaires résonnaient sur le sol de pierre, sinistres. Mais elle avait accroché le nœud porte-bonheur que lui avait offert Gerlof au-dessus de la porte de la cuisine, et souriait toute seule chaque fois qu'elle le regardait.

Bien sûr, il y avait toujours Aloysius pour lui tenir compagnie. Et il était en forme ! C'était incroyable – Max parti, Ally se leva de sa corbeille et fit plusieurs fois le tour du rez-de-chaussée sans heurter aucun meuble. Et Vendela avait à présent l'impression qu'il n'arrêtait pas de la regarder, sans qu'elle ait besoin de l'appeler. Elle n'était pourtant pas étonnée, puisque c'était exactement le vœu qu'elle avait formulé. Elle allait bientôt se remettre à son livre sur les Elfes, et raconter par le menu la guérison de son chien.

Mais avant, elle irait courir le long de la côte avec Peter Mörner.

« Bonjour, dit Peter quand elle vint lui ouvrir.

— Bonjour, dit Vendela.

— Prête ?

— Tout à fait. »

Ils partirent ensemble de la carrière et harmonisèrent bientôt le rythme de leur course et de leur respiration, côte à côte au soleil couchant.

La fraîcheur arrivait de la mer par-dessus les rochers du rivage. Le ciel se colorait de rouge sombre.

Une fois sur la route empierrée, ils accélérèrent. Vendela se sentait forte, elle courait au même rythme que Peter. Elle entendait sa respiration calme et profonde et la proximité de son corps élancé lui donnait une énergie nouvelle, elle se sentait capable de courir jusqu'au village voisin de Långvik.

Mais après trois ou quatre kilomètres, Peter se tourna vers elle :

« On fait demi-tour ? »

Elle vit qu'il fatiguait.

« Oui, bien sûr. Ça suffit. »

Ils s'arrêtèrent trente secondes au-dessus de la plage à contempler en silence le détroit bleu sombre. Aucun bateau en vue. Ils reprirent leur souffle presque en même temps, puis repartirent vers le sud, au même rythme.

Ils ne recommencèrent à parler qu'une fois revenus à la carrière.

« Il faut que je vous pose une question, dit Peter en reprenant son souffle. Cette histoire de pierre… le porte-bonheur islandais de ma fille… comment avez-vous fait ?

— Moi ? fit Vendela en soufflant. Je n'ai rien fait.

— Mais pourtant, vous saviez où elle était… Sur son lit. »

Vendela hocha la tête :

« Parfois, on sent les choses, c'est tout. » Elle voulut changer de sujet : « Alors votre famille est partie ?

— Mon père est toujours là. Mes enfants sont repartis à Kalmar.

— Moi aussi… Je veux dire, mon mari. Je reste seule avec mon petit chien, Aloysius. Il s'était caché pendant la fête l'autre jour, mais il est là maintenant. Vous voulez le voir ?

— Volontiers. »

Peter la suivit jusqu'à sa porte.

Vendela ouvrit en jetant un dernier regard autour d'elle, à l'est vers la lande et à l'ouest vers les rochers du rivage.

« Nous habitons entre Trolls et Elfes, dit-elle.

— Ah oui ?

— Mon père Henry me disait que les Trolls vivaient au fond de la carrière, et les Elfes sur la lande. Quand ils se sont rencontrés, ils se sont battus et le sang a coulé.

— Vraiment ?

— Mais oui, il reste des traces de la bataille dans la carrière. Des traces de sang.

— La veine sanguine ? Vous y croyez ? »

Il la regarda d'un air dubitatif et elle éclata de rire.

« Peut-être… mais je ne crois pas aux Trolls. »

Il sourit lui aussi d'un air complice.

« Et les Elfes ?

— Ah, ça… dit Vendela en cessant soudain de sourire, eux, ils existent peut-être. Mais ce sont des créatures bienveillantes, ils nous aident.

— Ah ?

— Oui. » Elle poursuivit sans réfléchir : « Ce sont eux qui ont aidé à retrouver la pierre porte-bonheur de votre fille.

— Vraiment ?

— Je le leur ai demandé, et ils m'ont montré une image de là où elle se trouvait. »

Peter ne dit rien, mais Vendela vit bien qu'il la regardait de travers. Elle aurait dû s'abstenir de parler de sa marotte, mais c'était fait.

Comme le silence devenait embarrassant, elle se tourna :

« Ally ! »

Quelques secondes plus tard, on entendit des pas menus, puis le caniche grisâtre se pointa dans l'embrasure de la porte.

« Bonjour, toi », fit Peter.

Ally leva la tête, sans pouvoir arrêter son regard sur le visiteur. Pour que Peter ne remarque rien, Vendela se pencha pour gratter le chien dans le cou.

« Merci pour la promenade », dit Peter. Elle se retourna :

« Merci à vous. On recommence demain ? »

Une question franche, qu'elle posa même sans rire nerveux.

Peter sembla un peu hésiter, puis accepta d'un signe de tête.

Comme elle venait de refermer la porte derrière Peter, Vendela entendit le téléphone sonner dans la cuisine. Elle était dans le hall avec Ally. Elle se doutait bien qui c'était, mais n'était pas sûre de vouloir répondre.

Deux, trois, quatre sonneries – à la cinquième, arrivée à la cuisine, elle décrocha.

« Allô ?

— Où tu étais passée ? dit une voix masculine. Ça fait trois fois que j'appelle. »

C'était Max, bien sûr.

« Nulle part, se dépêcha de répondre Vendela. Sur la lande.

— Pour courir ?

— C'est ça.

— Seule ? Tu ne devais pas courir avec le voisin ? »

Vendela ne se souvenait même pas de l'avoir mentionné. Max si, et forcément, il le mettait sur le tapis. Elle ne comprenait pas sa manie de vouloir tout contrôler. Elle se tut quelques secondes, avant de lui servir un mensonge :

« Je suis allée courir seule.

— Il y a encore des gens au village ?

— Je ne sais pas… Sûrement quelques-uns. Je ne suis pas beaucoup sortie.

— Bon… J'ai appelé, en tout cas. »

Le silence se fit. Précédé d'un bruit de pattes, Ally entra dans la cuisine et s'approcha d'elle. Vendela claqua des doigts, et le caniche tendit l'oreille pour se guider jusqu'à elle.

« Alors, et ces conférences, comment ça se passe ? demanda-t-elle.

— Comme ça.

— Du monde ?

— Pas mal. Mais ils n'achètent pas beaucoup de livres.

— Ça va sûrement s'arranger.

— Autre chose ? fit-il à voix basse.

— Quoi ?

— Tu as pris des cachets, aujourd'hui ?

— Deux, seulement, dit Vendela. Un ce matin, et un après déjeuner.

— Très bien, dit Max. Il faut que je raccroche. Je vais dîner avec les organisateurs.

— D'accord. Bonne nuit. »

En raccrochant, Vendela se demanda pourquoi elle continuait à mentir au sujet des cachets. Elle n'en avait pas pris un seul depuis plusieurs jours. Courir était devenu beaucoup plus important.

38

Après Pâques, ses enfants et petits-enfants repartis, tout redevint comme d'habitude dans le petit jardin de Gerlof.

Les dernières feuilles de l'année passée étaient tombées des bosquets de noisetiers tout autour du terrain, et Gerlof apercevait des petites ombres qui s'activaient fébrilement dans les broussailles. C'était les pinsons qui venaient d'arriver, pour rester tout l'été au village ou se reposer quelques jours avant de poursuivre leur migration à travers la Baltique vers la Finlande et la Russie. Il les entendait aussi – le chœur des pinsons tintait comme des clochettes.

Il faisait quelques degrés de plus, un vent faible, aussi Gerlof s'était-il installé dehors, sur la pelouse, pour bricoler ses maquettes de bateaux en bouteille. John Hagman lui avait donné un vieux morceau d'acajou bien sec qu'il comptait utiliser pour un trois-mâts. L'heure de gloire de ce genre de navires était déjà passée depuis longtemps quand il était lui-même devenu marin, mais il avait toujours eu un faible pour eux.

Il continuait aussi à lire en douce le journal d'Ella.

De temps en temps, il trouvait une note concernant son mystérieux visiteur :

Voilà, aujourd'hui nous sommes le 5 août 1957.

Beaucoup de poisson cette semaine. Jeudi, nous avons fait griller en darnes un brochet que Gerlof avait pêché au harpon entre les rochers de la plage et, aujourd'hui, c'est Andersson, le menuisier, qui m'a donné une perche.

Festin d'écrevisses aussi samedi soir. Mais Gerlof était descendu à Borgholm pour une réunion au port, alors les filles et moi nous avons festoyé toutes seules.

Le galopin a l'air de sentir quand la voie est libre. Il ne s'est pas montré pendant deux semaines mais, aujourd'hui, en sortant, je l'ai trouvé près du muret et je suis allée lui chercher du lait et des gâteaux. Alors il s'est approché et j'ai senti comme il puait, aujourd'hui c'était pire que d'habitude, ça doit être la chaleur. Il devrait prendre un bain, pourquoi ne peut-il pas se baigner ? Mais le galopin souriait tout le temps, et j'ai fait comme si de rien n'était.

Comme d'habitude il est resté muet comme une carpe, il n'a fait que grignoter. Puis il est reparti vers le nord, sans dire merci.

Il est farouche, le moindre bruit le fait sursauter, je comprends bien qu'il n'est pas censé être par ici. Il veut aller et venir sans se faire remarquer. C'est pour ça que je n'en parle à personne.

Gerlof interrompit sa lecture. Il regarda vers la route du village, au nord, en se disant que, chaque fois, c'était de là que semblait arriver le visiteur d'Ella.

Qu'y avait-il au nord ? Dans les années cinquante, quelques fermes et des cabanons de pêche. À part ça, rien que de l'herbe et des broussailles. Et la carrière, bien sûr. C'était ce qu'il y avait de plus proche, juste de l'autre côté de la route.

Il s'apprêtait à reprendre sa lecture quand on sonna.

Ce n'était pas l'assistante à domicile, mais Peter Mörner. Ils se saluèrent d'un signe de main. Ils ne s'étaient pas revus depuis le dîner entre voisins, la semaine précédente.

« Je suis revenu, dit Peter, qui s'était approché sur la pelouse.

— Je ne savais même pas que vous étiez parti, dit Gerlof. Vous avez ramené votre père chez lui ?

— C'était prévu, dit Peter à voix basse, mais il s'est passé des choses entre-temps… Il est toujours là, je m'occupe de lui. »

Il avait dit cela en baissant les yeux.

« Bien, comme ça vous pouvez vous tenir compagnie.

— Bien sûr », dit Peter, sans avoir l'air de s'en réjouir particulièrement.

Le silence se fit un moment dans le jardin, puis il demanda de but en blanc :

« Au fait, est-ce que vous savez quelque chose sur le sang, là-bas dans la carrière ?

— Des traces de sang ? dit Gerlof. Je n'en ai jamais vu.

— Pas des traces, dit Peter. Plutôt une couche rouge qu'on peut voir dans la roche… Ernst parlait de veine sanguine.

— Ah, ça ! s'esclaffa Gerlof. Une expression des tailleurs de pierre. Ce n'est pas du sang, mais de l'oxyde de fer. Il s'est formé quand Öland était encore sous l'eau. Le soleil a oxydé le fond marin. Puis l'île est sortie de la Baltique et l'oxyde de fer s'est solidifié en couche rocheuse… Je n'y étais pas, mais j'ai lu que ça s'est passé comme ça.

— Les tailleurs de pierre pensaient vraiment que c'était du sang ?

— Non, bien sûr, mais ils avaient tout un tas de noms pour désigner les couches dans la roche. » Gerlof compta sur ses doigts : « La Dure, en surface, pleine de fissures et qu'on se contentait de déblayer. Puis la Collante, très difficile à débiter. Ensuite la Bonne, qui donnait la meilleure pierre, celle qui se vendait bien. Enfin, parfois, dessous, on trouvait la Sanguine.

— C'est de la bonne pierre ?

— Non, au contraire, dit Gerlof. Quand on tombait sur la Sanguine, on était allé trop loin. »

Peter hocha la tête :

« Voilà, comme ça je sais… Il y a toujours une explication simple. »

Gerlof regarda du coin de l'œil le carnet d'Ella posé sur la table.

« Le plus souvent, du moins. »

39

Mardi matin, Peter se remit au travail.

« Bonjour, Peter Mörner, d'Intereko, société d'études de marchés. Avez-vous le temps de répondre à quelques questions ? »

Pourtant, même en débitant son questionnaire, il pensait à autre chose. Il songeait aux histoires de Trolls et d'Elfes de Vendela Larsson. Cette femme était bizarre, mais il n'arrivait pas à se l'ôter de la tête.

Le téléphone de la cuisine sonna vers dix heures, alors qu'il venait de terminer son douzième sondage sur la fameuse marque de savon. Le souvenir de l'étrange appel anonyme juste après Pâques le fit hésiter à décrocher, mais il finit par répondre.

Il entendit une voix masculine décidée :

« Peter Mörner ?

— C'est moi.

— Ici Lars Marklund, de la police de Växjö. Nous nous sommes déjà parlé…

— Oui, je m'en souviens.

— Bien. C'est au sujet de cet incendie à Ryd. Nous souhaiterions compléter la première audition effectuée le soir même.

— Vous voulez me parler ?

— À votre père, également… dit Marklund, qui semblait chercher dans ses papiers, Gerhard Mörner. Quand cela serait-il possible pour vous ?

— Malheureusement, on ne peut pas vraiment parler avec mon père.

— Il est malade ?

— Il a eu une attaque l'an dernier. Depuis, il a du mal à s'exprimer. Il ne trouve plus que des mots isolés.

— Nous aimerions malgré tout lui poser quelques questions. Il est chez lui ?

— Non, ici, sur Öland.

— D'accord… Je vous tiens au courant.

— Mais de quoi s'agit-il, au juste ? dit Peter. Que voulez-vous savoir ?

— Oh, quelques questions… L'enquête technique est à présent terminée. » Il marqua une pause et ajouta : « Les autopsies également.

— Et vos conclusions ? » demanda Peter.

Mais le policier avait déjà raccroché.

Jerry dormait encore – toujours au lit, en tout cas. Peter entra, le secoua et le fit s'habiller. Il semblait chaque jour un peu plus lent, son bras gauche n'avait plus aucune force, et Peter dut l'aider à enfiler la manche de sa chemise.

« C'est l'heure du petit déjeuner, dit-il.

— Fatigué », dit Jerry.

Peter le laissa à la table de la cuisine avec du café et des tartines.

Il sortit au soleil et au bon air frais pour continuer l'exploration de l'atelier d'Ernst.

Il ouvrit grands les battants de la porte pour que la lumière du soleil éclaire bien les sculptures. Elles formaient un groupe étrange – une grande famille de Trolls, ou quelque chose comme ça. Tout autour, pendus aux murs, les outils d'Ernst : pics, masses, haches et vrilles. Un vrai arsenal.

Désormais, la seule chose qui intéressait Jerry, c'était dormir. Il s'était levé tard et, après le petit déjeuner, il voulut se recoucher. Mais Peter n'était pas d'accord. Il lui fit enfiler ses chaussures et son imperméable et le conduisit au bord de la carrière.

« Regarde, là, Jesper et moi construisons un escalier… On peut déjà l'utiliser, si on fait attention. »

Il s'engagea sur la rampe étroite en tenant fermement son père par le bras – ils passaient tout juste en largeur, et certaines pierres roulaient de façon inquiétante sous leurs pieds. Mais les dalles résistèrent.

« Pas mal, non ? » dit Peter une fois en bas.

Jerry répondit en toussant. Il considéra la vaste étendue.

« Vide », dit-il.

Tout en le surveillant du coin de l'œil, Peter se remit au travail. La brouette était toujours là. Il la remplit de gravier, alla la décharger au pied de la falaise et, à la pelle, entreprit de consolider la rampe qui descendait le long de la paroi.

Au cinquième voyage, il tourna la tête vers son père.

« Qu'est-ce que tu fais, Jerry ? »

Un peu plus loin, devant un tas de cailloux, Jerry lui tournait le dos. Il baissait la tête et Peter ne comprit d'abord pas ce qu'il fabriquait, avant de le voir fouiller dans sa braguette.

« Non, Jerry ! » cria-t-il.

Son père tourna la tête.

« Quoi ?

— Pas ici… Il faut remonter à la maison ! »

Mais c'était trop tard. Il ne put que le regarder faire et attendre qu'il ait fini et remonté sa braguette.

Les Trolls n'aiment pas qu'on leur verse de l'eau dessus, songea Peter. Il alla prendre son père par le bras.

« Il y a des toilettes dans la maison, Jerry. Utilise-les, la prochaine fois. »

Jerry eut l'air interloqué, puis se figea soudain, tandis que son regard se portait au-delà de Peter, vers la mer. Il cligna des yeux.

« Voiture de Bremer, dit-il.

— Quoi ? » fit Peter.

Jerry leva son bras valide et indiqua la route côtière qui serpentait entre la carrière et la mer.

Peter tourna la tête et aperçut là-bas une voiture rouge sombre garée assez à l'écart de la route pour avoir une vue sur toute la carrière. Il ne l'avait pas entendue arriver, mais il était certain qu'il n'y avait personne sur la route quand ils étaient descendus.

Peter plissa les yeux pour mieux voir, la voiture était presque à contre-jour.

« Qu'est-ce qui te fait dire… que c'est la voiture de Bremer ? »

Jerry continua à la regarder fixement, sans rien répondre.

« D'accord. Je vais aller voir », dit Peter.

Il traversa à grandes enjambées la vaste étendue de gravier. La voiture était toujours là. En s'approchant, il aperçut un homme penché sur son volant, en train de le regarder. Une silhouette immobile qui semblait porter une sorte de bonnet.

Quand il fut à une centaine de mètres de la route, la voiture démarra.

« Hé, ho ! »

Sans savoir à qui il avait affaire, il appela en gesticulant, et pressa le pas.

« Attendez ! » cria Peter.

Mais la voiture rouge sombre se mit en route. Elle recula, manœuvra sur la route et partit en trombe vers le sud. Elle était encore trop loin pour qu'il puisse relever son immatriculation, ou même sa marque.

Le bruit du moteur mourut au loin, Peter ne put que rebrousser chemin. Il arriva essoufflé à l'extrémité est de la carrière.

Jerry le regarda d'un air interrogatif.

« Bremer ?

— Non.

— Markus Lukas ? »

Peter secoua la tête en reprenant son souffle. Aucun personnage de l'univers de Jerry n'avait droit de cité ici : il était chez lui, chez Jesper et Nilla.

« Non, ça devait être un touriste, dit-il. Alors, on l'essaie, cet escalier ? »

La police de Växjö rappela Peter vers trois heures.

« J'ai regardé notre planning, dit Marklund, et j'ai pensé que nous pourrions nous retrouver à mi-chemin… Pouvez-vous venir au commissariat de Kalmar cette semaine ?

— D'accord.

— Par exemple vendredi à deux heures ?

— Bien sûr. Mais la situation est un peu incertaine, alors je ne sais pas si… Il faudra peut-être que j'aille à l'hôpital.

— Votre père est donc si mal ?

— Non. Ce n'est pas mon père qui est gravement malade. C'est ma fille.

— Je comprends… Mais disons quand même vendredi, et vous m'appelez en cas de problème ?

— D'accord, dit Peter. Vous ne pouvez pas me dire la raison de cette convocation ? Vous avez trouvé quelque chose dans la maison ?

— Pas mal de choses.

— C'était Hans Bremer, à l'étage ? »

Le policier hésita.

« Les victimes ont été identifiées.

— Un homme et une femme, d'après les journaux, dit Peter. Et l'incendie était bien criminel ? » Comme on ne lui répondait pas, il poursuivit : « Vous n'avez pas besoin de le dire, j'ai bien vu un bidon percé dans le studio. Et toute la maison puait l'essence. »

Nouveau silence dans l'écouteur, puis le policier répondit :

« Comme je vous l'ai dit, nous souhaitons préciser avec votre père ce qu'il a vu en arrivant… et ce que vous avez vu à l'intérieur de la maison.

— On nous soupçonne de quelque chose ?

— Non. Pas vous. Vous n'avez pas eu le temps de provoquer l'incendie.

— Donc vous soupçonnez mon père ? Ou Bremer ? »

Le policier se tut à nouveau, puis soupira.

« Nous ne soupçonnons pas Hans Bremer. Il ne peut pas avoir agressé votre père, ni provoqué l'incendie.

— Et pourquoi ? »

Marklund hésita, puis répondit :

« Parce que Bremer avait les mains attachées dans le dos quand il est mort. La femme aussi. »

40

« Au revoir Aloysius, à tout à l'heure ! »

Vendela ferma sa porte et sortit sur le terre-plein empierré. Elle tendit les bras et tout son corps comme pour attraper les cirrus qui flottaient très haut dans le ciel. Arrivée au pas de course devant la maison des Mörner, elle vit le père de Peter assis sur la terrasse, au fond d'une chaise longue.

Elle frappa. Au bout d'une minute, Peter vint ouvrir – ou plutôt entrebâiller la porte, comme s'il ne savait pas à qui il avait affaire. Elle le trouva un peu inquiet, et même effrayé.

« Vous êtes prêt ? » dit-elle.

Il la regarda.

« On devait aussi aller courir aujourd'hui ? »

Vendela hocha vite la tête.

« C'est ce qu'on avait dit hier. Vous avez changé d'avis ? »

Il sembla se rappeler.

« Non, j'arrive. Donnez-moi cinq minutes… Il faut juste que je rentre Jerry. »

Comme s'il parlait d'un animal domestique, songea Vendela.

Dix minutes plus tard, Peter avait réveillé son père pour l'installer dans le canapé. Vendela vit que Jerry dormait toujours à moitié – son fils le couvrit d'une couverture et le laissa continuer sa sieste.

Quand Peter eut enfilé son survêtement et ses chaussures, ils se mirent en route.

« Même parcours ?

— D'accord », dit Vendela.

Ils prirent un rythme plus lent cette fois-ci, ce qui facilitait la conversation.

« Votre père est privé de sortie ? demanda Vendela.

— Non, seulement quand je ne suis pas là, dit Peter. Il faut que je le surveille… Il est capable de filer. »

Ils continuèrent à courir à grandes foulées, en respirant profondément. C'était aussi bon que la fois précédente. La maison loin derrière eux, Vendela tourna la tête vers lui :

« Vous ne dites jamais "Papa". »

Peter rit – ou était-ce un gémissement ?

« Non. Nous avons laissé tomber les titres. » Il reprit son souffle et demanda : « Mais vous… vous disiez toujours "Papa" à votre papa ?

— À Henry ? dit Vendela. Oui, et même "Père".

— Mais vous l'aimiez bien ?

— Je ne sais pas, dit Vendela, en tournant les yeux vers la carrière. Il venait là tous les matins pour ne rentrer qu'au soir. Je crois qu'il s'y sentait beaucoup mieux qu'à la ferme… Il aimait bien débiter et travailler le calcaire le plus rouge.

— La veine sanguine, vous voulez dire ? dit Peter. Maintenant je sais ce que c'est.

— Ce que *c'est* ?

— Je sais comment cette couche s'est formée. » Il reprit son souffle et continua : « J'ai parlé avec Gerlof Davidsson, il m'a expliqué que c'était une formation géologique qui… »

Vendella le coupa :

« Je ne veux pas savoir.

— Pourquoi ?

— Ça enlève quelque chose… la magie. »

Ils se turent. On n'entendait plus que le crissement des chaussures sur le gravier et la respiration profonde de Peter. Vendela obliqua soudain vers l'est, sur un chemin plus étroit qui montait vers la grand-route. Sans réfléchir, Peter la suivit.

« Où allez-vous ?

— Je vais vous montrer quelque chose, dit-elle en continuant à courir.

Elle le conduisit jusqu'à la maison de son enfance, et s'arrêta au portail. Une semaine avait passé depuis sa dernière visite. L'herbe avait un peu poussé et reverdi, mais la maison était vide. Pas de Volvo dans le jardin. La famille heureuse qui vivait ici était rentrée en ville.

Peter aussi s'était arrêté. Il reprit son souffle en regardant autour de lui.

« On est où, ici ? »

Vendela poussa le portail :

« On entend l'écho de mon enfance.

— Ah oui ?

— C'est ici que j'ai grandi », dit Vendela en entrant dans le jardin.

Peter sembla hésiter, mais il lui emboîta le pas.

« Et c'était comment, de vivre ici ? Une enfance heureuse ? »

Vendela se tut, elle ne voulait pas en dire trop. Et elle ne voulait pas penser aux vaches.

« Je m'y sentais un peu seule, finit-elle par dire. Je n'avais pas de camarades dans les environs, ils habitaient tous à Marnäs. Pour toute compagnie, j'avais mon père, et puis aussi… »

Elle s'interrompit en regardant la zone du sol un peu surélevée où se trouvait autrefois la petite grange.

Puis elle leva les yeux vers la maison, vers la fenêtre centrale de l'étage, et elle crut un moment que deux yeux fixés sur elle allaient apparaître. Un visage derrière la vitre, une main levée et un rire étouffé.

Monte me voir, Vendela.

Mais la pièce derrière la vitre était sombre et vide.

Vendela et les Elfes

Comme les Elfes ont rendu madame Jansson trop malade pour reprendre la classe, sa remplaçante, mademoiselle Ernstam, finit l'année scolaire. Elle arrive de Kalmar avec des idées nouvelles sur la pédagogie. Mademoiselle Ernstam donne une impression jeune et *moderne*, elle descend parfois de l'estrade pour faire le tour de la salle de classe, et refuse de jouer de l'harmonium.

Une semaine après son arrivée, mademoiselle Ernstam annonce que la classe va aller en excursion à Borgholm le vendredi suivant, visiter le port et le château, et qu'on pourra même faire les boutiques sur la grand-place. Ce voyage est un encouragement avant les révisions pour l'examen de fin d'année.

Un murmure enthousiaste parcourt la classe, mais Vendela se tait.

Elle ne peut évidemment pas y aller. Quelqu'un doit bien s'occuper des vaches et, en plus, il faut deux couronnes pour la caisse du voyage. Ce n'est pas une fortune, mais elle ne les a pas, et ne veut pas les demander à son père. Elle sait qu'il n'a pas d'argent de côté, il le lui a dit plusieurs fois.

Pourtant, en une semaine, elle s'arrange : le mardi, elle emprunte deux pièces de cinquante öre à sa meilleure amie Dagmar et, le jeudi – encore un miracle –, en rentrant chez elle, elle trouve devant l'église de Marnäs une pièce de deux couronnes. Du coup, elle a l'argent nécessaire, et même un peu plus.

Le seul souci qui reste, c'est Rosa, Rosa et Rosa.

Les pièces à la main, elle s'arrête devant la pierre des Elfes. Elle va regarder les creux dans le rocher.

Vides, bien sûr.

Vendela y dépose une pièce de cinquante öre en souhaitant être dispensée de vaches le lendemain. Un seul jour de congé dans l'année, est-ce vraiment trop demander ?

Elle reste un moment devant la pierre à regarder la petite pièce. Puis elle ne se rappelle plus à quoi elle a pensé – peut-être a-t-elle fait un autre vœu ?

Une vie meilleure ? Quitter la ferme, son père et l'Invalide, quitter l'île ? Pour un autre monde sans corvées, sans problèmes d'argent ?

Vendela ne se souvient pas. Elle laisse la pièce dans le creux en forme de bol et repart sur la lande sans se retourner. Elle rentre à la maison et gagne le pré. Les vaches lèvent la tête en la voyant. Rosa, Rosa et Rosa se mettent en rang et se dirigent lentement vers la barrière. Vendela lève son bâton, mais ne les frappe pas aujourd'hui, car elle est pensive. Elle marche derrière les vaches en se demandant comment son souhait va bien pouvoir se réaliser.

Cette nuit-là, elle est réveillée en sursaut par des meuglements dans la nuit. On dirait des cris de terreur, mêlés à un étrange crépitement.

Vendela se redresse dans son lit et sent une odeur de fumée. À travers le store, elle voit une lueur tremblante dans la cour de la ferme. Un halo jaune grandit autour de la grange, rejetant le reste de la ferme dans l'ombre des bois. Elle entend des pas précipités dans l'escalier, et un cri :

« La grange brûle ! »

La voix d'Henry. Ses pas sur le sol, puis la porte qui s'ouvre à la volée.

« Il y a le feu ! Il faut sortir ! »

Vendela saute du lit, il la tire par la main et la porte dehors dans la nuit froide. Elle se retrouve dans l'herbe humide et regarde autour d'elle, désemparée : elle voit alors que la grange s'est complètement embrasée. Les flammes se pressent le long des murs en envoyant vers le ciel nocturne des volutes d'étincelles. Le feu commence à lécher le pignon de la ferme.

Henry est au-dessus d'elle, pieds nus, en chemise de nuit. Il tourne les talons.

« Il faut que j'aille chercher Jan-Erik ! »

Il se précipite vers la maison.

« Jan-Erik ? »

Pas de réponse.

Les vaches continuent à meugler, fort, des cris prolongés comme elle n'en a jamais entendu – elles n'arrivent pas à sortir.

Les flammes rampent sur le sol, grimpent le long des murs et se rejoignent sous le toit de la grange. Vendela sent ses jambes paralysées. Impossible de bouger. Elle reste assise dans l'herbe et voit son père ressortir de la maison avec un gros baluchon de couvertures dans les bras.

Henry dépose le baluchon dans l'herbe.

Vendela entend une respiration sifflante. Deux bras déplient les couvertures, un visage se montre, avec des yeux blancs, puis une bouche aux dents blanches, qui lui sourit.

C'est l'Invalide, assis dans l'herbe à seulement un mètre d'elle. Ils se regardent. On n'entend que le crépitement des flammes et les craquements du toit qui commence à s'effondrer.

À la lueur de l'incendie, Vendela voit que l'Invalide n'est pas du tout un vieillard. L'Invalide est un jeune garçon, il a cinq ou six ans de plus qu'elle. Il a des jambes normales.

Mais il est malade. Vendela entend que d'épaisses glaires le gênent pour respirer, et il a un problème de peau – son visage enflé est rouge même quand le feu ne l'éclaire pas, et il a de longues croûtes sur les joues et le front, comme si un animal l'avait griffé. Tout son torse est à vif. Et pourtant il sourit.

Deux ou trois ans – l'Invalide a vécu tout ce temps à la ferme sans que Vendela sache qui il était. Peut-il parler ? Comprend-il le suédois ?

« Comment tu t'appelles ? »

Il ouvre la bouche et éclate de rire, sans répondre.

« Je m'appelle Vendela. Et toi ?

— Jan-Erik », finit-il par dire, d'une voix si basse et si sourde qu'on l'entend à peine avec le bruit de l'incendie. Il continue à rire.

« Qui es-tu ?

— Jan-Erik », répète-t-il.

Henry court toujours dans tous les sens. Tantôt sa silhouette se détache nettement sur les flammes, tantôt elle disparaît dans le noir. Quand le feu menace de s'étendre et mord le pignon de la maison d'habitation, il va remplir un grand seau à la pompe, puis monte à l'étage mouiller le bois et chasser les étincelles.

La paralysie de Vendela s'estompe, elle recommence à bouger. Elle fait une seule chose qui vaille ce soir-là : ouvrir le poulailler qui jouxte la grange. Toute la volaille se sauve en vrac dans la cour de la ferme, et se rassemble en une masse compacte, hors de danger.

« Appelle les pompiers ! » lui crie Henry.

Vendela court à la cuisine faire le numéro d'urgence des pompiers de Borgholm. Son appel est transféré à Kalmar, l'attente est longue avant qu'on lui réponde et qu'elle puisse expliquer où est l'incendie.

Dehors, elle retrouve l'Invalide toujours assis dans l'herbe, et Henry qui continue à courir entre la grange et la pompe.

Mais c'est trop tard. L'incendie fait rage autant dans le grenier à foin qu'autour des stalles des bêtes, et Henry finit par abandonner. Il pousse un profond soupir.

Depuis la cour de la ferme, Vendela, impuissante, entend les meuglements se taire.

De la viande grillée, une odeur de bœuf grillé dans la nuit.

Vendela sent la chaleur de l'incendie, mais frissonne pourtant. Elle ne veut pas rester dehors.

« Père… tu ne rentres pas ? »

Il n'a pas l'air d'entendre, puis secoue la tête en disant, à voix basse :

« Ce n'est pas la faute du feu. »

Vendela ne comprend pas ce qu'il veut dire.

Après presque une heure, deux camions de pompiers arrivent de Borgholm, mais ils ne peuvent qu'empêcher l'incendie de s'étendre. On ne peut pas sauver la grange.

Plusieurs heures après minuit, les pompiers sont repartis, mais une épaisse fumée flotte sur la ferme et Henry est toujours assis sur le perron, dans le froid. Il a remonté l'Invalide dans sa chambre, mais lui ne rentre pas. Vendela va le voir une dernière fois.

« Qui est Jan-Erik, Papa ?

— Jan-Erik ? » Henry semble réfléchir avant de répondre : « Mais c'est mon fils… Ton frère.

— Mon frère ? »

Il la regarde par-dessus son épaule.

« Je ne te l'ai pas dit ? »

Vendela le regarde. Mille questions se pressent, mais elle n'en pose qu'une :

« Pourquoi est-il dispensé d'école ?

— Il n'a pas le droit, dit Henry. Ils disent que c'est peine perdue. Il est inéducable. »

Son regard reste perdu dans la nuit.

Vendela retourne se coucher. De tout son long, raide dans le lit.

Henry veille peut-être toute la nuit, car il porte les mêmes vêtements quand il vient à sept heures le lendemain matin réveiller sa fille.

« École ! Je t'ai laissée dormir plus longtemps… Tu n'avais pas de vaches à traire. »

Ce n'est qu'en entendant ces mots que Vendela sent l'odeur de fumée dans sa chambre, et se souvient de l'incendie. Puis de l'Invalide. Jan-Erik.

Henry ressort de la chambre, mais s'arrête sur le pas de la porte.

« Ne t'inquiète pas pour la suite. J'ai mon contrat d'assurance et la quittance de la prime, ça va s'arranger. »

Puis Vendela se souvient d'une dernière chose : aujourd'hui, c'est le voyage scolaire. La classe doit prendre le train pour Borgholm.

Et elle peut y aller, elle aussi. Elle a l'argent pour le voyage, et les vaches ne sont plus un souci.

Une heure plus tard, elle traverse la lande déserte, mais fait un grand détour pour éviter la pierre des Elfes, en regardant droit devant elle. Elle ne veut plus la voir, mais cela ne l'empêche pas de se poser des questions.

Quel vœu a-t-elle réellement formulé, la veille ? Elle comprend à peine ce qu'elle a fait, elle ne veut pas penser à ce que les Elfes ont fait pour elle.

La classe se rassemble pour aller à la gare, dans un joyeux brouhaha, mais Vendela n'a pas envie de rire et ne parle à personne. Elle a toujours l'odeur de fumée dans les narines.

Dans le compartiment du train pour Borgholm, avec Dagmar et les autres filles, elle a l'impression d'être toujours sur la lande. Toute seule. Après, elle ne se rappelle rien de cette excursion, cette journée glisse sur elle, à l'ombre des événements de la nuit.

Quand elle rentre du voyage scolaire, trois heures après l'heure où les vaches auraient dû être traites, la cour de la ferme est pleine de monde.

La police est là – deux agents venus de Marnäs inspectent les lieux de l'incendie. Un des pignons de la maison d'habitation est noirci par le feu, la grange a disparu. Il n'en reste que les fondations en pierre. On dirait un long bassin rempli de cendre, avec des poutres brûlées et des tôles du toit qui dépassent de la surface grise. Trois corps reposent pattes raides sous la couverture de cendre. Toute la ferme empeste la viande grillée.

Rosa, Rosa et Rosa. Mais Vendela ne veut pas penser à leurs noms en ce moment.

Les voisins aussi se sont attroupés. Des gens de Stenvik et de plus loin encore sont venus voir la grange brûlée de Fors et certains ont même apporté des tartines et du lait pour la famille du pauvre veuf. Henry sourit et remercie gravement, Vendela s'incline, le rouge aux joues. Puis elle s'éclipse. Elle entre dans la cuisine vide, monte l'escalier, mais trouve porte close chez l'Invalide.

« Jan-Ėrik ? C'est Vendela. »

Pas de réponse, pas même un rire. Derrière la porte, pas un bruit.

Elle redescend et regarde par la fenêtre de la cuisine.

Un des hommes venus de Stenvik est grand et mince, il regarde partout avec un air pensif. Il compatit un peu avec son père puis, quand les agents appellent Henry, il reste à l'écart près de la grange.

Vendela voit par la fenêtre son père leur faire visiter les décombres, en montrant du doigt les cadavres des vaches.

Les policiers regardent. Henry rejoint Vendela à l'intérieur, toujours à la fenêtre. Elle voit l'homme de Stenvik s'approcher au bout d'un moment pour parler aux policiers, désigner la grange, puis quelque chose par terre.

Les agents écoutent en hochant la tête.

« Je ne sais pas ce qu'ils fabriquent, là-bas, marmonne Henry depuis la table. Ils mijotent quelque chose. »

Alors il regarde Vendela.

« Il faudra me soutenir, dit-il. S'ils posent des questions.

— Des questions ?

— S'il y a un problème. Tu soutiendras ton père, hein ? »

Vendela hoche la tête.

Une demi-heure plus tard, à la tombée de la nuit, les agents gravissent les marches du perron et amènent avec eux l'odeur de brûlé dans la cuisine. Ils s'assoient lourdement à table et regardent Henry.

« Dites-nous ce que vous savez, Fors, dit l'un.

— Je ne sais pas grand-chose

— Comment c'est parti ? »

Henry pose ses mains sur la table de la cuisine.

« Je ne sais pas. C'est parti comme ça. J'ai toujours eu la poisse, toujours. Cet endroit doit être maudit.

— Donc vous avez été réveillé par l'incendie ? »

Un des agents parle, l'autre se tait sans quitter Henry des yeux.

Il hoche la tête.

« Oui, vers minuit. Ma fille aussi. »

Vendela n'ose même pas regarder le policier, son cœur bat à se rompre. Voilà l'heure trouble du crépuscule, où les Elfes sortent danser dans les prés.

« Nous pensons qu'il y a eu deux départs de feu, dit le policier bavard.

— Vraiment ?

— Oui. Au pignon est comme au pignon ouest. Et c'est assez étrange, parce qu'il a beaucoup plu. Le sol est humide.

— Quelqu'un a allumé une bougie, dit l'autre agent. On a retrouvé des traces de paraffine par terre.

— Vraiment ?

— Et tu as aussi senti une odeur de pétrole, dit le premier.

— Oui, dit l'autre. C'est exact.

— Pourrions-nous voir vos chaussures, Fors ?

— Mes chaussures ? Quelles chaussures ?

— Toutes, dit le policier. Toutes les chaussures que vous possédez. »

Henry hésite, mais les policiers l'emmènent dans l'entrée passer ses chaussures en revue. Ils les prennent l'une après l'autre et Vendela voit qu'ils examinent leurs semelles.

« Ça pourrait être ça, dit le premier agent en brandissant une botte. Qu'est-ce que tu en penses ? »

L'autre hoche la tête.

« Oui, c'est la même empreinte. »

Son collègue pose la botte devant lui sur la table de la cuisine et regarde Henry.

« Vous avez du carburant, à la maison, Fors ?

— Du carburant ?

— Du pétrole lampant, peut-être ?

— Oui, c'est possible…

— Un bidon ? »

Vendela entend son père et songe au feu qui s'est lové autour de la grange comme un serpent, puis a grimpé aux murs comme s'il savait où il allait.

« Une bouteille, dit Henry à voix basse. Je dois bien avoir quelque part une bouteille de pétrole à moitié pleine. »

Les agents hochent la tête.

« Je crois que c'est bon, dit le premier au second.

— Oui. »

Le silence se fait autour de la table. Mais Henry se redresse alors, prend son élan et lâche un seul mot :

« Non. »

Les agents le regardent, étonnés, tandis qu'il poursuit :

« Ce n'est pas ça. Je n'ai rien à voir avec cet incendie… N'importe qui peut avoir versé ce pétrole. J'étais dans la maison toute la soirée, jusqu'à ce que l'incendie éclate. Ma fille peut vous le certifier, en son âme et conscience. »

Les hommes regardent soudain Vendela. Son sang se glace.

« Oui, finit-elle par dire, en mentant effrontément aux policiers. Papa était dedans… Sa chambre est à côté de la mienne et j'entends toujours quand il sort, mais il n'est pas sorti. »

Henry montre la botte posée devant les policiers sur la table de la cuisine.

« Et ça, ce n'est pas à moi.

— C'était dans votre entrée, dit le premier policier. À qui ce serait, sinon ? »

Henry se tait quelques instants, puis se dirige vers l'escalier.

« Montez avec moi, dit-il. Je vais vous montrer quelque chose. »

41

Gerlof faisait son possible pour se procurer des bouteilles vides où loger des bateaux – il buvait un verre de vin tous les soirs, au dîner. Mais il n'avait presque pas retravaillé à ses petites maquettes depuis Pâques, et le trois-mâts n'était toujours pas commencé. Il passait presque tout son temps à dormir, assis au soleil – ou plongé dans le journal d'Ella.

Il lisait méthodiquement ses carnets, une page à la fois, puis s'arrêtait pour y réfléchir.

Aujourd'hui 18 septembre 1957.

J'ai vraiment honte de ne pas prendre plus souvent le temps d'écrire quelques lignes, mais je vais le faire cette fois. C'est qu'il s'en est passé, des choses : nous sommes allés à l'enterrement d'Oskar Svensson à Kalmar, puis j'ai eu mon anniversaire, 42 ans.

Dimanche, nous étions à la confirmation de mon neveu Birger à l'église de Gärdslösa, c'était très solennel, avec le pasteur Ek qui posait des questions difficiles.

Hier, Gerlof a pris le train pour Borgholm, puis

il est parti vers Stockholm ce matin, et les filles sont allées en vélo à Långvik. Du coup, je me retrouve à nouveau toute seule à la maison, ce qui est parfois bien agréable.

Aujourd'hui le temps est couvert, et le vent a forci cet après-midi sur la Baltique. Je sais que Gerlof a l'habitude des grains, mais mon Dieu, faites qu'il arrive à bon port. Il en a encore pour deux bons mois sur son cotre cette année.

Je me suis installée sur la véranda pour écrire. Les filles parties, je suis sortie et j'ai trouvé quelque chose d'étrange sur la première marche : un bijou posé sur la pierre. Une broche en forme de rose, on dirait de l'argent, mais ça ne peut quand même pas en être ? Ça vient sûrement de ce petit galopin, je ne sais pas quoi en faire, et ça m'embarrasse.

Après avoir lu cette page, Gerlof resta songeur un moment. Puis il se leva et rentra.

Il avait toujours gardé le coffret à bijoux d'Ella, dans la commode de sa chambre, sous les pavillons de ses bateaux, pâlis au soleil. Il le sortit, ouvrit le couvercle et regarda le pêle-mêle de bracelets, bagues et boucles d'oreilles. Et aussi quelques broches qui auraient eu besoin d'un peu de lustre. L'une d'elles avait la forme d'une rose, avec une petite pierre rouge au milieu.

Gerlof attrapa délicatement la rose.

Avait-il jamais vu Ella la porter ? Il ne lui semblait pas.

42

Jerry et Marika se regardaient en chiens de faïence dans le couloir de l'hôpital.

Peter aurait préféré être ailleurs. Peut-être de l'autre côté du détroit – loin, avec Vendela Larsson, en train de courir. Mais rien à faire – cinq minutes plus tôt, en sortant avec son père de l'ascenseur, il était tombé sur son ex-femme.

« Bonjour, Jerry, dit Marika à voix basse. Comment ça va ? »

Marika n'avait rencontré Jerry qu'une seule fois, un an avant la naissance des jumeaux. Elle voyait alors de temps à autre la mère de Peter et insistait pour rencontrer aussi son père : un week-end qu'ils passaient près de Kristianstad, Peter était donc allé sonner chez Jerry.

En espérant qu'il ne serait pas chez lui.

Mais Jerry leur avait ouvert en peignoir de soie bleu sombre et slip léopard, et leur avait servi à déjeuner des toasts aux œufs de lump. Et du mousseux à volonté, évidemment. À leur départ, il leur avait offert les derniers numéros de *Babylone* et *Gomorrhe* – il n'y avait pas pire tue-l'amour.

Après ça, Marika n'avait plus jamais voulu voir Jerry.

Et voilà qu'ils se retrouvaient nez à nez quatorze ans plus tard. Peter n'était pas certain que Jerry reconnaisse vraiment son ex-femme. Il dévisagea Marika – comme il faisait avec tout le monde.

« Jerry n'arrive plus vraiment à parler, dit Peter. Mais sinon il va assez bien. Pas vrai ? »

Son père se contenta de hocher la tête en continuant de fixer Marika.

« Tu es allée voir Nilla ? demanda Peter.

— Oui… Elle a assez le moral, aujourd'hui. » Elle le regarda. « Il faut que j'y aille, le docteur voulait me voir… Tu peux venir, toi aussi ? »

Peter secoua la tête. Il redoutait les nouvelles concernant Nilla.

« Pas aujourd'hui.

— C'est peut-être important.

— Tout ce qui concerne Nilla est important, se dépêcha de dire Peter. Je vais bientôt revenir, mais Jerry et moi avons quelque chose à faire. Et c'est important aussi.

— Ça ne peut pas attendre ?

— Non… C'est un rendez-vous. »

Il ne voulait pas parler de la police. Marika hocha la tête, mais n'avait pas l'air ravie.

« À plus tard », dit Peter en s'éloignant.

Il trouva Nilla en pyjama, assise bien droite en tailleur sur le lit, un verre à la main. Elle fit un signe de tête en voyant entrer son père, sans arrêter de boire. Peter regarda le curieux liquide rouge pâle et demanda :

« Qu'est-ce que tu bois ?

— Du jus de carotte.

— C'est toi qui l'as acheté ? »

Elle but encore une gorgée en secouant la tête.

« Emil me l'a donné… Sa mère le lui presse, en rajoutant un cocktail de vitamines pour qu'il aille mieux. Mais il n'aime pas ça.

— Toi, oui ?

— C'est pas mauvais… et comme ça il n'est pas forcé de le boire. »

Dehors, une infirmière demanda d'une voix dure à un patient ce qu'il faisait dans le couloir. Le patient bredouilla quelque chose d'inaudible.

« Ah oui ? Alors on va essayer avec un bassin », dit l'infirmière. Puis le bruit de ses pas s'éloigna.

« Tu restes ? demanda Nilla. Maman va bientôt revenir, elle avait juste un rendez-vous. »

Il secoua la tête.

« Je n'ai pas le temps, Grand-père attend dehors.

— Et qu'est-ce que vous allez faire, alors ?

— Rien… Un petit tour à Kalmar. »

Il mentait à sa fille, comme à Marika.

Quand Peter revint à l'ascenseur, Marika était partie. Jerry s'était assis sur une chaise, son portable à l'oreille. Il raccrocha avant que Peter arrive.

« Avec qui parlais-tu ? demanda Peter tandis qu'ils descendaient. On t'a appelé ? »

Jerry regarda par la vitre de l'ascenseur.

« Bremer.

— Il est mort, Jerry.

— Bremer voulait parler.

— Vraiment ? »

Peter regarda l'écran du téléphone de Jerry. NUMÉRO INCONNU, encore une fois.

Ils regagnèrent la voiture. Peter s'installa à côté de son père et mit le contact.

« Fais-moi plaisir, Jerry, dit alors Peter, ne va pas raconter à la police que Hans Bremer a téléphoné… Ils pourraient se faire des idées à ton sujet. »

Jerry ne répondit rien. Il resta silencieux quelques minutes tandis qu'ils roulaient dans Kalmar, mais son regard fut soudain attiré par la vitrine d'une ancienne boutique de jouets recouverte d'un badigeon opaque. Il ouvrit la bouche et lâcha deux mots que Peter ne parvint pas à saisir.

« Quoi ? qu'est-ce que tu as dit, Jerry ?

— Moleng Noar.

— Moleng… Qu'est-ce que c'est ? »

Jerry sourit tout seul.

« Malmö.

— Moleng Noar, à Malmö ? »

Jerry hocha la tête.

« On dirait le nom d'un restaurant chinois, dit Peter. Ou de quelqu'un… Jerry, un Chinois que tu connaissais à Malmö ? »

Jerry secoua la tête.

« Cindy, se mit-il soudain à marmonner. Suzie, Christy, Debbie…

— C'était un endroit où tu rencontrais des filles, à Malmö ? »

Son père se contenta de hocher la tête en souriant tout seul, et ne dit plus un mot du trajet.

L'hôtel de police de Kalmar était un grand bâtiment jaune en briques aux fenêtres étroites. Il s'étendait sur la moitié d'un pâté de maisons, juste au nord du centre-ville.

Jerry sursauta en voyant le panneau POLICE au-dessus de l'entrée. Il s'arrêta net.

« Ne t'inquiète pas, dit Peter à voix basse. Ils veulent juste nous parler. »

Il se présenta à la réception, puis s'installa avec Jerry sur un canapé en skaï. Devant eux, une affiche contre la vente illégale d'alcool, avec les yeux tristes d'une jeune fille et le texte : ET VOUS, SAVEZ-VOUS CE QUE FAIT VOTRE FILLE CE SOIR ?

Moi, je sais, pensa Peter.

L'inspecteur avec qui il avait parlé, Lars Marklund, descendit à la réception après quelques minutes. Il était en civil, jean et polo gris.

« Soyez les bienvenus, dit-il en leur serrant la main. Nous pensions commencer avec vous, Peter. Puis nous ferons entrer Gerhard. » Il regarda Jerry, avec un geste : « Vous pouvez attendre là. »

Jerry sembla soudain inquiet. Il fit mine de se lever, mais Peter se pencha vers lui :

« Reste là, Jerry, ne t'inquiète pas… Je reviens bientôt. »

Son père parut réfléchir, puis hocha la tête.

Marklund conduisit Peter dans une petite pièce nue, avec juste un bureau couvert de dossiers.

« Asseyez-vous… Donc, vous arrivez d'Öland ? »

Peter s'assit en face de lui.

« C'est exact.

— C'est beau comme endroit… J'ai toujours rêvé d'avoir une maison sur Öland. C'est cher ?

— C'est bien possible… Je ne sais pas. J'ai hérité de ma maison.

— Ah ? Vous avez de la chance. » Le policier prit un stylo et un carnet et regarda Peter : « Bon… Pouvez-vous raconter avec vos propres mots ce que vous avez vu exactement ce jour-là à l'extérieur et à l'intérieur de la villa ? Tous les détails sont importants.

— Vous voulez dire, au sujet de l'incendie ? »

Peter lorgna le bureau, et vit que Marklund avait sous le coude une sorte de procès-verbal technique avec un croquis du rez-de-chaussée de la villa. Peter vit des flèches et des croix sur le dessin et, au crayon : CINQ FOYERS D'INCENDIE !

« L'incendie, bien sûr, dit Marklund. Comment vous l'avez découvert, quand et où dans le bâtiment. Si vous avez constaté des dégâts avant l'incendie, et comment à votre avis il s'est propagé. »

Peter respira profondément. Il commença à raconter comment il était passé prendre son père à la villa et l'avait trouvé blessé au couteau. Comment il était retourné dans la maison, monté à l'étage et entré dans la chambre où le lit brûlait. Qu'il avait cru voir le corps d'un homme puis entendre les cris aigus d'une femme dans une autre pièce – avant que le feu ne semble soudain approcher de tous les côtés à la fois et qu'il soit obligé de se jeter par la fenêtre.

La vérité, et rien d'autre, autant qu'il s'en souvienne. Son récit prit environ un quart d'heure.

« Voilà tout ce que je sais, dit-il quand il eut fini. J'étais dans la maison, mais je n'ai rien à voir avec cet incendie.

— Personne ne dit ça », dit Marklund en notant quelque chose sur son carnet.

Peter se pencha en avant.

« Mais vous, que savez-vous ? L'incendie était soigneusement préparé, n'est-ce pas ? »

Marklund se tut.

« Normalement nous ne faisons aucun commentaire… mais vous avez vu un bidon percé et une batterie de voiture. Qu'est-ce que cela indique ?

— La préméditation. »

Marklund hocha la tête.

« Les enquêteurs ont trouvé des restes de papiers près des foyers d'incendie, dans la maison… des restes de documents. »

Peter pensa à la porte ouverte de l'appartement de Jerry.

« Peut-être des contrats, dit-il. Les contrats des modèles qui apparaissaient dans les films et les revues de Jerry et Bremer. Vous en avez interrogé certaines ?

— Ces femmes ne sont pas faciles à trouver, dit Marklund. Nous n'y sommes pas encore parvenus.

— C'est qu'elles cachaient toujours leur vrai nom, dit Peter, avant d'ajouter : Vous avez besoin d'aide ? Je pourrais peut-être chercher… »

Le policier secoua la tête.

« C'est notre travail. »

Peter leva au plafond des yeux las. Que d'ingratitude…

« Mais nous pensons que la femme morte dans la villa était une ancienne actrice », dit le policier.

Peter le regarda.

« Vraiment ? Comment s'appelait-elle ?

— Nous ne donnons pas encore de noms. » Marklund nota quelque chose et poursuivit : « Parlez-moi de votre père… Depuis quand fait-il ce métier-là ? Et que faisait-il avant ?

— Il n'en a jamais beaucoup parlé. Mais je sais que son père était pasteur et que Jerry est parti très tôt de chez lui, pour devenir vendeur de voitures au début des années cinquante. Il devait être très doué… Quelques années plus tard, il a racheté une maison d'édition de cartes postales et s'est mis à imprimer des cartes érotiques. Ça se vendait bien. C'est comme ça que, dans les années soixante, il a lancé sa propre revue, *Babylone*, qui était imprimée au Danemark, puis importée clandestinement en Suède à bord de petits bateaux à moteur. » Il se tut, et ajouta : « Puis la pornographie est devenue légale en Suède au début des années soixante-dix. Alors il a fondé une société, embauché des gens, et vendu ses revues dans toute l'Europe.

— Le début de la période faste de votre père, n'est-ce pas ? » Marklund nota encore quelque chose avant de lever les yeux : « Et ses collaborateurs, que savez-vous d'eux ?

— Rien. Un type qui a beaucoup tourné se faisait appeler Markus Lukas, mais on dirait un faux nom.

— Et Bremer ? Que savez-vous de Hans Bremer ?

— Pas grand-chose.

— Vous l'avez rencontré ? »

Peter secoua la tête.

« Je ne sais que ce que mon père a pu m'en dire… qu'ils ont commencé à travailler ensemble à la fin des années soixante-dix, que Bremer vivait à Malmö. Qu'il travaillait vite et bien, et que Jerry était content de lui. »

Marklund continua d'écrire, puis dit :

« Bon, nous en savons apparemment un peu plus que vous sur ce Bremer.

— Quoi, par exemple ?

— Je ne peux pas entrer dans les détails, mais Bremer était impliqué dans un certain nombre d'affaires à Malmö. Les films n'étaient qu'une des facettes de son activité... Nous enquêtons actuellement sur les autres.

— C'était un truand ?

— Je n'ai pas dit ça. Mais ils s'entendaient bien, votre père et Bremer ?

— Je crois... Ils ont longtemps travaillé ensemble. Et juste avant l'incendie, Jerry s'était rendu à la villa pour le voir. »

Marklund consulta ses papiers :

« Mais ils se sont disputés, ce jour-là, n'est-ce pas ?

— C'est ce que prétend Jerry. Il dit que c'est Bremer qui lui a donné un coup de couteau, si j'ai bien compris... Mais si Bremer était attaché et enfermé, il faut bien que ç'ait été quelqu'un d'autre.

— Vous avez vu quelqu'un ? »

Peter hésita. *Markus Lukas*, pensa-t-il.

« Je ne sais pas... J'ai cru voir quelqu'un courir se cacher dans les bois quand l'incendie a éclaté. Il y avait un chemin forestier, et des traces de pneus par terre... je crois. » Il hésita encore, mais continua : « Alors j'ai imaginé que Bremer avait garé sa voiture dans la forêt, et que quelqu'un s'était enfui avec, une fois la villa incendiée.

— Vraiment ? » Marklund se plongea dans ses papiers et dit : « Qu'est-ce qui vous fait dire que Hans Bremer avait une voiture ? »

Peter le regarda.

« C'était le cas, non ? Bremer transportait parfois mon père. Bremer a dû aller le chercher à la gare routière avant l'incendie… Au fait, avez-vous trouvé toutes ses clés ? »

Marklund regarda à nouveau ses papiers.

« Ses clés ? Il était censé en avoir beaucoup ?

— Je ne sais pas… Mais quelqu'un s'est introduit dans l'appartement de mon père pendant qu'il était avec moi sur Öland, après l'incendie. Une commode a été forcée. Nous l'avons découvert à Pâques, et mon père m'a dit que Bremer avait les clés de son appartement. J'ai déjà déclaré tout ça à la police.

— Un cambriolage ? » Marklund nota. « Il va falloir que je vérifie.

— Très bien », dit Peter.

Le silence se fit. Marklund regarda sa montre :

« Vous avez quelque chose à ajouter ? »

Peter réfléchit. Une partie de lui aurait voulu continuer à parler, dire qu'il entendait toujours résonner les cris de cette femme à l'arrière de son crâne – mélangés à ceux de Régina dans la forêt. Mais ce n'était pas un entretien thérapeutique.

Puis il se ravisa :

« Une chose, peut-être… Mon père et moi avons reçu quelques appels bizarres après l'incendie.

— Et de qui ?

— Je ne sais pas. C'était des appels anonymes.

— D'accord, mais on peut quand même retrouver les numéros… On peut essayer. »

Marklund prit encore quelques notes, puis hocha la tête.

« Bon, je crois que nous avons fini. » Il regarda Peter. « Merci beaucoup. Je veux bien que vous alliez chercher Gerhard, maintenant. »

Peter se leva. Il songea à Nilla, et demanda :

« Vous en aurez pour combien de temps ?

— Pas longtemps… Vingt minutes, peut-être.

— D'accord… mais Jerry ne parle pas beaucoup, vous savez. »

En sortant de la pièce, il vit à sa montre que son audition avait duré une bonne demi-heure. Jerry avait dû s'endormir.

Mais une fois à la réception, il ne trouva pas son père endormi sur la banquette. Elle était vide.

Peter resta quelques secondes interdit, puis alla voir dans les deux toilettes du vestiaire. Vides, elles aussi.

La réceptionniste leva les yeux quand il s'approcha.

« Le vieux ? Oui, il est parti.

— Parti ?

— Je crois qu'il a aperçu quelqu'un dans la rue, et il est sorti.

— Mais quand ?

— Il n'y a pas si longtemps, je ne sais pas… un quart d'heure, peut-être. »

Peter tourna les talons et fit trois pas dehors.

Il se retrouva sur une allée, et regarda alentour en clignant des yeux dans le soleil. Quelques voitures passaient en vrombissant dans la rue sur sa droite, mais on ne voyait personne.

Jerry avait disparu.

43

Kalmar était un labyrinthe. Alors que Peter avait toujours trouvé à la ville une taille raisonnable pour y circuler sans s'y perdre, elle lui semblait aujourd'hui un enchevêtrement inextricable de rues et de voies rapides.

Pas trace de Jerry.

Il courut jusqu'aux grands carrefours de part et d'autre de l'hôtel de police, sans le trouver, puis fit tout le tour du pâté de maisons. Il sortit son portable et tenta de joindre Jerry. Pas de réponse.

Il abandonna alors et retourna à la réception. Lars Marklund l'attendait sur le seuil. Il regarda sa montre en demandant :

« Un problème ?

— Mon père a disparu, dit Peter, à bout de souffle. Je dois partir à sa recherche, en voiture. »

Il tourna les talons, mais Marklund le rappela :

« Attendez ! Vous ne pouvez pas partir comme ça… Nous allons lancer un avis de recherche. »

Peter revint sur ses pas, s'efforça de se calmer.

Marklund sortit un carnet et détailla avec Peter le signalement de Jerry.

« Très bien, dit Marklund en refermant son carnet. On va transmettre ça à toutes nos patrouilles. »

Peter se précipita dehors et sauta dans sa voiture. Il mit le contact, sans démarrer. Accroché au volant comme à une bouée de sauvetage, il essaya de raisonner – où avait bien pu aller Jerry ? Dans un bar ? À un arrêt de bus ?

Pas la moindre idée. Restait à chercher au hasard.

Il démarra alors et commença à ratisser les abords de l'hôtel de police, rue par rue. Il tourna à gauche, puis encore à gauche, croisa plusieurs voitures, des groupes d'écoliers qui rentraient chez eux et des mères avec leurs poussettes, mais pas de Jerry.

Il mettait le cap au nord, vers l'autoroute, quand son téléphone sonna au fond de sa poche de veste. Il ralentit et décrocha.

« Allô ?

— Peter, où étais-tu passé ? Ça fait plusieurs fois que j'appelle. »

C'était Marika. Peter se sentit écrasé par la mauvaise conscience, mais continua pourtant à guetter dehors à travers le pare-brise.

« À la po… J'avais un rendez-vous. »

Il ne voulait toujours pas lui parler de l'audition à l'hôtel de police, et d'ailleurs Marika ne lui posa pas de question.

« Il faut que tu viennes à l'hôpital.

— Là, tout de suite, je n'ai pas le temps », dit Peter en scrutant les environs. Toujours pas de Jerry. « Je vais bientôt venir, mais là, je dois… »

Elle le coupa :

« J'ai parlé avec Stenhammar.

— Stenhammar ?

— Le médecin de Nilla, Peter. Tu ne te souviens pas de lui ?

— Mais si… Et qu'est-ce qu'il a dit ? »

Silence dans l'écouteur.

« Qu'est-ce que c'est, Marika ?

— C'est une tumeur, dit-elle tout bas. Une sorte particulière… Elle ne grossit pas vite, mais il faut l'enlever. »

Peter ralentit, et ferma les yeux.

« D'accord, dit-il. Mais ça, on le savait, non ? »

Marika, toujours à voix basse :

« Elle est dans l'artère. »

Peter ne comprenait pas.

« L'artère ?

— Oui, l'artère principale. L'aorte.

— Et donc ? »

Marika se tut à nouveau. Puis elle reprit, encore plus bas :

« Personne n'ose l'opérer.

— Mais… il faut qu'ils le fassent! » dit Peter.

Marika ne répondit pas.

« *Il le faut*, répéta-t-il.

— Georg et moi sommes restés une demi-heure avec Stenhammar, dit Marika. Il a parlé avec plusieurs spécialistes de chirurgie vasculaire, mais personne ne veut le faire. »

Mais il faut qu'ils le fassent, pensa Peter. *Sinon il n'y a plus d'espoir*.

« Marika, je suis au volant, je dois faire un truc pour Jerry… Je te rappelle tout de suite. »

Elle répondit quelque chose, mais il coupa son portable.

Peter reprit de la vitesse. Il fallait qu'il retrouve Jerry. Il penserait à tout le reste plus tard, mais il fallait d'abord qu'il retrouve Jerry.

Plus d'espoir pour Nilla, pensa-t-il. *Mais il faut qu'il y en ait !*

Il jeta un regard vide à travers le pare-brise. Nilla…

Mais il faut qu'ils l'opèrent !

Il était à présent en train de sortir de la ville. Après une station-service, la route était bordée de pelouses, puis passait sous un viaduc. Il y avait moins de voitures par ici.

Bientôt l'autoroute : autant faire demi-tour tout de suite.

Peter leva les yeux vers le viaduc, à une centaine de mètres – et là, de l'autre côté de la rambarde, il vit une voiture sombre. Arrêtée au milieu de la route. La portière passager s'ouvrit, et quelqu'un en descendit.

Un vieil homme au dos voûté, en imperméable gris. Soudain, Peter reconnut Jerry.

La voiture recula, laissant Jerry le long de la rambarde. Il semblait complètement perdu. Puis il se mit à avancer d'un pas mal assuré.

Peter pila – il avait retrouvé Jerry, mais ne pouvait pas l'atteindre. Il était sur la mauvaise voie. Comment monter sur le viaduc ? Le quartier était nouveau pour lui.

Il finit par partir en marche arrière. Il s'apprêtait à prendre la bretelle d'accès à l'autoroute en marche arrière, contre toutes les règles du code de la route, quand il vit que la voiture avait cessé de reculer. Elle était repartie vers l'avant.

Peter la vit accélérer. Une voiture rouge, peut-être une Ford – était-ce la voiture de la carrière ? Le conducteur portait une casquette, et n'était qu'une silhouette dans l'ombre, derrière le pare-brise.

La voiture remontait le viaduc derrière Jerry, droit sur lui – mais au lieu de ralentir en restant au centre de la route, elle accéléra.

Peter était à cent cinquante mètres, deux cents peut-être. Il s'arrêta et ouvrit sa portière pour crier :

« Jerry ! »

Mais Jerry avançait toujours, la tête baissée contre le vent. Peter descendit de voiture et mit ses mains en porte-voix :

« Papa ! »

Jerry parut l'entendre. Il tourna la tête, mais la voiture n'était plus qu'à une dizaine de mètres derrière lui. Elle ne s'arrêta pas. Au contraire, elle accéléra.

Le choc fit voler Jerry comme une poupée de chiffon.

L'avant de la voiture lui faucha les jambes et le projeta en l'air. Impuissant, Peter vit le corps passer par-dessus le capot, puis repartir vers l'avant comme une ombre floue, bras tendus, imperméable au vent.

Son père tournoya en l'air et atterrit lourdement.

« Jerry ! »

La voiture avait ralenti après la collision. Peter vit que son pare-brise était cassé. Il abandonna sa Saab portière ouverte et se mit à courir vers le parapet du pont. Ses chaussures glissaient dans l'herbe.

Jerry leva lentement la tête de l'asphalte. Il saignait, mais il était conscient. Puis sa tête retomba.

La voiture qui l'avait renversé s'arrêta le long de la glissière à dix ou vingt mètres de lui – le chauffeur tourna la tête, vit Peter, regarda en arrière – puis repartit en accélérant.

Il prenait la fuite.

Peter patinait dans l'herbe. Il se hissa en haut du talus et fouilla dans ses poches pour trouver son portable, avant de se souvenir qu'il l'avait laissé dans la Saab.

Il sauta par-dessus la balustrade et prit pied sur la route, à deux mètres de Jerry, au moment même où le chauffard s'engageait sur l'autoroute.

Peter se pencha vers le corps étendu sur l'asphalte.

« Jerry ? »

Que de sang ! Il en coulait du front et du nez, d'entre les dents écrasées.

« Papa ? »

Son père avait les yeux ouverts, mais son visage était entièrement écorché. Aucune réponse. Peter regarda désespérément autour de lui pour trouver de l'aide.

La voiture rouge fila vers le sud et disparut sur l'autoroute.

44

« Je n'avais jamais vu ça, dit Max. Ça bat tous les records !

— N'y pense plus », dit Vendela.

Après avoir assis Max dans un fauteuil avec un verre de whisky, elle se mit à lui masser les épaules et la nuque. Elle se pencha pour lui dire tout bas :

« Max… il y a des gens plus malheureux. »

Il but une gorgée de whisky, ferma les yeux et soupira :

« Bien sûr, mais partout, c'était la même incompétence… Feuille de route incorrecte, chambre d'hôtel avec des cheveux dans la baignoire, une radio locale où on avait oublié l'interview prévue avec moi. On avait *oublié* ! » Il secoua la tête. « Et sur chaque scène, ils s'étaient débrouillés pour me braquer un projecteur en pleine figure. Je ne *voyais pas* le public !

— Il n'y avait pas quelques bons… », commença Vendela, mais Max la coupa, il n'avait pas fini :

« Et toujours un sandwich tout sec avant de monter sur scène, alors que le contrat précisait qu'on devait me servir à dîner. Même pas un verre de vin… Au pain et à l'eau, et je devais tenir comme ça toute la conférence !

— Et le public ? dit Vendela. Il y a eu du monde, non ?

— Environ trois cents personnes chaque soir, dit Max à voix basse. J'en espérais cinq cents… Ce n'était plein nulle part.

— Mais ce sont quand même de bons chiffres, dit Vendela, et ça ira encore mieux quand le livre de cuisine sortira. »

Max vida son verre de whisky et se leva.

« Du courrier ?

— Seulement quelques lettres », dit Vendela en le suivant à la cuisine.

Elle chercha des yeux Aloysius, mais le chien s'était à peine montré depuis le retour de son maître. Ally sentait toujours quand Max était de mauvaise humeur.

Max prit son courrier et commença à le feuilleter.

« Et ici, du nouveau ?

— Pas grand-chose, dit Vendela. J'ai planté un peu plus de lierre sur la façade, et j'ai continué à travailler à la haie de lilas. Et j'ai ajouté trois robiniers sur l'arrière.

— Bien, ça protège des vis-à-vis.

— Oui, c'est ce que j'ai pensé. »

Max saisit un bout de papier sur le plan de travail.

« Qu'est-ce que c'est que ça ? »

Vendela vit que c'était le mot de Peter Mörner.

« *Un grand merci pour la pierre ! Peter* », lut Max. Il regarda Vendela. « Quelle pierre ? Quel Peter ? »

Elle le fixa, interdite.

« C'est le voisin qui a laissé ce mot, dit-elle. Peter Mörner, tu sais… Sa fille avait perdu sa pierre porte-bonheur. Je les ai aidés à la retrouver.

— Vraiment ? Et elle était où ?

— Devant leur maison », dit Vendela, le regard fuyant.

Elle mentait, mais elle ne pouvait pas dire la vérité, lui raconter qu'elle avait demandé l'aide des Elfes.

« Alors comme ça, tu es allée voir le voisin. C'est pour ça que tu ne répondais pas au téléphone ? »

Vendela cligna des yeux sans rien dire. Que répondre ?

Max continua :

« Et qu'est-ce que vous avez fait ensemble, Peter et toi, quand vous vous êtes vus ?

— Rien… Pas grand-chose, se dépêcha de répondre Vendela. Comme il aime lui aussi faire de l'exercice, nous sommes sortis courir un peu. Le long de la côte.

— Ah, je vois, dit Max en détachant calmement ses mots. Vous avez fait de l'exercice.

— C'est ça. »

Elle serra les mâchoires pour réprimer un rire nerveux.

45

Jerry et sa petite-fille Nilla étaient tous les deux à l'hôpital de Kalmar, mais dans des départements différents. Tout le week-end, Peter passa du chevet de son père à celui de sa fille.

Cette navette lui pesait – il fallait passer devant la maternité, avec son va-et-vient de parents comblés et, chaque fois que la porte s'ouvrait, les voix claires et les cris joyeux des enfants qui venaient d'avoir un petit frère ou une petite sœur, mêlés aux cris aigus des nouveau-nés.

Peter hâtait le pas.

Dans le département de Nilla, en revanche, le silence était insoutenable. Les infirmières marchaient sur la pointe des pieds et se parlaient à voix basse.

Avant de partir en week-end, le docteur Stenhammar avait indiqué à Peter et Marika une date pour l'opération de Nilla : le 1er mai, à dix heures du matin. C'était optimiste, car aucun spécialiste de chirurgie vasculaire ne s'était encore porté volontaire.

Dans presque deux semaines, songea Peter. *Il y a le temps*.

Assis à son chevet, il lui tenait la main. Ils parlaient à voix basse.

« Ils disent qu'ils vont trouver quelqu'un. Ils trouveront.

— Bien sûr, dit Peter. Et tout se passera très bien… Tu vas bientôt rentrer à la maison. »

Il sentit à nouveau son sourire se crisper, mais espérait avoir quand même l'air rassurant.

« Il faut que j'aille voir Grand-père, dit-il.

— Dis-lui bonjour de ma part. »

Elle était plus compréhensive que sa mère. Depuis que Peter lui avait raccroché au nez, Marika ne lui adressait presque plus la parole. Ils ne s'étaient croisés qu'une seule fois, le samedi, devant la chambre de Nilla, et elle l'avait à peine regardé.

« Désolée pour Gerhard, avait-elle dit en passant. J'espère que ça va aller. »

Tu l'espères vraiment ? avait pensé Peter dans son dos tandis qu'elle rejoignait sa fille – avant d'en avoir honte une seconde plus tard.

Jerry ne se réveillait pas.

Sa chambre était petite, avec des persiennes baissées qui transformaient la lumière du soleil en pointillés incandescents. Le samedi et le dimanche, Peter passa de longues heures dans la pénombre, sans que rien ne se passe. Les aides-soignantes venaient régulièrement changer la poche de la perfusion. Elles regardaient son père, lui tapotaient la main puis ressortaient.

Jerry avait été radiographié et plâtré vendredi soir. Il avait la moitié du visage, le bras et la jambe droits couverts de bandages. Les parties de son visage qu'on apercevait dessous étaient écorchées et couvertes de bleus, mais Peter savait que les plus gros dégâts étaient à l'intérieur du crâne.

On l'avait déménagé des urgences aux soins intensifs, puis dans une chambre normale. Cela aurait pu être un signe d'espoir, mais c'était le contraire – une infirmière se chargea de le faire comprendre à Peter :

« N'espérez pas de miracle. »

Jerry avait été mis là car il n'y avait plus grand-chose à faire. Il somnolait, marmonnait tout seul et ouvrait parfois les yeux – mais la plupart du temps il dormait.

Tandis qu'il le veillait, Peter se souvint que Jerry ne s'était pas montré, cinq ans plus tôt, alors que sa mère agonisait, les reins détruits. Il n'avait même pas appelé. Trois jours avant sa mort, Anita avait reçu de lui une carte postale prérédigée lui souhaitant un prompt rétablissement. Peter l'avait jetée sans la lui montrer.

Puis il essaya de déterminer à quel moment il avait été le plus proche de son père pendant les presque cinquante ans qu'ils s'étaient connus. Enfant ? Non. Pas non plus adulte. Il n'arrivait pas à se rappeler un seul instant de proximité – comme celui qu'il était peut-être en train de vivre.

Je devrais dire maintenant quelque chose de sa vie, songea Peter. *Je devrais dire ce que je pense de lui. Tout déballer, pour me sentir mieux après.*

Mais il ne dit rien. Il se contenta d'attendre.

Quand il sortit dîner, le samedi, il vit dans un kiosque la manchette d'un journal du soir :

L'information avait donc fini par sortir. Sexe et violence dans le même article, le rêve pour un tabloïd ! Peter acheta le journal, mais n'y apprit rien de nouveau. On y lisait seulement que la police enquêtait sur un incendie criminel qui avait fait deux morts dans une villa appartenant au « sulfureux réalisateur porno Jerry Morner ». À côté de l'article, une photo noir et blanc des années soixante-dix où Jerry, souriant, brandissait un numéro de *Babylone* devant l'objectif. Rien sur son hospitalisation – juste qu'on n'avait pas pu le joindre pour obtenir un commentaire.

L'inspecteur Marklund se rendit le dimanche vers trois heures à l'hôpital. Il trouva Peter devant la porte de Jerry.

« Je rentre à Växjö, dit le policier à voix basse. Comment va-t-il ? A-t-il dit quelque chose ?

— Il ne s'est pas encore réveillé… Ils pensent qu'il a des lésions cérébrales. »

Marklund hocha la tête.

« Vous l'avez retrouvé ? demanda Peter.

— Pas encore, mais nous cherchons sur les autoroutes, et nous avons découvert des traces de pneus. La carrosserie a dû être abîmée, nous contrôlons les garages. Et nous cherchons des témoins. »

Peter jeta un regard vers la chambre.

« Ce devait être quelqu'un que Jerry connaissait… Il était en train de descendre de la voiture, quand je l'ai aperçu. Il a donc dû y monter de son plein gré devant le commissariat.

— Vous avez reconnu le chauffeur ? »

Peter secoua la tête.

« Vu l'immatriculation ?

— J'étais trop loin, en contrebas du pont. J'ai vu que c'était une voiture rouge sombre… Je crois que j'ai vu la même passer devant notre maison sur Öland, il y a quelques jours. »

Marklund sortit un carnet.

« D'autres détails ?

— Pas grand-chose… La plaque avait l'air suédoise et je crois que c'était une Ford Escort, vieille de quelques années. » Il leva un regard las vers le policier. « Est-ce que ça peut vous aider ? »

Le policier referma son carnet.

« On ne sait jamais. »

Peter comprit que non.

Jerry s'enfonçait dans une somnolence de plus en plus profonde, mais ses yeux bougeaient parfois derrière ses paupières. Il respirait faiblement et marmonnait des mots sans suite. Des séries de prénoms suédois, dont beaucoup de femmes :

« Josefine, oui… Amanda… Charlotte ? Susanne, quoi ? »

Il ne mentionna pas la mère de Peter, Anita, ni Régina.

Au cours de la journée, sa respiration se fit de plus en plus faible, mais Peter reconnut d'autres noms dans ce qu'il murmurait :

« Bremer…… Moleng Noar…… et Markus Lukas, malade… »

Vers huit heures, dimanche soir, alors que Peter s'était presque assoupi, Jerry regarda Peter :

« Pelle ? » murmura-t-il.

Il semblait soudain parfaitement lucide.

« Je suis là, dit Peter. Ne t'inquiète pas, Papa.

— Bien, Peter… bien. »

Le silence se fit. Peter se pencha plus près.

« Qui c'était ? Qui conduisait la voiture ?

— Bremer.

— C'est impossible. »

Jerry hocha pourtant la tête. Puis il referma les yeux.

Il partit juste après neuf heures du soir, avec un soupir à peine audible. Les sifflements que Peter avait entendus depuis son enfance cessèrent, son corps abandonna la bataille et il expira en silence.

Peter était à son chevet et lui tenait la main quand cela se produisit, et il resta là, dans la chambre envahie par le silence.

Orphelin. Pendant plusieurs minutes, il chercha qui la disparition de Jerry pouvait toucher, qui appeler – mais personne ne lui vint à l'esprit.

Il finit par sortir chercher un médecin.

46

Peter rentra à la Casa Mörner à une heure du matin, après avoir vu le corps de son père emporté sur une civière.

La dernière chose que fit l'infirmière de garde dans la chambre de Jerry fut d'ouvrir grand la fenêtre, laissant les rideaux voler dans la fraîcheur de la nuit.

Elle se tourna vers Peter avec un petit sourire gêné. « J'ai l'habitude de faire ça, après. Je laisse sortir l'âme. »

Peter hocha la tête. Il regarda par la fenêtre et crut presque voir l'âme de Jerry flotter dans la nuit, comme une boule argentée qui scintillait au-dessus de l'hôpital. Allait-elle s'écraser à terre, ou monter vers les étoiles ?

À minuit et demi, il quitta Kalmar et retraversa lentement le pont vers Öland. Pendant tout le trajet vers le nord de l'île, il jeta des coups d'œil dans le rétroviseur. À deux reprises, il vit des phares s'approcher à vive allure et serra plus fort le volant, mais les deux voitures le doublèrent.

Les alentours de la carrière étaient plongés dans une obscurité presque complète – seules quelques lampes éclairaient l'entrée des villas. Peter se gara devant sa petite maison, sortit de sa voiture et tendit l'oreille. Pas un bruit. Le faible sifflement du vent, rien d'autre.

Il entendit alors le téléphone sonner dans la cuisine.

Il s'approcha de la maison tandis que les sonneries continuaient.

Markus Lukas, pensa-t-il. *Tu te planques quelque part en te demandant si tu as réussi à tuer mon père.*

Il ouvrit la porte et suivit les sonneries jusqu'à la cuisine. Il fixa le téléphone quelques secondes, puis décrocha.

« Allô ? »

Pas de voix, juste un écho, un cri répété à l'arrière-plan.

Peter comprit que c'était un enregistrement, il l'avait déjà entendu. Le jeudi saint, l'appel anonyme. C'était la même chose.

Et il comprit soudain de quoi il s'agissait – une fille qui criait. La bande-son d'un film de Jerry.

Peter serra fort le combiné.

« Parlez-moi, dit-il. Pourquoi vous faites ça ? »

Pas de réponse – toujours le son du film. Il ferma les yeux.

« Vous n'avez plus besoin de passer ça… Jerry n'est plus là, reprit-il. Vous l'avez tué. »

Il retint son souffle en guettant une réponse, mais n'entendit que le film encore quelques secondes, puis un clic. Fin de l'appel.

Il posa lentement le téléphone et regarda le reflet blême de son visage dans la vitre de la cuisine.

Quel était le message ? Que Markus Lukas avait l'intention de continuer ? Qu'il ne se contenterait pas de Jerry, quels que soient ses torts – mais comptait pourchasser toute la famille Mörner ? Faire payer les fautes du père à ses enfants et petits-enfants…

Il ressortit dans la nuit et gagna l'atelier d'Ernst.

Les Trolls alignés sur leurs étagères le long du mur le dévisagèrent tandis qu'il rassemblait les outils du tailleur de pierre.

Masses, scies, pics, ciseaux et maillets – autant d'armes pour se défendre. À la lumière, dans la maison, Peter constata que beaucoup d'outils étaient usés et émoussés, mais quelques-uns étaient encore bien affûtés. Il y avait une grande hache qui semblait redoutable. Il la brandit devant lui.

Tu veux te venger ? Tu n'as qu'à venir, pensa-t-il. *Tu n'as qu'à venir et tu verras si j'ai envie de me sacrifier pour quelque chose que mon père a fait…*

Ses armes dans la maison, il s'enferma et les répartit dans toutes les pièces. La hache, près du lit. Puis il éteignit et s'étendit dans le noir, les yeux rivés au plafond, en songeant à Markus Lukas, l'homme au visage détourné.

Il finit par s'endormir.

Quatre heures plus tard, il fut réveillé par le lever du soleil. Il redressa la tête, cligna des yeux et vit la grande hache à portée de main sur le sol. Alors il se souvint.

Son père avait été assassiné et sa fille était gravement malade.

Le monde était froid et vide.

Il resta couché encore une heure, sans parvenir à se rendormir, puis finit par se lever et alla prendre son petit déjeuner, sans quitter le téléphone des yeux – mais personne n'appela.

Il se décida à passer quelques coups de fil obligatoires : le bureau des pompes funèbres, la banque de Jerry et le prêtre de l'église où devait avoir lieu l'enterrement.

Puis il s'assit devant la fenêtre et regarda dehors fixement, en attendant qu'il se passe quelque chose. Mais il fallait qu'il s'occupe. Il prit la pile des formulaires de sondage.

Impossible d'appeler les gens maintenant, il en était incapable – aussi commença-t-il à tricher. Il remplit lui-même les questionnaires, l'un après l'autre. Ce fut laborieux au début mais bientôt, il n'eut plus aucun mal à se mettre dans la peau de gens qui avaient vu dans la rue les publicités pour ce fameux savon. Certains d'entre eux, comme « Peter, de Karlstad » ou « Christina, d'Uppsala », avaient bien l'intention de l'acheter. Ils étaient convaincus que ce savon, entre tous, allait changer leur vie.

En d'autres circonstances, il y aurait eu de quoi rire.

Et puis, trouver soi-même les réponses allait beaucoup plus vite – en seulement quelques heures, il abattit trois jours de travail. Et la peur de Markus Lukas s'estompait peu à peu.

Il alla ensuite inspecter la chambre de Jerry. Son père n'y avait pas habité longtemps et y avait laissé peu de traces, pas même d'odeur. Un pantalon en flanelle usé pendait au dossier d'une chaise, et Jerry avait laissé sa serviette sur le lit.

Peter alla l'ouvrir. Il espérait y trouver quelque chose d'important, mais il n'y avait que quelques médicaments contre la tension et une paire de poignées de musculation qu'on lui avait données après son attaque pour se rééduquer les mains.

Et bien sûr le vieux numéro de *Babylone*.

Il ouvrit la revue et regarda les séries de photos. Il ne regardait pas les filles – seulement l'homme appelé Markus Lukas dans les légendes, et qui ne montrait jamais son visage. Sur les photos, on lui donnait la trentaine. La revue datait de douze ans, Markus Lukas devait donc avoir aujourd'hui autour de quarante ans.

Peter observa l'arrière de sa tête et essaya de l'imaginer au volant d'une voiture. Était-ce là l'homme qui avait tué son père ?

Soudain, il remarqua pour la première fois un détail : un bras dépassait sur l'une des photos. Il montrait du doigt le couple nu sur le lit, et portait deux montres au poignet. Une en acier et une en métal.

La main de Jerry. Peter la regarda, longtemps.

Le téléphone sonna deux fois le lundi soir. Le premier appel était un journaliste d'un tabloïd qui avait appris la mort de Jerry et était parvenu à remonter jusqu'à Peter. Il avait entendu dire que Jerry était mort renversé par une voiture « dans des circonstances mystérieuses » et bombarda Peter de questions. Peine perdue.

« Demandez à la police, se contenta de dire Peter.

— Vous allez reprendre ses affaires ? demanda alors le reporter. Continuer à faire tourner son empire du porno ?

— Cet empire n'existe pas », dit Peter avant de raccrocher.

Le second appel était de Marika.

« Comment vas-tu, Peter ? »

Elle avait l'air sincèrement préoccupée. Il soupira.

« On ne peut rien y changer. » Il marqua une pause. « Je suis désolé de n'avoir pas été davantage auprès de Nilla… Ça va s'arranger, maintenant. »

Marika ne fit aucun commentaire.

« J'ai des nouvelles, dit-elle.

— Bonnes, ou mauvaises ?

— Bonnes, dit-elle sans manifester beaucoup d'optimisme. Un chirurgien de Lund s'est manifesté, un ami du docteur Stenhammar. Il paraît qu'il est prêt à opérer l'aorte de Nilla. Il trouve que c'est un "défi", c'est son expression… Alors il veut faire une tentative. »

Une tentative, pensa Peter en sentant une boule glacée au ventre.

« Très bien, dit-il.

— Il ne peut rien promettre. Stenhammar l'a répété plusieurs fois. »

Dans certains pays d'Afrique, les enfants meurent comme des mouches, songea Peter, *comme des mouches. Et ça ne fait même pas une ligne dans les journaux.*

« Tu es inquiet ?

— Bien entendu, Marika.

— Moi aussi, mais j'ai Georg… Est-ce que tu voudrais que Jesper vienne te voir et reste quelque temps ?

— Non, dit Peter à voix basse. Il peut rester chez toi. »

Il jeta un coup d'œil à son reflet dans la vitre sombre de la cuisine – vit ses yeux fatigués et apeurés – et sut que Jesper ne pourrait pas revenir dans cette maison. Tant que le Troll n'aurait pas été tué.

47

Voici venus les beaux jours, songea Gerlof. Avec leur cortège d'anémones, de coquelicots et de violettes. Et bientôt les lilas.

C'était une douce journée de printemps, une semaine avant mai. La terre peu épaisse de l'île était humide, mais séchait vite au soleil et Gerlof sentait dans l'air que les eaux stagnantes des tourbières et des marécages avaient commencé à s'évaporer. En deux semaines, sa pelouse était passée du jaune pâle au vert clair, et poussait à présent plus dru.

Le printemps était presque fini. Dans quelques semaines ce serait l'été, ou en tout cas son prélude.

« Le printemps sur Öland est violent et dure peu », avait écrit quelqu'un. Gerlof était content de l'avoir vu arriver et disparaître depuis sa pelouse, aux premières loges, et non à travers la fenêtre à triple vitrage de sa chambre à la maison de retraite de Marnäs.

Tout était calme et silencieux. Il avait sorti un fauteuil pour les visiteurs, mais personne n'était passé ces derniers jours. John Hagman était descendu à Borgholm repeindre la chambre de son fils, et Astrid Linder, l'autre habitante du village, n'était pas encore revenue d'Espagne. Stenvik avait été bien vide cette semaine, mais Gerlof avait aperçu la vieille voiture de Peter Mörner s'engager sur le chemin de la carrière.

Tant mieux – Gerlof espérait qu'il passerait. Les propriétaires des villas cossues de l'autre côté du chemin ne lui revenaient pas trop, mais il trouvait Peter de bonne compagnie.

Et de fait, quelques heures plus tard, alors qu'il se reposait dans le jardin, Peter apparut au bout du chemin et poussa le portail.

Son voisin avait l'air fatigué, ce mercredi. Il traversa lentement la pelouse et, avec un petit salut, il gagna le fauteuil des visiteurs.

« Comment ça va ? demanda Gerlof.

— Pas très fort.

— Il s'est passé quelque chose ? »

Peter s'assit en baissant les yeux dans l'herbe.

« Mon père est mort... Il est mort à l'hôpital dimanche soir.

— Mais comment ?

— Il a été renversé.

— Renversé ?

— Écrasé à Kalmar par un chauffard qui a pris la fuite.

— Un accident ?

— Je ne crois pas. » Peter soupira. « De toute façon, il y a eu délit de fuite. Mais Jerry devait connaître le chauffeur, parce que ce type a réussi à l'attirer sur une route déserte. Puis il l'a réduit en bouillie, avant de disparaître.

— Et qui était-ce ? Qui pouvait en vouloir à sa vie ? »

Peter se tut.

« Je ne sais pas… Il s'est passé pas mal de choses, son studio a brûlé il y a quelques semaines. Un incendie criminel. »

Gerlof hocha la tête.

« Donc il n'était pas très aimé.

— Non, pas spécialement. Même pas par moi… J'ai souvent prétendu que j'étais orphelin de père, surtout quand j'étais plus jeune. » Il sourit amèrement. « Maintenant je le suis vraiment.

— Il avait d'autres enfants ?

— Pas que je sache.

— Il vous manque ? »

Peter sembla réfléchir.

« Le pasteur m'a posé la même question aujourd'hui, pour préparer l'enterrement. Je ne savais pas quoi répondre. C'était assez difficile d'aimer Jerry, mais je voulais qu'il m'aime, *lui*… Je ne sais pas pourquoi, mais c'était important. »

Le silence se fit dans le jardin.

« Ma mère, elle, l'aimait bien, poursuivit-il à voix basse. Ou peut-être que non… Mais elle trouvait important que je garde le contact avec lui. Je devais lui écrire plusieurs fois par an, pour son anniversaire, etc. Jerry, lui, ne donnait jamais signe de vie… Après son attaque, il s'est pourtant souvenu de mon existence. Il a commencé à m'appeler plus souvent.

— Il avait un drôle de métier, dit Gerlof. Photographier des hommes et des femmes sans vêtements. Il s'est enrichi, avec ça ? »

Peter regarda ses mains.

« Autrefois… mais c'était fini.

— L'argent… dit Gerlof. Comme l'écrit saint Paul, il peut nous conduire à mal agir… »

Peter secoua la tête.

« Je crois que tout s'est évaporé. Jerry avait du talent pour ramasser l'argent à la pelle, mais aussi pour le jeter par les fenêtres. Ses revues ont cessé de paraître il y a des années, bien avant ses problèmes de santé. À la fin, il n'avait même plus les moyens de se payer une voiture.

— Jerry Morner, dit Gerlof, c'était son vrai nom ?

— Non, il s'appelait Gerhard Mörner... Mais il a changé de nom en devenant réalisateur porno. Tout le monde a l'air de faire ça dans ce secteur.

— Ils se cachent derrière leurs pseudonymes, dit Gerlof.

— Oui, malheureusement, dit Peter en regardant la pelouse. J'aurais bien voulu parler avec des gens qui ont connu Jerry, qui ont travaillé avec lui et sont encore en vie, mais même la police ne trouve personne... »

Gerlof hocha la tête, l'air pensif. Il pensa à la revue que Jerry Morner avait jetée sur la table à la fête des voisins.

« Je vais voir ce que je peux faire. »

Peter leva la tête.

« Ce que *vous*...

— Je vais faire mon enquête, dit Gerlof. Comment s'appelaient les revues qu'éditait votre père, déjà ? »

Le soir même, Gerlof téléphona à John Hagman, à Borgholm. Après les bavardages d'usage, il exposa la vraie raison de son appel :

« John, tu as parlé une fois de la pile de revues que ton fils gardait sous son lit et qu'il a emmenées en allant s'installer à Borgholm. Tu t'en souviens ?

— Oui, dit John. Et il n'en avait pas honte. J'ai essayé d'en parler avec lui, mais il disait juste que tous les garçons lisaient ça.

— Anders les a toujours, ces revues ? »

John soupira. Il soupirait souvent en parlant de son fils.

« Sûrement, quelque part.

— Tu crois qu'il me les prêterait ? »

John se tut quelques secondes.

« Je peux lui demander. »

Un quart d'heure plus tard, John rappela :

« Oui, il lui en reste quelques-unes… et il peut t'en procurer d'autres, si tu veux.

— Et où ?

— Il connaît des puces à Kalmar, où on trouve des vieux journaux en tous genres.

— Très bien, dit Gerlof. Je veux bien que tu lui demandes d'y aller, je peux payer. Je recherche particulièrement deux revues.

— Lesquelles ?

— *Babylone* et *Gomorrhe*.

— Les revues de ce Morner ?

— C'est ça. »

John se tut un moment.

« Je vais parler à Anders, dit-il. Mais tu es sûr ?

— Comment ça ?

— Tu es sûr de vouloir ces revues ? J'ai vu les numéros qu'avait Anders, c'est très… très explicite. »

La peur du qu'en-dira-t-on, pensa Gerlof.

« Je te crois, John. Mais ce n'est pas pire que de lire en cachette le journal de quelqu'un. »

48

Cinq minutes après avoir élevé la voix contre Vendela, Max revint dans le séjour en parlant à voix basse, presque des chuchotements. Le poing qu'il avait brandi contre elle était à présent une main posée sur sa poitrine. Il jouait les psychologues compréhensifs :

« Je ne suis pas en colère contre toi, Vendela, ne crois pas ça. » Il soupira et ajouta : « Je me sens juste un peu déçu. Voilà mon état d'esprit en ce moment.

— Je sais, Max… Ne t'inquiète pas. »

En dix ans de vie commune, Vendela avait compris que son irritabilité et sa jalousie étaient cycliques, et empiraient toujours quand un livre était en voie d'achèvement.

Elle garda son calme. Ce vendredi était la Saint-Marc, jour important pour les Elfes, selon la tradition.

« Max, je crois que je vais sortir courir, on parlera après.

— Vraiment ? Si tu restais à la maison, nous pourrions…

— Non, c'est mieux comme ça. »

Vendela alla se changer à la salle de bains. Elle s'aperçut au passage dans le miroir : l'âme lasse, le corps affamé, des rides inquiètes au front.

Elle songea à ses calmants, mais n'ouvrit même pas l'armoire à pharmacie.

De retour dans le séjour, elle trouva Max dans un fauteuil près de la fenêtre en train de boire son whisky du vendredi, un peu plus généreux que celui du jeudi. Aloysius s'était couché à l'autre bout de la pièce et guettait son maître du coin de l'oreille.

Max posa son verre et la regarda.

« Ne va pas courir, dit-il à voix basse. Tu ne peux pas rester à la maison, ce soir ?

— Mais je vais rester, Max. » Vendela noua ses lacets puis se redressa. « Après ça. J'en ai pour une demi-heure…

— Reste.

— Non, mais je reviens vite. »

Max vida son verre et regarda en direction d'Aloysius. Puis il se leva et avança de quelques pas.

« Je vais commencer à réfléchir à un nouveau livre, ce week-end.

— Ah oui, déjà ? dit Vendela. Sur quel sujet ?

— Ça s'appellera *Vie amoureuse au maximum*. Ou peut-être mieux : *Relations au maximum*. » Il lui sourit. « Les relations, c'est ce qu'il y a de plus important, non ? Avec qui on est, ce qu'on fait ensemble. Toi et moi. Toi, moi et les autres. Toi et les autres.

— Moi et les autres… Qu'est-ce que tu veux dire ?

— Toi et le voisin dans sa petite maison sur la prairie. » Il désigna le nord d'un coup de menton. « Peter Mörner et toi, tous les deux, vous êtes très proches, pas vrai ?

— Max, c'est faux. »

Il fit deux pas en avant. Vendela vit qu'il avait les tempes brillantes de sueur, comme si un orage intérieur le faisait bouillir. Les éclairs n'allaient pas tarder.

« Qu'est-ce qui est faux ? dit-il en s'essuyant des doigts le pourtour de la bouche. Je l'ai vu de mes propres yeux.

— Mais nous n'avons rien fait.

— Vous avez couru ensemble, non ?

— Oui, mais…

— Et l'herbe de la prairie est sèche, maintenant ? Sèche et moelleuse ? On peut s'y *coucher*, bien à l'abri d'un muret…

— Arrête, Max, tu es pénible.

— Ah oui ?

— Oui. Tu rabâches cette histoire de jogging… mais tu as autre chose derrière la tête.

— Et quoi ?

— Tu le sais bien… Je crois que tu penses à Martin.

— Non ! »

Max fit un pas rapide vers elle, Vendela recula.

Un mot de travers et il me gifle, pensa-t-elle.

« Maintenant je sors, Max, dit-elle à mi-voix, jusqu'à ce que tu te calmes. »

Son mari baissa les épaules de quelques centimètres.

« C'est ça, dit-il entre ses dents, vas-y, barre-toi ! »

Vendela se mit à courir. À grandes foulées, loin de ce château de conte de fées dont elle avait jadis rêvé. Et de Max. Elle aurait voulu faire un crochet par la maison des Mörner pour parler à un homme sensé, mais il semblait n'y avoir personne. De toute la semaine, elle n'avait pas vu Peter ni son père malade, et la famille Kurdin n'était pas là non plus.

Elle effectua un large virage vers l'ouest et se dirigea vers la lande. Elle n'avait pas l'habitude de passer si au sud : elle se repérait mal, tombait sans cesse sur des murets qu'elle ne reconnaissait pas, des ronces ou des barbelés. Le paysage tardait à s'ouvrir devant elle.

La lande commençait à fleurir. Les véroniques, le serpolet et les anémones donnaient au sol brunâtre gorgé d'eau une nuance bleu sombre, à laquelle les pissenlits ajoutaient ici et là quelques touches jaune vif. Très beau au soleil couchant.

Mais l'immobilité de tout ce tableau semblait de mauvais augure. Lorsque Vendela s'arrêta pour reprendre son souffle au milieu des fleurs, elle ferma les yeux et souhaita à tous les êtres qui l'entouraient une Saint-Marc heureuse et paisible. Mais elle ne sentit pas en retour la chaleur d'un mouvement de sympathie. Elle ne vit aucune image, tout était sombre.

Les Elfes n'allaient pas bien.

49

Gerlof prenait le soleil sur la pelouse vendredi après-midi, quand le docteur Carina Wahlberg arriva pour sa visite. John était passé dans la matinée lui porter une grosse pile de revues – des vieux numéros de *Babylone* et *Gomorrhe* déchirés et tachés – qu'il était en train de feuilleter.

Gerlof tenait ces revues souvent malodorantes du bout des doigts.

Elle le salua gaiement depuis le portail et il lui fit signe d'approcher.

« Bonjour, docteur », dit-il.

Elle lui sourit mais s'arrêta net en apercevant les revues.

« J'étais venu contrôler votre audition, dit Wahlberg en considérant la pile. Vous n'avez aucun problème de vue, apparemment. Vous voulez que je repasse ? »

Gerlof secoua la tête.

« Non, venez. Asseyez-vous.

— Vraiment ? Mais vous êtes occupé… »

Il leva les yeux de la revue, sans sourire.

« Ce n'est pas ce que vous croyez.

— Je ne crois rien.

— Ce n'est pas *ça*, en tout cas. J'ai quatre-vingt-trois ans et ma dernière petite amie, Maja, à la maison de retraite de Marnäs, avait à peu près le même âge, avant qu'elle se sente trop vieille pour continuer à me fréquenter… Je n'ai plus reluqué les jeunes filles depuis vingt-cinq ans. » Gerlof réfléchit, puis corrigea : « Vingt, au moins.

— Et pourquoi en regarder maintenant, alors ? demanda Wahlberg.

— Parce que je dois le faire.

— Comment ça ?

— Je fais une enquête.

— Ah… »

Le docteur Wahlberg s'approcha de Gerlof. Toujours en feuilletant les revues, il poursuivit :

« Je cherche à trouver quelque chose de spécial chez ces filles, mais je ne sais pas vraiment quoi. Tout ça est juste d'une tristesse… »

Wahlberg regarda les images. Elle n'avait pas l'air enchantée.

« Je vois en tout cas une chose qui ne va pas, de mon point de vue.

— Quoi ?

— Ils ne sont pas protégés.

— Protégés ?

— Les hommes devraient… porter des préservatifs. Mais ils n'en n'ont jamais, dans ce genre de revues. »

Gerlof la regarda.

« Donc vous en avez déjà vu ?

— J'ai été institutrice. Les garçons achètent ça et se font des idées complètement fausses, ils croient que tous ces fantasmes sont réels. »

Gerlof regarda les images. Il hocha la tête, pensif.

« C’est vrai, ils n’ont aucune protection. Mais vous avez tort.

— En quoi ?

— En parlant de fantasmes. Pour ceux qui sont photographiés, c’est bel et bien la réalité. »

Wahlberg se leva.

« Je vais maintenant aller doser vos médicaments, Gerlof. » Elle se retourna en ajoutant : « Je vais vous donner un bon conseil : jetez ces revues au plus vite. Je pense que vous n’aimeriez pas que vos filles les trouvent.

— Vous voulez dire après ma mort ? »

Le docteur n’était pas d’humeur à plaisanter.

« Quand quelqu’un meurt chez lui ou à la maison de retraite, on trouve parfois ce genre de revues sous les matelas ou au fond des tiroirs. Plus souvent que vous n’imaginez. Et quand un enfant ou un petit-enfant tombe dessus, c’est toujours la consternation… »

Gerlof hocha la tête.

« En fait, elles ne sont pas à moi, mais je dirai ça à leur propriétaire. »

Le docteur Wahlberg parti, Gerlof se remit à feuilleter *Babylone* et *Gomorrhe*. Aucune variété : à longueur de pages, les mêmes photos de filles blondes dans diverses positions – il était surpris de l’impression de rabâchage qui s’en dégageait. C’était triste et déprimant. Mais il continua à regarder.

Il s’arrêta soudain sur une des images. Une photo en couleurs qui ressemblait à toutes les autres : l’homme musclé, nu parmi les bancs d’une petite salle de classe, en compagnie d’une jeune femme. La brève légende la décrivait comme Belinda, « vilaine écolière suédoise qui se fait remettre à sa place ».

Gerlof était à peu près certain qu'elle ne s'appelait pas Belinda. Il examina longuement la photo, approcha ses lunettes de la revue, comme une loupe.

Une minute plus tard, il posa ses lunettes, se leva lentement et, la revue à la main, alla téléphoner.

Il appela Peter Mörner à l'ancien numéro d'Ernst, sans obtenir de réponse. Il essaya alors son portable.

« Allô ? »

Mörner avait encore l'air fatigué. Gerlof se racla la gorge.

« C'est Gerlof, Gerlof Davidsson, de Stenvik. Je peux vous parler ?

— Pas trop longtemps… Je vais voir ma fille à l'hôpital. Il s'est passé quelque chose ?

— Peut-être bien, dit Gerlof. J'ai regardé les revues de votre père.

— Vraiment ? Comment les avez-vous…

— Oh, des connaissances, dit Gerlof, qui ne voulait pas mentionner John Hagman ni son fils.

— Et qu'est-ce que vous en avez pensé ? »

Gerlof saisit l'exemplaire de *Babylone* et regarda la couverture, sans feuilleter la revue.

« Beaucoup de perruques blondes et d'yeux tristes, dit-il. Et c'est très cru. Des images vraiment très crues.

— Je sais, dit Peter, d'une voix encore plus lasse. Mais voilà, c'est à ça que ça ressemble, et nous, les hommes, nous achetons ça.

— J'ai passé l'âge, dit Gerlof.

— Moi, je n'ai jamais aimé ça, dit Peter. Jerry aimait ce genre de photos et de films, mais moi non. À aucun âge. Mais il y a forcément des clients.

— Et ces hommes, sur les photos, qui sont-ils ?

— Les hommes ? Il n'y en a qu'un… Il s'appelle Markus Lukas, ou se fait appeler comme ça.

— Non, ils sont plusieurs. Au moins deux. On ne voit jamais leurs visages, mais les corps sont différents.

— Ah oui ?

— Et ils ne se protègent pas. Pas de préservatifs.

— Non, c'est vrai. Jerry devait sûrement trouver ça déplacé, ridicule – vous êtes observateur, Gerlof. »

Gerlof soupira.

« Et pourquoi font-elles ça, ces filles ? Vous avez une idée ?

— Pourquoi ? Je n'en sais rien. Beaucoup ne sont sûrement pas bien dans leur peau… mais je ne sais pas. »

Il se tut, et Gerlof reprit :

« J'en ai en tout cas trouvé une.

— Une quoi ?

— Une des filles, dans une des revues. Vous disiez bien que vous vouliez en trouver une, lui parler.

— Vous voulez dire… que vous avez reconnu une des filles ?

— J'ai reconnu son pull.

— Elle porte un pull ?

— Il est jeté sur une chaise à l'arrière-plan », dit Gerlof. Il poursuivit : « Cette fille est sûrement de Kalmar. Je ne sais pas son nom, mais je pense que vous pourrez la retrouver. »

50

En route pour l'hôpital, Peter s'était arrêté à la bibliothèque de Borgholm après l'appel de Gerlof. Sa découverte dans une des revues de Jerry semblait prometteuse, mais Peter voulait d'abord essayer de retrouver ce Markus Lukas. Comme il n'apparaissait dans aucun annuaire du sud de la Suède, il essaya avec le nom que Jerry avait prononcé dans la voiture, *Moleng Noar*.

Une consonance asiatique, comme le nom d'un restaurant chinois. Il chercha dans les pages jaunes, mais en vain.

Il se souvint alors que Hans Bremer avait vécu à Malmö. À la lettre B, il trouva *Bremer, Hans, Terränggatan 10 B*.

Peter nota l'adresse, et se remit à réfléchir à ce mot étrange. *Moleng Noar*.

Il prit un crayon et essaya plusieurs orthographes :

Molang-noor

Mu-Lan Owa

Moo Leng Noer

– sans trouver aucun de ces noms dans l'annuaire.

Et si c'était en français, une variante de « Moulin Rouge » ? Il essaya cette orthographe :

Moulin Noir.

Il se replongea dans l'annuaire – et trouva. Le Moulin Noir était un club privé à Malmö, ouvert de deux heures de l'après-midi à quatre heures du matin : SHOW TOUTES LES DEMI-HEURES, précisait l'annonce.

Une boîte de strip-tease. Forcément.

Jerry en était-il aussi propriétaire ? Il ne lui en avait jamais parlé, mais cela ne l'aurait pas étonné.

Peter nota l'adresse. Il décida de partir sur-le-champ pour Malmö, mais d'abord direction l'hôpital. Il restait six jours avant l'opération.

Peter n'entra pas tout de suite dans la chambre de Nilla – une infirmière était en train de lui faire de nouveaux prélèvements. Il attendit qu'elle ait fini.

La salle d'attente n'était pas vide. Une femme d'environ soixante-cinq ans était assise en face de lui, tête penchée, un pull en laine plié sur les genoux. Ce n'était pas la première fois qu'il patientait avec d'autres gens, mais c'était toujours aussi pénible – chacun savait ce que les autres faisaient là, mais personne n'avait le courage de l'admettre.

Des proches, qui attendaient un verdict. Peut-être cette femme en face de lui s'était-elle réfugiée ici pour échapper un moment à l'ambiance lourde d'une chambre de malade.

Peter aurait peut-être dû se mettre en congé pour s'occuper de sa fille malade – s'il avait eu la force de faire les démarches. Mais Marika l'avait fait de son côté, et il ne savait pas si les deux parents pouvaient être indemnisés en même temps. Il y avait certainement une règle à ce sujet. En attendant, il continuerait à trafiquer ses questionnaires et faire semblant de travailler.

La femme d'en face le regarda soudain.

« Vous êtes le père de Nilla ? »

Peter leva les yeux et hocha la tête.

« Je suis la grand-mère d'Emil… Il a parlé de Nilla. » Sourire un peu crispé. « Oui, ils ont sympathisé.

— C'est vrai… » Il avait beau redouter la réponse, Peter demanda : « Comment va Emil ? »

La femme cessa de sourire.

« Ils ne disent pas grand-chose… Nous ne pouvons qu'attendre. »

Peter hocha à nouveau la tête et se tut.

Tout le monde attendait. Il n'y avait rien à dire.

On lui permit enfin d'entrer dans la chambre.

Dans le noir, Nilla serrait sa pierre volcanique. En le voyant, elle leva une main de la couverture. Il se faisait peut-être des idées mais, dans la blouse d'hôpital, Peter trouva ses bras plus décharnés encore, sa poitrine affaissée.

« Comment ça va ?

— Comme ça…

— Tu as mal quelque part ? »

Nilla baissa les yeux vers sa pierre noire.

« Pas en ce moment… Pas trop. » Elle soupira et poursuivit : « Mais j'en ai assez de tout ça… de cette douleur, et que les médecins et les infirmières passent leur temps à me demander comment elle est : si elle me lance, si elle me pique, si c'est comme une crampe… On dirait une interro, et je ne suis pas douée.

— Ce n'est pas une interro, dit Peter. Tu peux répondre ce que tu veux.

— Je sais, mais si je leur dis que la douleur est comme un nuage noir au-dessus de ma tête qui grossit en aspirant le nuage blanc sur lequel je suis assise, ils cessent de m'écouter… C'est trop bizarre pour eux. »

Ils se turent.

« Nilla, il faut que je parte quelque temps.

— Où ça ? Un problème avec Grand-père ? »

Peter secoua la tête. Il n'avait pas encore dit à Nilla que son grand-père était mort. Ça attendrait.

« Il faut que je descende à Malmö… faire un truc. Mais je serai rentré demain soir. »

51

À Malmö, week-end ordinaire dans la grande ville. Les voitures tournaient autour des ronds-points, les ferries partaient pour le Danemark, les gens en congé profitaient du soleil printanier en promenant leurs poussettes au bord de l'eau.

Il avait fallu à Peter presque quatre heures depuis Kalmar. Vers trois heures, il entra au centre-ville et se gara à quelques pâtés de maisons de la gare centrale, là où le tarif des parcmètres était un peu moins salé. Puis il partit à la recherche de la rue détournée où était situé le Moulin-Noir.

L'endroit était assez discret, une plaque fendue indiquait juste au-dessus de l'entrée MOULIN NOIR – SEX-SHOP & NIGHT-CLUB. La vitrine était aveuglée à la peinture noire et protégée par un rideau de fer. Peter devina que les militants antipornographie devaient parfois s'y rassembler avec leurs pancartes et leurs œufs pourris. Mais pour le moment, la rue était déserte.

Il s'arrêta devant la porte, où on avait collé un avertissement sur fond blanc : ATTENTION ! INTERDIT AUX MOINS DE 18 ANS ! Il avait beau ne connaître personne à Malmö, il vérifia une dernière fois que personne ne le regardait.

Vieux cochon, pensa-t-il. Puis il se redressa et entra.

À l'intérieur, il trouva une boutique tout en longueur, aussi calme que la rue. Une odeur piquante de détergent au citron flottait dans l'air mais, sous ses pieds, le lino semblait quand même sale. Le long des murs, des présentoirs pleins de films et de revues sous plastique, mais aucun numéro de *Babylone* ou *Gomorrhe*. Le vide laissé derrière lui par Jerry avait depuis longtemps été comblé par ses collègues.

Sur un comptoir de verre à l'autre bout du local trônait une vieille caisse enregistreuse en tôle et, derrière, sur un tabouret de bar, une femme se faisait les ongles. La trentaine, elle portait une robe noire moulante et de hautes bottes en cuir luisant. Son regard était noirci au mascara et ses longs cheveux d'un roux chatoyant ressemblaient à une perruque. Ici, presque tout était truqué, supputa Peter.

Derrière le comptoir, un escalier descendait vers le sous-sol, où une draperie de perles arrêtait le regard. Sur une musique répétitive, on entendait les longs gémissements d'une femme, mais le son était métallique, comme sorti d'un film. Exactement ce qu'il avait entendu au téléphone – mais il ne savait toujours pas qui avait appelé, ni pourquoi.

Peter s'avança vers la femme. Elle posa sa lime à ongles et lui sourit.

« Bonjour, dit-il.

— Bonjour, mon chéri, s'entendit-il répondre. Tu veux descendre dans le nid du péché ?

— Peut-être bien. Combien ça coûte ?

— Cinq cents. »

C'était trois cents couronnes de plus que ce qu'il avait sur lui.

« Cinq cents, seulement pour l'entrée ?

— Pas seulement, mon chéri, dit la femme avec un sourire encore plus large. En bas, il y a une grosse *surprise* qui t'attend.

— Ah oui ? Et ça vaut cinq cents couronnes ? »

Elle lui fit un clin d'œil.

« D'habitude, les mecs trouvent qu'ils en ont pour leur argent.

— Vous travaillez ici depuis longtemps ?

— Assez. Bon, alors, vous…

— Combien de temps ? »

Il essayait de poser ses questions avec le même ton décidé que Lars Marklund, l'inspecteur de police. La femme cessa de sourire.

« Six mois. Alors, vous vous décidez ?

— Et qui possède ce club ? »

Elle haussa les épaules.

« Des types. » Elle tendit une main aux longs ongles rouges. « Cinq cents, *please*. »

Peter sortit son portefeuille pour l'appâter, sans l'ouvrir.

« J'aimerais bien parler à un des propriétaires. »

La femme se tut.

Il finit par ouvrir son portefeuille et en sortit les deux cents couronnes qu'il avait, ainsi qu'un bout de papier. *Appelez-moi !* écrivit-il sous son numéro, en signant *Peter Morner (fils de Jerry Morner).*

Il lui tendit le mot et les billets de cent.

« Ça, c'est pour vous, dit-il, et pas besoin de me laisser entrer. Mais donnez le mot à un des propriétaires… au plus ancien. »

La femme prit les billets, en retrouvant aussitôt son air blasé.

« Je vais voir… Je ne sais pas s'il va venir ce soir.

— Donnez-lui quand vous le verrez. Promis ?

— D'accord. »

Elle se dépêcha d'empocher les billets, plia le mot et le posa à côté de la caisse. Puis elle se recala sur son tabouret, arrangea le flot de sa perruque – l'air d'avoir complètement oublié l'existence de Peter.

Il fit un pas de côté, écouta la musique et lorgna vers l'escalier. Il repensa à Régina, et se figura qu'elle l'attendait en bas. Peut-être que Jerry et Bremer étaient là eux aussi, deux cadavres cigare au bec et main sur sa cuisse. Il lui suffirait de passer à la caisse pour aller voir.

Mais il tourna les talons et quitta les lieux.

Une chambre l'attendait dans un hôtel discount au bord de l'autoroute mais, avant d'y aller, Peter passa par Terränggatan. Ça lui avait pris comme ça, il voulait juste voir où Bremer avait vécu.

Il trouva la rue sinistre, même au soleil printanier. Le numéro 10 était un immeuble gris de cinq étages, dans une rue tout aussi grise et décrépite. Le long du trottoir était garée une vieille camionnette avec une remorque à moitié pleine de cartons de déménagement.

Le nom BREMER figurait toujours à l'entrée du 10 B, dont la porte était ouverte. La serrure avait l'air cassée.

La cage d'escalier était sonore et sentait mauvais, comme si quelqu'un avait répandu du lait tourné sur les marches. Peter monta jusqu'au deuxième étage. La porte marquée Bremer était entrouverte, on entendait tout un remue-ménage à l'intérieur.

Il tira la porte et sentit une odeur plus aigre encore.

« Il y a quelqu'un ?

— Qu'est-ce que c'est ? » fit une voix lasse.

C'était une femme d'une quarantaine d'années aux cheveux prématurément gris. Elle le regarda depuis l'entrée de la cuisine, bras croisés. Derrière elle, un ado avec une casquette retournée. Il était en train de débrancher du mur une vieille télé et d'enrouler les câbles.

Peter eut un blanc. Que voulait-il, au fond ?

« Bonjour, je ne faisais que passer. J'étais… un copain de Hans. »

La femme sembla encore plus lasse.

« Ah oui ? Un copain de beuverie, alors ?

— Non, dit Peter en cessant de mentir. En fait, nous n'étions pas copains… mais il travaillait avec mon père. Et comme j'étais dans le coin, je voulais juste voir où il habitait. »

La femme ne sembla pas écouter ses explications. Elle ne le fit pas entrer, mais tourna les talons et retourna dans l'appartement – il lui emboîta alors le pas en demandant :

« Vous étiez sa femme ? Dans ce cas, je suis désolé…

— Hasse ne s'est jamais marié, le coupa-t-elle. Je suis sa sœur, Ingrid… De nouveaux locataires vont bientôt arriver, alors on est en train de vider l'appartement. »

Il n'y avait pas grand-chose à vider, songea Peter en s'avançant. Pas de lit dans la chambre à coucher, rien qu'un matelas, et les murs peints en jaune étaient nus.

Bremer semblait avoir consacré tout son temps et toute son énergie à faire des films et des revues avec Jerry, sans s'occuper de son intérieur.

Sa sœur était retournée à la cuisine ranger couverts et casseroles dans un carton. La pièce était aussi vide que la chambre : une table bancale avec deux chaises près de la fenêtre, quelques cartes postales décolorées au soleil sur la porte du frigidaire. Pas de films ou de revues – rien qui trahisse les activités de Bremer.

« Dites donc ! »

Il leva les yeux. Ingrid lui faisait signe d'approcher.

« Vous pouvez m'aider en vidant ce placard. Vous voulez bien ?

— Mais c'est que je dois…

— Allez, il n'y en a pas pour longtemps. Après, vous aiderez Simon avec les cartons. »

Et Peter dut grimper sur une chaise et rassembler les assiettes du placard en pile dans un carton. Il fallait sans arrêt monter et descendre.

Derrière une pile d'assiettes à soupe, sur l'étagère du bas, il trouva un papier jaune. C'était un post-it qui avait dû finir par sécher sur l'intérieur de la porte et tomber dans le placard. Dessus, quatre numéros de téléphone notés au crayon d'une main tremblante en face des noms correspondants :

Ingrid
Cash
La Fontène
Danièle

Le premier numéro devait être celui de sa sœur. Un des autres aurait dû être Jerry, mais il n'en reconnut aucun.

« Vous avez fini ? demanda Ingrid dans son dos.

— Presque. »

Il glissa le papier dans sa poche et continua d'emballer les assiettes.

Quand il eut fini à la cuisine, il fallut aider à porter les cartons – et il y avait finalement une quantité de bibelots dans cet appartement. Tout descendre prit presque une heure.

La sœur de Bremer ne dit pas grand-chose pendant le déménagement, et Peter non plus.

« Savez-vous comment votre frère est mort ? » demanda-t-il juste, le chargement terminé.

La rue était en plein soleil. Elle s'essuya le front.

« La police dit que c'était un incendie… Il était allé voir un type louche et la maison a brûlé.

— Ils se sont disputés ?

— Disputés ? Je ne crois pas, je suppose qu'ils ont picolé et fumé… Hasse passait son temps à ça. »

Un petit truand impliqué dans de nombreuses affaires – c'était ainsi que la police avait décrit Hans Bremer à Peter. Il demanda :

« Mais… il avait des ennemis ? »

La sœur de Bremer secoua la tête.

« La police a posé la même question… Non, pas d'ennemis. Mais on profitait de lui, ça, je le sais.

— Comment ça ?

— Il prêtait de l'argent, toujours là pour donner un coup de main… Il était trop gentil et n'avait pas de vrais amis, que des compagnons de beuverie. Quand on n'a pas d'amis, on ne peut pas avoir d'ennemis, non ? »

Peter n'en était pas si sûr, mais il se contenta de demander :

« Est-ce qu'un de ses amis s'appelait Markus Lukas ?

— Markus Lukas ? Non, pas que je sache.

— Hans et Markus Lukas travaillaient ensemble, à ce qu'on m'a dit… Votre frère travaillait beaucoup, non ? »

Ingrid secoua à nouveau la tête.

« Hans travaillait le moins possible… Il disait toujours qu'il était sur un gros coup, mais ça n'a jamais rien donné. »

Peter hocha la tête. Il comprit qu'elle n'avait pas la moindre idée des activités de son frère, que Bremer lui avait menti.

Silence et mensonge. Comme toujours dans l'entourage de Jerry.

52

Max avait le visage rouge, comme au bord de l'infarctus.

« Il a treize ans, Vendela !

— Mais Max, qu'importe son âge ?

— Treize ans ! C'est comme un octogénaire !

— Et alors ? C'est un octogénaire *en forme.* »

Cette dispute du lundi soir concernait Aloysius et sa santé. Ce n'était pas la première fois, mais leurs conversations tournaient vite en rond et ils s'étaient lassés de tous les autres sujets.

« Il n'est pas *en forme* !

— Mais si, Max… Il se lève beaucoup plus qu'avant et marche mieux.

— Il est aveugle ! »

Comme ils commençaient à se répéter, ils s'étaient tus et chacun était parti de son côté sur les dalles noires sonores. Max s'était enfermé dans son bureau, Vendela avait choisi la cuisine. Aloysius s'était caché pendant leur dispute mais avait ensuite pris parti en venant se frotter à elle et lui flairer les jambes.

Il ne fallait pas se comporter ainsi, elle l'avait souvent dit à Max. Partir au milieu d'une dispute, sans avoir crevé l'abcès. Il avait acquiescé et même repris ce conseil dans un de ses livres.

Vendela ramassa quelques miettes de pain sur le plan de travail en acier inoxydable, en poussant un soupir silencieux.

Ils étaient arrivés dans une impasse, elle le voyait bien. Soit ils abandonnaient, soit ils devraient suivre une thérapie – mais Max, lui-même ancien psychologue, pensait avoir la science infuse. Il avait toujours refusé de voir d'autres thérapeutes, il n'y croyait pas.

Elle sortit son carnet et un stylo et nota d'une écriture brouillonne :

Parfois, nous autres humains ressentons un sentiment de tristesse et d'absurdité totale. Pourquoi le malheur s'acharne-t-il sur nous ? Pourquoi sommes-nous tout le temps incompris et maltraités ? Personne ne sait.

Mais les Elfes eux aussi ressentent parfois la tristesse, ils souffrent terriblement et leur douleur peut être bien plus profonde que celle des hommes.

Ce que leur souffrance peut nous enseigner de plus important, c'est que...

Oui, au fait, que pouvaient donc nous enseigner les Elfes ? Vendela s'arrêta et réfléchit, le stylo en l'air, sans trouver comment finir sa phrase.

Elle se dépêcha de refermer le carnet et gagna la salle de bains, mais ne prit aucun calmant. Elle but juste un verre d'eau, se sentit un peu rassasiée, pressée de retrouver la lande.

Elle se changea.

Cinq minutes plus tard, elle était prête. Elle donna une petite tape à Alosyus et ouvrit la porte.

« Je reviens bientôt ! » cria-t-elle.

Pas de réponse dans le bureau.

Elle courut droit à la pierre des Elfes ce lundi soir, à grandes enjambées, poings serrés. À plusieurs reprises elle manqua de trébucher sur des touffes d'herbe et dans des ornières, mais finit par arriver.

Vendela n'avait ni argent ni bijoux sur elle – elle n'avait rien à offrir, voulait juste être là. Depuis quatre jours, elle y venait : là, sans Max, elle avait la paix.

Elle posa la paume de la main sur la pierre et essaya de se calmer. Les cris de la dispute résonnaient encore dans sa tête.

Mais ce soir, pas de consolation.

Tout avait empiré ici depuis sa précédente visite, une lourde tristesse plombait le royaume des Elfes. En fermant les yeux, Vendela vit des images très claires : le roi des Elfes sur son trône de pierre pleurait la reine malade, du sang bleu lui coulait par les yeux.

Vendela sentit que personne n'avait de temps à lui consacrer.

Elle fit demi-tour et repartit en courant vers l'ouest.

De retour à la villa, elle trouva fenêtres éteintes et porte close. L'Audi avait disparu. Max avait dû aller quelque part, mais la clé de secours était cachée sous un pot de fleurs. Vendela ouvrit et entra.

« Il y a quelqu'un ? »

L'écho de son cri s'estompa dans la maison. Pas de réponse. Vendela n'en attendait pas de Max, mais Aloysius ne donnait pas non plus signe de vie.

« Ally ? »

Rien. Elle trouva dans la cuisine un mot collé à la porte du frigidaire :

Rentré à la maison –

Emmène Ally chez le vétérinaire pour examen. Appellerai.

Je t'embrasse,

Max

Vendela arracha le mot et le jeta.

Elle fit le tour de toutes les pièces pour se persuader qu'Ally n'était nulle part. Alors elle alla s'asseoir dans le séjour et regarda fixement la carrière vide par la grande baie vitrée.

Max était rentré à Stockholm avec leur chien. Vendela ne pouvait rien faire.

Elle ferma les yeux.

Elle entendit le tintement d'une cloche de vache, et le ricanement de Jan-Erik.

Vendela et les Elfes

Les bottes à la main, Henry Fors conduit les policiers à l'étage. Vendela se glisse derrière eux, envahie d'un mauvais pressentiment.

« Venez par ici, vous verrez à qui elles sont. »

Il s'approche de la seule porte fermée du couloir et l'ouvre sans frapper.

« Le voici… Mon fils Jan-Erik. »

Vendela regarde les agents entrer dans la chambre à la suite d'Henry. Ils forment un cercle autour de la créature assise sur sa couverture, dans les mêmes vêtements sales que la veille. Jan-Erik penche la tête en arrière pour les regarder. Puis il pouffe et se tourne vers Vendela. Elle voudrait dire quelque chose, mais n'ouvre même pas la bouche.

« Il est malade ? demande un des policiers.

— Façon de parler. Il est débile. » Henry continue à le montrer comme un monstre de foire : « Il est avec nous depuis maintenant deux ans… Il était dans un asile jusqu'à présent, mais je l'ai pris ici par pur dévouement. » Il marque une pause et poursuit : « C'était une erreur, la preuve.

— Et donc c'est sa botte ? demande le premier policier.

— Mais oui, je vais vous montrer. »

Henry s'approche de son fils, attrape une de ses jambes et y enfile la botte. Elle a l'air de lui aller – mais Vendela sait parfaitement que c'est la botte de son père.

« Oui, d'accord, dit le policier en lorgnant le fauteuil roulant. Mais peut-il marcher ?

— Oh oui, dit Henry. À l'asile, ils m'ont dit qu'il *peut* marcher. Mais seulement quand personne ne le regarde.

— Montrez-nous. »

Henry se penche et attrape Jan-Erik sous les bras.

« Allez, viens. »

Puis il le soulève de sa couverture et le redresse.

Jan-Erik continue à pouffer. Il se tient debout, un pied dans une grosse chaussette, l'autre dans la botte.

Henry lui donne une tape dans le dos.

« Allez, mon garçon ! Vas-y, marche ! »

Jan-Erik reste planté quelques secondes à regarder les policiers. Il esquisse alors un pas, puis encore un autre.

« Mais pourquoi aurait-il mis le feu ?

— Pourquoi ? dit Henry. Allez savoir… On ne peut pas comprendre, il vit sur une autre planète. »

Le premier policier regarde l'autre d'un air perplexe.

« Qu'est-ce que tu en penses… Des comme ça, on peut les mettre en examen ?

— Aucune idée. Quel âge a-t-il ?

— Dix-sept ans.

— Alors c'est peut-être possible… Il faut vérifier. »

Vendela se sent mal. Elle ouvre la bouche :

« Non ! »

Tout le monde se fige et la regarde. Maintenant, il faut qu'elle continue :

« C'est ma faute. C'était moi ! Je détestais les vaches… Je suis sortie sur la lande pour demander qu'elles disparaissent ! J'ai demandé… »

Aux Elfes, voilà ce qu'elle pensait dire, mais elle n'ose pas. Ça ne ferait qu'empirer les choses.

Les agents restent d'abord bouche bée, puis échangent un sourire. L'un des deux fait un clin d'œil, en lâchant :

« Une famille de criminels ! »

Les agents passent devant Vendela et sortent de la pièce.

La police partie, un grand silence s'installe à la ferme. Henry se tait, et Vendela refuse de lui parler. La rumeur des soupçons de la police doit déjà circuler car, dès le lendemain, plus personne ne vient voir la famille Fors – les voisins semblent même faire des détours pour éviter la ferme.

Dans les semaines qui suivent l'incendie, la police procède à d'autres interrogatoires. Henry Fors et son fils sont finalement mis en examen : Jan-Erik pour avoir incendié la grange, Henry pour avoir essayé de le cacher afin d'obtenir l'indemnisation de l'assurance.

« Ce n'était pas Jan-Erik, dit Vendela. C'était toi. »

Henry hausse les épaules.

« C'est mieux comme ça… Ton frère est débile, ils ne peuvent pas le condamner. »

Malgré tout ce qui s'est passé, Henry continue à tailler la pierre. Chaque matin, il descend tête haute à la carrière, et rentre chaque soir. Vendela n'ose pas lui demander ce qu'il fait de ses journées, car il n'a presque plus aucun client.

Vendela, elle, continue l'école, mais le trajet et les heures qu'elle y passe sont désormais une longue torture. Elle n'est plus Vendela Fors, juste la fille de « la famille des incendiaires ». À la récréation, Dagmar Gran va rejoindre le cercle des autres filles de la classe, sans la regarder.

Après deux semaines d'attente silencieuse, Jan-Erik et Henry sont convoqués au tribunal de Borgholm pour le procès.

Henry enfile son costume noir du dimanche et se peigne soigneusement. Il prend des vêtements propres pour son fils et monte à l'étage.

Il hausse la voix. Vendela comprend que Jan-Erik refuse de marcher. Henry finit par descendre avec son fils dans les bras. Jan-Erik s'agrippe à son père.

« Allez, on va prendre le train », dit Henry.

Dans l'entrée, Vendela voit que son frère a changé de chemise, mais que son visage est toujours aussi sale.

« Jan-Erik ne devrait pas se laver ?

— Si, mais il leur fera davantage pitié comme ça », dit Henry en franchissant le seuil.

Elle reste à la maison. Assise dans la cuisine, le regard vide.

Tard dans la soirée, Henry et Jan-Erik reviennent avec la sentence : Henry écope de huit mois de prison pour escroquerie à l'assurance. La peine sera effectuée à la maison d'arrêt de Kalmar.

Ensuite – vu la situation financière d'Henry – aura lieu la vente aux enchères de la ferme et de tous les meubles.

« C'est comme ça, dit-il après avoir monté Jan-Erik et rejoint Vendela à la cuisine. Dieu donne, Dieu reprend, ses voies sont impénétrables. Il faut l'accepter. »

Le tout avec un sourire amer, comme soulagé d'avoir tout perdu.

« Et Jan-Erik ? demande Vendela. Lui aussi, il va en prison ?

— Non.

— Il reste libre, alors ? »

Henry secoue la tête.

« Ça ne s'est pas passé comme j'espérais… Il part pour Salberga.

— Où ça ?

— C'est dans le Norrland. Un hôpital psychiatrique pour asociaux.

— Et combien de temps ?

— Je n'en sais rien… Jusqu'à ce qu'ils le relâchent. »

Le silence enfle dans la cuisine.

« Et moi ? »

Vendela s'attend à devoir rester seule à la ferme, mais non :

« Toi aussi, tu vas aller à Kalmar. Tu habiteras avec ta tante et tu continueras l'école là-bas.

— Et si je ne veux pas ?

— Tu n'as pas le choix », dit Henry.

Vendela se tait. Devant la pierre des Elfes, a-t-elle souhaité aller dans la grande ville ? A-t-elle souhaité que tout finisse ainsi ?

Elle ne se souvient pas, elle a souhaité beaucoup trop.

Arrive la semaine où la petite famille doit être dispersée. Henry doit se présenter à la maison d'arrêt, Vendela rejoindre sa tante et Jan-Erik être pris en charge par deux infirmiers à Kalmar. La veille du départ est un dimanche de la mi-mai, sinistre et nuageux.

Dans la matinée, Henry prépare une valise pour lui et un sac à dos pour Jan-Erik. Il se fait du café, le boit, puis reste assis dans la cuisine à regarder en silence le rectangle de cendres dans la cour. Tout aussi silencieuse, Vendela regarde ses mains fines, de l'autre côté de la table.

Son père ne tient pas en place. Vers dix heures, il va chercher la cafetière, puis semble se souvenir qu'il l'a déjà vidée. Il se tourne alors vers Vendela :

« Je vais travailler… Tant pis pour le jour de repos.

— Tu vas à la carrière, maintenant ?

— Oui. À ce soir. Ton oncle et ta tante viennent nous chercher tous les trois pour nous emmener à Kalmar. »

Et il part vers la côte, peut-être pour la dernière fois. Mais Vendela l'entend chanter en passant le portail :

Adieu sentier, soleil, adieu lande sauvage !
J'ai changé de monture et quitté le chemin,
J'ai adopté les us et coutumes des marins,
Et je n'accoste plus qu'en hôte de passage.

Son chant disparaît au loin. Vendela reste assise dans la cuisine, seule au monde.

Mais elle n'a pas l'intention d'attendre tante Margit et oncle Sven. Henry disparu en direction de la mer, elle entre dans sa chambre et ouvre l'armoire. À genoux, elle attrape le coffret.

Le dernier gros bijou de sa mère est un cœur doré sur une fine chaîne d'argent. Vendela le met dans sa poche.

Puis elle monte à l'étage.

Là, tout est silencieux. Sauf chez Jan-Erik, où une voix monotone lit le bulletin météo.

Vendela ouvre la porte, sans frapper.

Par terre, il écoute la radio, couché sur sa couverture tachée de sang, comme s'il l'attendait. Il sourit.

Vendela s'agenouille devant lui et le regarde dans ses yeux bleu marine.

« Père est parti, Jan-Erik, dit-elle lentement, en articulant chaque mot. Il est descendu à la carrière, comme d'habitude. »

Jan-Erik cligne des yeux.

« Ils vont venir te chercher, et moi aussi... Mais on ne va pas les attendre. Tu comprends ? » Vendela fait un geste vers la lande. « On va aller voir les Elfes. »

Il lui sourit.

« Allez, viens. »

Mais Jan-Erik reste sur sa couverture en tendant les bras vers elle. Il veut qu'on le porte. Aucune hésitation chez lui. Mais Vendela, en sentant l'odeur rance de la pièce, lève l'index.

« D'abord, tu vas prendre un bain. »

Elle installe la bassine dans la cuisine, va pomper plusieurs seaux d'eau qu'elle met à chauffer sur le fourneau. Puis elle descend son frère dans la cuisine. C'est assez facile, il est maigre et noueux.

Jan-Erik rit nerveusement en se plongeant dans l'eau. En quelques minutes, elle est noire de crasse. Vendela le laisse se nettoyer le corps, mais l'aide pour le visage. Avec un torchon imprégné de savon, elle le frictionne doucement pour dissoudre le sang et le pus séchés.

Dessous, des griffures cicatrisées et des crevasses, mais la peau semble plus saine qu'elle n'aurait cru. Jan-Erik commence à prendre figure humaine.

Quand il est sec, elle lui coupe les ongles. Comme il n'a pas l'air d'avoir de vêtements propres, elle en prend à Henry, qu'elle retrousse pour qu'ils lui aillent.

« Maintenant on y va. »

Vendela le porte dehors, elle le sent poser le menton sur son épaule. Elle monte chercher son fauteuil roulant et, après l'y avoir installé, le pousse devant elle sur le sentier des vaches.

Elle dit à son frère, à voix basse :

« Les Elfes vont nous aider, Jan-Erik… On sera mieux chez eux. »

Jan-Erik se contente de sourire. Quand elle attrape les poignées du fauteuil, il lance les jambes en avant pour lui donner de l'élan.

Vendela choisit le chemin sous les arbres, pour que personne ne les voie. Elle l'a si souvent emprunté, derrière les vaches, avec son bâton.

Ce n'est qu'au bout de la prairie, à plusieurs centaines de mètres de la maison, que Vendela se dit qu'elle aurait aussi dû emporter de quoi manger et des couvertures, mais c'est trop tard.

Elle pousse le fauteuil devant elle sur l'herbe. Le sol est humide, mais les roues sont larges et avancent doucement.

Ils franchissent la dernière clôture et se retrouvent sur la lande.

Vendela et son frère vont sous l'immense ciel bleu, vers les taches d'eau qui scintillent au loin. Entre les grandes mares de la lande, le soleil couchant dans le dos. Droit vers les genévriers impassibles.

« On est bientôt arrivés », dit-elle.

Elle aperçoit la pierre des Elfes, s'arc-boute contre le fauteuil pour accélérer sur les dernières centaines de mètres.

Mais tout à coup, stop. Elle s'est trop approchée d'une mare de fonte, là où l'herbe est trempée et la terre meuble et argileuse. Le fauteuil penche vers la gauche.

Les larges roues se sont enlisées.

Jan-Erik commence par rester assis mais, quand Vendela se met à tirer dessus pour le dégager, il en descend et attend à côté.

Vendela espère qu'il va se mettre à marcher, mais il reste planté là. Il observe avec un petit sourire sa lutte avec le fauteuil.

Elle renonce et l'abandonne dans la boue. Elle tend à nouveau les mains vers son frère et le soulève, même si ses jambes n'ont presque plus la force de la porter.

Et ils se remettent en marche vers le cercle des genévriers.

Elle traîne Jan-Erik mètre par mètre, jusqu'à la pierre des Elfes. Tandis qu'elle sue et avance d'ahan, le corps qu'elle porte se détend complètement – à nouveau, il a posé le menton sur son épaule.

Ils parviennent jusqu'aux genévriers, là où le sol est ferme et sec, et, dans un dernier effort désespéré, Vendela pousse Jan-Erik jusqu'à la pierre. Il pose les pieds dans l'herbe et fait seul les derniers pas.

Il finit par s'asseoir, adossé au rocher rugueux.

Vendela regarde le dessus de la pierre et constate que tous les creux en sont vides.

Les Elfes viennent de passer.

Elle met la main dans sa poche et sent la chaîne d'argent sous ses doigts. Le dernier bijou de sa mère. Elle la pose dans un des creux.

Veillez sur lui. Et sur moi, aussi. Que nous restions en bonne santé et sans péché.

Elle soupire, puis s'assoit dans l'herbe à côté de son frère et regarde le soleil descendre entre les genévriers.

Le vent siffle. Ils restent assis côte à côte en silence, Vendela attend. Les oiseaux alentour cessent de chanter, l'un après l'autre, il fait de plus en plus froid et sombre.

Rien ne se passe. Personne ne vient. Jan-Erik ne bouge pas, mais elle commence à grelotter dans sa robe légère.

Le soir venu, l'air est glacé. Elle finit par n'y plus tenir. Elle se lève et regarde son frère.

« Jan-Erik, il faut partir… il faut aller chercher de quoi manger et des vêtements plus chauds. »

Il sourit et tend les bras vers elle, mais elle secoue la tête.

« Je n'ai plus la force. Il faut que tu marches tout seul. »

Mais il reste à la regarder, assis contre la pierre.

Vendela s'éloigne. Elle se retourne.

« Attends ici, Jan-Erik. Je reviens. »

53

Le lycée de la Couronne, à Kalmar : une série de bâtiments rouge sombre sur la moitié d'un pâté de maisons. Peter y arriva de Malmö une demi-heure environ avant le déjeuner, alors que les élèves étaient encore en cours. Il traversa de longs couloirs vides et monta un escalier jusqu'à l'administration.

À l'accueil, une jeune femme qui avait l'air nouvelle s'empressa de lui demander :

« Je peux vous aider ?

— Peut-être, dit Peter. Je cherche à retrouver une ancienne élève, je crois qu'elle a étudié ici au début des années quatre-vingt.

— Et elle s'appelle ?

— Je ne la connais pas. Mais j'ai sa photo… »

Il sortit une photo de la fille blonde que Gerlof Davidsson avait trouvée dans *Babylone* – mais pas nue. Il avait découpé son visage dans la revue et collé la photo sur une feuille blanche.

« J'ai hérité d'une maison sur Öland, continua-t-il, et j'ai trouvé ceci dans un placard, avec un journal intime, des lettres et d'autres papiers. J'aimerais la retrouver pour lui rendre le tout. »

Il regarda la jeune femme pour voir si ses mensonges prenaient. Elle observa attentivement la photo, puis demanda :

« Mais comment savez-vous qu'elle a fréquenté ce lycée ? »

Mentir le moins possible, songea Peter.

« Eh bien, c'est que… il y avait d'autres photos d'elle avec un pull de l'école. »

Et c'était exact : Gerlof avait découvert un pull du lycée de la Couronne à l'arrière-plan d'une des photos de *Babylone*. Apparemment oublié sur une chaise, avec en évidence l'inscription LYCÉE DE LA COURONNE 1983-1984 – signe rare, dans le monde de Jerry, que ces filles n'étaient pas de purs fantasmes.

« Bon, dit la jeune femme, le mieux est de vous adresser à notre professeur de mathématiques, Karl Harju. Il travaille ici depuis les années soixante-dix. »

Elle se leva et raccompagna Peter dans les couloirs déserts du rez-de-chaussée, jusqu'à la porte fermée d'une salle de classe.

« Vous pouvez attendre ici, c'est bientôt la récréation. »

Peter attendit cinq minutes, puis la porte s'ouvrit et déversa un flot de lycéens qui disparurent avec des rires et des éclats de voix. Il les regarda s'éloigner en se disant que ses enfants leur ressembleraient dans quelques années.

Ses *deux* enfants.

Un homme dans la force de l'âge, vêtu d'un cardigan vert, était resté dans la classe. Il effaçait tranquillement le tableau couvert d'équations. Peter s'avança sur le seuil.

« Karl Harju ?

— Oui, c'est moi, dit l'homme avec un accent finlandais.

— Écoutez, j'ai besoin de votre aide… »

Il entra dans la salle et lui resservit son mélange de mensonges et de vérité. Pour finir, il lui tendit la photo découpée dans *Babylone*.

« Vous la reconnaissez ? Je crois qu'elle était en section économie. »

Le professeur regarda la photo en fronçant les sourcils. Il hocha la tête.

« Elle s'appelait Lisa, je crois. Attendez. »

Il se leva et sortit. Il mit au moins dix minutes à revenir avec un classeur.

« Ce n'était pas sur ordinateur à l'époque, dit-il. Il faudrait tout numériser, mais… »

Il ouvrit le classeur et en sortit un papier. Une ancienne liste d'élèves.

« C'est ça, elle s'appelait Lisa. Lisa Wegner, un peu réservée, mais gentille et mignonne, ça se voit sur la photo… Il y avait toute une bande de copines dans cette classe, Lisa, Petra Blomberg, Ulrica Ternman, Madeleine Frick… »

Peter vit qu'il y avait des adresses et des numéros de téléphone sur la liste – vieux de dix ans, bien sûr.

« Je peux noter tout ça ?

— Vous pouvez utiliser notre photocopieuse », dit le professeur.

En remettant la copie à Peter, il demanda :

« Et Lisa, savez-vous ce qu'elle est devenue ? Cette photo, là, on dirait un magazine…

— Oui, ça vient d'une revue, dit Peter. Elle a dû être modèle, poser pour des photos pendant une brève période.

— Je vois… Comme enseignant, on est toujours curieux de savoir ce que deviennent nos petits agneaux. »

Peter retourna à l'administration emprunter un annuaire.

Il ne trouva qu'une seule des quatre filles de la bande : il y avait une Ulrica Ternman dans la région de Kalmar. Elle habitait à Randhult, un village un peu au sud de la ville.

Il nota le numéro, regagna sa voiture et appela avec son portable :

« Bonjour, ceci est un répondeur téléphonique, fit une voix masculine. Vous êtes bien chez Ulf, Hugo, Hanna et Ulrica. Nous ne sommes pas là, mais vous pouvez laisser un mess… »

Peter allait raccrocher quand une voix de femme dit :

« Allô ? »

Peter se pencha sur le volant.

« Allô ? Ulrica Ternman ?

— Oui, qui est-ce ?

— Je m'appelle Peter Mörner. Vous ne me connaissez pas, mais je suis à la recherche d'une certaine Lisa Wegner. Vous étiez amies, n'est-ce pas ? »

La femme se tut un moment, comme si le nom mettait du temps à arriver jusqu'à sa mémoire.

« Lisa ? Mais oui, à l'époque du lycée, mais nous avons perdu contact. Elle habite à l'étranger.

— Et vous n'avez pas de numéro de téléphone où la joindre ?

— Non, elle est partie en Belgique ou en France comme jeune fille au pair et s'est mariée là-bas, je crois… Mais qu'est-ce que vous lui voulez ?

— Je crois qu'elle a travaillé pour mon père, Jerry Morner. »

Nouveau silence.

« Comment dites-vous ?

— Morner… Gerhard "Jerry" Morner. »

Ulrica Ternman baissa la voix.

« Vous voulez dire celui qui éditait ces… revues ? C'était votre père ?

— C'est ça, deux revues très particulières. *Babylone* et *Gomorrhe.* Vous le connaissez ?

— Oui…

— Vraiment ? » Puis Peter comprit, ou crut comprendre, et se dépêcha d'ajouter : « Vous aussi, alors, vous avez travaillé pour Jerry ? »

Silence dans l'écouteur. Puis un clic.

Peter regarda son téléphone. Il attendit quinze secondes et refit le numéro.

La femme répondit après quatre sonneries. Peter prit sa voix ferme de sondeur expérimenté :

« Bonjour Ulrica, c'est moi qui viens d'appeler… Je crois que nous avons été coupés. »

Il l'entendit soupirer.

« Qu'est-ce que vous voulez ?

— Juste vous poser quelques questions, après je vous laisserai tranquille… Donc, vous avez travaillé pour Jerry Morner ? »

Ulrica soupira à nouveau.

« Une seule fois, dit-elle. Un week-end. »

Peter serra plus fort son téléphone.

« Ulrica, j'aimerais beaucoup en parler avec vous.

— Et pourquoi ?

— Parce que… mon père est mort.

— Vraiment ?

— Il est mort dans un accident de voiture. Et… il y a certaines choses que je n'ai jamais sues de lui, ni de ses activités…

— Ah oui ? Vous n'avez jamais été mêlé à tout ça ?

— Non. Il avait d'autres collaborateurs.

— Oui, je sais, dit Ulrica Ternman d'une voix lasse. Mais je ne peux pas vous en dire grand-chose.

— On pourrait quand même essayer ? »

Elle se tut.

« D'accord, finit-elle par dire. Vous pouvez venir demain soir, si c'est avant sept heures.

— Très bien, j'habite sur Öland… Où se trouve Randhult ?

— Vingt-cinq kilomètres au sud de Kalmar. C'est indiqué depuis l'autoroute, et j'habite la seule maison en briques, à côté d'une grange.

— Merci. »

Il était passé voir Nilla en revenant de Malmö, dans la matinée, mais elle dormait. Il y retourna après sa visite au lycée de la Couronne.

Marika n'était pas là, mais Nilla était éveillée, sous perfusion, le bras immobilisé par une sangle de plastique.

« Bonjour Papa, dit-elle à voix basse, sans bouger.

— Comment ça va ?

— Ça va… Comme ça.

— Tu as mal ?

— Non, pas trop.

— Qu'est-ce qu'il y a, alors ? Tu te sens seule ? »

Nilla parut hésiter, puis elle hocha la tête.

Peter songea au troupeau de lycéens du matin et demanda :

« Tu voudrais voir des copains ? »

Nilla se tut.

« Des camarades de classe, peut-être ? dit Peter. Appelles-en, je peux aller les chercher en voiture. »

Nilla ne répondit pas, elle se contenta de sourire d'un air las en secouant la tête.

Elle était beaucoup plus silencieuse que la dernière fois. Maintenant, elle ne s'exprimait plus que par son sourire – le plus souvent un sourire las. Peter arrêtait presque de respirer chaque fois qu'il le voyait. À treize ans, personne ne devrait sembler si triste.

« Non, dit-elle en se tournant vers le mur. Je ne veux pas les voir.

— Non ? »

Nilla toussa, déglutit et lâcha, dans un chuchotement :

« Il ne faut pas qu'ils me voient comme ça. »

Un silence insoutenable envahit la chambre, jusqu'à ce que Peter entende que sa fille s'était mise à pleurer. Il s'assit au bord du lit et lui posa la main sur le dos.

« Qu'est-ce qui ne va pas, Nilla ? Dis-moi, on verra ce qu'on peut faire. »

Les larmes aux yeux, elle commença à lui raconter.

Une heure plus tard, de retour chez lui, Peter sauta dans ses chaussures de sport, et dehors ! Où, il s'en fichait bien, pourvu qu'il sorte. Il courut contre le vent autour de la carrière, puis longea le rivage avant de s'en éloigner, sans cesser d'accélérer, jusqu'à avoir mal aux poumons et les cuisses dures comme la pierre.

Il s'arrêta sur un rocher plat pour reprendre son souffle, plié en deux en plein vent. Il aurait voulu vomir, mais impossible.

Il n'arrêtait pas de penser à Nilla.

L'année scolaire était perdue pour elle, il l'avait compris depuis quelques semaines – mais Nilla retournerait à l'école à l'automne. Retrouverait ses camarades de classe.

Elle y retournerait.

Debout au milieu du chemin, Peter l'imaginait : entièrement guérie, elle courrait avec ses camarades dans les couloirs après la classe. Elle reprendrait le basket, ferait ses devoirs, danserait dans les spectacles scolaires, organiserait des fêtes sans les parents.

Elle commencerait le lycée et rentrerait parfois trop tard sur la pointe des pieds tandis que Peter ferait semblant de dormir. Elle partirait en Europe apprendre des langues étrangères.

Nilla retournerait à l'école, elle aurait un avenir. Son avenir se limitait pour le moment au présent, mais la vie reprendrait bientôt un cours normal. Il était prêt à tout pour cela.

Sauver tous les enfants, songea-t-il en se remettant à courir.

Il arriva à un muret couvert de mousse qu'il suivit sur une centaine de mètres avant de l'enjamber. Il était à présent au bord de la lande. L'eau s'était évaporée.

Entre les buissons, sous ses pieds, le sol était sec et ferme.

Il ne comprit pas tout de suite qu'il était suivi, mais un froissement derrière lui le fit s'arrêter et tourner la tête.

En pleine lande maintenant, parmi les épaisses broussailles, il entendit distinctement quelqu'un qui arrivait sur lui en courant.

Peter retint son souffle en pensant à Markus Lukas. Il se baissa. Ici, il était sans défense – la hache et les autres armes étaient restées à la maison.

Une silhouette finit par apparaître entre les genévriers – mais rien à craindre, c'était Vendela Larsson. Aussi essoufflée que lui, elle s'arrêta à quelques mètres pour reprendre haleine.

Ils se regardèrent sans se saluer, haletant tous deux. Mais en croisant son regard, Peter décela chez Vendela une lassitude plus que physique.

Il finit par se redresser et prit une profonde inspiration :

« Mon père est mort. »

Vendela lui posa la main sur la joue.

« Je suis désolée. »

Peter hocha la tête.

« Et Emil aussi est mort. »

Vendela ne dit rien. Elle l'interrogea du regard, sans bouger sa main. Il continua :

« Il est mort dimanche soir. Il a contracté une infection à l'hôpital, il était trop faible pour s'en sortir... Nilla était amoureuse de lui, elle ne pouvait pas s'arrêter de pleurer en me racontant. Elle pleurait, pleurait, et je ne savais pas quoi faire. »

Vendela s'approcha pour le serrer contre elle.

Peter ne voulait pas qu'on l'embrasse. Vendela était si maigre, et l'amour n'existait pas.

Ils s'étreignirent ainsi plusieurs minutes, debout dans l'herbe. Au bout d'un moment, Peter s'aperçut qu'ils respiraient au même rythme lent et profond.

Elle finit par lâcher prise.

Elle recula alors d'un pas et tourna la tête. Elle fit un geste de la tête en direction du labyrinthe de buissons et de pierres.

« Viens avec moi. Je veux te montrer quelque chose. »

54

Vendela avait appelé Max au moins huit fois sur son portable et sur le fixe ce lundi soir, mais il ne répondit qu'à la neuvième tentative. Excédée, elle n'arrivait plus à contrôler sa voix, et cria dans le combiné :

« La place d'Ally est ici, Max. Sur l'île !

— Mais là, il est avec moi, ici.

— Il ne se porte pas bien en ville !

— On verra, dit Max. En tout cas, j'ai pris rendez-vous chez le vétérinaire demain matin. Comme ça on saura ce qui cloche chez lui. »

Vendela serra fort le téléphone.

« Il ira bien ici. Près de *moi* !

— C'est ce que tu crois. »

Max semblait calme et maître de lui, et le voir jouir de son avantage ne faisait qu'irriter Vendela. Elle baissa la voix :

« Ramène-le, Max. Reviens tout de suite, après le vétérinaire.

— Oui, oui, on va bientôt rentrer… Allez, tu peux te barrer faire ton jogging, en attendant. »

Vendela comprit l'allusion. Elle soupira.

« Je suis seule, Max, dit-elle à voix basse. Les voisins sont tous partis.

— Tu surveilles donc leurs allées et venues ? »

Vendela se tut, tout cela était absurde.

« Reviens demain avec Ally », dit-elle avant de raccrocher.

Elle resta à la fenêtre devant le paysage vide. On entendait dehors des cris plaintifs : Vendela crut d'abord que c'était un enfant, avant d'apercevoir une mouette longer la côte vers le sud.

Elle était ivre de colère et de faim, mais ce n'était pas encore l'heure de manger. Il fallait qu'elle sorte.

Un quart d'heure plus tard, comme elle quittait la villa, elle vit la voiture de Peter Mörner garée devant chez lui.

Pourtant elle ne s'arrêta pas. Le soleil dans le dos, elle courut vers la lande, les yeux perdus au loin. Elle bougeait bras et jambes en cadence, mécaniquement. Elle courait vite, sans trouver son rythme.

Au bout d'un moment, elle découvrit qu'elle n'était pas seule. Devant elle, une autre silhouette se déplaçait entre les buissons.

Peter Mörner. Il portait sa veste de survêtement habituelle mais, en cette fin d'après-midi ensoleillée, courait en short.

Vendela accéléra et peu à peu le rattrapa.

Elle n'appela pas mais, arrivée à une cinquantaine de mètres, elle le vit se retourner.

Ils se dévisagèrent – il fallait que Vendela reprenne haleine, elle n'avait pas la force de parler, et Peter lui aussi semblait épuisé.

C'est seulement quelques minutes plus tard, alors qu'elle le tenait dans ses bras, que Vendela décida d'emmener Peter à la pierre des Elfes. Aussi, dès qu'elle eut repris son souffle, elle lui dit :

« Viens avec moi. Je veux te montrer quelque chose. »

Et elle repartit en courant droit devant elle sur la lande. À présent, elle trouvait sans hésiter son chemin entre les buissons. Peter l'accompagnait. Ils couraient au même rythme, coude à coude, comme s'ils s'entraidaient.

Vendela ne ralentit qu'en voyant le bosquet de genévriers. Peter s'arrêta – il semblait à bout de souffle.

« C'est là-bas », dit-elle en indiquant le chemin.

Ils traversèrent l'épais cercle de broussailles, et Vendela aperçut la pierre des Elfes. Comme toujours, elle accéléra en approchant du but. Un bref instant, elle oublia qu'elle n'était pas seule, mais Peter la suivit jusqu'au rocher.

« Ça, c'est une grosse pierre.

— Oui. Une grosse pierre. Tu n'es jamais venu ici ? »

Il secoua la tête.

« Mais toi, oui ? »

Elle posa la main sur le rocher, et enfonça les doigts dans les creux vides.

« Oh oui, souvent. C'est un endroit très ancien. Je crois que les gens viennent ici depuis toujours pour oublier un moment le reste du monde. »

Peter regarda autour de lui.

« L'endroit a l'air bien pour ça. »

Vendela le regarda.

« Bien pour ça ? Je ne sais pas… Mais le temps coule plus lentement, ici. Et puis on peut rester, et prier.

— Prier ? »

Vendela hocha la tête.

« Prier pour obtenir de l'aide, la santé.

— Invoquer la puissance salutaire de Dieu, c'est ça ?

— À peu près. »

Elle s'assit dans l'herbe, adossée à la pierre. Peter hésita, avant de s'asseoir lui aussi.

Ils se reposèrent, jambes étendues, à seulement un mètre l'un de l'autre, en regardant le soleil couchant colorer les nuages en rouge sombre.

« Tu as dit à ton mari que tu venais ici ? » demanda Peter.

Vendela se tut. Que lui dire ?

« Max n'est plus là, dit-elle alors. Il est rentré à Stockholm avec notre chien, pour le montrer à un vétérinaire. Et… nous nous sommes disputés. Je lui ai tenu tête, il n'a pas l'habitude. Ça le frustre. »

Peter se tut.

« Mais il va bientôt revenir, il revient toujours… Max a besoin de moi.

— De quelle façon ?

— Je l'aide avec ses livres.

— Comment ça ? Tu veux dire que…

— Je veille à ce qu'il les termine. »

Peter la regarda.

« Mais alors, c'est *toi* qui écris ses livres ?

— Parfois. » Vendela soupira. « On s'entraide. Mais Max trouve préférable et plus simple d'apparaître seul sur la photo, et de les signer.

— Préférable pour lui, en tout cas, dit Peter. Tu lui sers de nègre, alors ?

— Peut-être… mais Max n'a rien contre la célébrité, alors que j'aime mieux passer inaperçue. »

Elle avait toujours eu du mal à parler de son mari, elle avait l'impression de le trahir, elle continua pourtant :

« Max aime être au centre, il est extrêmement sûr de lui. Il a écrit un livre de cuisine ce printemps, lui qui sait à peine faire bouillir de l'eau… J'aimerais bien avoir un peu de cette assurance. » Elle ferma les yeux et ajouta : « J'ai suivi une thérapie à une époque. C'est là que j'ai rencontré Max.

— C'était ton thérapeute ? »

Vendela hocha la tête.

« Puis je suis tombée amoureuse de lui et nous avons formé un couple, ce qui lui a valu un avertissement de l'ordre des psychologues. Séduire une patiente est contraire à la déontologie. » Elle ajouta : « Alors, Max s'est fâché, et a décidé d'écrire plutôt des livres… Il considère d'ailleurs leur succès populaire comme une vengeance vis-à-vis de l'ordre. »

Le silence se fit à nouveau autour du rocher.

« Et pourquoi es-tu allée en thérapie ?

— Je ne sais pas… Pour tourner la page d'une enfance difficile, je suppose ?

— Tu as eu une enfance difficile ?

— Pas très drôle, disons. Maman est morte très tôt, et mon père passait son temps à rêver… Et puis j'avais un grand frère, Jan-Erik. Nous habitions sous le même toit, mais il ne voulait pas me voir. Sa porte était toujours fermée. Alors j'imaginais qu'il y avait une sorte de vieux monstre à l'étage.

— Mais finalement, vous vous êtes rencontrés ?

— Oui, mais d'abord j'ai eu peur. Il était handicapé mental… débile, comme on disait à l'époque. Terrible à voir.

— Terrible ?

— Jan-Erik était allergique, comme moi… en pire. Je crois que c'était une combinaison de diverses allergies, plus de l'asthme et une peau sensible. Avec ses ongles longs, il se griffait en se grattant, ça s'infectait.

— Quel supplice…

— Oui, mais on ne cherchait pas à le soigner, dans les années cinquante. On le cachait, voilà tout. » Elle ferma les yeux. « Puis il a été condamné pour l'incendie de la grange, et on a décidé de l'interner dans un asile psychiatrique… Il se serait retrouvé avec des violeurs et des psychopathes. Impossible.

— Comment ça ?

— Je l'ai aidé à s'enfuir. »

Elle ne dit rien d'autre. Le silence s'éternisa.

Le disque du soleil frôlait la cime des arbres, le long de la côte. Dans un moment, il ferait nuit noire.

Peter était perdu dans ses pensées. Il regarda les nuages rouges :

« Il n'y a pas d'amour ni de respect dans le monde, rien que de l'égoïsme… Très tôt, c'est ce qu'il m'a enseigné. Mais une fois adulte, j'ai essayé de lui démontrer qu'il avait tort. »

Vendela se tourna vers lui.

« De qui parles-tu ?

— De mon père », dit Peter

Vendela lui tendit la main, il la prit. Il avait la main froide et presque aussi fine et osseuse que la sienne. Il poursuivit :

« Et maintenant, Jerry est parti. Et partout où je vais, j'ai peur de ce qu'il m'a laissé en héritage.

— Qu'est-ce qu'il t'a laissé ?

— Des mauvais souvenirs. Et plein de problèmes. »

Ils restèrent ainsi adossés à la pierre, sans se lâcher la main. Le soleil avait disparu, le ciel s'assombrissait, mais ils continuaient à parler. Ils finirent par se lever.

Ils restèrent assez silencieux sur le chemin du retour, mais Vendela s'arrêta devant chez Peter.

Elle le regarda dans le noir. Peter ouvrit la bouche, mais semblait ne pas savoir quoi dire ou quoi faire. Et Vendela ne savait pas non plus.

« Voilà, je suis arrivé », finit-il par lâcher en tournant les talons.

Elle resta là quelques instants à se demander si elle allait le suivre.

Que ferait-il alors ? Et elle ? Les possibles s'ouvraient comme les bras entrelacés d'un delta.

« Bonne nuit, Peter. »

Et Vendela s'en retourna – dans son sombre château de pierre.

55

Assis à la table de la cuisine devant le téléphone, Peter guettait par la fenêtre. Pas de voiture inconnue sur la route côtière. Et pas d'appel anonyme ces dernières vingt-quatre heures. Pourtant, il n'arrivait pas à se détendre, ce matin.

Il avait pensé travailler, mais il n'avait pas le courage de continuer à truquer ses questionnaires sur les savons. Il décida de passer plutôt quelques coups de fil d'une tout autre nature.

Il appela d'abord la banque de Jerry à Kristianstad, pour essayer de se faire une idée des finances de son père. Lui laissait-il quelque argent ?

Il semblait bien que non. Vingt-deux mille couronnes, voilà tout ce qu'il parvint à trouver sur le compte de Jerry. Plus quelques actions Volvo – un comble pour Jerry, lui qui avait toujours refusé de conduire des voitures suédoises ! Mais il n'y avait pas d'œuvres d'art cachées, pas de grands crus ou de voitures de luxe.

Tout avait disparu. Morner Art était une coquille vide.

« Votre père n'était pas ruiné, mais pas loin, lui

confia le banquier responsable de la succession de Jerry.

— Pourtant il avait bien de l'argent, autrefois ?

— Oh oui, sa société avait des fonds. Mais votre père a effectué d'importants retraits ces dernières années. Il y a aussi la propriété de Ryd, mais c'est désormais une affaire d'assurance… En gros, la succession va tout juste couvrir les frais de l'enterrement. »

Au moins, il pourra reposer en paix, songea Peter.

Il s'était toujours douté qu'il n'hériterait pas grand-chose de son père, rien de valeur en tout cas. Pour le reste, la barque était déjà bien chargée.

« Ces retraits sur le compte de la société… c'était des salaires qu'il se versait ?

— Non », dit le banquier. Il sembla consulter un ordinateur : « C'était pour payer les salaires et les charges d'un employé… Hans Bremer. »

La conversation terminée, Peter resta à réfléchir près du téléphone. Hans Bremer. Pourquoi avait-il reçu tout cet argent ? Et où était-il passé ? Sa sœur, en tout cas, n'en avait pas vu la couleur.

Il se souvint alors du post-it trouvé chez Bremer. Avec quatre noms.

Il était toujours dans une poche de son pantalon, au sale.

Il le posa devant lui sur la table de la cuisine et considéra ces noms, *INGRID, CASH, LA FONTÈNE, DANIÈLE*, accompagnés de leurs numéros de téléphone.

Ingrid était la sœur de Bremer, pas besoin de l'appeler – mais les trois autres étaient des inconnus. Il choisit le premier, baptisé *Cash* par Bremer. Ça ressemblait à un numéro de portable.

Ne ferait-il pas mieux de laisser tomber tout ça ?

Peut-être, mais comment rester sans rien faire à ressasser des histoires de tumeurs ? Il décrocha donc son téléphone.

Après trois sonneries, une voix masculine décidée répondit :

« Fall.

— Bonjour, Peter Mörner à l'appareil.

— Oui ?

— J'appelle au sujet de quelqu'un que vous devez connaître.

— Oui ?

— Hans Bremer. Vous le connaissez ? »

Silence de quelques secondes dans l'écouteur. Peter entendit en bruit de fond le vague brouhaha de ce qui ressemblait à une conférence, puis l'homme répondit :

« Bremer est mort.

— Je sais, dit Peter. Je cherche à en savoir plus sur lui…

— Et pourquoi ?

— Mon père Jerry a travaillé plusieurs années avec lui, et j'aimerais bien savoir qui c'était. Mais vous le connaissiez, alors ? »

On entendit à nouveau le brouhaha, puis la réponse tomba :

« Oui.

— Et vous vous appelez donc Fall ?

— Oui… Thomas Fall. » L'homme semblait toujours hésiter. « Comment avez-vous eu mon numéro ? »

Peter lui expliqua et, en entendant comment il avait trouvé le post-it dans la cuisine de Bremer, Thomas Fall parut un peu se détendre.

« Il avait noté “*Cash*” à côté de votre numéro, continua Peter, pourquoi ? »

Fall se tut à nouveau quelques secondes, avant d’éclater de rire.

« Il m’appelait parfois comme ça. J’écoutais beaucoup Johnny Cash quand on se voyait. *The Man in Black*.

— Vous étiez de sa famille ?

— Non, dit Fall. Bremer était mon prof de photo à Malmö. Au milieu des années soixante-dix, j’ai suivi des cours du soir pour devenir photographe de mode. Mais il a arrêté d’enseigner au bout d’un an… Ou plutôt, on l’a viré.

— Et pourquoi ? Vous le savez ? »

Silence.

« Il était un peu spécial. Bien avec les étudiants, mais ses cours, c’était un peu n’importe quoi… et il picolait déjà pas mal, à l’époque.

— Vous saviez qu’il faisait aussi du porno ? Qu’il tournait des films tous les étés ? »

Nouvelle pause.

« Oui, je savais, finit par dire Fall. Il n’en parlait pas. Mais je l’ai appris par la suite.

— Et vous êtes pourtant resté en contact avec lui ?

— Oui, mais je me limitais à l’appeler de temps en temps pour avoir des nouvelles, et je l’aidais avec quelques extras. Bremer était bien seul… Il n’avait pas fondé de famille, il avait juste sa sœur.

— A-t-il jamais parlé d’un certain Markus Lukas ? »

Nouveau silence.

« Je ne crois pas, dit Fall. Ça ne me dit rien. »

Peter cherchait quoi lui demander d'autre, quand Fall reprit :

« Il m'a donné une valise… Je crois que je l'ai encore.

— Une valise à lui ?

— Oui, il l'a laissée ici l'an dernier. Complètement bourré… Il m'a dit d'en prendre soin. Je ne sais plus trop ce que j'en ai fait.

— Avez-vous le temps de chercher ?

— Bien sûr. Je vais jeter un coup d'œil au grenier.

— Je peux vous rappeler ?

— Bien sûr. » Fall ajouta : « Je vais aussi noter votre numéro. »

Peter lui donna son numéro de portable et son fixe sur Öland, en le remerciant pour son aide.

Il raccrocha.

Bremer était bien seul, avait dit Thomas Fall. C'était aussi l'avis de Peter.

Il s'étira et composa le troisième numéro, celui noté par Bremer en face de *La Fontène* – avec une faute d'orthographe. La réponse se fit attendre. Le téléphone sonna dix ou douze fois avant qu'on décroche.

« Allô ? »

La voix fatiguée d'un homme. On entendait à l'arrière-plan les rires en conserve d'une télévision.

« Allô, dit Peter. La Fontaine ?

— Oui ? Quoi ? »

Les rires de la télévision étaient si forts et l'homme parlait si bas qu'il se mit presque à crier : « Très bien ! J'ai eu votre numéro par Hans Bremer.

— Ah, d'accord, dit l'homme. Qu'est-ce qu'il vous faut ?

— Ce qu'il me faut ? répéta Peter, ne sachant pas trop à quoi s'en tenir. Eh bien… qu'est-ce que vous avez ?

— En ce moment, pas grand-chose. Quelques cubis de suédoise purifiée et deux de vodka polonaise. Ça ira ? »

Peter finit par comprendre – *La Fontaine* vendait de l'eau-de-vie maison et de l'alcool de contrebande bon marché.

« Non, merci », se contenta-t-il de dire. Il s'apprêtait à raccrocher quand l'homme demanda :

« Au fait, Bremer devait cracher au bassinet, ça en est où ?

— Qu'est-ce que vous voulez dire ? dit Peter, sur fond de nouveaux rires en boîte hystériques.

— Il devait payer son ardoise avant l'été, qu'il disait.

— Combien ?

— Vingt mille. C'est vous qui allez raquer ?

— Non, dit Peter. Et Bremer aura du mal. »

Il coupa la communication et composa le dernier numéro du post-it, celui d'une certaine *Danièle*. C'était aussi un numéro de portable mais, avant même la première sonnerie, une voix synthétique l'informa que l'abonnement avait été résilié. Aucun autre numéro.

Et voilà. Il songea à l'associé de Jerry.

Hans Bremer avait deux visages. Il consacrait apparemment toute son énergie à tourner des films pornos pendant les vacances, avant de rentrer à Malmö vivre une vie triste, endetté et alcoolique.

Peter saisit à nouveau le combiné. Il appela les pompes funèbres, pour discuter de l'enterrement de Jerry.

« Savez-vous combien de personnes vont venir ? demanda l'entrepreneur. Environ ?

— Non. Mais sûrement pas grand monde. »

En fait, il ne trouvait personne à inviter. La famille de Jerry avait rompu avec lui depuis longtemps – ou il avait rompu avec elle. Finalement, il avait eu une vie aussi solitaire que son associé Bremer.

Puis Peter s'aperçut que lui aussi se trouvait dans une maison déserte. Sa famille n'était pas là, et combien d'amis avait-il ? Combien viendraient à son enterrement ?

Ce n'était pas le moment de penser à ça.

Un quart d'heure plus tard, il quitta la carrière au volant de sa voiture, sans pouvoir s'empêcher de jeter au passage un œil vers la villa de Vendela. Les baies vitrées étaient éclairées. Il se demanda ce qu'elle faisait, si son mari Max était rentré, mais ne s'arrêta pas pour s'en assurer.

Randhult n'était pas un village comme Stenvik – juste quelques fermes dispersées au milieu des champs, à une demi-heure d'autoroute au sud de Kalmar. Ulrica Ternman avait dit qu'elle habitait la seule maison en briques, et Peter trouva sans difficulté. Il se gara dans la cour.

En sortant de voiture, il entendit une pétarade : un garçon d'une douzaine d'années testait une petite jeep radiocommandée sur le gravier entre les maisons. Il leva les yeux vers Peter, mais retourna vite à son jeu.

Peter monta le perron et sonna. Une femme d'environ trente-cinq ans vint lui ouvrir.

Ce n'était pas une top model blonde. Cheveux bruns courts, elle portait un jean délavé et un pull en coton noir.

Peter songea à ce que son père avait dit de Régina, à Pâques : *une mémère*. C'était bien ainsi que Jerry classait les femmes : nanas chaudasses ou vieilles mémères.

« Bonjour », dit Peter avant de se présenter.

Ulrica Ternman hocha la tête.

« Entrez. »

Elle tourna les talons et Peter la suivit dans l'entrée.

« C'est votre fils, là-dehors ?

— Oui, c'est Hugo. Nous avons aussi une fille, Hanna… Mon mari Ulf est en ville avec elle ce soir pour son cours de gymnastique. C'est aussi bien qu'ils ne soient pas là.

— Est-ce qu'il sait que… »

Peter chercha le mot juste. Ulrica Ternman dit d'un air las :

« Que je suis une femme impure, c'est ça ?

— Non, c'est-à-dire…

— Je ne lui en ai jamais parlé, le coupa-t-elle. Mais Ulf sait que j'ai fait pas mal de bêtises dans ma jeunesse, et lui aussi. Avant de devenir adulte. »

Peter ôta son blouson.

« Donc vous vous souvenez de Jerry, mon père ? »

Elle hocha la tête.

« Il était un peu spécial, un mélange de nounours et de vieux cochon… Je ne savais pas trop à quoi m'en tenir avec lui.

— Personne ne savait », dit Peter.

Ulrica Ternman le conduisit dans une coquette cuisine et lança un café.

« Alors comme ça Jerry Morner est mort ?

— Il y a quelques jours.

— Et vous voulez en savoir plus sur lui ?

— Oui… mais en fait surtout sur les gens avec qui il travaillait. Il avait un assistant, Hans Bremer…

— Bremer, oui. C'était le jeune type, il dirigeait tout. Et prenait les photos. »

Comme elle se taisait, l'air grave, pensive, Peter demanda :

« Comment en êtes-vous venue à travailler chez mon père ? »

Ulrica rit, sans sourire.

« Comme ça, c'est tout. Je n'ai pas vraiment réfléchi. À quoi pense-t-on quand on a dix-neuf ans ? On se décide en une seconde et on *fait* les choses, c'est tout… Un mec m'avait larguée pour une autre fille cet été-là, j'étais en colère, triste et très fâchée contre lui, alors ça devait être une sorte de vengeance. J'avais imaginé lui envoyer la revue, avec les photos, mais je ne l'ai pas fait, on ne m'en a même pas donné d'exemplaire… Mais de l'argent, oui, et cash.

— Beaucoup ?

— Cinq cents, je crois. C'est beaucoup d'argent quand on a dix-neuf ans… J'aurais dû travailler au moins une semaine dans un hôpital pour gagner autant.

— Et comment avez-vous entendu parler de ce travail ?

— Il y avait une petite annonce dans un journal du soir, on cherchait des modèles. Lisa Wegner l'avait vue, et m'en avait parlé, à moi et Petra Blomberg. Ce dont il s'agissait était assez évident… Il fallait fournir des photos déshabillées, alors on les a faites entre nous et on les a envoyées à Malmö. Deux semaines plus tard, un certain Hans a téléphoné.

— Il avait l'air sympathique ?

— Assez… Il disait qu'on allait bien s'amuser. Alors Petra et moi, on a pris le train pour Ryd. On a passé tout le voyage à pouffer, c'était un peu comme partir à l'aventure – comme s'enfuir avec un cirque. » Elle regarda Peter et ajouta : « Mais sans tambour ni trompette. »

Puis elle continua :

« À la gare de Ryd, il y avait une autre fille qui attendait… Elle était habillée de façon beaucoup plus provocante, avec un jean et un haut moulants, et nous a regardées avec des yeux ronds. Puis est arrivé ce type, Bremer, tout sourire, il nous a saluées puis embarquées dans sa voiture. Là, une fois sur la banquette arrière, c'est devenu du sérieux, j'ai arrêté de pouffer et, quand je regardais Petra, elle avait l'air d'avoir un sacré trac. »

Elle baissa les yeux vers la table.

« Et que vous a dit Bremer ?

— Il parlait surtout avec la fille à l'avant, on voyait bien que c'était une habituée, qu'elle était venue plusieurs fois. Il l'appelait Cindy, ou Lindy. » Ulrica eut un sourire las. « Ce n'était sans doute pas son vrai nom… On nous en a donné d'autres, à Petra et moi, dans la revue : Candy pour Petra et, pour moi, Suzy.

— Et les hommes s'appelaient toujours Markus Lukas, c'est ça ? »

Ulrica hocha la tête.

« Dans cette branche, la plupart des choses étaient bidon… Bon, en tout cas, on nous a conduites dans cette grande maison, qui avait l'air perdue au milieu de la forêt. Quand Bremer s'est engagé dans l'allée, je me suis rendu compte que personne ne savait où nous étions. Ça mettait mal à l'aise… Et cette maison était grande et sombre, avec d'épais rideaux aux fenêtres du rez-de-chaussée. Ça sentait le détergent, mais je me souviens m'être dit que ça cachait plein d'odeurs dégoûtantes qu'on commencerait à sentir si on restait là trop longtemps.

— Et Jerry, il était présent ?

— Oh oui, il était là. Il est venu nous accueillir, avec un papier pour chacune de nous. Nous avons signé une sorte de contrat, qui attestait que nous étions là de notre plein gré et que nous n'étions pas mineures.

— Ils ont vérifié ?

— Non… Bremer nous a demandé nos âges au téléphone, je crois, mais personne n'a regardé nos papiers. »

Elle reprit :

« Je ne sais pas si c'était une façon de nous montrer comment ça se passait, mais Petra et moi avons assisté à la séance de Cindy/Lindy, dans le studio, sous les ordres de Bremer. Elle a commencé par se tortiller sur le lit, en se déshabillant devant l'objectif. C'était assez ridicule, sa façon de faire, à la fois timide et provocante… »

Elle baissa les yeux et continua :

« En voyant ça, j'ai tout de suite compris que je ne pourrais jamais en faire mon métier, ni recommencer… Je voulais déjà rentrer chez moi. Mais il fallait que je fasse ma séance de pose, impossible de reculer, maintenant. Il fallait le faire, un point c'est tout… On devait me photographier sur un canapé. Alors il a fallu aller sous la lumière crue de ces projecteurs et s'y mettre. En fait, on n'avait pas besoin de bouger, juste de poser dans diverses postures. » Elle se tut. « J'étais morte de trac mais, pour tous les autres, ça avait l'air d'être la routine – un jour de boulot ordinaire.

— Qui était là ? demanda Peter.

— Bremer, qui s'occupait des éclairages, dirigeait le tout et me disait quoi faire, un jeune type qui photographiait et ce type sec et tatoué, avec qui je devais faire la scène sur le canapé.

— Et que faisait Jerry pendant ce temps ?

— Pas grand-chose. Il devait être dans un coin *en train de se reculotter*, comme on disait des vieux cochons qui traînaient à la sortie du lycée. »

Peter imaginait bien Jerry faire ça.

« Puis ça a été le tour de Petra. Elle devait le faire après moi, avec l'autre type, qui se faisait lui aussi appeler Markus Lukas.

— Est-ce que vous vous le rappelez ? »

Ulrica réfléchit.

« Il était plus grand, un peu plus âgé, beaucoup plus musclé. Plus grand et plus silencieux, un peu blasé… On voyait que ce n'était qu'un job pour lui. Mon Markus Lukas parlait, lui, il blaguait un peu, essayait de m'aider à me détendre. Et il m'a dit son vrai nom, après. Tobias… Tobias Jesslin, de Malmö. »

Peter le nota dans un coin de sa tête. Un Markus Lukas qui s'appelait Tobias – un vrai nom parmi tous ces faux.

« Vous êtes toujours en contact avec Petra ? » demanda-t-il.

Ulrica sembla effrayée.

« En contact ?

— Est-ce que vous avez un téléphone, ou une adresse ? J'aimerais bien lui parler, à elle aussi.

— Mais Petra est morte », dit Ulrica.

Peter la regarda, étonné. Elle reprit :

« Elle est morte au début des années quatre-vingt-dix. Nous nous étions alors perdues de vue mais je l'ai su, j'ai lu le faire-part.

— De quoi est-elle morte ?

— Je crois qu'elle était malade… C'était un bruit qui courait, mais je crois qu'elle avait un cancer. »

Peter regarda au fond de sa tasse de café. Il ne voulait pas entendre ce mot.

« C'est triste, dit-il seulement.

— Oui, et ce qui est arrivé à Mado est terrible, aussi. Pire, peut-être.

— Mado ?

— Madeleine Frick. Une camarade de classe, elle aussi. Elle s'est installée à Stockholm après le lycée, mais au bout de quelques années elle s'est jetée sous un train. »

Peter respira doucement et demanda à voix basse :

« Et… elle avait aussi travaillé pour mon père ? »

Ulrica hocha la tête.

« Je crois… Bien entendu, je n'ai jamais vu de photos ou de films mais, l'été suivant, quand nous nous sommes vues, elle m'a dit qu'elle y était allée elle aussi, pour un tournage. Je lui ai demandé : "Avec le grand type, ou le sec ?" "Le grand", m'a-t-elle répondu. Je ne voulais pas en savoir plus… Nous n'en avons jamais reparlé. »

Peter se tut. Sur quatre filles qui avaient tourné pour Jerry, deux étaient mortes.

Une porte s'ouvrit soudain dans l'entrée.

« Maman ? cria une voix de petit garçon.

— J'arrive ! »

Peter la regarda en cherchant une dernière question.

« Et maintenant, comment vous sentez-vous ?

— Ça va », dit Ulrica en se levant pour rincer les tasses. Elle se tourna vers lui. « Ce qui est fait est fait… Si on a fait des bêtises dans sa jeunesse, on le regrette, et si on n'en a pas fait, on le regrette aussi, tôt ou tard. Pas vrai ? »

Bien sûr, pensa Peter. *À condition d'être encore vivant.*

Mais il ne dit rien.

En s'éloignant de la ferme, il songea à Ulrica Ternman, puis à Régina. À quoi jouait-il ? Il voulait sauver des jeunes filles qui, parfois, ne voulaient pas du tout qu'on les sauve. Il voulait les sauver des griffes de son père.

Une fois sur l'autoroute, il s'arrêta sur une aire et appela les renseignements téléphoniques.

Il trouva deux Tobias Jesslin. Un à Mora, l'autre à Karlskrona.

Karlskrona était le plus près de Kalmar. Peter l'appela en premier.

Après trois sonneries, une petite fille gazouilla :

« Bonjour, c'est Emilie ! »

Décontenancé, Peter demanda pourtant à parler à Tobias.

« Papa n'est pas là ! dit la petite fille. Vous voulez parler avec Maman ? »

Peter hésita.

« D'accord. »

Du bruit dans l'écouteur, puis la voix stressée d'une femme :

« Oui ? C'est Katarina.

— Bonjour, je m'appelle Peter Mörner… Je cherchais Tobias.

— Il est à son travail.

— Et où travaille-t-il ?

— Honolulu.

— Quoi ?

— Au restaurant Honolulu… Qui êtes-vous ?

— Euh… Un vieux copain. On ne s'est pas vus depuis longtemps. C'est bien le Tobias qui habitait à Malmö ? »

La femme se tut quelques instants.

« Oui, il a vécu à Malmö.

— Très bien, dit Peter. Alors je ne me suis pas trompé de numéro. Quand rentre-t-il ?

— Il finit vers onze heures… mais vous pouvez le joindre là-bas.

— Ou bien y aller… Vous avez l'adresse ? »

Il la nota, puis raccrocha.

Il réfléchit. Il était sept heures, Karlskrona était à une heure de route.

Peter se décida et s'installa au volant de sa voiture. Il allait rendre visite à Tobias Jesslin, qui jadis se faisait appeler Markus Lukas.

56

Vendela passa tout son mardi à jardiner. Dans la matinée, elle planta du lierre, du buis et toute une rangée de sureaux qui donneraient au terrain luxuriance et ombrage. L'après-midi, elle aménagea avec du terreau et des dalles calcaires trois petites plates-bandes en terrasses. Elle imagina les feuilles vertes qui pointeraient en mai, puis les branches qui pousseraient en juin, les larges pétales tournés vers le soleil.

Le téléphone sonna plusieurs fois dans la maison, mais elle n'alla pas répondre. Vers sept heures, elle rentra prendre un bain moussant très chaud, dîna de deux Wasa, les yeux rivés à la fenêtre. Sur la petite maison au nord.

Elle n'avait pas envie d'aller courir sur la lande ce soir-là. Elle envisagea de passer voir le vieux Gerlof, mais craignait de le déranger. Ce qu'elle désirait plus que tout aurait été d'aller chez Peter Mörner et de passer le reste de la soirée à parler avec lui – mais sa voiture n'était pas là. Elle resta donc sans rien faire dans sa grande maison de pierre, à attendre que son mari et son chien reviennent.

Ils ne revenaient pas. À dix heures, elle alla se coucher.

Dans son sommeil, Vendela entendit un ronronnement approcher – puis le bruit de la porte d'entrée. Elle ouvrit les yeux et vit que son réveil indiquait onze heures moins le quart.

On alluma dans le hall. Un filet de lumière parvint jusqu'à sa couette.

« Il y a quelqu'un ? » cria une voix d'homme.

C'était Max.

« Je suis là… répondit-elle faiblement en se frottant les yeux.

— Bonsoir, chérie ! »

Max entra dans la chambre sans ôter son blouson. Vendela se redressa et regarda partout à terre.

« Où est Aloysius ?

— Là », dit Max. Il jeta quelque chose sur le lit et poursuivit : « Voilà, c'est fait. »

Vendela le regarda, désemparée :

« Qu'est-ce qui est fait ? »

Elle regarda ensuite sur le lit et vit un petit objet à côté d'elle, quelque chose d'étrangement familier. Elle tendit la main pour s'en saisir.

C'était une lanière de cuir. Un collier de chien.

Elle reconnut la faible odeur d'Aloysius. C'était son collier.

Max était toujours debout à son chevet.

« J'ai pensé que tu voudrais avoir ça. Comme souvenir.

— Max, qu'est-ce que tu as fait ? »

Il s'assit sur le rebord du lit.

« Je peux t'expliquer, si tu veux bien m'écouter. Ça s'est passé très paisiblement, et je l'ai tenu dans mes bras jusqu'au bout… Les vétérinaires savent très bien s'y prendre. »

Vendela le dévisagea sans rien dire. Il continua :

« D'abord, Aloysius a eu des calmants, comme ceux que tu prends parfois. Puis on lui a injecté une overdose de somnifère dans la patte avant et là, il n'y avait plus qu'à… »

Vendela s'assit dans le lit.

« Tais-toi ! »

Elle rejeta la couette, se précipita vers Max, le contourna et sortit dans le hall. Là, elle enfila son manteau, ses bottes et se rua dehors. Elle atterrit dans le jardin. Le gravier volait sous ses pieds.

De l'air !

Elle se retrouva soudain devant l'Audi, et chercha à tâtons la poignée de la portière, qui n'était pas fermée.

Elle s'assit à l'intérieur et appuya la tête contre le plastique dur du volant.

Puis vinrent les larmes. Des larmes pour Aloysius.

Dix ans. Avec Max, ils l'avaient acheté tout petit, l'automne de leur mariage. Quand ils étaient entrés au chenil, en quête d'un animal de compagnie, il avait remué la queue et était accouru vers eux, comme s'il les avait choisis, lui, et non l'inverse. Depuis, il n'avait pas quitté Vendela un seul jour.

Une ombre arriva près de la voiture.

« Vendela ? »

C'était Max, qui tapait à la vitre.

« Rentre, Vendela… Il faut qu'on parle un peu.

— *Va-t'en !* »

Elle ouvrit brusquement la portière avant, serra les poings et fit brusquement reculer Max d'un pas. Elle prit alors la lampe de poche dans la boîte à gants et sortit de la voiture.

« Ne me touche pas ! » cria-t-elle.

Il fit encore deux pas en arrière et elle lui passa devant.

« Où tu vas, Vendela ? »

Elle ne répondit pas – elle fuyait juste loin de son mari, dans la nuit froide.

57

Un vent vif soufflait de la Baltique quand Peter sortit de sa Saab sur le parking du restaurant Honolulu. L'air était glacé ce soir-là, comme si l'hiver s'était ravisé.

Le restaurant était au bord de l'eau, tout près du centre de Karlskrona, mais ce n'était pas le grand luxe. Une enseigne au néon édentée affichait *RE TAURANT HON LULU* au-dessus de l'entrée.

Il entra au chaud et ôta son blouson. L'établissement comptait une trentaine de tables, dont huit seulement étaient occupées – mais ce n'était qu'un lundi soir. Il y aurait probablement beaucoup plus de monde dans trois jours, pour la nuit de Walpurgis.

Il s'installa à une table isolée, près d'une fenêtre, et regarda le menu. Il n'y avait presque que des pizzas et des hamburgers. Quand le serveur se pointa, Peter commanda de l'eau et un Honolulu-burger au fromage.

Peter le regarda s'éloigner vers la cuisine. Il avait les cheveux sombres, de larges épaules comme un mannequin, dans les vingt-cinq ans – il ne pouvait donc pas avoir été employé par Jerry dix ans auparavant.

Lorsqu'il revint le servir un quart d'heure plus tard, Peter lui demanda :

« Vous connaissez Tobias Jesslin ? »

Le serveur posa le burger sur la table.

« Tobias ? Le cuistot ?

— Oui, le cuistot, se dépêcha de répondre Peter. J'aimerais lui parler. »

Le serveur sembla se méfier :

« Quelque chose ne va pas avec la nourriture ?

— Non, ce n'est pas ça.

— C'est que Tobias est en plein coup de feu en ce moment.

— Mais il va bien faire une pause ? Pouvez-vous lui donner un mot ? »

Le serveur hocha la tête, un peu interloqué.

Peter sortit de son portefeuille un vieux ticket de caisse et griffonna au revers un message dans le genre de celui qu'il avait laissé au Moulin-Noir.

Le serveur prit le mot et disparut sans rien dire. Peter entama son hamburger, gras et un peu caoutchouteux. Il mastiqua en fixant la mer noire. Jadis, les vieux cotres chargés de calcaire d'Öland naviguaient là, en route pour le Danemark ou la Norvège.

Son assiette terminée, il resta à surveiller la porte de la cuisine. Elle restait fermée.

L'idée que Markus Lukas était peut-être là, derrière, le rendait nerveux. Après dix minutes d'attente, il fallait qu'il fasse quelque chose. Il se leva, ressortit dans le vestibule désert et rappela un numéro de portable qu'il avait déjà composé plus tôt dans la journée. On lui répondit aussitôt :

« Fall, allô ?

— C'est Peter Mörner, d'Öland. Je vous ai appelé ce matin… au sujet de Hans Bremer.

— Oui… Oui, je m'en souviens. »

Thomas Fall semblait fatigué, mais Peter poursuivit :

« Je voulais juste savoir si vous aviez retrouvé cette valise… la valise de Bremer ?

— Oui… Elle était au grenier.

— Bien. Et vous l'avez ouverte ? »

Fall sembla hésiter, comme gêné.

« Oui… J'ai juste jeté un coup d'œil, vite fait. Il y a de vieilles revues, et une sorte de manuscrit.

— Comme un journal intime ?

— Peut-être. Je ne l'ai pas lu.

— Est-ce que je pourrais le voir ?

— Bien sûr. » Fall marqua une pause. « Vous pourrez même le garder. Je n'en ai aucun usage.

— Bien, mais j'aurai peut-être un peu de mal à passer… »

Peter se demandait comment faire pour tout lâcher et redescendre à Malmö – impossible de partir si loin de Nilla en ce moment –, mais Thomas Fall proposa une solution :

« Je vais monter à Stockholm en voiture pour la nuit de Walpurgis, je peux toujours faire un crochet par Öland et vous laisser la valise… si vous me donnez votre adresse. »

Peter la lui donna et expliqua pour finir à Fall comment arriver jusqu'à Stenvik.

« La troisième maison près de la carrière. La plus petite. »

Il raccrocha et retourna attendre à sa table. Le serveur vint débarrasser son assiette.

Vers neuf heures et demie, un homme avec une toque et un tablier apparut. Il s'approcha de la table de Peter, le mot à la main. Il n'avait pas l'air fâché, juste curieux.

« C'est vous qui avez écrit ça ? »

Un fort accent de Scanie. Peter hocha la tête.

« Alors comme ça, vous êtes le fils de Jerry Morner ?

— C'est ça. Et vous êtes Tobias ?

— Ouais. J'ai un peu bossé pour votre père, avant de devenir cuisinier. »

Le visage de Tobias était en sueur, peut-être à cause de la chaleur des fourneaux. Mais il regardait Peter dans les yeux et n'avait pas du tout l'air gêné.

« Je sais, dit Peter. Jerry vous appelait Markus Lukas. »

Jesslin se tut quelques secondes.

« Eh oui. Mais c'est fini, tout ça. Il n'y a presque plus de porno suédois… De nos jours, presque tous les films se font aux USA, en Californie.

— On peut quand même discuter un moment ? Je me pose un certain nombre de questions sur les activités de mon père.

— Bien sûr… Allons dans la salle de pause. »

Jesslin retourna vers la cuisine. Peter laissa sur la table l'argent de son dîner et le suivit.

Une tenace odeur de graillon flottait au-dessus des fourneaux, mais le carrelage avait l'air propre. Tobias le conduisit vers une arrière-salle avec des armoires métalliques, une douche, une table et quelques chaises. Dans l'encadrement de la fenêtre, la mer agitée.

« Vous avez le bonjour d'Ulrica Ternman, dit Peter quand Jesslin eut fermé la porte.

— Qui ça ? »

Jesslin s'assit en face de lui et sortit un paquet de cigarettes.

« Une des filles avec qui vous avez tourné. C'est elle qui m'a donné votre nom.

— Ah oui ? Ça ne me dit rien. » Jesslin alluma une cigarette et lâcha une bouffée vers le plafond. « Je ne me souviens même pas avec combien de filles j'ai tourné… Cent vingt, peut-être, ou cent cinquante. »

Peter comprit qu'il aurait dû avoir l'air impressionné de cette confidence entre hommes. Mais il se contenta de demander :

« Et ça vous fait quoi ?

— Qu'est-ce que vous croyez ? » Jesslin esquissa un petit sourire. « C'est un peu bizarre, c'est comme avoir travaillé à la chaîne, avec les nanas qui défilaient sur le tapis roulant… Mais c'était il y a des années, je suis rangé des voitures, maintenant. » Il tira sur sa cigarette. « Et au fait, comment va votre père ?

— Pas bien.

— Ah ?

— Non. Il est mort.

— Ça alors ! Et comment ?

— Un accident de voiture. »

Peter l'observa attentivement, mais l'étonnement de Jesslin ne semblait pas feint.

« Je suis vraiment désolé. J'aimais bien Jerry, il était toujours lui-même. Il n'avait jamais honte.

— Combien de temps avez-vous été son employé ?

— Son employé, façon de parler… dit Jesslin en lâchant une bouffée de cigarette. Je venais de temps en temps me faire filmer, et j'étais payé en liquide.

— Vous travailliez aussi au Moulin-Noir ? »

Jesslin acquiesça.

« C'est là que Jerry m'a trouvé. Il m'a vu danser, et m'a proposé de travailler pour lui. Pourquoi pas ? Alors il m'a emmené déjeuner dans un très bon restaurant de Malmö, on a mangé, bu, causé… et au café est arrivée une fille très gaie qui a embrassé Jerry sur la joue. Il a demandé l'addition et nous a dit : “Bon, on se met au boulot, les enfants ?” C'est alors seulement que j'ai compris que c'était avec cette fille, dont je ne savais pas le nom, que j'allais coucher l'après-midi même. » Il eut un rire bref et poursuivit : « Ça ne traîne pas, dans ce métier… mais au bout d'un moment, on s'habitue. »

Peter l'écoutait sans sourire.

« Et combien d'autres Markus Lukas y avait-il ?

— Quelques-uns… peut-être deux ou trois, à ma connaissance. Il n'y a pas beaucoup de mecs qui y arrivent.

— Comment ça ? »

Jesslin désigna son pantalon d'un signe de tête :

« Vous savez bien… À se mettre au garde-à-vous sur commande, quand la caméra tourne.

— Et vous connaissiez les autres ?

— Un seul. Il venait aussi du Moulin-Noir… Daniel.

— Daniel comment ?

— Daniel Wellman.

— Comment ça s'écrit ? »

Jesslin lui épela le nom, Peter nota. Il espérait être enfin sur la trace de ce Markus Lukas aussi insaisissable qu'un Troll.

« Et vous avez beaucoup tourné ensemble ?

— Oui, tous les week-ends, on montait dans ce studio que Jerry avait au Småland.

— Il n'existe plus, dit Peter.

— Vraiment ?

— Toute la villa a brûlé voilà quelques semaines.

— Comment ça ?

— C'était un incendie criminel. Quelqu'un avait placé dans la maison une sorte de bombe incendiaire avec retardateur. »

Jesslin réfléchit.

« Ça sent son Bremer, il adorait les effets pyrotechniques… Parfois, l'été, on faisait des scènes en forêt dans des clairières qu'il avait truffées de bidons d'essence… Il fallait faire des galipettes, tout nu, au milieu du feu et de la fumée. Bremer avait toujours un seau d'eau près de la caméra, en cas de problème, mais j'étais quand même mort de peur, les fesses à l'air sur le matelas, au milieu des flammes. » Il sourit à nouveau. « Vous connaissez Bremer ?

— Non, dit Peter. Et il n'est plus en vie, lui non plus… Il est mort dans l'incendie.

— Ah oui ? dit Jesslin, sans s'arrêter de fumer.

— Vous n'aimiez pas trop Bremer ?

— Pas spécialement, non.

— Et pourquoi ? »

Jesslin détourna les yeux vers la fenêtre sombre, comme si lui revenaient des souvenirs pénibles.

« Je ne sais pas… C'était épidermique. Bremer travaillait vite, sans prendre de pincettes avec les filles. Si elles avaient mal pendant un tournage et voulaient s'arrêter, il n'en avait rien à foutre. Elles n'avaient qu'à tourner la tête pour qu'on ne les voie pas pleurer, et le film continuait. Finir le film, c'était tout ce qui comptait pour lui.

— Pour vous aussi, je suppose, dit Peter.

— Oui, au bout d'un moment, je suis devenu aussi froid que lui ou Jerry, dit Jesslin. Tout ce que je voulais, c'était tourner et rentrer chez moi… C'est un métier où l'on finit par se blinder.

— Et les filles qui sont mortes ? Comment ça se passait, pour elles ? »

Jesslin le regarda.

« Vous pensez à Jessika Björk ?

— Jessika Björk ?

— Elle travaillait au Moulin-Noir avec Daniel et moi, dit Jesslin. Elle a tourné dans plusieurs films. Elle se faisait appeler Gabrielle, ou quelque chose comme ça… Mais un copain m'a dit qu'elle était morte dans un incendie voilà quelques semaines. C'est triste, c'était une fille sympa. Et jeune, la trentaine.

— Dans un incendie ? Et cette Gabrielle, comme vous dites, ça ne pourrait pas plutôt être Danièle ?

— Oui, Gabrielle, Danièle…

— Quand l'avez-vous vue pour la dernière fois ?

— Il y a longtemps… Dix ans. Nous n'avons jamais beaucoup parlé, non plus, on a dû s'appeler deux ou trois fois. Je crois que Jessika et Daniel Wellman avaient davantage gardé contact. »

Peter le regarda. Était-ce le numéro de Jessika Björk qu'il avait trouvé sur le post-it dans la cuisine de Bremer ? Peut-être, mais dans ce cas, qu'est-ce que cela voulait dire ? Il se sentait las, à bout d'idées, comme si une tumeur lui suçait toute son énergie.

« Je ne connaissais pas Jessika, dit-il à voix basse, mais Ulrica Ternman avait deux copines qui avaient tourné pour Jerry et Bremer. Elles sont mortes aussi, toutes les deux.

— Ah bon ? dit Jesslin. Il y en avait d'autres ? »

Peter se pencha en avant.

« Tobias, j'ai besoin de trouver d'autres personnes qui ont travaillé pour Jerry. Est-ce que vous avez l'adresse de cet autre Markus Lukas ? »

Jesslin écrasa sa cigarette en secouant la tête.

« Nous n'avons jamais été potes. Il s'appelait Daniel Wellman et vivait à Malmö, c'est tout ce que je sais.

— Vous avez une photo de lui ?

— Une photo ? Il y en a des tas dans les revues.

— Aucune de son visage. »

Jesslin éclata de rire en se levant.

« Non, ce n'était pas le visage qui comptait, chez nous, les mecs… L'apparence était importante pour les filles, pas pour nous. »

Peter se leva à son tour. Il s'attendait bien à n'avoir que des réponses vagues sur ce Markus Lukas, mais il était pourtant déçu.

Jesslin s'arrêta sur le pas de la porte.

« Mais si vous me demandez qui aurait bien pu vouloir mettre le feu à Hans Bremer, je dirais un cavalier.

— Un *cavalier* ?

— Un petit copain qui aurait appris après coup que Bremer avait filmé sa chérie. Un type qui aurait voulu jouer les cavaliers blancs et défendre la réputation de sa dulcinée. »

Peter le regarda en songeant à la voix gaie de la petite fille qui lui avait répondu au téléphone, chez Jesslin.

« Et votre réputation, à vous, maintenant que vous êtes père de famille ?

— Pas de problème, se dépêcha de répondre Jesslin. C'est toujours plus dur pour les filles. Elles ont plus à perdre quand leur passé les rattrape.

— Est-ce que c'est juste ?

— Non. » Jesslin haussa les épaules. « Mais ce sont les hommes qui dirigent ce secteur. Ce sont eux les clients, c'est leur argent, leurs valeurs. C'est la vie. »

En sortant du restaurant Honolulu pour regagner sa voiture, Peter songea à ces histoires de réputation et de valeurs. À son père, avant sa mort, qui avait montré du doigt Marie Kurdin.

Il s'assit au volant et commença la longue route du retour.

58

Campée devant la pierre des Elfes, Vendela sentait les forces du mal s'assembler dans les airs au-dessus de sa tête. Bientôt minuit – et plus que deux jours avant la nuit de Walpurgis, la fête solennelle des forces obscures. Elles seraient alors au sommet de leur puissance.

Elle avait allumé et posé sur la pierre sa petite lampe de poche, seule lueur au cœur des immenses ténèbres.

Les esprits et les démons, obscurs cousins des Elfes, s'étaient réveillés de leur long sommeil d'hiver. Ils avaient surgi de leurs cavernes profondes dans toutes les vieilles contrées de la Baltique, volé au-dessus des eaux, tournoyé un peu autour de l'île de la Vierge-Bleue, dont le dur granit se dressait au milieu du détroit, avant de s'abattre sur l'île en chassant tous les oiseaux printaniers. Ils avaient regardé de haut cette longue île plate aux plages léchées par les vagues, en souriant au spectacle de ces petites créatures qui rampaient sous leurs yeux.

Les esprits s'étaient retrouvés très haut au-dessus de la lande pour fomenter davantage de morts et de maux pour l'année à venir.

Vendela ferma les yeux.

Que pouvaient leur opposer les hommes ? Rien d'autre que leurs pauvres bûchers, la nuit de Walpurgis. Mais leur éclat s'éteignait bien vite, et il ne restait plus qu'à bien s'enfermer chez soi en espérant que les fenêtres tiendraient et que les démons choisiraient une autre famille. Mais ils ne le faisaient jamais. Ils s'emparaient toujours des plus faibles, de ceux qui avaient le plus peur, qui avaient le plus de verrous à leur porte et priaient le plus pour qu'on les laisse en paix et en sécurité.

Vendela leva sa main gauche et la posa sur le rocher.

Son alliance brillait à la lueur de la lampe de poche. Max la lui avait achetée à Paris. Elle était difficile à enlever. En dix ans, elle s'était comme enkystée autour du doigt, mais Vendela finit par y arriver. Elle brandit quelques instants l'anneau vers le ciel dans sa main droite, avant de le poser doucement dans un des creux de la pierre. Elle regarda l'anneau. Elle savait qu'elle n'y toucherait jamais plus.

Faites de lui ce que vous voudrez, songea-t-elle, *mais faites qu'il disparaisse à jamais.*

Elle ferma les yeux.

Un problème cardiaque, ce serait très bien. Une attaque grave, loin des secours.

Elle rouvrit les yeux et s'éloigna de la pierre, avec au ventre le creux profond de la fatigue et de la faim. Elle s'était enfuie de la maison à l'aveuglette, en pleine nuit. Elle dut s'appuyer à la pierre. Elle resta sans bouger en fixant l'horizon pour retrouver son équilibre. Elle ramassa alors la lampe de poche, la braqua devant elle et se mit à marcher dans l'herbe. Sortie des genévriers, elle allongea le pas.

Elle se sentait mieux. Elle ne pouvait pas courir avec ses bottes, mais se mit à marcher de plus en plus vite. Ses pas tambourinaient sur le sol, le vent sifflait à ses oreilles.

Certaines nuits, je suis plus folle que d'habitude, songea-t-elle.

Elle entendait des vents violents souffler au-dessus de sa tête.

Elle se faufila comme un chat à travers la lande et redescendit vers la côte. L'herbe et les buissons semblaient s'écarter sur son passage.

À quelques centaines de mètres de la carrière, les piles de sa lampe flanchèrent.

Soudain, elle aperçut une autre lueur sur le chemin. Des phares. Ils balayèrent doucement sa villa et s'arrêtèrent devant la maison des Mörner. Quand le plafonnier s'alluma dans l'habitacle, elle vit que c'était Peter et hâta le pas.

Il sortit de la voiture avec des mouvements raides. Regarda d'abord avec effroi dans la direction d'où arrivait Vendela, puis se détendit en la reconnaissant.

« Vendela. »

Elle hocha la tête. Sans réfléchir, ni même hésiter, elle tendit les bras et s'avança vers lui.

Tout à coup, la soirée était plus douce.

Peter la laissa venir. Ils restèrent longtemps enlacés. Vendela finit par le lâcher, avec un profond soupir.

« Viens », dit-elle à voix basse.

Peter vida ses poumons.

« Je ne peux pas. »

Vendela le saisit à nouveau.

« Ce n'est pas grave. »

Elle le tira vers la porte, comme si c'était chez elle.

59

Peter ouvrit les yeux, c'était le matin. Il était dans son lit, et quelqu'un dormait à côté de lui. Ce n'était pas un rêve.

C'était pourtant étrange comme un rêve d'avoir Vendela Larsson près de soi – après le départ de Marika, Peter avait toujours dormi seul.

Quand la respiration de Vendela avait fini par se calmer, il était resté les yeux ouverts à côté d'elle, dans le noir. Il se sentait bien, mais s'attendait pourtant à une visite.

Une visite de Jerry.

C'était toujours arrivé les quelques fois où Peter s'était endormi près d'une femme. Il sentait alors une lourde odeur de cigare, ou devinait la présence de son père dans la pénombre, près du lit, en train de ricaner en regardant son fils.

Mais cette fois-ci, l'esprit de Jerry ne se manifesta pas.

Vers neuf heures, ils se levèrent, Peter prépara le petit déjeuner. Du café, du pain grillé. Ce matin-là, soudain, impossible d'aborder toute une série de sujets, mais le silence autour de la table de la cuisine n'avait rien de tendu ou de gênant. Peter avait l'impression de déjà bien connaître Vendela.

Puis le moment arriva d'aller voir Nilla à l'hôpital.

« Je peux rester là un moment ? demanda-t-elle.

— Tu ne veux pas rentrer ? »

Elle regarda par terre.

« Je ne veux pas… Je ne peux pas voir Max pour l'instant.

— Il ne s'est pourtant rien passé de grave, dit Peter.

— Nous avons couché ensemble.

— Nous nous sommes réchauffés.

— Ça ne change rien… rien pour Max. »

« À bientôt, dit-elle un moment plus tard, dans l'entrée.

— Sûr ? » fit Peter.

Elle lui glissa un sourire quand il referma la porte.

Peter se dirigea vers la voiture en soupirant.

Que s'était-il passé ? Et était-ce si grave ? C'était la décision de Vendela, et ils avaient surtout parlé et dormi.

Mais la vie de Peter était à présent en pleine confusion, et il avait l'impression que cette nuit pouvait influer sur les chances qu'avait Nilla de s'en sortir. Les diminuer.

Trouver Markus Lukas les augmenterait.

Il sortit son portable et appela les renseignements. Une jeune femme lui demanda qui il cherchait.

« Daniel Wellman, dit Peter en épelant le nom.

— Quelle adresse ?

— Malmö, je crois. »

Quelques secondes de silence, puis la réponse tomba :

« Il n'y a personne là-bas qui porte ce nom.

— Et dans le reste du pays ?

— Non. Il y a plusieurs Wellman, mais aucun Daniel. »

Tout le chemin jusqu'à Kalmar, Peter pensa à Vendela.

À l'hôpital, en sortant de l'ascenseur, il croisa un couple de son âge. Ils marchaient lentement dans le couloir. Ils semblaient très las, leur regard était éteint.

L'homme tenait un petit sac à dos bleu, et Peter comprit soudain que c'était les parents d'Emil, l'ami de Nilla. Ils étaient probablement venus à l'hôpital récupérer ses affaires. Ils regagnaient à présent une maison vide.

Les souvenirs heureux de Vendela s'évanouirent. Il ralentit le pas en croisant les parents d'Emil, sans rien leur dire – il en était incapable. Ils se dirigèrent vers l'ascenseur. Il aurait juste voulu se blottir contre le mur et fermer les yeux.

« Bonjour, Nilla. Comme ça va ?

— Mal. »

Deux jours avant son opération, Nilla était de mauvaise humeur sur son lit d'hôpital. Elle ne sourit pas à son père quand il vint s'asseoir à son chevet.

« Tu viens me voir seulement parce que tu es obligé.

— Mais non…

— Parce qu'il *faut* le faire.

— Non, il y a des tas de gens que je ne vais jamais voir. Mais toi, je veux te voir.

— Personne ne veut voir un malade.

— Ce n'est pas vrai. »

Le silence se fit.

« Alors ça ne va pas, aujourd'hui ?

— J'ai vomi hier soir. Deux fois.

— Et aujourd'hui, ça va mieux ?

— Un peu, dit Nilla. Mais les infirmières me réveillent trop tôt. Toujours à sept heures, alors qu'on ne nous apporte le petit déjeuner et les médicaments qu'à sept heures et demie.

— Sept heures, ce n'est pas si tôt que ça. C'est comme quand on doit aller à l'école… Lorsque j'allais au lycée, je me levais tous les matins à six heures et quart pour attraper le bus. »

Nilla n'avait pas l'air d'écouter.

« La tante de Maman est passée ce matin.

— Tante Ulla ?

— Oui. Elle a dit qu'elle allait prier pour moi. »

Elle leva les yeux au plafond, en regardant Peter au passage.

« Je veux que vous passiez *All Apologies* de Nirvana, dit-elle. La version acoustique.

— Comment ça, passer ? dit Peter. Qu'est-ce que tu veux dire ?

— À l'église », dit-elle à voix basse.

Il finit par comprendre et secoua la tête.

« On ne va rien passer. » Il ajouta : « Parce que… ce ne sera pas nécessaire.

— Mais à mon enterrement, dit Nilla. Vous le passerez, hein ? »

Il hocha la tête.

« Quand ton cœur s'arrêtera sur la piste de danse, dans quatre-vingts ans, je promets de passer Nirvana. » Puis il regarda sa montre : « Maman va arriver, nous avons bientôt un rendez-vous… avec ton chirurgien. Tu l'as rencontré ? »

Nilla croisa ses bras sur sa poitrine.

« Mmh. Il est passé hier soir… Il sentait la fumée. »

Quinze minutes plus tard, Peter et Marika se retrouvèrent côte à côte devant un bureau, silencieux. Peter sentit une vague odeur de tabac.

Le chirurgien Tomas Frisch venait de Lund, il avait l'âge de Peter. Des yeux fatigués, mais bronzé et malgré tout détendu à l'approche de l'opération. Il serra la main à Peter et Marika :

« Ça n'aura rien d'une intervention de routine, mais vous pouvez nous faire confiance. Tout le monde a beaucoup d'expérience, c'est une bonne équipe. »

Le docteur Frisch sortit un ordinateur portable, qu'il alluma. Il fit défiler des images à l'écran pour leur expliquer le déroulement de l'opération.

Peter regardait et écoutait, mais ne savait pas quoi dire. Il aurait juste voulu rester dans son coin, la tête entre les mains.

Tomas Frisch était le pilote qui ramènerait tout le monde vivant – sauf qu'il n'était pas lui-même à bord de l'avion : si Nilla ne s'en sortait pas, il ne risquait que sa réputation. Vu comme ça, un chirurgien ressemble moins à un pilote qu'à Dieu, pensa Peter.

« Nous savons que vous faites de votre mieux, dit Marika quand il eut fini son exposé.

— Tous les jours », dit Frisch.

Il sourit et leur serra à nouveau la main. En quittant la pièce, Peter se demanda pourtant quelles paroles de réconfort les parents d'Emil avaient bien pu recevoir des médecins.

Peter resta dans la chambre de Nilla pour le déjeuner, mais ils touchèrent à peine à leur plateau. À son départ, Marika raccompagna Peter jusqu'à l'ascenseur, ce qu'elle n'avait jamais fait jusqu'alors. Peut-être toute cette attente désespérée les avait-elle rapprochés, se dit Peter – mais il restait encore beaucoup de chemin.

« Tu seras à l'heure ? demanda Marika.

— Évidemment, dit Peter.

— Quand ?

— Aussi tôt que nécessaire. »

Marika le regarda.

« Tu n'as pas envie d'y aller, hein ?

— Non, qui aurait envie ? dit Peter en la regardant dans les yeux. Mais j'y serai. »

La porte de l'ascenseur s'ouvrit derrière lui. Il se pencha pour prendre dans ses bras son ex-femme, et elle se laissa faire en silence.

Il sentit qu'elle avait changé de parfum. Le corps de Marika semblait las et endolori et, après quelques secondes, il commença à trembler. Peter la tint contre lui jusqu'à ce qu'elle finisse de pleurer, mais ne trouva rien à dire. L'amour était fini. Restait la tendresse.

Il serrait Marika et songeait à Vendela.

En sortant de l'hôpital, le regard brouillé, Peter vit un garçon en blouson bleu arriver tête baissée de l'arrêt de bus. Il semblait fatigué et fâché.

Il reconnut son fils.

« Salut Jesper ! » Peter se racla la gorge pour chasser les larmes. L'école est finie ? »

Jesper hocha la tête.

« J'allais dire bonjour à Nilla.

— Très bien… Ça lui fera plaisir. Tu sais qu'on l'opère demain, on a rencontré le docteur qui va la soigner. Il est très doué. »

Jesper hocha la tête en silence. Il avança encore de deux pas, mais s'arrêta pour demander :

« Grand-père et toi, vous avez continué avec l'escalier, Papa ?

— L'escalier ? » Puis il se souvint de son projet d'aménagement pour descendre au fond de la carrière. « Oui, c'est presque fini.

— Bien », dit Jesper. Il sembla hésiter et ajouta : « C'est moi qui l'ai bousillé.

— Tu veux dire… quand il s'est écroulé ? »

Jesper baissa les yeux.

« Je voulais continuer et le finir tout seul quand tu es descendu chercher Grand-père… mais tout s'est cassé la figure.

— Ah… Ça ne fait rien… Heureusement, ça ne t'est pas tombé dessus. » Peter rit et continua : « Je pensais que c'était un coup des Trolls. Ils vivent au fond de la carrière, tu sais, notre voisin Gerlof l'a dit. »

Jesper le regarda comme s'il était fou.

« Je blague », dit Peter. Il se dépêcha de continuer : « Mais la prochaine fois que tu viendras sur Öland, on le finira. Nilla nous donnera aussi un coup de main, quand elle rentrera à la maison. »

Il accentua le mot *quand*, en regardant son fils dans les yeux pour tenter de lui transmettre l'espoir qu'il lui restait.

« OK. »

Jesper embrassa son père, sans montrer s'il était ou non certain que Nilla guérirait. Puis il rajusta son sac à dos et entra dans l'hôpital.

Quand Peter monta dans sa voiture, son téléphone sonna. Une voix aimable de femme :

« Bonjour, c'est Rebecca, des pompes funèbres. Nous avons le choix entre mardi 12 mai ou jeudi 14. Un enterrement de printemps… à quatorze heures, pour les deux dates. Qu'est-ce qui vous conviendrait le mieux ?

— Je ne sais pas. » Peter dut rassembler ses idées. « Jeudi, peut-être.

— Très bien, dit la femme, je réserve le 14. Bon week-end ! »

60

Vendela avait été infidèle. De corps et d'esprit.

Les deux étaient aussi graves.

En rentrant de chez Peter Mörner, ce mercredi, elle n'arrêtait pas de repenser à ce qui s'était passé. Qu'avait-elle fait ? Elle avait dormi chez Peter, ils s'étaient serrés l'un contre l'autre, s'étaient touchés en se chuchotant des secrets.

Vendela s'était comportée *exactement* comme Max l'avait soupçonné.

Mais ce n'était pas elle qui s'était fâchée et était partie en claquant la porte, c'était *lui*. Jusqu'alors Vendela s'était toujours tenue à sa disposition, pour la rédaction de ses livres et le reste. Pour une fois, elle avait fait quelque chose d'un peu égoïste, elle avait suivi l'impulsion du moment, et ne savait pas le tour qu'allaient prendre les choses. Mais elle n'avait *pas* l'intention de se sentir coupable.

Elle ne se souvenait pas quand ils s'étaient endormis mais, à son réveil, au sortir d'une nuit paisible, elle avait trouvé les yeux de Peter à seulement dix centimètres de son visage. Elle s'était souvenue où elle était. Elle ne regrettait rien.

Rester pour prendre le petit déjeuner ne la mettait pas du tout mal à l'aise, aucun des deux ne se taisait. Peter parlait à voix basse de sa fille malade et de l'opération qui devait la sauver. Il savait qu'elle s'en sortirait, il le savait, et Vendela avait hoché la tête gravement. Bien sûr. Bien sûr, tout allait bien se passer.

« Je dois aller à Kalmar, avait-il dit après le petit déjeuner. À l'hôpital. »

Vendela comprenait, mais ne voulait pas rentrer.

« Je peux rester là un moment ?

— Tu ne veux pas rentrer ? »

Elle avait regardé par terre en songeant à l'alliance dans le creux de la pierre des Elfes.

« Je ne veux pas… Je ne peux pas voir Max pour l'instant.

— Il ne s'est pourtant rien passé de grave.

— Nous avons couché ensemble.

— Nous nous sommes réchauffés. »

Mais Vendela savait que ça ne changeait rien.

Peter parti, elle était allée s'installer sur le canapé du séjour. De l'autre côté de la pièce, à côté du téléviseur, il y avait un vieux coffre en bois avec une scène sculptée sur le devant : un Troll ricanant, un chevalier avec sa monture, une Elfe en larmes. Vendela l'avait longtemps regardé.

De temps en temps, elle allait à la fenêtre jeter un coup d'œil à sa propre villa et, vers l'heure du déjeuner, elle avait vu Max sortir. Son cœur battait donc encore. Trop éloignée pour déterminer son humeur, elle l'avait vu sauter dans la voiture et partir.

Pourtant, Vendela n'était pas rentrée. Elle s'était installée au soleil printanier sur la terrasse chez Peter, le visage tourné vers la mer étale.

Une heure plus tard, elle avait entendu le ronron d'un moteur, qui avait semblé s'arrêter devant chez elle. Max était-il rentré ? Peut-être, mais l'auvent lui cachait la vue, et elle n'avait pas l'intention de se lever pour vérifier.

Ce ne fut qu'après avoir déjeuné d'une salade qu'elle était allée à la fenêtre jeter un coup d'œil vers le sud.

Pas de voiture devant la maison. Si Max était rentré, il était reparti.

Soudain, le téléphone de la cuisine l'avait fait sursauter. C'était peut-être Peter, mais elle n'osait pas répondre. Il s'était arrêté au bout de six sonneries.

Que fabriquait Max ? Pourquoi rentrer pour repartir aussitôt ?

Elle s'étonnait de le savoir en bonne santé. Les Elfes n'avaient sans doute pas encore trouvé son alliance.

Elle avait alors réalisé avoir vraiment souhaité la mort de son mari. La nuit précédente, elle avait demandé aux Elfes de le *tuer*.

Il était à présent deux heures et elle se décida à rentrer. Elle voulait parler avec Max, voir ce qu'il faisait.

Pas d'aboiement pour l'accueillir, la maison était silencieuse. Mais Vendela sentit une odeur inhabituelle, un lourd parfum de fleurs. En entrant dans le séjour, elle en vit presque partout, jonchant le sol : des bouquets de roses, de tulipes et de lys blancs, d'autres de fleurs locales, anémones, serpolet… Max semblait avoir rassemblé tous les vases de la maison, tous les verres et toutes les tasses aussi. Le gris sombre de la pierre virait au rouge, jaune, vert et rose.

Vendela traversa lentement les pièces fleuries. Au bout d'une minute, son nez commença à la chatouiller, puis se mit à couler. Son allergie revenait, et c'était la faute de Max. À sa façon, il voulait demander pardon pour la mort d'Ally, mais les fleurs ne faisaient qu'empirer les choses. Elle était accablée.

La villa ressemblait à une chapelle funéraire. Ne manquait plus qu'un petit cercueil d'un mètre de long.

Max, pensa Vendela, pourquoi toujours tout exagérer ?

Les épreuves du livre de recettes l'attendaient dans la cuisine, mais elle ne voulait pas y toucher.

Elle prit son carnet dans le placard et alla s'asseoir avec un stylo.

Les Elfes n'ont pas d'avenir, écrivit-elle. *Nous non plus. La maison, les choses qui nous possèdent, les obligations. Je ne comprends pas…*

Elle resta assise sans rien écrire d'autre, en écoutant le tic-tac de l'horloge.

Elle songea à Max, puis à Peter Mörner. Elle ne pouvait joindre ni l'un ni l'autre, mais elle se rappela soudain quelqu'un à qui elle pouvait téléphoner.

Il lui fallut un moment pour retrouver son numéro mais, dès qu'elle eut mis la main dessus, elle appela. Une voix énergique lui répondit après cinq ou six sonneries :

« Adam Luft.

— Bonjour, c'est Vendela.

— Qui ?

— Vendela Larsson… j'ai suivi un de vos stages, *À la rencontre des Elfes*.

— Ah, je vois, dit Adam Luft. Ça fait un bail.

— Cinq ans, dit Vendela. Je voulais juste vous demander si…

— J'ai arrêté ce stage, la coupa-t-il. Il y avait trop peu d'inscrits. Je m'occupe maintenant de voyage astral.

— Voyage… comment ?

— Astral. Vous devriez essayer, c'est passionnant. » Luft poursuivit d'une voix plus timbrée : « Nous nous entraînons pour que l'âme sorte du corps… et voyage dans le temps et l'espace. J'ai encore des places pour des stages cet été. Je vous inscris ?

— Non, merci », dit Vendela.

Et elle raccrocha.

Elle n'avait plus personne à qui parler et elle ne tenait plus en place, enfermée dans la maison. Elle alla jardiner, pour mettre un peu d'ordre dans le nouveau paysage.

Juste après six heures, elle enfila un deuxième pantalon, un pull en laine et un gros blouson, puis alla dans la salle de bains. Ouvrir l'armoire à pharmacie.

Elle sortit ce soir-là sans aucun objet de valeur, et sans son portable.

Une fois sur le chemin empierré, elle vit des phares qui approchaient de la route du village. Était-ce Max qui rentrait ?

Vendela hâta le pas. Comme tant de fois, elle partit d'abord vers le nord avant d'obliquer vers la lande. Elle songea à son alliance, dont elle avait fait l'offrande aux Elfes : elle s'était emballée, c'était une erreur. Elle ne pouvait pas souhaiter la mort de Max, quoi qu'il ait fait à Ally. Il fallait qu'elle récupère l'anneau.

Elle ne courait pas, elle était trop fatiguée et affamée. À grandes enjambées, elle marcha sur la lande jusqu'à apercevoir l'épais bosquet de genévriers.

Elle s'approcha lentement de la grande pierre et regarda dans les creux. Quelques vieilles pièces, rien d'autre.

Son alliance avait disparu.

Ils étaient passés.

Vendela resta immobile devant la pierre, tête basse. Cette soirée de printemps était froide, la nuit tombait, mais elle n'avait plus la force de bouger.

Vendela et les Elfes

Vendela court sur la lande, elle essaye de rattraper le soleil couchant. Mais tout semble perdu – il faudrait trouver une personne de confiance, mais aussi réussir à la convaincre de retourner avec elle au royaume des Elfes aider Jan-Erik à rentrer. Sinon, il faudra qu'elle retourne à la ferme chercher des couvertures et de quoi manger pour passer la nuit sur la lande avec son grand frère – si elle n'arrive pas à le faire se lever pour essayer de marcher tout seul.

Il faut qu'elle se dépêche, tout en dépend.

Sur le chemin du retour, elle est sans cesse gênée par toutes les mares de fonte qui couvrent l'herbe et reflètent le ciel. Il faut faire des détours, tantôt à droite, tantôt à gauche, et quand des nuages épais cachent le soleil, elle a du mal à se repérer.

Elle perd aussi la notion du temps, elle n'a pas de montre.

Vendela entend son sang battre à ses oreilles. Elle s'écorche les jambes aux buissons et aux pierres, ses souliers se trempent dans l'herbe humide, mais elle ne ralentit pas.

Elle court, court et ne s'arrête qu'une fois arrivée

devant un muret de grosses pierres rondes. Il lui arrive presque à la poitrine et se prolonge à perte de vue dans les deux directions. Elle ne le reconnaît pas – où est-elle ? Le ciel est couvert, elle n'arrive plus à s'orienter.

Elle finit par retourner sur ses pas mais, à présent, elle ne retrouve plus le chemin de la pierre des Elfes. Le sentier entre les mares ressemble à un labyrinthe, elle est complètement perdue dans ce monde d'eau.

Les vêtements légers de Vendela sont trempés de sueur, elle a froid, elle commence à avoir faim, elle voudrait mettre ses petits doigts dans la main rassurante d'un adulte, mais il n'y a personne. Tout est silencieux. Elle marche, marche, puis, quand elle n'en peut plus de contourner les mares, elle les traverse à gué. La plupart n'ont qu'un pied de profondeur, et de toute façon ses souliers sont trempés.

Elle finit par apercevoir un muret à une centaine de mètres. Elle s'en approche doucement, regarde où il lui arrive, et elle en est certaine : c'est le même muret que tout à l'heure – elle a tourné en rond sur la lande.

Vendela n'en peut plus, elle se laisse tomber au pied du muret. Elle ferme les yeux, longtemps, avant de les rouvrir.

Elle voit des ombres autour d'elle. Des ombres lumineuses. Elles ne devraient pas exister, mais elle les voit. Et en les voyant glisser vers elle, elle comprend que ce sont les Elfes qui approchent. Ils sont allés chercher Jan-Erik, et les voilà qui viennent vers elle.

Et Vendela veut qu'on l'emmène, elle tend les bras.

« Venez ! » chuchote-t-elle.

Mais leurs silhouettes floues se dérobent, ils ne veulent pas jouer avec elle. Leurs contours s'estompent peu à peu, puis finissent par disparaître.

« Eh oh ! »

Des cris dans la nuit.

« Eh oh ! Eeeeh ooooh ! »

Vendela ouvre les yeux. Elle est couchée au pied d'un muret et il fait très froid.

« Je suis là ! » crie-t-elle.

Elle ne sait pas si on l'a entendue, mais les cris se rapprochent. Des pas foulent l'herbe, des formes noires se dessinent. Elle les reconnaît.

« Vendela, qu'est-ce que tu fais ici ? On t'a cherchée partout ! »

Tante Margit attrape ses mains glacées et l'aide à se relever. Elle regarde autour d'elle. Il fait presque nuit noire sur la lande.

« Allez, on rentre, il faut que tu boives quelque chose de chaud, dit Margit. Après, on ira à Kalmar. »

Sven et Margit sont déjà repartis, mais elle ne les suit pas.

« Non, dit-elle. On ne peut pas y aller. »

Sven continue, mais tante Margit s'arrête.

« Qu'est-ce que tu veux dire ? »

Vendela fait un geste de la main.

« Jan-Erik est resté près de la pierre. »

Sa tante la regarde avec des grands yeux, Vendela doit lui expliquer. Que Henry est descendu à la carrière, et qu'elle a entraîné son frère sur la lande. Elle part en courant, en tirant sa tante par la manche.

« Il faut aller le chercher. Viens ! »

Sa tante et son oncle sur les talons, elle se débrouille pour retrouver son chemin entre les miroirs argentés des étangs. Ils arrivent à la pierre, au milieu des genévriers, alors que le ciel au couchant prend une teinte gris foncé.

Mais c'est trop tard. Jan-Erik n'est plus là, et les pièces que Vendela a sacrifiées ont aussi disparu.

Il ne reste que le fauteuil roulant, embourbé.

Pendant un moment ils appellent tous les trois parmi les herbes, mais personne ne répond. Il fait presque nuit noire à présent sur la lande.

« Allez, viens », dit Sven.

Margit hoche la tête. Vendela a un sentiment de panique, mais ne peut pas protester.

Son oncle et sa tante rapportent le fauteuil roulant à la ferme. Ils le poussent à travers la cour et le rangent dans le hangar à outils. Ils retrouvent Vendela assise dans la cuisine. Il fait très froid dans la maison.

On entend le tic-tac de l'horloge.

Soudain un lourd bruit de bottes sur l'escalier du perron.

La porte s'ouvre, Henry entre. Il respire profondément, semble très fatigué. Il s'arrête sur le seuil en apercevant sa sœur et son beau-frère dans la cuisine. Il ne dit rien et n'enlève pas sa casquette.

Margit et Sven se taisent eux aussi. C'est Vendela qui rompt le silence :

« Papa… Où est Jan-Erik ? Tu l'as vu ?

— Jan-Erik ? dit Henry, comme s'il avait presque oublié ce nom. Il est parti.

— Parti ? demande Vendela. Parti où ? »

Le silence envahit la cuisine, jusqu'à ce que son oncle ouvre la bouche :

« Il est monté à la gare ? »

Henry ne veut pas regarder sa fille, il baisse les yeux à terre et hoche la tête.

« Oui… Jan-Erik a pris le train. Pour Borgholm, puis le continent.

— Tu veux dire… qu'il a fugué ? dit Sven.

— Oui. Et je n'ai pas pu l'en empêcher… Il a dix-sept ans. » Henry lève les yeux. « On y va ? »

Personne ne dit rien, en songeant à la destination d'Henry : la prison de Kalmar.

Il va chercher sa valise dans sa chambre.

« Bon, alors il faut fermer la maison », dit tante Margit.

Vendela va en silence dans sa chambre préparer ses affaires.

Soudain, un cri au rez-de-chaussée. C'est sa tante :

« C'est vide ! Tout a disparu, tout ! »

Quand Vendela arrive à la cuisine, le coffret à bijoux de sa mère est ouvert sur la table, et sa tante Margit est blême. Elle a baissé la voix, mais ne décolère pas.

« Jan-Erik a volé tous les bijoux de sa mère, dit-elle. Tu l'as vu faire, Vendela ? »

Elle secoue la tête, sans rien dire. Son père se tient près de sa sœur, encore plus accablé.

« J'aurais dû les mettre sous clé. »

Il regarde d'un air vide Vendela qui baisse les yeux et retourne chercher sa valise.

Elle sait que Jan-Erik n'a pas pris les bijoux, et elle ne croit pas qu'il ait fugué en train. C'est elle qui l'a abandonné, pas le contraire.

Il l'a attendue dans l'herbe, jusqu'à ce qu'il comprenne que personne ne reviendrait le chercher. Alors il s'est levé et s'est éloigné de la pierre.

Jan-Erik a rejoint les Elfes. Voilà ce qui a dû se passer. Il est entré dans leur monde, au-delà des brumes, là où le soleil brille toujours.

Une heure plus tard, à Kalmar, Henry descend avec sa valise devant l'entrée éclairée de la prison.

« Merci de m'avoir déposé », dit-il seulement.

Il remonte le col de son manteau, prend sa valise et quitte Vendela sans un mot. Il se dirige vers le poste de garde, sans se retourner.

Le temps passe. Comme Jan-Erik ne se présente pas à la gare, au train qui doit le conduire à l'asile, la police lance un avis de recherche, mais un jeune débile en fuite n'est pas une grande affaire. La police a d'autres priorités et ne le retrouve jamais. Le grand frère de Vendela est comme avalé par la terre.

Le temps passe et, l'été suivant, la petite ferme des Fors est vendue.

Le temps passe, mais Vendela ne va pas une seule fois voir son père en prison.

Quand il en sort, c'est un homme brisé. À la fin de l'automne, il retourne sur Öland et s'installe à Borgholm, où il est moins connu que dans son village natal. Henry fait des petits boulots, vivote dans une chambre sans coin-cuisine.

Vendela s'est fixée à Kalmar, elle ne veut plus retourner sur Öland. Elle a commencé une nouvelle vie chez Margit et Sven. Bien vite, à l'école, les autres enfants ont oublié qu'elle vient de l'île, ils cessent de se moquer d'elle. Son oncle et sa tante n'ont pas d'enfants, ils ne parlent jamais des Elfes et ils aiment vraiment Vendela.

Tout s'arrange.

Elle a de nouveaux vêtements, un vélo rouge et un gramophone.

Elle obtient presque tout ce qu'elle demande – plus la peine de souhaiter la lune.

Elle grandit, passe son bac, rencontre un homme gentil qui possède un restaurant. Ils ont une fille.

Les souvenirs d'Öland pâlissent, et Vendela prend rarement le ferry qui traverse le détroit pour aller voir son père. Sa petite chambre est toujours encombrée de bouteilles d'alcool vides, et ils n'ont rien à se dire. Après la mort d'Henry, à la fin des années soixante, elle n'y retourne plus. Elle n'a plus de famille sur l'île – plus que quelques tombes au cimetière. Dans sa chambre, elle garde quelques beaux objets en pierre polie qu'elle a hérités de son père, ainsi qu'un coffret à bijoux vide.

Ce n'est qu'à la quarantaine, quand elle s'est séparée de Martin et a épousé Max, que Vendela commence à repenser à son enfance sur Öland et ressent le besoin d'y revenir.

Et le désir toujours plus grand de suivre son frère chez les Elfes.

61

— *Je ne veux plus d'autres bijoux !* écrivait Ella.

Gerlof était arrivé aux dernières pages du journal qu'avait tenu sa femme à la fin des années cinquante. Il ne restait plus que quatre pages et demie.

Le carnet s'arrêtait au printemps 1958. Les dernières pages étaient couvertes d'un texte compact. L'écriture d'Ella se transformait en pattes de mouches inquiètes, et Gerlof hésita avant de chausser ses lunettes. Il finit pourtant par lire :

Aujourd'hui 21 avril 1958, je ne sais pas par quoi commencer. Ce qui s'est passé est tellement triste, et Gerlof n'est pas là. Il a pris la mer avant-hier pour Stockholm, et devait être rentré aujourd'hui, mais il a téléphoné hier soir pour prévenir que John et lui étaient bloqués à quai au pied de l'hôtel de ville de Stockholm. Il y a grand vent sur tout le nord de la côte suédoise, presque une tempête, mais ce n'est pas encore arrivé sur l'île. Ici, il fait gris et froid, les radiateurs électriques sont allumés toute la journée.

Les filles sont parties en vélo en fin d'après-midi

pour aller voir un film à la salle communale. Je me retrouve seule à la maison. Le village semble désert.

Le soleil commençait à se coucher, j'étais en train de coudre quand j'ai entendu un bruit sourd du côté de la véranda. On ne frappait pas à la porte, comme quand les voisins viennent rendre visite, on grattait, alors j'ai laissé mon ouvrage et je suis allée ouvrir. Il n'y avait personne mais, en y regardant de plus près, j'ai vu qu'on avait déposé un bijou sur une marche.

C'était un cœur en or sur une chaîne d'argent, je l'ai ramassé... mais ça ne m'a pas fait plaisir du tout, car je ne sais pas d'où ça vient. Et j'en ai assez, j'en ai assez de tous ces cadeaux que je n'ai jamais demandés.

« Je ne veux plus d'autres bijoux ! ai-je crié en direction de la pâture. Viens le reprendre ! »

Pas de réponse. Au bout d'un moment, ça s'est mis à bouger dans les genévriers au bord du terrain. Alors le galopin est sorti des fourrés et s'est campé là, dans les hautes herbes. Je l'ai à peine reconnu, car son visage était propre, bien peigné, vraiment soigné. On s'est regardés, il souriait en pouffant.

Je lui ai tendu le bijou sans savoir quoi dire. Je n'en voulais pas. Puis j'ai ouvert la bouche mais il a soudain tourné les talons et détalé dans la pénombre, entre les buissons.

J'avais mes chaussures, alors, vite, j'ai couru derrière lui.

Le galopin se savait-il suivi ? Je ne l'appelais plus, mais il avait l'air de m'attendre. Il ne courait pas très vite, il se dandinait plutôt, et j'apercevais sa chemise blanche et sa peau rouge parmi les buissons. Il a franchi la route d'un bond et a filé comme un chat dans l'ombre du muret, on voyait qu'il avait l'habitude de se cacher. Il a continué au galop vers le nord. L'herbe n'avait pas encore poussé trop dru dans la pâture, et j'ai pu continuer à ses trousses, à peu près aussi vite que lui.

J'ai mis du temps à comprendre qu'il se dirigeait vers la carrière. Pour y faire quoi ? Mais il a accéléré, et nous avons débouché sur le bord caillouteux de la falaise.

On entendait chanter du côté de la mer, j'ai reconnu les paroles. Un homme chantait à tue-tête parmi les tas de pierres :

Bienvenue sur Öland
Le printemps vous attend
Débarquez du détroit
Où sévit Suroît !

Alors, le galopin a ralenti. Et s'est retourné vers moi. J'ai levé bien haut la chaîne d'argent, mais ça ne l'intéressait pas.

Il a écouté la chanson, au bord de la falaise, puis il est reparti à la charge.

La carrière était presque déserte. Il n'y avait qu'un homme, tout seul sur les rochers. C'était lui qui chantait – un tailleur de pierre qui s'était bâti un petit abri coupe-vent ou une sorte de mur en demi-cercle en haut de la paroi, au nord. Seules sa tête et ses épaules dépassaient des pierres.

Le galopin s'est précipité sur lui, et j'ai vu alors que c'était Henry Fors. Ça m'a étonné, car j'avais entendu parler de ses ennuis, et je pensais qu'il avait arrêté de travailler. Mais il était pourtant là, derrière son muret, en train de polir une sorte de sculpture, comme si de rien n'était.

Alors tout est allé très vite, je n'ai rien pu faire. Le galopin s'est précipité le long du bord et, quand Henry Fors l'a vu, il a cessé de chanter. Il a crié quelque chose, je n'ai pas entendu quoi.

Le galopin a tendu les poings en continuant à toute vitesse vers le muret. Il a foncé dedans et l'a renversé. Les pierres ont roulé avec fracas autour de ses jambes.

Henry a encore crié : « Non ! » Puis un nom, Hans-Erik ou Jan-Erik. Le galopin a crié lui aussi, mais ça ressemblait plus à des cris de joie.

Alors je me suis arrêtée et j'ai baissé les yeux. Henry criait toujours, et les pierres continuaient à s'effondrer.

Je crois qu'ils se sont battus, tous les deux. Et je crois qu'à la fin, l'un des deux est tombé ou a été précipité au fond de la carrière, mais je n'ai pas voulu en voir davantage.

J'ai fait demi-tour et je suis partie en courant.

Tout ce que je me suis dit en rejoignant la route du village, c'était qu'Henry savait le nom du galopin. Ils se connaissaient.

Il venait du nord. De la ferme d'Henry ? Henry a un fils débile qui a mis le feu à sa grange, c'est la rumeur, ces derniers temps.

Revenue à la maison, je me suis assise sur les marches, le bijou à la main, et j'ai pleuré d'avoir eu aussi peur, d'avoir été aussi lâche, incapable de venir en aide d'aucune façon à ce pauvre garçon.

Puis j'ai séché mes larmes et je suis rentrée attendre mes filles, et le retour de Gerlof.

Jamais je ne raconterai ce qui s'est passé. C'est le malheur d'Henry et de son fils. J'ai déjà eu la sottise d'accepter tous les cadeaux du galopin, ces bijoux qui ne sont pas à moi et ne le seront jamais.

Là s'arrêtaient les notes d'Ella, ne laissant que quelques lignes blanches au bas de la toute dernière page. Gerlof baissa le carnet, tout honteux de s'être aventuré à le lire.

Il resta dans son fauteuil sur la pelouse en essayant de se souvenir de son retour, quelques jours plus tard, quand la tempête avait molli. Avait-il remarqué quoi que ce soit ? Non. Ella ne lui racontait en général pas grand-chose de ce qui se passait au village pendant ses semaines d'absence et, de son côté, il ne lui avait pas posé beaucoup de questions. Trop occupé par le chargement de son cotre pour le voyage suivant vers Stockholm.

Le galopin d'Ella s'était battu avec Henry Fors. Ça devait être son fils. Gerlof ne l'avait jamais vu, mais avait entendu les mêmes ragots qu'Ella sur le fils débile qu'Henry avait accusé de l'incendie de sa grange. Peut-être à tort.

Ce dernier soir, à la carrière, ils avaient en tout cas eu un différend à régler. Suite à cet éclat, le garçon avait disparu sans laisser de traces. Henry, brisé, ne devait jamais s'en remettre.

Et tout était la faute de Gerlof.

62

Peter regardait le soleil se coucher sur la carrière. Restait un jour et demi avant l'opération de Nilla.

Un peu plus tôt dans la soirée, il était sorti avec pelle et pic pour essayer de travailler un peu à l'escalier, mais n'avait pas eu la force de hisser les blocs pour les dernières marches. Jesper n'y était pas arrivé seul, et lui non plus. Il n'avait réussi à monter que deux nouvelles marches. Quand la troisième avait dégringolé au fond de la carrière, il avait abandonné.

Assis dans le séjour, il se sentit très las.

Trente-six heures faisaient deux mille cent soixante minutes, calcula-t-il. Comment allait-il occuper tout ce temps ? Sortir courir ? Il n'y était pas retourné depuis la dernière fois avec Vendela, et n'avait pas le courage ce soir.

La télévision diffusait un programme pour enfants, il l'éteignit très vite.

Silence. Le soleil déclinait, les ombres se répandaient.

Peter sursauta en entendant le téléphone sonner dans la cuisine.

Des mauvaises nouvelles ? Oui, sans aucun doute. Il alla pourtant répondre.

C'était une voix d'homme, rauque.

« Peter Mörner ?

— Oui ? »

Il ne la reconnaissait pas, et l'homme ne se présenta pas.

« Nina m'a dit que vous vouliez me parler. Je suis le propriétaire du Moulin-Noir. »

Peter se rappela le mot qu'il avait laissé au club, à Malmö.

« Oui, tout à fait, dit-il en essayant de rassembler ses esprits. Merci d'appeler. Je voulais juste vous demander quelque chose au sujet de mon père… Jerry Morner.

— Jerry, oui. Comment va-t-il ? »

Peter dut – une fois de plus – raconter la disparition de son père.

« Merde alors, dit l'homme. Et ce n'est pas aussi son studio, qui a brûlé ?

— Oui, le week-end avant Pâques », dit Peter. Il se hâta d'ajouter : « Jerry a mentionné le Moulin-Noir plusieurs fois avant de mourir, alors j'étais un peu curieux de votre établissement. »

Au bout du fil, l'homme prit un ton las :

« Un peu curieux… mais vous êtes venu la semaine dernière, non ? Alors ?

— Eh bien… Je ne suis pas descendu, dit Peter, mais la fille, à la caisse, m'a dit qu'il y avait une grosse surprise en bas de l'escalier… C'est vrai ? »

L'homme éclata de rire.

« La grosse surprise, c'est qu'il n'y a pas de surprise. Les hommes d'affaires débarquent en fin de soirée avec leurs cartes en plastique, persuadés qu'ils vont tirer leur coup avec des flopées de blondes, mais le Moulin-Noir n'est pas un bordel !

— Et c'est quoi, alors ?

— Un dancing… Sauf qu'il n'y a que les filles qui dansent, déshabillées. Les hommes restent assis à regarder. Et fantasment. »

Ça, les hommes savent faire, songea Peter.

« Mon père a-t-il été propriétaire du Moulin-Noir ?

— Non.

— Mais il était lié au club ?

— Non, on ne peut pas dire ça. Nous avions une certaine forme de collaboration avec lui, nous achetions des espaces publicitaires dans ses revues, et Jerry venait souvent voir nos filles et nos mecs. Après, certains allaient parfois travailler pour lui.

— Des mecs, aussi ? Vous aviez donc aussi des danseurs au club ?

— À une époque… Quelques culturistes huilés qui dansaient avec les filles en simulant le sexe. Mais plus maintenant. Les règles se sont durcies en Suède, alors maintenant il n'y a plus que des filles sur scène.

— Parmi ces mecs qui dansaient… est-ce qu'il y avait un certain Daniel Wellman ?

— Ouais, dit l'homme. Il a bossé chez nous.

— C'est bien celui qui a aussi tourné pour mon père ?

— Tout à fait. Daniel Wellman. Il n'est pas resté chez nous plus de six mois, mais il a travaillé plusieurs années pour Jerry.

— Sous un autre nom, dit Peter en tendant la main pour attraper un bloc-notes et un stylo. Markus Lukas, c'est ça ?

— Il se faisait appeler comme ça, oui.

— C'était Jerry qui choisissait, dit Peter. Tous les mecs devaient s'appeler "Markus Lukas".

— Tout le monde prend un pseudonyme, dit l'homme. C'est pour se protéger. »

Silence.

« Savez-vous comment joindre Daniel ? dit Peter. J'aimerais l'appeler. »

L'homme éclata de rire, un rire las.

« Ça va être difficile.

— Comment ça ?

— Il est au même endroit que Jerry. »

Peter regarda fixement la pointe de son stylo figée au-dessus du papier.

« Markus Lukas est *mort* ? Vous êtes sûr ?

— Oui, désolé… Daniel était épuisé et mal en point la dernière fois que je l'ai vu. Ensuite il m'a appelé plusieurs fois pour me demander de l'argent, mais il était presque incapable de parler. Il était déprimé et furieux. Il en voulait à quelqu'un. Il parlait beaucoup de Hans Bremer… Bremer avait demandé à Daniel de se taire. »

Encore Bremer, songea Peter.

« Markus Lukas harcelait aussi mon père, dit-il.

— Je veux bien le croire… À la fin, il demandait de l'argent à tous ceux qu'il connaissait. Et puis il a cessé d'appeler.

— Et de quoi est-il mort ? demanda Peter, qui s'attendait à entendre une fois de plus prononcer le mot *cancer*.

— Personne n'était au courant, les gens pensaient qu'il prenait de l'héroïne… Mais l'an dernier, je suis tombé sur une fille qui avait travaillé avec lui au club et chez Jerry, et elle m'a dit qu'il était mort depuis quelques mois. Elle avait fait le test après ça, mais elle n'avait rien.

— Comment ? dit Peter. Quel test ?

— Pour vérifier qu'elle était négative. » L'homme fit une pause, puis continua : « Je ne sais pas où Daniel a été contaminé, mais il pensait que c'était chez Jerry et Bremer. Il voulait leur faire un procès pour ça, c'est ce qu'il disait.

— Contaminé ?

— Son sang était contaminé. Ça arrive de temps en temps dans ce métier. Eh oui, "Markus Lukas" est mort du sida. »

63

Peter dormit jusqu'à neuf heures le matin précédant la nuit de Walpurgis, mais il se réveilla pourtant la tête lourde. Il entendit le tic-tac de l'horloge dans la cuisine et regarda par la fenêtre, avec le sentiment d'être enfermé sous un ciel énorme.

Encore vingt-quatre heures.

C'était un matin gris et venteux sur Öland. Il se demanda comment faire pour que cette journée passe le plus vite possible, s'écoule d'un coup. Il aurait voulu accélérer le temps jusqu'après l'opération de Nilla.

Il avait un coup de téléphone important à passer : vers dix heures, il appela Lars Marklund.

La police n'avait rien de nouveau dans l'enquête sur la mort de Jerry, mais Peter put les informer qu'il avait retrouvé la trace de « Markus Lukas », qu'il s'appelait Daniel Wellman, qu'il avait été contaminé par le virus du sida et était mort l'année précédente.

Lars Marklund se tut quelques secondes.

« Vous pensez donc que le sang de Wellman était infecté quand il a tourné ces films ? Et que des filles ont été contaminées ?

— Je ne sais pas, dit Peter, en imaginant des files de jeunes filles s'enfonçant dans une forêt obscure. Mais il y a quand même un gros risque… J'ai parlé à un autre acteur voilà quelques jours, qui affirmait avoir tourné avec plus de cent filles. Daniel Wellman en a certainement fait autant. Et toujours sans aucune protection. »

Marklund se tut à nouveau.

« Un individu à haut risque, dit-il alors. Il faut retrouver ces filles.

— J'ai quelques noms, dit Peter. Certaines en vie, d'autres mortes.

— Votre père et Bremer étaient-ils au courant… que Wellman était malade ?

— Je ne sais pas. Jerry n'en a jamais parlé.

— Et maintenant il est trop tard pour leur poser la question », dit Marklund.

Peter crut l'entendre taper sur le clavier d'un ordinateur.

« Je vois un Daniel Wellman à Malmö… Et c'est exact, il est mort en février l'an dernier. »

Peter aperçut le post-it jaune de Bremer, qu'il avait posé près du téléphone.

Danièle, pensa-t-il.

« Est-ce que je pourrais vérifier un numéro de téléphone avec vous ?

— D'accord. »

Peter lut les chiffres notés après le nom *Danièle* et demanda :

« Pouvez-vous vérifier à qui appartient ce numéro ? »

Silence dans l'écouteur.

« Pas la peine de vérifier… C'est dans l'enquête.

— Qui est-ce ?

— Elle s'appelle Jessika Björk.

— C'est elle qui est morte dans l'incendie ? Avec Bremer ? »

Marklund se tut à nouveau, avant de répondre :

« Comment le savez-vous ? Comment avez-vous eu son nom ?

— J'ai trouvé un papier avec son numéro chez Bremer, dit Peter. Jessika a dû travailler au studio. Ils l'appelaient Danièle.

— Elle ne travaillait plus pour eux, dit Marklund. Nous avons parlé avec ses amies… D'après elles, elle avait arrêté depuis six ou sept ans.

— Mais alors, pourquoi Bremer avait-il noté son numéro de portable ? Et que faisait-elle avec lui dans la villa de Jerry ?

— Eh bien… Nous travaillons sur ces questions », dit le policier. Il marqua une pause et poursuivit : « Merci de votre aide. Je vous tiens au courant s'il y a du nouveau, mais laissez-nous faire, maintenant. Détendez-vous et profitez du printemps sur Öland. D'accord ?

— Je ne fais que ça », dit Peter.

Il restait à présent vingt-trois heures.

Peter déjeuna, puis sortit prendre l'air. Quelques coins de ciel bleu perçaient à travers les nuages.

Il passa doucement devant la maison de Vendela, mais l'Audi n'était pas là et les stores baissés. Près de l'autre villa, une voiture était garée pour la première fois depuis plusieurs semaines – visiblement, la famille Kurdin était de retour.

Markus Lukas, Jessika, Jerry, Hans Bremer…

Il était poursuivi par les noms de tous ces morts. Il fit une longue promenade vers le sud sur la route côtière, jusqu'à ce que l'asphalte cède la place au gravier. Il n'y avait plus par ici que des petits cabanons de pêche en pierre, au-dessus du rivage. Mer étale, personne en vue.

Que savait Jerry ?

Peter, au fond, ne voulait pas y penser. Son père avait-il eu connaissance de la contamination de Daniel Wellman ? Avait-il malgré tout continué à le faire tourner avec toutes ces filles ? Ou était-ce Bremer ?

Il marcha presque une heure le long de la côte, avant de regarder sa montre en pensant à Nilla.

Il était une heure dix. Restait moins de vingt et une heures.

Il retourna vers le village. Au camping, un panneau d'affichage annonçait qu'on fêterait la nuit de Walpurgis à la tombée du jour, au bord de l'eau, avec un grand feu et du chant choral. On avait déjà préparé un bûcher sur la plage.

Presque arrivé à la carrière, il prit sur la droite et alla pousser le portail de Gerlof Davidsson. Une semaine seulement s'était écoulée depuis la dernière fois qu'ils s'étaient vus, mais elle avait été riche en événements.

Gerlof était chez lui. Il était dans son fauteuil, sur la pelouse, une couverture sur les genoux, devant un plateau-repas. Un vieux carnet était posé sur la table. L'herbe aurait eu besoin d'être tondue, mais Peter était trop fatigué pour proposer ses services.

Gerlof leva les yeux et le salua.

« Je suis content de vous voir. Je me demandais justement quand vous alliez revenir. »

Peter s'assit.

« J'ai été beaucoup absent, dit-il. Mais on dirait que tout le monde revient au village, ce week-end.

— Oui, dit Gerlof. Il y aura un feu pour fêter Walpurgis, ce soir ?

— Je crois bien, dit Peter. On dirait que l'association locale va faire brûler quelques fagots et chanter sur la plage.

— Brûler quelques fagots ? dit Gerlof. Alors il faut que je vous raconte comment on faisait autrefois. On rassemblait tous les vieux tonneaux qui avaient éclaté pendant l'hiver et on en faisait un grand tas. On en plaçait un neuf au sommet, plein de goudron… et on y mettait le feu. Le goudron coulait sur le tas et ça faisait un feu de Walpurgis qui se dressait comme un pilier blanc vers le ciel. On le voyait jusqu'au continent et ça chassait tous les mauvais sorts.

— C'était le bon temps », dit Peter.

Le silence se fit dans le jardin. Il poursuivit :

« Tout va bien, Gerlof ?

— Pas vraiment. Et pour vous ? »

Il secoua la tête.

« Mais ça va peut-être s'arranger… Les médecins vont s'occuper de ma fille demain matin.

— Très bien, dit Gerlof. Ils vont l'opérer, c'est ça ? »

Peter hocha la tête en silence, il sentit le sang battre à son cou. Pourquoi était-il là, et pas auprès de Nilla ?

Parce qu'il était lâche.

« Markus Lukas est mort, dit-il.

— Pardon ? Qui est mort ? » dit Gerlof.

Peter se mit à lui raconter. Tout se déversa comme un trop-plein. Il lui parla de Daniel Wellman, alias Markus Lukas, acteur contaminé qui harcelait Jerry et

Bremer pour avoir de l'argent. Peter avait du mal à comprendre la peur qu'inspirait Markus Lukas à Jerry – il n'était pas dangereux, juste malade. Et à présent mort.

Qui donc avait disposé des bombes incendiaires dans le studio et fait brûler vifs Hans Bremer et Jessika Björk ? Qui avait pris les clés de Bremer pour s'introduire dans l'appartement de Jerry ? Et qui avait renversé Jerry ?

Gerlof l'écouta, mais finit par lever la main.

« Je ne peux rien en dire.

— Comment ça ? »

Gerlof fit durer le silence :

« J'ai toujours réfléchi aux énigmes, aux mystères… pour essayer de les résoudre. Mais ça finit toujours par mal tourner.

— Qu'est-ce que vous voulez dire ? Éclaircir un mystère ne peut pourtant pas faire de mal ? »

Gerlof baissa les yeux vers le carnet posé sur la table.

« Je peux vous parler d'un autre mystérieux incendie, dit-il. C'était il y a quarante ans, pas loin d'ici, dans une ferme au nord de Stenvik. Une grange a complètement brûlé, avec les vaches et tout. J'étais là quand ça s'est produit, et je suis allé voir, avec tous les gens du village. Mais une odeur de pétrole près de la grange m'a mis la puce à l'oreille. Et en regardant par terre, j'ai vu de curieuses traces de bottes dans la boue, avec au talon la marque en L d'un clou mal planté. Alors j'ai compris que cette botte devait avoir été réparée par Paulsson-la-Galoche.

— Paulsson-la-Galoche ?

— Un cordonnier particulièrement mauvais que nous avions au village à l'époque. Alors je l'ai signalé à la police, et ils ont retrouvé et arrêté le propriétaire des bottes.

— Et qui était-ce ?

— Le propriétaire de la ferme. » Gerlof fit un signe de tête en direction de la carrière. « Henry Fors… le père de notre voisine Vendela Larsson.

— Le père de Vendela ?

— Oui. Il a tout mis sur le dos de son fils, mais je pense que c'était Henry. » Gerlof continua : « C'est curieux, mais les incendiaires travaillent presque toujours à domicile. Ils mettent en général le feu à des maisons qu'ils connaissent. »

Peter se rappela le regard triste de Vendela quand elle lui avait montré la ferme de son enfance deux semaines plus tôt. *Je m'y sentais un peu seule*, avait-elle dit.

« Mais pourquoi regretter d'avoir prévenu la police, Gerlof ? Il faut bien arrêter les pyromanes.

— Oui, je sais… mais j'ai détruit cette famille. Ça a brisé Henry. »

Peter hocha la tête en silence, il comprenait. La conversation prenait un tour sinistre. Il se leva.

« Il faut que j'aille à l'hôpital. »

Un coup de tête, mais c'était la chose à faire. Il allait prendre sa voiture et passer toute la soirée et la nuit auprès de Nilla, même s'il y avait aussi Marika et son nouveau mari. Il ne fallait plus avoir peur.

« Je penserai à vous demain, dit Gerlof. Et à votre fille, bien sûr.

— Merci. »

Peter tourna les talons et s'en alla.

Il s'apprêtait à rentrer chez lui mais, à quelques mètres du chemin qui longeait la carrière, il trouva Christer Kurdin en train de planter un arbre. Il avait fait un trou dans l'herbe, qu'il emplissait à présent de terreau.

Il se redressa alors et fit quelques pas vers Peter.

« J'ai su pour votre père Gerhard… C'était un accident de la circulation ? »

Peter s'arrêta.

« Oui, il est mort à Kalmar… C'est un pommier que vous plantez ?

— Non, un prunier.

— Ah oui ? »

Peter s'apprêtait à continuer, mais Kurdin le retint :

« Vous voulez entrer un moment ? »

Il réfléchit puis hocha la tête. Il suivit Kurdin dans son jardin, en regardant son poignet à la dérobée. Sa montre indiquait cinq heures et la trotteuse avançait, *tic, tac*.

« Alors vous êtes venus pour la fête de Walpurgis ? dit-il en entrant dans la villa.

— Tout à fait, dit Christer Kurdin. Nous rentrons dimanche… C'est notre dernière visite avant les vacances d'été. »

Ils traversèrent un hall étroit qui conduisait à un vaste séjour.

Peter regarda autour de lui. Pas beaucoup de meubles ni de bibelots, mais quantité d'électronique, des téléphones, des haut-parleurs. Des câbles gris et noirs s'enchevêtraient et couraient le long des murs. Sur une table, deux grands écrans d'ordinateur. Visiblement, Kurdin ou sa femme s'occupait aussi de musique, car sous une fenêtre était installé un long pupitre couvert de curseurs et de boutons. Une table de mixage.

« Un café ? proposa Christer Kurdin.

— Non, merci. »

Plus près de la baie vitrée, un canapé en cuir noir derrière une table basse en pierre. Peter alla s'y asseoir.

« Une bière alors ?

— Volontiers. »

Peter se rappela son nouveau projet d'aller le soir même à l'hôpital, mais avec une seule bière, il pouvait encore prendre le volant.

Christer revint de la cuisine avec deux verres de blonde.

« Santé !

— Santé. »

Peter but quelques gorgées, puis posa son verre en cherchant un sujet de conversation.

« Vous êtes mariés depuis longtemps ?

— Marie et moi ? dit Christer. Non, pas tant que ça. Deux ans, tout au plus. Mais ensemble depuis cinq.

— Et où vivez-vous, sinon ? Stockholm ?

— Non, Göteborg. J'ai fait mes études là-bas, à l'université Chalmers, et c'est là qu'est installée ma société… Mais je suis originaire de Varberg.

— Et votre femme ?

— Elle vient de Malmö. »

Ils burent leur bière en silence. Peter prit encore une gorgée. La bière était assez forte, et l'alcool étouffa son inquiétude sous une chaude couverture.

« Et qu'est-ce que vous pensez de Max Larsson ? demanda-t-il. Le voisin ? »

Christer Kurdin fit la grimace.

« Larsson ? Monsieur Je-sais-tout.

— Comment ça ?

— C'est le genre de type qui veut toujours avoir raison, dit Kurdin. Max Larsson est comme ça, il ne lâche pas le morceau tant que tout le monde ne pense pas comme lui. Vous n'avez pas vu sa femme, Vendela… Comme il l'étouffe ? »

Peter ne répondit pas. Il demanda juste :

« Vous avez lu ses livres ?

— Non, dit Christer, mais j'ai bien entendu tout ce qu'il a déblatéré… alors je peux bien imaginer le genre de conseils qu'on y trouve.

— Des mauvais conseils, vous voulez dire ?

— Simplistes, en tout cas. On ne devient pas quelqu'un de bien en lisant des livres de psychologie. Il faut de l'expérience… et avoir beaucoup appris de ses erreurs. »

Peter hocha la tête et, au même moment, la porte d'entrée racla le sol. Marie Kurdin entra dans le hall, leur bébé en écharpe sur le ventre.

« Il y a quelqu'un ? »

Elle n'avait pas encore vu Peter, mais Christer Kurdin se leva d'un bond et alla à sa rencontre.

« Bonjour, chérie. Nous avons de la visite. »

Il semblait soulagé de la voir, d'être enfin tiré d'une conversation laborieuse. Mais s'il n'appréciait pas Peter, pourquoi l'avoir invité, après tout ?

« C'est notre voisin, Peter Mörner.

— Ah oui ? »

Peter vit clairement son sourire s'éteindre quelques secondes.

Christer alla embrasser sa femme, qui l'embrassa à son tour, mais Peter trouva tous leurs gestes raides. Il avait l'impression qu'ils jouaient un rôle devant lui.

« Tu as tout trouvé, chérie ?

— Je crois… J'ai aussi acheté des bougies.

— Très bien. »

Peter leva son verre et les regarda. Les Kurdin, la famille heureuse dans sa villa de luxe. Était-il jaloux ?

Marie Kurdin entra dans le séjour et salua Peter d'un bref signe de tête, mais disparut vite dans une des chambres, son bébé dans les bras.

Jerry avait montré Marie du doigt. *L'ai filmée.*

Christer Kurdin vint se rasseoir en face de lui, un sourire aux lèvres.

Peter, lui, ne souriait pas. Il cherchait quelque chose à dire.

« Vous connaissiez mon père ? »

Kurdin secoua la tête.

« Comment ça ? »

Peter regarda le fond de son verre presque vide :

« Il était connu sous le nom de Jerry Morner, mais aujourd'hui, quand nous nous sommes rencontrés, vous avez utilisé son vrai prénom, Gerhard.

— Vraiment ? »

Peter le regarda.

« Vous m'avez téléphoné ? »

Christer Kurdin ne répondit pas.

« Quelqu'un m'a appelé sur mon téléphone, dit lentement Peter. Ça a commencé après la fête entre voisins… Quelqu'un a appelé avec en bruit de fond comme la bande-son d'un film de Jerry. »

Kurdin se taisait toujours. Il regarda encore Peter quelques secondes avant de se tourner pour appeler :

« Chérie ?

— Oui ? répondit sa femme.

— Tu peux venir une minute ? »

Les talons de Marie Kurdin claquèrent sur le sol. Elle arriva dans le séjour.

« Qu'est-ce qu'il y a ?

— Il sait », dit Christer Kurdin.

Sa femme resta silencieuse, mais croisa le regard de Peter.

« Vous avez tourné chez Jerry avec Markus Lukas ? »

Marie secoua brièvement la tête.

« Bien sûr que non. »

Elle s'arrêta là, mais Christer Kurdin leva la tête.

« Sa petite sœur, oui.

— Sara, dit Marie à voix basse. Elle a tourné dans un film quand elle avait tout juste dix-huit ans… Avec la trithérapie, elle a lutté, mais elle est morte il y a trois ans. Elle se doutait qu'elle avait été contaminée sur le tournage, elle me l'avait dit à moi, mais elle refusait d'en parler. Elle avait trop honte. »

Alors Peter comprit.

« Donc vous avez téléphoné à mon père… pour le lui rappeler.

— Je l'ai reconnu à la fête, dit Marie. J'ai su qui c'était quand il a sorti cette revue. »

Peter n'arrivait pas à soutenir son regard, il baissa les yeux.

« En effet, il a dit vous avoir reconnue lui aussi. Vous deviez beaucoup vous ressembler… vous et Sara. »

Marie ne répondit rien.

Il regarda le fond de son verre. Qu'est-ce qu'il y avait dans cette bière ? Comme un dépôt – Kurdin avait-il mis quelque chose dans le verre, à la cuisine ?

Christer Kurdin avait-il une Ford rouge ?

Avait-il attiré Jerry sur une route déserte à la sortie de Kalmar ?

Peter reposa doucement son verre et se leva, lentement. Les questions se bousculaient, mais la tête lui tournait.

« Vous partez ? » dit Christer Kurdin.

Peter hocha la tête, il lui semblait entendre des cris de filles se répercuter à l'arrière de son crâne.

« Oui… Il faut que je rentre. »

Ils le regardaient, il se sentit ridicule, mais les cris des filles avaient à présent envahi tout son crâne et Jerry était là lui aussi qui lui chuchotait de s'en aller.

Il s'éloigna d'un pas, puis d'un autre. Il arrivait à marcher. Il avait l'impression d'être revenu dans le studio de Jerry, avec la fumée, la chaleur et l'odeur de chair brûlée.

Les incendiaires travaillent presque toujours à domicile, avait dit Gerlof. Dans ce cas, c'était Jerry qui avait brûlé son propre studio. Ou Hans Bremer. Ou peut-être Peter lui-même, le fils prodigue.

La dernière chose qu'il fit fut de se retourner dans l'entrée en haussant la voix :

« Je ne crois pas que Jerry… Je ne crois pas qu'il ait su quoi que ce soit. Il ne savait pas que Markus Lukas était infecté. Et je suis désolé, je ne savais pas, mais ils sont tous morts, à présent… »

Il balbutia et ferma la bouche. Christer et Marie Kurdin, côte à côte, ne le quittaient pas des yeux, mais il ne pouvait pas les regarder en face. Il n'ajouta qu'un seul mot :

« Pardon. »

Il tâtonna pour trouver la poignée, mais finit par sortir.

64

Les Elfes ne revinrent pas.

La nuit avait été longue pour Vendela, sur la lande. Blottie sous ses couches de vêtements, elle avait résisté au froid. Elle avait même dormi quelques heures, étendue sur l'herbe douce contre la pierre des Elfes, à l'abri du vent. La faim la taraudait, mais elle lui avait résisté aussi.

C'était bien pire pour Max.

Les Elfes avaient emporté l'alliance : trop tard pour revenir sur son souhait.

Max était sûrement déjà mort. Vendela le vit de son œil intérieur, de l'autre côté de la lande, frappé par une attaque cardiaque comme par un coup de marteau sur la poitrine. C'était peut-être déjà arrivé la veille, à la maison, parmi ces gerbes de fleurs mortuaires.

Boum, son cœur s'était arrêté. Son corps était tombé en avant sur la table, la tête tournée de côté. Il n'y avait plus rien à faire – mais Vendela ne voulait pas rentrer. Elle ne voulait pas trouver son mari mort dans son bureau.

Les Elfes étaient partis. Et pourtant elle attendit auprès de la pierre, des heures et des heures.

Vers le milieu de la journée – elle avait perdu la notion du temps – elle entendit un bruit dans les fourrés à une dizaine de mètres : un lièvre passa en bondissant devant la pierre. Il tourna quelques secondes la tête vers Vendela avant de disparaître.

Deux heures plus tard, elle vit passer deux personnes, loin à l'ouest, un homme et une femme. Ils marchaient côte à côte dans l'herbe avec des coupe-vent rouges et de grosses chaussures de randonnée. Aucun des deux ne regarda dans sa direction.

Peut-être était-elle invisible. Elle n'avait plus faim, plus soif, elle n'avait plus besoin de rien.

Si, d'une chose.

Elle mit la main dans sa poche et sentit la boîte de médicaments.

Ces puissants cachets danois qui la calmaient et la rendaient légère. Elle n'en avait pris que deux ou trois depuis son arrivée sur l'île, la boîte était presque pleine.

Elle saisit un petit cachet entre ses doigts. Elle le mit dans sa bouche en fermant les yeux. Elle n'avait pas d'eau, mais l'avala sans difficulté.

Un quart d'heure plus tard, ne sentant aucun effet, elle en prit un autre. Puis encore deux d'un coup.

Après quatorze cachets, elle s'arrêta – elle ne voulait pas se suicider. Juste se détendre et aller à la rencontre des Elfes. Et ils devaient être en route, car une brume blanche s'était répandue sur la lande, au-delà des buissons.

Elle reboucha la boîte, qu'elle remit dans la poche de son blouson.

Il était quatre heures moins dix. Elle avait passé presque toute la journée au pied de la pierre, et le soir approchait.

Vendela se pencha en arrière et sentit son pouls ralentir.

Elle se souvint soudain que c'était la nuit de Walpurgis. Les forces du mal avaient pour l'occasion déserté la lande. Mais les Elfes étaient toujours là.

Très vite, la brume blanche l'entoura, étouffant les rayons du soleil. Soudain, elle vit une petite créature arriver parmi les buissons.

C'était un garçonnet. Il marchait dans l'herbe où s'accrochaient des lambeaux de brume. Vendela savait d'où il venait.

Le gamin s'arrêta soudain devant un buisson de genévriers et la regarda. Vendela tendit les bras vers lui en souriant, car elle le reconnaissait, à présent.

« Viens, Jan-Erik. »

Le garçon hésita un instant, puis s'approcha.

Arrivé près de la pierre, il posa ses mains fraîches sur les épaules de Vendela. Elle ferma les yeux et se laissa aller.

Quand elle les rouvrit, une porte chaude et lumineuse était apparue devant elle. Aucun oiseau en vue, mais elle entendait résonner leurs chants sous le ciel.

Elle se leva et franchit le seuil, main dans la main avec Jan-Erik.

Elle ne regarda pas en arrière. La dernière nappe de brume dissipée, le soleil brillait à nouveau, toute grisaille terrestre avait disparu.

65

« Mörner ! » cria une voix du côté de la carrière.

Peter tourna la tête : c'était Max Larsson. Il devait tout juste être sorti de sa villa, car la porte était grande ouverte. Il descendait à longues enjambées l'allée de son jardin en faisant des gestes vers la route.

Peter s'arrêta, même s'il aurait préféré rentrer chez lui. La bière des Kurdin n'était pas bien passée, il avait peur de tituber.

« Où est ma femme ? » demanda Max Larsson.

Il s'était arrêté à seulement quelques mètres.

« Votre femme ?

— Vendela. Vous l'avez vue ? »

Peter secoua la tête.

« Pas aujourd'hui. »

Il avait autre chose à faire que de s'occuper de Max Larsson. Mais Max le dévisagea, comme s'il pesait chacun de ses mots.

« Vous vous êtes vus, n'est-ce pas ?

— Bien sûr, dit Peter. Hier. »

Il n'avait pas l'intention de lui en dire davantage.

Max Larsson continua à le regarder – moins sûr de lui, cependant.

« Elle est bien passée quelque part, dit-il en regardant autour de lui. J'ai essayé de la joindre, mais elle ne répond pas. Son portable est resté dans la cuisine.

— Elle est peut-être allée faire des courses, dit Peter.

— Impossible, dit Larsson. Elle n'a pas de voiture. »

Peter fit un pas.

« Elle est peut-être juste allée se promener. Je vais ouvrir l'œil.

— Bien, dit Larsson. Je vais faire un tour en voiture sur la côte… à sa recherche. » Puis il ajouta, avec une certaine hésitation : « Merci pour votre aide. »

Peter hocha la tête et s'éloigna. Il avait les idées plus claires à présent. Les effets de la bière s'estompaient, et l'idée que Kurdin ait pu chercher à le droguer lui sembla soudain ridicule. Il était paranoïaque – la faute à Jerry. Jerry s'était toujours senti persécuté, et il avait apparemment réussi à transmettre cette manie à son fils.

Il pressa le pas pour regagner sa maison déserte. Une fois rentré, il alluma dans toutes les pièces pour chasser les ombres.

Il était quatre heures et quart. Encore dix-huit heures avant l'opération de Nilla.

Peter reprit son souffle et s'assit à la table de la cuisine pour lui téléphoner.

« Salut, c'est Papa.

— Salut. »

Elle semblait éteinte, mais calme. Peter entendit de la musique en bruit de fond. Nirvana, probablement.

« Comment ça va ?

— Bien.

— Qu'est-ce que tu fais ?

— Je lis. Et j'attends.

— Je sais. Vivement que tout ça soit fini, hein ?

— Oh oui. »

Ils bavardèrent un quart d'heure et, au bout d'un moment, Nilla sembla aller un peu mieux. Peter lui aussi s'apaisa. Il apprit que Marika était là, qu'elle avait passé presque toute la journée à l'hôpital.

« Je vais venir te voir ce soir, dit-il.

— Quand ?

— Bientôt… dans quelques heures.

— Je dormirai peut-être. » Nilla eut un rire las. « Ils vont me réveiller tôt demain matin… Je dois me laver à l'alcool. Me désinfester tout le corps. »

Désinfecter, pensa Peter, sans pourtant la corriger.

« On se voit bientôt », dit-il.

Après avoir raccroché, il s'apprêtait à préparer son dîner quand il vit quelque chose de noir ramper sur le lino. Une grosse mouche. La première du printemps – en tout cas la première qu'il voyait. Elle avait l'air à peine réveillée, elle se traînait, tout engourdie.

Peter n'aurait eu aucun mal à l'écraser et, justement pour cette raison, il la recueillit sur un bout de papier et la relâcha par la fenêtre de la cuisine. Elle agita les ailes et disparut sans demander son reste.

Après dîner, il resta assis dans la cuisine à écouter le tic-tac de l'horloge et à songer à Vendela.

Où était-elle passée ?

Bien sûr, il savait où elle pouvait être allée – retrouver son enfance. Elle avait sans doute couru jusqu'à la petite ferme, ou jusqu'à cette grosse moraine sur la lande. Max

Larsson était peut-être justement en train de l'y chercher – mais connaissait-il seulement ces endroits ?

Il essaya d'appeler la villa, mais personne ne répondit.

Il était à présent cinq heures et quart. Avant de partir pour Kalmar, il pouvait bien aller lui-même jeter un œil à la ferme, pendant qu'il faisait encore jour. Courir le faisait toujours se sentir mieux.

Il enfila ses chaussures, un survêtement, et sortit. L'air frais et vif le dégrisa.

Il regarda au sud, vers la villa des Larsson. La grosse Audi n'était pas là, toutes les fenêtres étaient éteintes.

Il y avait de la lumière chez les Kurdin, mais Peter ne voulait pas penser à eux pour le moment.

Au loin, on entendit des claquements, comme des coups de feu. Des enfants devaient jouer avec des pétards sur la plage.

Sans courir, Peter partit à grands pas vers le nord-est. D'abord sur la route qui s'éloignait de la côte, puis sur un chemin empierré, jusqu'à la ferme.

Maintenant que la pelouse avait reverdi, l'endroit était idyllique. En s'avançant sur l'allée, il distingua pourtant les traces sur sa gauche. Il savait à présent pourquoi Vendela s'était attardée devant quand elle lui avait fait visiter la ferme. Ce rectangle marquait les fondations en pierre de la grange qui avait brûlé.

L'herbe y semblait plus courte et plus jaune, mais ce n'était peut-être qu'une impression.

Les incendiaires travaillent presque toujours à domicile.

Peter songea à Hans Bremer, qui aimait les effets pyrotechniques et, avec Jerry, connaissait le mieux le studio de Ryd. Si quelqu'un était bien placé pour préparer la bombe incendiaire dans la villa, c'était Bremer.

Mais Bremer avait été retrouvé attaché, selon la police. Et il était mort dans l'incendie – même si Jerry avait continué à parler de son associé comme s'il était vivant. Il prétendait que Bremer lui avait téléphoné, qu'il conduisait la voiture qui l'avait renversé à Kalmar.

Peter ne l'avait pas pris au sérieux : son père n'était-il pas malade, confus ? Mais était-on vraiment certain d'avoir retrouvé le corps de Bremer carbonisé dans la villa ?

Certainement – il ne pouvait pas y avoir de doute. Sa propre sœur l'avait confirmé, et la police ne faisait pas ce genre d'erreur. Ils avaient les empreintes dentaires, l'ADN...

Il alla frapper à la porte de la maison d'habitation. Les propriétaires étaient apparemment là. La femme qui vint lui ouvrir se souvenait de Vendela :

« Oui, elle est passée voilà quelques semaines... Elle disait avoir vécu ici dans son enfance. Mais c'est la seule fois que je l'ai vue. »

Peter hocha la tête et continua son chemin. Il enjamba un muret couvert de mousse et se retrouva sur la lande. Le sol était à présent entièrement sec, couvert des fleurs et des plantes persistantes qui parvenaient à prendre racine dans la mince couche de terre.

Le printemps s'était emparé de l'île, sans qu'il s'en rende compte.

Malgré le beau temps, il ne vit pas un promeneur – tout le monde devait être rentré pour la fête de Walpurgis. On n'entendait que le sifflement du vent et un gazouillis lointain. Une fauvette grisette, ou à tête noire ? Peter ne s'y connaissait pas bien en chants d'oiseaux.

Il hâta le pas. Personne à qui demander son chemin. Était-ce bien la direction de la grande pierre des Elfes ?

66

À présent, Peter pensait être parvenu à peu près au centre de l'île. Après avoir marché à grandes enjambées environ un kilomètre sur des sentiers qui serpentaient dans les broussailles, il aperçut un bosquet à l'horizon et se mit à courir.

Il s'échauffa et, en dix minutes, s'essouffla. Pas de pierre en vue. En tournant la tête vers le nord, il vit pourtant un groupe de genévriers qui lui sembla familier. Ils s'agrégeaient en cercle à une centaine de mètres. Il obliqua dans leur direction.

Là, il aperçut le sommet d'un gros rocher, dont il reconnut la forme anguleuse : c'était bien l'endroit que lui avait montré Vendela.

Le soleil couchant perçait les nuages. Il allongeait les ombres des buissons en longues bandes noires sur l'herbe. Peter s'avança dans les broussailles et s'arrêta.

Le rocher s'élevait devant lui au centre de la clairière et, dans l'herbe, à côté, il y avait quelqu'un. Une petite créature qui n'atteignait pas le sommet de la pierre.

Un petit garçon en jean et blouson bleu. Il tourna la tête, avec aux lèvres comme un petit sourire.

Peter y regarda à deux fois en clignant des yeux, mais ce n'était pas un mirage ou un feu follet – le petit garçon était bel et bien là, et Peter vit alors qu'il tenait un petit cageot en bois. Il pouvait avoir neuf ou dix ans.

« Bonjour », dit Peter.

Le garçon ne dit rien. Peter fit un pas.

« Comment tu t'appelles ? »

Le garçon ne répondit toujours pas.

« Qu'est-ce que tu fais ici ? »

Le garçon ouvrit enfin la bouche.

« J'habite là-bas. »

Il fit un geste en désignant un point derrière lui, vers le nord-est. Peter ne voyait pas de maison dans cette direction – pas âme qui vive. S'il y avait des fermes de ce côté-là, elles devaient être cachées par les arbres.

« Tu es tout seul ? »

Le garçon secoua la tête en s'écartant d'un pas du rocher.

« Je l'ai mise sur le côté, dit-il. C'est ce qu'il faut faire. »

Peter découvrit alors Vendela.

Elle gisait, les yeux clos, derrière le garçon, à moitié cachée par le rocher, les mains jointes devant le visage. Elle portait un bonnet et un gros blouson rembourré – elle semblait juste se reposer.

Peter se précipita.

« Vendela ? »

En lui secouant l'épaule, il comprit qu'elle ne dormait pas. Était-elle inconsciente ? Il y avait sur l'herbe des restes luisants de nourriture, et une odeur aigre sortait de sa bouche ouverte – elle avait vomi.

« Vendela ? »

Pas de réponse.

À deux mètres, le garçon observait avec intérêt les tentatives de réanimation de Peter. Sans résultat.

Il se redressa. Il avait bien son portable sur lui, mais une ambulance n'arriverait jamais jusqu'ici. Il regarda le garçon.

« Il faut aider Vendela… Elle est malade. Est-ce que tu sais s'il y a une route près d'ici ? »

Le garçon hocha la tête et tourna les talons. Peter se pencha, passa les bras sous le dos de Vendela et la souleva. Son corps ténu s'abandonnait, il n'eut aucun mal à la porter.

Ils quittèrent la pierre et partirent en silence vers l'est, le soleil dans le dos. Le garçon avait toujours son cageot à la main mais, au bout d'une cinquantaine de mètres, il s'arrêta devant un genévrier et le dissimula sous les branches les plus basses.

« C'est ma cachette », dit-il.

Peter hocha la tête et vit qu'il y avait aussi quelques revues là-dessous. D'innocentes bandes dessinées, Dieu merci.

« Viens », dit Peter.

Vendela commençait à lui peser sur les bras, et il continua d'avancer, pour ne pas perdre le rythme. Le garçon le rattrapa et le guida vers l'est à travers les broussailles.

Après quelques centaines de mètres, Peter entendit une sorte de bourdonnement. Il reconnut le bruit d'une voiture qui passait et comprit alors qu'ils étaient tout près de la grand-route – beaucoup plus près qu'il ne croyait.

Quand la végétation se clairsema, il vit des phares passer à une cinquantaine de mètres seulement. Il avança en titubant, Vendela dans les bras. Combien de temps aurait-il encore la force de la porter ?

« Vendela ? »

Elle respirait encore et ouvrit les yeux quelques secondes, sans sembler le reconnaître. Peter entendit un murmure pour toute réponse, puis elle perdit à nouveau connaissance.

Il raffermit sa prise et la porta sur les derniers mètres jusqu'à la grand-route.

Pas de voitures en vue – mais un arrêt de bus à une centaine de mètres. Il alla étendre Vendela sur le banc en bois de l'abribus.

Il sortit alors son portable pour alerter les secours. Quand il raccrocha et regarda autour de lui, il était seul avec Vendela.

Le garçon avait disparu.

L'ambulance mit une demi-heure à arriver. Pendant tout ce temps, Peter s'efforça de réchauffer et ranimer Vendela. Il la couvrit avec son blouson et, quand l'ambulance jaune se gara enfin devant l'arrêt de bus, elle était restée plusieurs minutes les yeux ouverts avant de les refermer. Sa respiration était faible, mais régulière dans l'air frais du soir.

Les secouristes se penchèrent pour l'examiner, lui ôtèrent son blouson pour lui prendre la tension. Peter recula d'un pas.

« On l'emmène à Kalmar », dit l'un d'eux.

Vendela était à présent une patiente, se dit Peter, comme Nilla.

« Elle va s'en tirer ?

— Très certainement. Vous êtes son mari ?

— Non… Juste un ami. Mais je vais essayer de le prévenir. »

Dix minutes plus tard, l'ambulance partit vers le pont, pour rejoindre le continent. Peter souffla.

Il rebroussa chemin en emportant le blouson de Vendela. Il longea d'abord la route, puis s'engagea sur la lande.

Le petit garçon l'attendait au bout du sentier. Il avait sorti son cageot de sous les buissons et s'était assis dessus.

Peter s'arrêta devant les genévriers.

« L'ambulance est repartie… Merci de ton aide. »

Le garçon ne répondit rien. Peter réalisa que la nuit était presque tombée sur la lande. Il reprit :

« Tu vas retrouver ton chemin ? »

Le garçon hocha la tête.

« Très bien. » Peter s'apprêtait à partir, quand lui vint une autre question : « Et ce cageot, qu'est-ce que tu fais avec ? »

Le garçon se tut. Il sembla réfléchir, avant de décider qu'il pouvait faire confiance à Peter.

« Je vais te montrer. »

Il se mit debout et souleva le cageot.

Il n'avait pas de fond. Cachée dessous, dans l'herbe, une vieille boîte à gâteaux rouillée. Le garçon ouvrit son couvercle de fer-blanc et en montra le contenu à Peter.

« J'ai besoin du cageot pour grimper sur le rocher. On trouve presque toujours quelque chose de nouveau là-haut. »

Peter vit que la boîte était à moitié pleine de pièces et de petits bijoux en argent.

Sur le dessus brillait une alliance.

67

Le soir de la fête de Walpurgis, Gerlof était assis dans son jardin, une couverture sur les genoux. Il lui sembla entendre au loin des sirènes sur la grand-route. Une ambulance ? Les pompiers ? La police ?

Probablement une ambulance. Quelqu'un aurait eu une attaque à la maison de retraite de Marnäs ? Ce serait de toute façon tôt ou tard dans le journal.

Il était ressorti s'installer dehors après dîner, et n'avait pas envie de rentrer. C'était quand même la nuit de Walpurgis, un grand moment, où tous les étudiants de Suède étaient dehors pour souhaiter la bienvenue au printemps et au mois de mai. On ne pouvait pas rester enfermé un soir pareil.

Le ciel s'obscurcissait, une brise légère caressait la cime des arbres. Les petits oiseaux du jardin se taisaient les uns après les autres. Le soleil couché, la soirée serait fraîche, il gèlerait même peut-être pendant la nuit. Ce n'était décidément pas un temps à dormir à la belle étoile : il allait bientôt rentrer regarder le journal télévisé.

Gerlof était las des énigmes et des mystères, il l'avait dit à Peter Mörner – et pourtant il ne pouvait pas arrêter d'y penser. C'était une manie incurable qui le tenait depuis l'enfance. Le carnet d'Ella à la main, il songeait à son Troll, qui était sans doute le fils d'Henry Fors.

Mais où était-il donc passé ? Il s'était sauvé vers la côte le dernier soir où Ella l'avait vu, mais que s'était-il passé, avec Henry, au bord de la carrière ?

Une dispute, suivie d'un meurtre ? Ou un accident ? Dans les deux cas, si le garçon était mort, il était toujours là, quelque part, enseveli sous un des tas de gravats.

Avec des jambes valides et dix ans de moins, Gerlof serait parti sur-le-champ fouiller au fond de la carrière. Mais son corps était trop âgé, trop raide, et puis il n'était pas complètement certain qu'Henry ait caché là-bas la dépouille de son fils.

Et où chercher, de toute façon, sous quel tas ?

Gerlof réalisa soudain qu'il avait cessé d'être obnubilé par sa propre mort – il n'avait plus repensé à sa disparition prochaine depuis Pâques. Il avait été trop occupé. Les carnets d'Ella l'y avaient aidé. Ou étaient-ce les nouveaux voisins, avec leurs problèmes, qui lui avaient fait oublier les siens ?

Il grelotta sur son fauteuil, malgré la couverture. À l'approche du soir, l'air s'était rafraîchi dans le jardin. Il se leva.

Sur la route du village, un bruit de moteur. Il passait de plus en plus de voitures ces dernières semaines, souvent beaucoup trop vite sur une aussi petite route – mais cette fois-ci, c'était le bruit d'une voiture qui roulait au pas. Il l'entendit freiner et s'arrêter mais, curieusement, le moteur continua à tourner.

Gerlof s'attendait à voir un visiteur apparaître à son portail, mais personne ne se montra.

Il attendit quelques minutes puis, s'appuyant sur sa canne, il marcha lentement dans la direction d'où venait le bruit. Sur l'herbe, son pas était mal assuré, mais il tenait debout.

Une fois au portail, il vit une voiture arrêtée sur la route, avec au volant un homme coiffé d'une casquette noire, qui semblait tenir quelque chose à la main.

Gerlof ne le reconnut pas. Un touriste précoce ? Il s'appuya au montant de son portail, à quelques mètres de la route, mais l'homme ne semblait pas le voir, si bien que Gerlof finit par mettre ses mains en porte-voix :

« Vous avez besoin d'aide ? »

Il n'avait pas crié bien fort, mais l'homme tourna pourtant la tête et l'aperçut. Il semblait étonné, comme surpris la main dans le sac.

Gerlof vit soudain ce qu'il tenait à la main : une bouteille en plastique. Une bouteille d'un litre pleine d'un liquide rouge, qu'il mélangeait au contenu d'un flacon de verre plus petit. Il y avait comme des fils fixés à la bouteille.

« Vous êtes perdu ? » cria-t-il.

Le conducteur secoua rapidement la tête. Puis il posa sa bouteille et prit le volant de la main gauche. Gerlof vit quelque chose briller à son poignet.

L'homme embraya rapidement de la main droite. La voiture s'éloigna.

Gerlof la regarda disparaître vers la mer. Elle ralentit en arrivant sur la route côtière et prit vers le nord, en direction de la carrière.

Il lâcha le montant du portail, s'appuya sur sa canne et parvint à faire demi-tour sans tomber. Il revint vers son fauteuil, mais s'arrêta quelques mètres avant, en se demandant ce que pouvait bien mijoter ce type.

Ce qu'il avait vu ne lui disait rien qui vaille. Au point qu'en voyant l'homme avec sa bouteille, la soirée lui avait semblé d'un coup plus froide.

Il se remit en marche, cette fois vers la maison. Agrippé à la rampe en fer, il gravit le perron et entra dans le séjour. Il se souvenait par cœur du numéro d'Ernst, qu'il composa d'un doigt tremblant.

Douze sonneries, mais ni Peter ni personne pour répondre.

Gerlof raccrocha. Il cligna des yeux et évalua la situation.

Quatre-vingt-trois ans, des rhumatismes, à moitié sourd. Et les premiers papillons qu'il avait vus cette année étaient un jaune et un noir.

Cela pouvait bien se passer, ou vraiment très mal.

Gerlof ne savait pas s'il en aurait la force, mais il fallait qu'il aille à la carrière voir si Peter avait besoin d'aide.

68

Tandis que Peter revenait vers la côte, les ombres s'allongeaient sur la lande. Face à lui, le disque doré du soleil dans une mince bande de ciel bleu, suspendu entre les nuages et l'horizon.

Il était très las. Il avait appelé Max Larsson pour le mettre au courant, puis s'était dirigé vers l'ouest, vers chez lui.

Restait moins de quatorze heures.

C'était ce qu'il s'était dit en repassant devant l'endroit où il avait trouvé Vendela et le petit garçon qui la veillait – cet épais bosquet de genévriers avec, au centre, ce gros rocher.

La pierre des Elfes.

Il s'y était attardé. C'était là que, quelques soirs plus tôt, avec Vendela, ils avaient échangé des secrets. Il avait parlé de lui et de son père comme il ne l'avait jamais fait, et elle lui avait révélé que c'était elle qui écrivait la plus grande partie des livres de Max.

Son nègre…

Max n'a rien contre la célébrité, et moi, j'aime passer inaperçue.

De retour devant la pierre, Peter avait regardé les creux vides sur sa face supérieure. Il avait alors sorti de son portefeuille un billet qu'il avait placé au fond de l'un d'eux, avec dessus quelques pièces de monnaie.

Cela relevait de la méthode Coué.

Il le savait bien, mais comment ne pas songer à Nilla en déposant cet argent ? Faire un vœu ? Il faisait une offrande en souhaitant un miracle.

Il avait alors entendu un froissement dans les broussailles.

Il avait regardé autour de lui, avec le sentiment d'être observé. C'était le cas. Depuis un buisson, un visage pointu et rouquin le fixait. Il avait d'abord cru à un chien aux longues oreilles, avant de voir que c'était un renard. Qui était resté quelques secondes immobile, avant de faire volte-face et de disparaître parmi les herbes.

Peter s'était alors remis en marche en laissant derrière lui la pierre des Elfes.

Le soleil était presque couché quand il arriva chez lui. Une brise marine s'était levée, et on entendait une rumeur au loin, au sud du village. Des rires et des cris de joie. Les gens commençaient à se rassembler sur la plage pour allumer le bûcher et commencer la fête.

Il était trop fatigué pour y aller. Il remonta l'allée jusqu'à la maison, sortit ses clés et ouvrit. Il pendit dans l'entrée le blouson de Vendela, encore plein de son parfum. Dans la cuisine, il mit de l'eau à bouillir pour se faire une soupe de légumes avant de partir voir Nilla.

Le post-it trouvé dans la cuisine de Bremer était toujours à côté de son téléphone et, tout en râpant des carottes, il y jeta un coup d'œil. Sur la dernière ligne : *Danièle*, de son vrai nom Jessika Björk.

Jessika et Hans Bremer étaient donc en contact, alors qu'elle n'avait plus travaillé pour lui depuis des années. Pourquoi ? Et pourquoi les avait-on assassinés ?

L'eau frémit. Il fit fondre un bouillon, ajouta des épices et les légumes et, la soupe prête, il s'assit à table pour réfléchir.

Gerlof l'avait dit : *les incendiaires travaillent presque toujours à domicile.*

Jerry et Bremer connaissaient mieux que quiconque le studio de Ryd. Mais aucun des deux ne pouvait y avoir placé une bombe incendiaire. Jerry était trop vieux et malade, Bremer était attaché à l'étage.

Peter écarta son assiette vide et regarda par la fenêtre. Le soleil s'était couché, mais une lumière vive balaya soudain la maison.

C'était une voiture sombre qui arrivait par la route côtière.

Une Ford ?

Il tendit la main vers le téléphone, alors que la voiture freinait et s'engageait parmi les ombres de la carrière.

Phares allumés, elle descendit lentement le chemin et s'arrêta sur l'esplanade de gravier. Puis resta là.

Peter décrocha et composa un numéro sur le continent. Une voix d'homme répondit :

« Ulf.

— Je voudrais parler à Ulrica, dit Peter.

— De la part de qui ?

— Peter Mörner.

— Je vais voir… »

Il entendit du bruit dans l'écouteur, tandis qu'au fond de la carrière s'ouvrait la portière de la voiture. Puis la voix d'Ulrica Ternman :

« Allô ?

— Allô, ici Peter Mörner, vous vous souvenez de moi ? »

Un silence, puis à voix basse :

« Je ne veux plus vous parler.

— Je sais, se dépêcha de dire Peter, mais j'ai juste une petite question.

— Quoi ? dit Ulrica Ternman, toujours à mi-voix.

— Je me demandais juste… de quoi avait l'air Bremer ?

— Bremer ? Il avait l'air… assez ordinaire. Un peu comme vous.

— Ah oui ? Mais en plus âgé ?

— Non, plus jeune.

— Beaucoup ?

— À l'époque, je le trouvais vieux, mais j'étais ado… Il devait avoir la trentaine.

— Trente ans ? »

Peter vit alors le conducteur sortir de la voiture. On ne distinguait pas son visage, il était trop loin et portait une casquette. L'homme regarda autour de lui dans la carrière, puis vers les maisons, avant de remonter dans sa voiture. Il semblait attendre quelque chose.

« Si Hans Bremer avait trente ans quand vous avez tourné pour lui, il devait en avoir quarante-cinq à sa mort dans l'incendie de la villa, poursuivit Peter. Mais ça ne colle pas. Hans Bremer avait une petite sœur, et elle est plus âgée que moi.

— Ah oui ? Écoutez, là, il faut que je raccroche.

— Attendez, Ulrica… Juste une chose, à laquelle je viens de penser : le réalisateur qui vous a filmées, vous et vos camarades, *n'était pas* Hans Bremer.

— C'est pourtant le nom qu'il a donné.

— Oui, dit Peter, mais si j'ai appris quelque chose, ces dernières semaines, c'est bien que dans le monde du porno, personne n'utilise son vrai nom. Tout le monde veut rester anonyme, n'est-ce pas ? Même mon père a changé de nom : Gerhard Mörner est devenu Jerry Morner. »

Comme Ulrica Ternman se taisait, il continua :

« Hans Bremer n'était qu'un homme de paille… Quelqu'un avait emprunté son nom et le payait pour pouvoir l'utiliser, et ne pas salir le sien.

— Vous voulez dire que je suis sale ? dit Ulrica Ternman.

— Non, ce n'est pas ce que je… »

Mais elle avait déjà raccroché.

Peter soupira, le combiné à la main, mais ne rappela pas.

Il regarda une dernière fois la voiture garée au fond de la carrière, puis sortit de la cuisine.

En se dirigeant vers l'entrée, il vit la vieille hache posée dans sa chambre et la prit au passage. Puis il enfila son blouson et ressortit dans le froid. Il longea la maison, la hache dans la main droite – mais il lui sembla soudain entendre une respiration sifflante quelque part dans l'ombre.

Jerry ?

Il tourna vite la tête, mais c'était bien sûr le fruit de son imagination. Il n'y avait personne.

La voiture était toujours au fond de la carrière. À environ quatre-vingts mètres, sur le gravier, entre deux monticules. C'était une Ford mais, si c'était la même voiture qui avait renversé Jerry, elle n'en portait aucune trace. La carrosserie semblait avoir été récemment lavée.

Peter crut comprendre pourquoi le conducteur restait dans la voiture : il attendait qu'il fasse tout à fait nuit dans la carrière.

C'est la nuit que sortent les Trolls.

Il se campa au bord de la carrière, et entendit le moteur s'arrêter. Le silence se fit parmi les rochers, puis la vitre descendit et le conducteur sortit la tête par la portière.

« Eh ! cria-t-il

— Quoi ? fit Peter.

— C'est bien Stenvik, ici ? »

Il semblait perdu.

« Tout à fait ! » répondit Peter, en serrant plus fort sa hache.

La portière s'ouvrit et l'homme descendit de voiture.

« Peter Mörner ? Est-ce que ce serait vous ?

— Oui, c'est moi. Qui êtes-vous ?

— Thomas Fall, de Malmö ! » répondit l'homme. Il tendit un gros objet. « Je devais vous laisser cette valise en remontant vers Stockholm, vous vouliez l'avoir… »

Peter hocha la tête.

« Ah oui, très bien. » Il poursuivit : « Mais vous vous êtes trompé de chemin, Thomas.

— Comment ça ? Vous m'avez dit près de la carrière !

— Bien vu, mais fausse route quand même. » Peter montra la maison, dans son dos : « C'est au-dessus de la carrière, là-haut.

— Ah, d'accord… En tout cas, voici la valise de Bremer ! »

Peter fit un geste vers l'escalier qui descendait le long de la falaise :

« J'arrive ! »

Il descendit prudemment les marches branlantes et prit pied sur le gravier. Il faisait comme d'habitude quelques degrés de moins au fond de la carrière.

La voiture était en plein milieu, phares allumés. Ils éblouissaient Peter et faisaient de Thomas Fall une silhouette noire qui s'avançait vers lui à contre-jour, une mallette dans la main gauche, un trousseau de clés dans la droite, qu'il agitait un peu nerveusement. Il brandit la mallette.

« Voilà ! »

Peter regarda Fall en serrant le manche de la hache.

« Pose ça.

— Quoi ?

— Pose ça devant toi. »

Fall le regarda.

« Qu'est-ce que t'as, là ?

— Une hache. »

Thomas Fall avança encore de deux pas, sans poser la mallette. Ni le trousseau de clés.

« Ces clés, c'est aussi à Bremer ? » demanda Peter.

Fall ne répondit pas. Il s'était arrêté à dix ou douze pas. Son visage ne se distinguait pas encore. Peter continua, en montrant la mallette :

« Je ne crois pas que ce soit à Bremer. Je crois que c'est à toi… Mais ça revient au même. Car Bremer, c'est *toi*, hein ? Tu as emprunté son nom quand tu travaillais pour mon père. »

Immobile, Fall avait l'air d'écouter.

« Je crois que Jessika Björk t'a démasqué. Elle avait retrouvé l'adresse de Bremer pour aller lui parler de son ami Daniel, contaminé par le VIH en tournant sous le nom de Markus Lukas. Mais elle n'avait pas reconnu Bremer quand il lui avait ouvert. Ce n'était pas le Bremer avec qui elle avait tourné. »

Comme Fall se taisait toujours, Peter continua :

« Alors Bremer a reconnu n'être qu'un homme de paille, un prête-nom. Quelqu'un d'autre se servait de son identité pour travailler dans le porno… jusqu'à ce que Markus Lukas tombe malade, et que Jessika Björk exige de l'argent pour se taire. Pour toi, le moment était venu de faire brûler le studio, pour que “Bremer” disparaisse et puisse redevenir Thomas Fall. »

Fall resta quelques secondes silencieux. Il débloqua alors les fermoirs de la mallette, puis répondit à voix basse :

« Oui. J'ai travaillé plusieurs années pour ton père. Et j'ai siphonné son compte en banque quand il a eu son attaque… Mais j'y avais droit. » Il leva les yeux vers Peter. « C'était aussi mon père… Nous sommes frères, toi et moi. »

Peter cligna des yeux et baissa sa hache.

« Frères ? »

Il regarda Fall, qui plongea doucement la main dans la mallette.

« Parfaitement, demi-frères. Jerry a été avec ma mère un été à la fin des années cinquante, et ça a suffi… Il ne m'a jamais reconnu, et je ne lui en ai jamais parlé non plus, mais il m'appréciait plus que toi, Peter. Il ne savait pas que je le haïssais. »

Peter cherchait à deviner le visage de Thomas Fall sous sa casquette. Se ressemblaient-ils ?

C'est alors que vint l'attaque.

Tout alla très vite. Ébloui par les phares, Peter ne vit pas bien ce que faisait Fall, juste qu'il ouvrait sa mallette et déclenchait quelque chose à l'intérieur.

Soudain, ça grésilla dans la mallette et Fall la lança vers Peter.

Elle tournoya en répandant des flammes jaunes. Peter recula, mais pas assez vite. Un liquide l'éclaboussa, se colla à lui, et s'embrasa. Une lumière brûlante, douloureusement brûlante.

Son bras gauche était en feu, sa main aussi. Une flamme d'un blanc vif. Pourtant, malgré la chaleur, il n'avait pas mal.

Peter lâcha sa hache et trébucha en arrière, tandis qu'il entendait des pas précipités sur le gravier et une portière claquer. La voiture démarra.

Le liquide répandu à terre éclata en tentacules rouges tendus vers lui, mais il les contourna et parvint à leur échapper.

Thomas Fall fit rugir son moteur, tandis que Peter essayait désespérément d'éteindre ce feu poisseux qui lui collait à la peau.

Il n'y avait plus une goutte d'eau dans la carrière – rien que de la pierre sèche –, alors il se jeta à terre et roula sur lui-même en tentant d'étouffer le feu. De sa main droite, il creusa le gravier froid pour en jeter des poignées sur les flammes jaunes qui léchaient la manche de son blouson. Mais elles continuaient à ronger le tissu, de plus en plus profond.

Puis vint la douleur.

Ne pas s'évanouir, pensa-t-il. Son bras l'élançait, il sentait la chaleur et l'odeur qui s'en dégageait. Une odeur âcre de peau brûlée. Une sorte de voile sombre descendait sur lui. Il continua pourtant à pelleter du gravier sur son bras, et parvint finalement à étouffer le feu.

Il entendit soudain le bruit du moteur beaucoup plus fort, il était sur lui.

Peter leva les yeux et vit la voiture de Fall lui foncer dessus. Il se redressa et fit un mouvement de côté – trop lentement. Impossible de l'éviter. L'avant de la Ford le faucha. Son visage heurta le pare-brise, il entendit le choc et sentit les os craquer.

Il atterrit les quatre fers en l'air à côté de la voiture. Son pied gauche et sa cage thoracique accusèrent le gros du choc, mais sa tête cogna le sol. Quelques secondes, tout fut noir et silencieux.

Il se réveilla recroquevillé sur la pierre dure. Il se mit lentement à genoux et sentit le vent froid sur son corps, mais aussi de chauds effluves sur son visage. C'était du sang qui coulait. Sourcil fendu ou peut-être nez cassé.

La voiture recula dans le noir, et il entendit une portière claquer.

Des pas crissèrent sur le gravier. Thomas Fall approchait. Il s'arrêta en brandissant quelque chose au-dessus de sa tête. Peter leva les yeux : c'était un bidon d'essence.

La grosse surprise, c'est qu'il n'y a pas de surprise.

Impossible de bouger. À genoux, avec ses côtes brisées, il s'étonna que l'essence qu'on lui versait dessus soit aussi tiède. Dans l'air froid du soir, le liquide semblait presque chaud et brûlait les plaies de son visage.

Le bidon se vida avec un glouglou rythmique. Puis il cessa et le bidon vide rebondit à terre.

Trempé, il était à présent au milieu d'une vaste flaque. Les coups reçus à la tête lui donnaient le vertige, le monde alentour était rendu trouble par les vapeurs d'essence.

En s'appuyant sur ses mains, il tenta de se relever. Il avait du mal à fixer son regard. Thomas Fall n'était qu'une ombre contre le ciel empourpré du couchant.

Un Troll, se dit Peter. Son demi-frère ressemblait tout à fait à un Troll des montagnes.

« C'est la nuit de Walpurgis, dit Fall. Ce soir, partout, on allume des feux. »

Puis il sortit de la poche de sa veste un objet qu'il secoua avec un faible bruit.

Une boîte d'allumettes.

Peter se dit soudain qu'il restait peut-être quelque chose à faire – il pouvait toujours demander grâce. Entre frères.

Et aussi pour Nilla. Combien d'heures restait-il, à présent ?

Il ouvrit la bouche.

« Je me tairai », chuchota-t-il.

Son demi-frère ne répondit rien. Il saisit une allumette. Puis referma la boîte et frotta le grattoir.

Elle s'alluma avec un crépitement sourd à un mètre de lui, d'un éclat si vif que tout le reste de la carrière disparut dans le noir.

Peter ferma les yeux et attendit.

69

Combien de mètres jusqu'à chez Peter Mörner, au bord de la falaise ? Sept ou huit cents, peut-être. Gerlof se souvenait du panneau publicitaire bien astiqué que son ami Ernst avait placé à la sortie du village, SCULPTURE 1 KM, mais ce n'était pas si loin que ça. Il essaya de s'en persuader, une fois arrivé sans encombre sur la route.

Pas loin du tout.

Gerlof connaissait chaque centimètre de cette route empierrée creusée de nids-de-poule, il l'avait très souvent empruntée pour aller rendre visite à Ernst, mais n'avait plus refait le trajet à pied depuis six ou sept ans. Il avait alors dans les soixante-quinze ans – autant dire qu'il était en pleine forme, presque jeune.

Avec ses jambes et ses hanches endolories, il ne pouvait avancer qu'à petits pas prudents, ce qui rendait le chemin interminable. La route tournait légèrement le long de la carrière et là-bas, au loin, Gerlof apercevait le dégagement devant la maison d'Ernst.

Y arriverait-il ? Il avait parcouru les cent premiers mètres, mais il avait mal partout et ses jambes tremblaient. Sa seule consolation était d'avoir pensé à enfiler son gros manteau avant de sortir. Bien boutonné, il lui tenait le dos et les épaules au chaud.

Gerlof n'avait aucune idée de l'heure mais, dans le détroit, le soleil n'était plus très loin de l'horizon. Il allait bientôt disparaître. Le vent avait forci et le faisait pleurer. Il cligna des yeux pour chasser quelques larmes et repartit de l'avant.

Quelques minutes plus tard, il passa devant la première des villas de luxe. Celle des Kurdin. Personne en vue, mais une des hautes fenêtres était éclairée. Il envisagea d'aller sonner, mais serra les dents et continua péniblement.

Il tenait en équilibre grâce à sa canne. Ses genoux commençaient à se raidir et ses jambes tremblaient de plus belle.

Il était trop loin du bord de la carrière pour voir si la voiture qu'il avait vue s'y était engagée. Mais il soupçonnait fortement le conducteur d'être venu là pour rencontrer Peter Mörner.

Que pourrait faire Gerlof, une fois sur place ? Agiter sa canne devant la voiture en essayant de lui faire peur ?

Il ne savait pas. Il aurait peut-être dû appeler la police plutôt que de se rendre lui-même chez Peter – mais il n'avait qu'un mauvais pressentiment. Pas de quoi décider une patrouille à se déplacer jusqu'au nord de l'île.

Il passait à présent devant l'autre villa neuve, celle où les Larsson avaient organisé la fête entre voisins à Pâques. Là-bas, toutes les fenêtres étaient éteintes.

Il fit halte devant leur entrée pour reprendre haleine, en regrettant son fauteuil roulant. Encore trois cents mètres jusqu'à chez Peter, peut-être quatre cents.

Un pas après l'autre.

Toujours personne près de la carrière. Mais la vieille Saab était garée là-bas : Peter était chez lui, à moins qu'il ne soit sorti faire un tour.

Un banc aurait été le bienvenu, mais il n'y avait pas même un rocher où s'asseoir au bord du chemin. Encore un effort. Le vent lui sifflait aux oreilles, ou était-ce autre chose… Le bruit d'un moteur ?

Arrivé à deux cents mètres de chez Peter, il vit le soleil plonger dans le détroit. Sans bruit, le disque orangé s'abîma à l'horizon, ne laissant à l'ouest qu'un ciel embrasé qui déjà s'assombrissait.

Aussitôt le soleil disparu, la nuit s'insinua sur la côte. La carrière s'emplit d'ombre grise.

Gerlof aurait voulu presser le pas, mais il était presque à bout de forces. Cent mètres plus loin, il dut à nouveau s'arrêter pour se reposer, appuyé sur sa canne, et c'est alors qu'il entendit une explosion sourde.

Ça venait de la carrière. Il avança de quelques pas et vit une violente lueur en contrebas.

Un nouveau soleil resplendit un instant dans l'ombre de la carrière, d'un éclat jaune pâle beaucoup plus aveuglant que l'autre, tandis qu'un grondement se répercutait sur les parois rocheuses. Quelque chose avait explosé parmi les tas de gravats.

Il inspira profondément et se mit en marche aussi vite qu'il put vers le bord de la falaise. Un moteur de voiture accélérait. Il entendit un cri, puis sentit quelques secondes plus tard une odeur âcre d'essence brûlée.

70

Peter cligna des yeux, attendant que Thomas Fall jette l'allumette dans l'essence luisante. D'une pichenette, il allait la lancer puis faire un pas en arrière pour contempler le brasier.

Mais Fall était plus prudent que cela. Il se pencha lentement pour approcher l'allumette de la flaque d'essence.

Peter vit la flamme se tordre et croître – puis, au dernier moment, une bourrasque venue de la mer la souffla. Un point rougeoyant subsista quelques secondes, qui s'éteignit lui aussi.

Je devrais me lever et courir, pensa Peter. *Ou le renverser. J'ai fait un peu de judo, je devrais le renverser.*

Mais impossible, il était trop blessé. Son bras était grièvement brûlé et le reste de son corps engourdi. Ses côtes cassées ne le faisaient pas souffrir, il ne sentait rien du tout.

Fall ne se démonta pas. Sans attendre, il lâcha l'allumette et en prit une nouvelle. Non, trois d'un coup, vit Peter – il les réunit et les approcha du grattoir.

Nouveau crépitement, plus distinct cette fois-ci. Une flamme trois fois plus vive, le vent ne la soufflerait pas.

Agenouillé sur la pierre, avec sa tête qui tambourinait, Peter pensait toujours au judo. Il se revit dans la même posture sur le tatami moelleux de son club à Kalmar, en train de se détendre et de se concentrer sur son mouvement. Un mouvement continu – se jeter en avant, rouler sur le côté, tomber en arrière.

En arrière. Il pouvait essayer de tomber en arrière.

Au moment où Fall se penchait sur le bord de la flaque d'essence, Peter prit son élan et se lança dans une culbute arrière. Il se détendit en tombant, fit le dos rond, la tête de côté, s'efforçant de faire rouler son corps en boule loin de la flamme et de l'essence.

Fall avait lâché les allumettes. Les vapeurs qui tremblaient juste au-dessus du sol s'enflammèrent en premier, puis toute la flaque s'embrasa avec un *Poff !* sourd, projetant une lueur vive sur les parois rocheuses de la carrière.

Un bref instant, Peter se trouva sur le dos au bord de la flaque de feu, les pieds en l'air, puis continua sa culbute encore un tour complet et se réceptionna lourdement, avec comme un couteau planté dans les côtes.

Mais il était loin du feu. Il avait roulé à la renverse hors de la flaque, ses vêtements étaient toujours imbibés d'essence, mais ne brûlaient pas.

Bien, continue, pensa-t-il. *Mets-toi à l'abri.*

Sa cage thoracique l'élançait, mais il essaya pourtant de se relever. En s'appuyant sur sa main droite, il parvint à se redresser.

Dans son dos, les flammes dansaient toujours.

Il fallait qu'il essaie de s'enfuir, mais où ? Il était prisonnier au fond d'une cuvette. Tout autour de lui, des parois rocheuses de plusieurs mètres et, entre lui et le chemin de gravier qui sortait de la carrière, Thomas Fall et sa voiture.

Une forme anguleuse s'élevait dans l'ombre, hors du halo des flammes, à quarante ou cinquante mètres. Peter comprit que c'était le tas de gravats le plus proche, là où Jesper et lui avaient ramassé les longs blocs pour leur escalier. Il faisait environ deux mètres de haut, comme une petite forteresse au fond de la carrière – là, il pourrait se réfugier.

Il se dirigea en boitant vers le monticule.

Après vingt mètres, Peter jeta un coup d'œil en arrière. Il ne voyait plus Thomas Fall. Les flammes commençaient à retomber, mais la flaque d'essence continuait à brûler au ras du sol. Le nuage de fumée dispersé par le vent formait un rideau gris au centre de la carrière – quelque part derrière, il entendit démarrer un moteur. Les phares fouillaient la nuit.

Peter accéléra et, quelques secondes avant que la lumière ne l'atteigne, il se jeta à couvert.

Il se colla contre la surface sèche du calcaire, en s'efforçant de baisser la tête.

Les phares balayèrent le tas de gravats. La Ford tournait apparemment en rond au fond de la carrière, à sa recherche. Le vrombissement du moteur en surrégime se répercutait entre les parois rocheuses comme le râle d'un monstre sorti du fond des âges.

Il inspira l'air frais et aperçut une vague lueur au sud, sur la côte, sans d'abord comprendre ce que c'était. Un feu de Walpurgis, bien sûr. On en avait allumé partout sur l'île ce soir-là : personne ne s'inquiéterait de voir brûler quelque chose au fond de la carrière. Il ne pouvait compter sur aucune aide.

Thomas Fall continuait à tourner en cercles de plus en plus larges. Peter serait tôt ou tard découvert.

Où était passée la hache ? Disparue dans le noir.

Peter regarda vers la paroi où l'escalier en pierre conduisait à sa maison, à un téléphone, aux autres outils d'Ernst. C'était à une centaine de mètres seulement, mais à découvert.

Soudain, les phares s'arrêtèrent sur lui : trouvé !

La voiture attendit quelques secondes avant de s'élancer. Là où elle aurait dû freiner, elle accéléra au contraire, droit sur le tas de gravats. Peter s'agrippa pour essayer de se hisser plus haut, mais ses mains glissèrent sur la pierre. Ses côtes heurtèrent quelque chose de dur, et il serra les dents.

Fall freina au dernier moment, mais le pare-chocs de la Ford cogna juste sous les jambes de Peter. Tout le monticule trembla sous le coup de boutoir. Peter entendit les gravats rouler autour de lui.

La voiture recula d'une dizaine de mètres, et il savait qu'elle allait bientôt foncer à nouveau sur lui.

Cette fois, pas question d'attendre. Il sauta à terre et se mit à courir. À découvert, droit vers l'escalier.

Forcé d'oublier la douleur qui lui perçait les côtes s'il voulait survivre. Bras tendus, il boitillait aussi vite que possible, mais les phares ne le lâchaient pas. Peter vit sa propre ombre croître en dansant devant lui.

Dans son dos, le moteur rugit.

L'escalier était encore à cinquante mètres, il n'y arriverait pas. Il obliqua vers le bord le plus proche. Ici, la paroi verticale de la carrière faisait bien trois ou quatre mètres de haut, il ne pourrait pas y grimper mais serait un peu protégé en restant là – Fall hésiterait à foncer droit dans le mur.

À la lumière des phares, il vit des caillots rouges dans la roche. La veine sanguine.

Il se colla à la paroi et reprit son souffle. La voiture accélérait toujours derrière lui, puis sembla ralentir.

Elle manœuvra alors pour se ranger à une vingtaine de mètres, tout contre la paroi, et fonça sur Peter.

La falaise ne lui offrait plus aucune protection. Plus qu'une issue : l'escalier.

Peter entendit un cri derrière le vrombissement du moteur. Tout en courant, il leva la tête.

Il y avait quelqu'un en haut de la falaise – une longue silhouette courbée sur une canne. Le vieux Gerlof. Il était tout au bord de la carrière et levait à présent sa canne.

Peter continua à courir. L'escalier était désormais à une cinquantaine de mètres, et la voiture avait pris de la vitesse. Il ne savait pas à quelle distance elle se trouvait derrière lui, mais elle frôlait le bord de la paroi : nulle part où fuir.

Il ne pouvait que continuer à courir. Au-dessus de sa tête, il perçut un mouvement, comme si Gerlof agitait les bras, mais Peter n'avait plus le temps de regarder. Son cœur battait à se rompre, sa poitrine lui faisait mal, il allait bientôt s'effondrer.

La voiture arriva sur lui en rugissant, et il se tendit de toutes ses forces vers l'escalier, à dix mètres de là – mais en comprenant qu'il n'y arriverait pas, il fit deux grandes enjambées et se jeta de côté, dans le noir. Il roula sur lui-même en essayant de ramasser ses jambes sous lui.

Une seconde plus tard, la Ford glissa le long de la paroi : son pneu gauche manqua ses pieds de quelques centimètres.

Peter ferma les yeux et entendit la voiture piler à seulement quelques mètres de là. Ses pneus dérapèrent sur le gravier, son flanc droit racla le rocher, puis on entendit le crash, un long fracas de tôles froissées, sous une pluie de cailloux.

Il ouvrit les yeux.

Thomas Fall avait heurté son escalier. Un des phares de la Ford s'était éteint sous le choc, mais les feux arrière brillaient toujours, comme deux yeux rouges braqués sur lui dans le noir.

Peter vit l'escalier s'effondrer. Les blocs de calcaire qu'il avait empilés le long de la paroi vacillèrent quelques secondes comme de gros Lego, puis s'abattirent brutalement sur l'avant de la voiture, défonçant le capot et le pare-brise.

Le moteur affolé toussa et mourut. Un silence de mort se fit dans la carrière.

Peter souffla et ouvrit les yeux. Un des blocs s'était écrasé à moins d'un mètre de sa jambe.

Il se releva lentement et s'approcha de la carcasse.

Le toit était embouti, les vitres cassées, rien ne bougeait à l'intérieur.

71

Un vent froid soufflait violemment quand Peter prit pied en haut de la falaise.

« J'ai vu qu'il n'allait pas freiner, dit Gerlof. Il voulait vous rouler dessus, alors j'ai lancé ma canne. »

Peter essuya le sang qui coulait de son sourcil fendu en le regardant dans le noir. Ils étaient immobiles à quelques mètres l'un de l'autre, au bord de la falaise.

« Et vous l'avez touché ?

— Elle a cogné le pare-brise, je crois, ça l'a peut-être gêné… Et puis, de toute façon, la voiture s'est écrasée contre l'escalier. »

Peter hocha la tête en silence et se retourna pour regarder au fond de la carrière. Les feux arrière et un des phares étaient toujours allumés. L'avant de la voiture et la place du conducteur disparaissaient, ensevelis sous un amas confus de pierres et de gravier.

Sur la plage, au sud, s'élevait la lueur vacillante d'un brasier, et le vent apportait par bouffées des rires et des chants lointains.

Après l'effondrement de l'escalier, Peter avait tenté de dégager les blocs tombés sur la voiture, mais il n'avait pas eu la force. Ses côtes brisées le faisaient trop souffrir. Il avait alors lentement remonté le chemin pour sortir de la carrière, puis fait tout le tour par la route jusqu'au bord de la falaise où Gerlof l'attendait.

Celui-ci regarda Peter et demanda à voix basse :

« Comment ça va ? »

Peter se tâta, avant de montrer ses doigts brûlés :

« Bien, à part cette main. J'ai aussi quelques côtes cassées, des bleus et des écorchures. Peut-être aussi un traumatisme crânien… Sinon, tout va bien.

— Ça aurait pu être pire.

— Oh oui… » Peter regarda la voiture, dont les lumières semblaient faiblir. « Il avait bricolé une sorte de bombe incendiaire, comme quand il a brûlé le studio. Il a d'abord voulu me brûler vif… puis il a essayé de m'écraser.

— C'était Hans Bremer, dit Gerlof.

— Non, pas Bremer… C'est l'homme qui a tué Bremer. Il s'appelle Fall, Thomas Fall. Il avait juste emprunté le nom de Bremer. »

Peter essaya de se souvenir si Thomas Fall lui avait dit ce qu'il faisait dans la vie. De la photo publicitaire ? En tout cas, il ne voulait pas qu'on l'associe avec le porno. Il voulait bien l'argent, mais pas la mauvaise réputation. À la fin, Jerry malade, Markus Lukas mort et le vrai Bremer devenu gourmand, le moment était venu de tout liquider, de brûler le studio et de mettre les voiles.

Peter regarda Gerlof.

« Et vous l'avez démasqué.

— Je l'ai vu dans sa voiture sur la route, dit Gerlof. Il était en train de verser une sorte de liquide dans une bouteille… et puis il y avait les montres.

— Les montres ?

— Il avait deux montres au poignet. Une en acier et une en or, exactement comme votre père. J'ai trouvé ça bizarre… Alors j'ai voulu savoir où il était passé. »

Peter soupira.

« Je n'ai pas eu l'occasion de le voir de près… Est-ce que nous étions pareils, Thomas Fall et moi ?

— Pareils ? Comment ça ?

— Il a dit que nous étions demi-frères. »

Peter tourna le dos à la carrière, il ne voulait plus voir la voiture. Il était couvert de sang, sale, brûlé, les os brisés, et ses vêtements empestaient toujours l'essence. C'était son tour d'aller à l'hôpital.

« Il faut appeler les secours, dit-il. Rentrons. »

Il se dirigea lentement vers la maison, avant de se retourner et de voir Gerlof, toujours au bord de la falaise, tête pendante. Il croisa le regard de Peter, cligna lentement des yeux, l'air perdu, avant de lâcher d'une voix très faible :

« Je ne sais pas si j'y arriverai sans ma canne. Je me sens un peu… »

Gerlof se tut et vacilla.

Peter fit volte-face. Ses côtes frottaient douloureusement l'une contre l'autre, mais il n'hésita pas un instant.

En trois grandes enjambées, il rattrapa Gerlof juste avant qu'il ne tombe dans le vide.

72

Pour Vendela, la vie était un songe intermittent. Une longue torpeur sans images ni souvenirs – parfois interrompue par le faible écho de voix diffuses autour d'elle ou la visite d'ombres qui soulevaient son corps et la tiraient par le bras. Elle se laissait faire, ne songeant qu'à dormir, dormir.

Elle finit par se réveiller et tendit la main vers Aloysius – mais retint son geste en clignant des yeux. Où était-elle ?

Couchée sur le dos dans un lit d'hôpital, elle fixait un plafond blanc. Elle ne le reconnaissait pas.

Les murs de la chambre étaient jaunes, striés par le soleil à travers les persiennes. Au bout de quelques minutes, elle regarda autour d'elle et vit qu'elle était seule. Seule dans une chambre d'hôpital un jour de printemps ensoleillé. Le milieu de la journée, apparemment. Elle avait dormi longtemps, mais était très fatiguée. Elle appela :

« Il y a quelqu'un ? »

Pas de réponse.

Une poche de plastique translucide pendait à un support à côté du lit. Un tuyau en sortait que Vendela suivit jusqu'à une aiguille plantée au creux de son bras gauche.

Une perfusion. Elle était sous perfusion.

Elle se rappela alors les cachets. Elle se souvint d'être allée une dernière fois à la pierre des Elfes, l'âme en peine, gelée. Elle avait la boîte sur elle, elle s'était adossée au rocher et l'avait ouverte…

Elle voulait juste se calmer, mais elle avait dû prendre trop de cachets.

J'ai sans doute été très malade, songea-t-elle. *Malade et triste... Suis-je à présent guérie et gaie ?*

Elle s'assit doucement dans le lit, la tête lui tourna, elle attendit que le vertige s'estompe pour laisser pendre ses jambes au bord du lit. Elle attendit encore quelques minutes et finit par se lever.

Elle respira, immobile. Son nez n'était pas bouché, son allergie avait disparu.

Une paire de pantoufles l'attendait le long du mur et, au-dessus, une robe de chambre rouge. Elle poussa devant elle le pied à roulettes de sa perfusion et s'avança d'un pas traînant.

La porte de sa chambre était entrebâillée. Une fois enfilées les pantoufles et la robe de chambre, elle l'ouvrit en grand.

Elle aurait voulu à nouveau appeler, mais il n'y avait personne à appeler.

Dehors, le long couloir éclairé était désert. La porte vitrée surmontée du panneau SORTIE semblait très lourde, elle ne pourrait jamais l'ouvrir. Elle partit donc dans l'autre direction, vers l'intérieur du bâtiment.

Le long couloir finissait dans une petite salle commune avec des fauteuils et des chaises. Un téléviseur au mur, allumé, volume bas. On y voyait une sorte de course-poursuite dans un labyrinthe.

Il n'y avait qu'une seule personne dans la pièce, un homme imposant en polo brun – Vendela vit soudain que c'était Max.

Il tourna la tête et l'aperçut. Il se leva.

« Eh, mais… tu es levée ? »

Vendela le dévisagea.

« Où sommes-nous ?

— À Kalmar… À l'hôpital. »

Elle hocha la tête, sans le lâcher des yeux.

Max semblait lui aussi fatigué, mais il était vivant. Vendela l'avait vraiment cru mort, elle s'en souvenait – elle était allée à la pierre des Elfes demander que son cœur cesse de battre. En sacrifiant son alliance.

Pourquoi cela n'avait-il pas eu lieu ?

Sans doute parce que les Elfes n'existaient pas. Adam Luft lui avait menti. Elle s'en doutait peut-être depuis toujours.

Elle s'arrêta avec sa perfusion à cinq mètres de son mari. Elle avait marché peut-être dix mètres, mais ses jambes tremblaient.

« Max… quel jour sommes-nous ?

— Aujourd'hui ? C'est un vendredi… Le premier mai.

— Il n'y a personne d'autre ? Pas d'infirmières ?

— Pas beaucoup. C'est un jour férié. »

Penser au 1er Mai n'avait pas l'air de réjouir Max. Vendela se souvint qu'il avait toujours détesté cette date.

« Mais je peux aller chercher quelqu'un, se dépêcha-t-il d'ajouter. Tu as besoin de quelque chose ?

— Non. »

Ils se turent et se regardèrent.

« Qu'est-ce qui s'est passé ? demanda-t-elle. Je me souviens que j'étais sortie sur la lande… Quelqu'un m'a trouvée ? »

Max hocha la tête.

« Le voisin, là, Peter Mörner. C'est lui qui a appelé l'ambulance. »

Nouveau silence, puis Max continua :

« Après, il est arrivé lui aussi à l'hôpital… Il a été renversé par une voiture, à Stenvik. Apparemment quelqu'un a essayé de l'écraser.

— Qui ça ? Peter ? »

Max hocha la tête.

« Il est ici, à l'hôpital… Mais il va s'en tirer, m'ont dit les infirmières. Sa fille aussi est ici. On l'a opérée ce matin.

— Et elle va bien ?

— Je ne sais pas… Est-ce qu'on peut déjà le dire ? C'était apparemment une opération délicate, mais ça s'est bien passé. » Max marqua une pause : « Et toi… comment vas-tu ?

— Bien. Un peu fatiguée… mais je vais bien. »

Elle vit que Max ne la croyait pas, et pourquoi d'ailleurs l'aurait-il crue ? Comme il le craignait, elle avait fini par se bourrer de cachets.

Oui, elle avait été malade. Mais Vendela sentait que les ténèbres s'étaient dissipées, pour cette fois.

« Il faut que j'y aille », dit-elle.

Elle prit alors sa perfusion et fit lentement demi-tour, d'un pas mal assuré.

« Tu veux t'asseoir ? Je peux…

— Non, Max. Il faut que j'aille me recoucher. »

Et elle s'en alla. La porte de sa chambre lui semblait au bout du monde.

« On ne peut pas parler un peu ? dit Max derrière elle.

— Pas maintenant.

— Où est passée ton alliance ? demanda-t-il. Tu ne l'avais pas quand on t'a admise ici… »

Vendela s'arrêta. Elle pivota lentement d'un quart de tour.

« Désolée, mais je l'ai jetée.

— Et pourquoi ?

— Parce qu'elle n'avait plus aucune valeur. »

Vendela n'ajouta rien et se remit à marcher. Elle redoutait que Max se mette à crier ou lui coure après, mais il n'en fit rien.

Presque parvenue à la porte de sa chambre, elle se retourna une dernière fois.

Max était toujours dans la pièce commune. Il s'était laissé retomber sur son fauteuil où il restait prostré, les mains sur les genoux.

Vendela le regarda un instant avant d'entrer dans sa chambre. Elle se recoucha et fixa le plafond.

Elle ne croyait plus aux pouvoirs des Elfes. Pourtant, à leur façon, ils avaient exaucé son vœu concernant le cœur de Max.

Épilogue

Le vent soufflait des terres avec un parfum de fleurs. De prunus ? Ou bien leur floraison était-elle déjà finie ? Peter ne savait pas.

Il ne savait pas non plus si c'était déjà l'été sur Öland, ou encore le printemps. Probablement entre les deux. En ce samedi 23 mai, le village croulait sous la verdure. La carrière était toujours grise et aride mais, même là, on voyait des brins d'herbe pointer dans le gravier. Des petits buissons aux feuilles toutes neuves colonisaient les monticules.

Il regarda alentour en songeant combien la vie se faisait parfois ténue, mais revenait toujours en force.

L'escalier de pierre n'avait pas été reconstruit, il avait disparu. Il n'y en avait plus trace. Une fois le corps de Thomas Fall et sa voiture accidentée enlevés par la police, début mai, Peter avait décidé qu'il n'avait pas besoin de raccourci pour gagner la plage, et il avait passé tout un week-end avec Jesper à remettre les pierres où ils les avaient prises et à épandre du gravier.

Aujourd'hui, Jesper et John Hagman déblayaient les cailloux et déplaçaient les blocs de calcaire, mais ce n'était pas pour construire un nouvel escalier.

« C’était là », avait indiqué Jesper quand Gerlof lui avait demandé où exactement il avait trouvé un bout d’os pendant le week-end de Pâques.

Il lui avait montré le plus gros tas de gravats au fond de la carrière – celui derrière lequel Peter s’était caché quand Thomas Fall le poursuivait. C’était là qu’ils creusaient à présent.

Au-dessus d’eux, dans le jardin, Peter vaquait à ses occupations. Il avait sorti au bord de la falaise un brasero pour y brûler des feuilles mortes et des vieux papiers. Malgré son bras en écharpe, il se débrouillait.

Les feuilles venaient du jardin, et les papiers avaient appartenu à son père. C’étaient les contrats d’embauche volés par Thomas Fall lorsqu’il avait cambriolé l’appartement de Jerry à Kristianstad – les contrats de presque deux cents modèles que Fall avait gardés chez lui sans les détruire, curieusement. La police les avait trouvés lors d’une perquisition et y avait relevé tous les noms et adresses. Puis le procureur les avait restitués à Peter, qui en était désormais le propriétaire légitime.

Devant le feu, il feuilleta une dernière fois ces papiers. Tant de noms inventés…

Danièle, Cindy, Savannah. Amber, Jenna, Violet, Chrissy, Marilyn, Tammy…

Une cohorte de créatures de rêve. Mais il y avait aussi leurs vrais noms et leurs adresses. Soigneusement inscrits sous la phrase soulignée aux termes de laquelle elles déclaraient accepter librement d’être photographiées. La veille, en feuilletant les contrats les plus anciens, il était tombé sur un nom particulier : *Régina.*

Il avait longtemps regardé ce papier.

Régina se nommait en fait Maria Svensson. Bien sûr, c'était un nom très courant, et l'adresse était certainement ancienne, mais il y avait aussi un numéro de Sécurité sociale. Il devait être assez facile de retrouver sa trace.

« À quoi tu penses, Papa ? »

Peter se retourna vers Nilla. Elle était dans son fauteuil roulant, sur la terrasse.

« Devine.

— Je n'y arrive pas… C'est tout vide.

— Normal. » Il sourit. « Ma tête aussi. »

À côté de Nilla se tenait Gerlof. Ils avaient soixante-dix ans d'écart, mais semblaient bien s'entendre, chacun sur son fauteuil roulant. Ils étaient diminués, mais iraient mieux l'été venu.

Nilla et Jesper savaient à présent que leur grand-père était mort, mais aucun des deux n'avait assisté à l'enterrement, la semaine précédente. Peter avait été le seul représentant de la famille Mörner.

Le cercueil de Jerry était fleuri, mais la chapelle presque vide. Deux cousins, un pasteur et un sacristain – et une femme en noir d'une soixantaine d'années restée à l'écart au fond de l'église et partie aussitôt la cérémonie terminée. Mais elle avait signé le registre de condoléances, et Peter était allé voir ce qu'elle y avait écrit :

Susanne Fall.

La mère de Thomas, venue faire ses adieux à Jerry ?

Si Jerry était bien le père de Thomas Fall, il ne l'avait jamais su. Susanne ne lui en avait jamais parlé, mais elle devait l'avoir révélé à son fils. Thomas avait donc grandi dans l'ombre de son père à la réputation sulfureuse mais, à la différence de Peter, il avait choisi de travailler pour lui – en secret. Il avait emprunté l'identité de son professeur de photographie et s'était fait embaucher comme caméraman et réalisateur chez Morner Art. Et il avait très bien réussi dans le monde sans amour créé par son père.

Thomas avait été pour Jerry le fils que Peter avait refusé d'être. Mais cela s'était terminé par un incendie et un parricide.

Jerry était mort, mais sa petite-fille Nilla, guérie, avait la vie devant elle – Peter ne pouvait pas croire autre chose en cette journée ensoleillée.

« Alors, et vous ? lui demanda soudain Gerlof en le regardant. Vous avez repris le travail ? »

Il secoua la tête.

« Je suis au chômage.

— Vraiment ? Et ces sondages marketing ?

— J'ai été licencié… Ils ont dit que j'avais truqué mes résultats. »

Il se tourna vers la villa des Larsson. Vendela y était, il le savait. Il ne l'avait pas revue depuis son retour de l'hôpital une semaine plus tôt, mais elle avait visiblement eu la visite de sa fille et, plusieurs fois, Peter avait vu Vendela sortir avec son nouveau chien. Un terrier.

Personne chez les Kurdin depuis la fête de Walpurgis, mais ils reviendraient certainement pour la Saint-Jean.

Et Max Larsson ? Son livre de cuisine ne sortirait pas avant le mois d'août, mais il en avait déjà commencé la promotion. Peter l'avait vu la semaine précédente parler diététique dans plusieurs émissions à la télévision – mais il ne s'était plus montré à Stenvik depuis longtemps. Vendela et lui semblaient s'être séparés pour de bon.

John Hagman appela avec de grands gestes. Ils avaient trouvé quelque chose dans la carrière.

« Qu'est-ce que c'est ? cria Peter. Des ossements ?

— Une pierre, répondit John.

— Une pierre ?

— Une pierre polie. Vous voulez la voir ?

— Volontiers. »

John et Jesper se penchèrent dans le trou qu'ils avaient creusé et entreprirent de ramasser des fragments plus petits. De loin, Peter remarqua qu'ils étaient plus rouges et plus lisses que les gravats ordinaires.

John plaça une dizaine de morceaux dans une brouette et les remonta en haut de la falaise. Gerlof se démancha le cou pour mieux voir.

« On dirait une sorte de sculpture, dit-il. Une œuvre d'art brisée. »

Peter s'agenouilla et réceptionna les fragments que lui tendait John. Ils étaient lisses comme du marbre.

« Prenez ça », dit Gerlof en lui tendant la couverture qu'il avait sur les genoux.

Peter disposa les fragments sur la couverture. Ils étaient fins, et plusieurs semblaient se raccorder. Il les déplaça pour voir à quoi la sculpture pouvait bien ressembler.

« Un obélisque ? »

Gerlof secoua la tête.

« C'est une fusée, dit-il. Une fusée spatiale. »

Alors, Peter la vit lui aussi. Un corps tubulaire assis sur des sortes d'ailerons et, à l'autre bout, un nez pointu. Tous les morceaux étaient soigneusement polis. Il en ramassa quelques-uns et se tourna vers Gerlof.

« Henry Fors construisait donc une fusée spatiale ? C'est ce qu'il allait faire, tous les jours, à la carrière ?

— Ça en a tout l'air.

— Et pourquoi ?

— À la fin, il n'avait plus rien d'autre à faire, dit Gerlof. Plus de clients… Mais quand il allait achever sa sculpture, son fils est venu et l'a démolie.

— Il a fait ça ? Comment le savez-vous ?

— Je l'ai lu. »

Peter reposa doucement les fragments sur la couverture.

« On continue ? » cria John Hagman du fond de la carrière.

Gerlof lui fit signe d'arrêter.

« Pour moi, ça suffit, John… mais le pauvre fils d'Henry Fors est peut-être enterré là-dessous.

— Sauf s'il est parti rejoindre les Elfes, dit Peter en songeant au petit garçon qu'il avait rencontré sur la lande.

— Peut-être bien, dit Gerlof. Mais laissons ça, je dirais… On n'a pas besoin de tout savoir en ce bas monde. »

Peter ferma les yeux, et sentit la chaleur du ciel se réverbérer sur toutes ces pierres.

Il mit au feu la dernière liasse de contrats, dont celui de Régina. Ils s'embrasèrent et brûlèrent comme les autres.

Quand le feu s'éteignit, il ramassa un des fragments polis et tourna le dos à la carrière.

« Je reviens, dit-il à Gerlof et Nilla. Je vais donner ça à Vendela Larsson.

— Dans ce cas, j'ai aussi ça pour elle », dit Gerlof en soulevant quelque chose qu'il avait sur les genoux.

C'était une sorte d'enveloppe blanche. En la prenant, Peter entendit s'y entrechoquer des objets métalliques.

« Qu'est-ce que c'est ?

— Quelques bijoux, dit Gerlof. Vous pouvez les donner à Vendela. »

Peter n'en demanda pas davantage. Il sortit sur le chemin et gagna la grande villa des Larsson. Il sonna, l'enveloppe et le morceau de pierre polie à la main.

Les murs épais de la maison de pierre s'élevaient devant lui. Quand la sonnette cessa, un chien se mit à aboyer très fort derrière la porte, mais personne ne vint ouvrir.

Il sonna encore. Puis, reculant d'un pas, il sentit sur sa nuque la chaleur du soleil et la caresse de la brise. *Le soleil de mai fait disparaître Trolls et Elfes*, songea-t-il. *Ils se volatilisent comme des bulles de savon. Ne restent que les hommes, un court instant. Nous sommes un chant bref sous le ciel, un rire dans le vent qui s'achève en soupir. Puis nous disparaissons à notre tour.*

Devant Peter, soudain, la porte s'ouvrit.

NOTE DE L'AUTEUR

Il y a bien sur Öland de nombreuses carrières le long de la côte, où les Trolls (« Trulls » comme les appelait mon aïeul Axel Gerlofsson) se voyaient autrefois accusés dès que quelque chose était volé ou abîmé et, sur la lande, on trouve bien des pierres des Elfes datant de l'âge de bronze (« vestiges de meules elfiques », comme les appellent les archéologues), où l'on continue à déposer des pièces et autres offrandes. Mais les lieux et les personnages de ce roman sont tous fictifs.

Johan Theorin
dans Le Livre de Poche

L'Écho des morts n° 32502

Les Westin ont décidé de s'installer sur l'île d'Öland. Quelques jours après leur arrivée, Katrine est retrouvée noyée. La jeune policière chargée de l'enquête est vite convaincue que cette mort n'est pas accidentelle… Un suspense où passé et présent s'entrecroisent dans un climat troublant, aux limites du fantastique.

L'Heure trouble n° 32118

À l'heure trouble, entre chien et loup, un enfant disparaît dans les brouillards d'Öland. Vingt ans plus tard, une de ses chaussures est mystérieusement adressée à son grand-père. Qui a intérêt à relancer l'affaire ? Et pourquoi toutes les pistes conduisent-elles à un criminel mort depuis longtemps ?

Du même auteur
aux Éditions Albin Michel :

L'HEURE TROUBLE, 2009.

L'ÉCHO DES MORTS, 2010.

FROID MORTEL, 2013.

PAPIER À BASE DE
FIBRES CERTIFIÉES

Le Livre de Poche s'engage pour l'environnement en réduisant l'empreinte carbone de ses livres. Celle de cet exemplaire est de :
500g éq. CO_2
Rendez-vous sur
www.livredepoche-durable.fr

Composition réalisée par Nord Compo

Achevé d'imprimer en janvier 2013 en France par
CPI – BRODARD ET TAUPIN
La Flèche (Sarthe)
N° d'impression : 71543
Dépôt légal 1re publication : février 2013
LIBRAIRIE GÉNÉRALE FRANÇAISE
31, rue de Fleurus – 75278 Paris Cedex 06

31/7364/8